O VERSO DA ESCRAVIDÃO

Copyright© 2024 by Literare Books International
Todos os direitos desta edição são reservados à Literare Books International.

Presidente:
Mauricio Sita

Vice-presidente:
Alessandra Ksenhuck

Chief Product Officer:
Julyana Rosa

Diretora de projetos:
Gleide Santos

Capa:
Candido Ferreira Jr.

Projeto gráfico:
Gabriel Uchima

Diagramação:
Alex Alves

Revisão:
Rodrigo Rainho

Chief Sales Officer:
Claudia Pires

Impressão:
Gráfica Paym

Dados Internacionais de Catalogação na Publicação (CIP)
(eDOC BRASIL, Belo Horizonte/MG)

P379v Peixoto, M. Marcel.
O verso da escravidão: uma jornada de sofrimento, amor e redenção / M.Marcel Peixoto; intuído pelo espírito de Pai João do Cruzeiro das Almas. – São Paulo, SP: Literare Books International, 2024.
368 p. : il. ; 16 x 23 cm

Inclui bibliografia
ISBN 978-65-5922-725-9

1. Escravidão – Brasil. 2. Literatura espírita. 3. Espiritismo. I.Almas, João do Cruzeiro das, Pai (Espírito). II. Título.

CDD 133.93

Elaborado por Maurício Amormino Júnior – CRB6/2422

Literare Books International
Alameda dos Guatás, 102 – Saúde– São Paulo, SP.
CEP 04053-040
Fone: +55 (0**11) 2659-0968
site: www.literarebooks.com.br
e-mail: literare@literarebooks.com.br

MISTO
Papel produzido a partir de fontes responsáveis
FSC® C133282

M. Marcel Peixoto

Intuído pelo espírito de
Pai João do Cruzeiro das Almas

O VERSO DA ESCRAVIDÃO

UMA JORNADA
DE SOFRIMENTO,
AMOR E REDENÇÃO

AGRADECIMENTOS

Não poderia deixar de iniciar meus agradecimentos senão por Pai João do Cruzeiro das Almas, que foi o grande mentor deste projeto, e a toda a minha família espiritual, que percorreu essa jornada comigo, trazendo, por meio dessa estória, muitos ensinamentos, não só para mim, mas para as vidas de todos os leitores.

Agradeço especialmente à Claudia, minha esposa, pela paciência e companheirismo durante todos esses meses, pois à medida que os fatos iam acontecendo, no processo da escrita, as emoções afloravam, estando ela sempre pronta para me amparar. Também à Ana Krishna, minha filha e leitora mais empolgada, e aos amigos que leram o livro e me incentivaram a publicá-lo.

Gratidão aos Orixás que me permitiram intercambiar com esses seres maravilhosos, para, por meio do livro, conduzir os leitores pelo tempo, de forma que possam entender que muitas das mazelas que sofremos hoje ainda são oriundas de escolhas descabidas de nosso passado e que precisamos nos despir de todo e qualquer tipo de preconceito, seja ele racial, de gênero, religioso, social ou cultural.

DEDICATÓRIA

Dedico este livro aos meus irmãos umbandistas, que estão se iniciando ou em desenvolvimento, para que saibam que, independentemente do grau que estejamos dentro da religião, a nossa família espiritual estará sempre presente e nos acompanhando, e que depende exclusivamente de nós abrirmos a nossa consciência e o coração para que ela possa atuar diretamente em nossas vidas.

PALAVRA DO AUTOR

O projeto deste livro e a sua execução foram uma experiência muito especial, algo completamente diferente e inusitado em minha jornada mediúnica.

A minha conexão com o espírito de Pai João se solidificou a partir do início da pandemia, em 2020, e em julho deste mesmo ano, por uma releitura de meu mapa astral, a qual eu havia ganhado de presente de aniversário de minha esposa, descobri que havia uma vertente de escritor em meu caminho. Fiquei com aquilo na cabeça, até que, em um sonho, me desdobrei ao encontro de Pai João, que me questionou se eu realmente gostaria de escrever. Com a resposta afirmativa de minha parte, surgiu a possibilidade de conhecer a história que ele vivenciou, em seu tempo encarnado.

No Dia da Consciência Negra, 20 de novembro, de 2020, sentei-me diante do computador e, por meio de minha tela mental, ele começou a me contar a história em forma de cenas, como se fosse um filme. A partir daí, o meu trabalho foi o de descrever tudo aquilo que eu estava vendo. Não me foi poupado o trabalho de pesquisa rica, para adequar o que estava sendo contado, com a história do Brasil, mas isso foi apenas mais um incentivo ao trabalho.

Fui alertado de que esse procedimento mexeria com as minhas emoções e, certamente, aconteceu. Talvez até por essa razão, a escrita se estendeu por quase 30 meses. Travei em alguns pontos do livro e, por várias vezes, não consegui segurar as lágrimas, tal era a emoção diante das cenas.

Foi um período bastante intenso, mas gratificante, pois tive oportunidade de aprender bastante com os ensinamentos do Velho e de outros amigos espirituais, os quais passei a chamar de família espiritual.

Ao final do projeto, fiquei surpreso com o resultado e, ao reler o livro, me apaixonei definitivamente. Não contente com a minha autoavaliação, passei o escopo do livro para cinco pessoas, e essas foram unânimes em suas opiniões favoráveis, o que me trouxe uma grande confiança de que eu contribuirei de uma forma positiva para a vida de meus leitores, pelas mensagens contidas na história.

Excelente leitura a todos!

SUMÁRIO

1. DESBRAVANDO OS MARES 11
2. UM SONHO CHAMADO BRASIL 14
3. CONHECENDO SEU NOVO LAR 17
4. OFERTÓRIO DE FÉ 20
5. A COMPRA DO VELHO JOÃO 24
6. A CHEGADA DO VELHO 29
7. ESCREVENDO CERTO POR LINHAS TORTAS 35
8. A RECUPERAÇÃO E A PERDA DA INOCÊNCIA 39
9. AS CONVERSAS COM O VELHO 42
10. A NOVA VIDA DO VELHO JOÃO 48
11. AFLORA O DESEJO 51
12. LIBERANDO SEUS DESEJOS 55
13. VOLTANDO À REALIDADE 57
14. JUSTIÇA TORTA 60
15. CEMITÉRIO DOS NEGROS 66
16. ESCRAVAS SEXUAIS 70
17. A VIDA NA FAZENDA 75
18. UMA DESCOBERTA IMPACTANTE 80
19. MARTINHO ABRAÇA A IGREJA 85
20. NOTÍCIAS DE PORTUGAL 92

21. A CORTE NO RIO DE JANEIRO...95
22. O NOIVADO E A FESTA DE OGUM 100
23. O CASAMENTO E AS NÚPCIAS DE VENÂNCIO 104
24. ARROGÂNCIA, GRAVIDEZ E ASSÉDIO 111
25. O PLANO DO VELHO JOÃO 121
26. A FAMÍLIA COMEÇA A AUMENTAR 126
27. AS CRIANÇAS NÃO PARAM DE CHEGAR 130
28. SALVANDO DUAS VIDAS 135
29. A FESTA DAS CRIANÇAS E CHEGADA DO FILHO 142
30. A MORTE VISITA A FAZENDA 146
31. REI MORTO, REI POSTO...149
32. UM NOVO MUNDO SE ABRE 158
33. RIO DE JANEIRO 171
34. A FAZENDA DE CAFÉ..178
35. DESCOBRINDO A VERDADEIRA FACE DE AMÁLIA 188
36. O CABARÉ DO RIO DE JANEIRO E SUA RAINHA 204
37. O INÍCIO DE UM NOVO CAMINHAR 226
38. AS AVENTURAS DE AMÁLIA 236
39. O TEMPO PASSA...245
40. O CAFÉ DANDO FRUTOS..256
41. DE VOLTA A PORTUGAL 264
42. TOMANDO AS RÉDEAS DA VIDA 275
43. UM PRESENTE INUSITADO...279

44. UM FINAL INESPERADO 294
45. UM PREÇO ALTO A SE PAGAR 305
46. O DESESPERO DE VENÂNCIO O LEVA AO FUNDO DO POÇO 312
47. O REGRESSO 321
48. A VENDA DA FAZENDA NOSSA SENHORA DA CONCEIÇÃO 332
49. A FAZENDA SANTA MARIA RENOVADA 345
50. O INÍCIO DE UMA NOVA JORNADA.. 356
51. A LUTA CONTINUA COM JOÃO BRASIL.. 363

1

DESBRAVANDO OS MARES...

O sol já brilhava forte no céu naquele momento da manhã e o movimento de pessoas nas proximidades do cais do Porto de Lisboa era muito intenso. Contudo, muito mais intensas eram as batidas do coração de Venâncio, que, com seus cinco anos, estava prestes a ver seu pai partindo a uma jornada para o Brasil, deixando-os em Portugal à espera da hora onde toda a família seria transferida para a colônia portuguesa além-mar.

José Couto, que era um homem muito ambicioso, há algum tempo esperava com ansiedade por esse dia. Com a morte de seu pai, herdou uma pequena fortuna, e por pertencer à corte portuguesa, teve a sua aspiração de se tornar um Senhor de Engenho no Brasil facilitada. Sua família já fazia negócios com a exploração da colônia, contudo, como dono de uma grande propriedade, os lucros auferidos seriam agigantados, multiplicando sua fortuna rapidamente.

Muitas pessoas já embarcavam, quando o pai pega seu filho mais velho, Venâncio, no colo e o aperta num longo abraço de despedida.

— Filho, em breve estaremos juntos novamente e você vai me ajudar a construir um grande império nas terras da colônia, lá do outro lado deste mar.

Falava olhando para a imensidão do oceano que se abria a sua frente.

Assim, despedindo-se de sua esposa Lourdes Maria e de cada um dos seus outros filhos, Maria de Fátima de quatro anos e Martinho de dois, seguiu em direção à nau que o levaria diretamente para o Rio de Janeiro.

Venâncio não entendia por que não poderia ir junto com o pai e não se conformava com a separação... Ficou na beira do cais vislumbrando a embarcação deslizar pelo mar e ficando cada vez menor a sua visão... Seus olhos gotejavam lágrimas de profunda tristeza... Em seus pensamentos, imaginava a sua chegada ao Brasil e tudo que ainda haveria de vivenciar... Agora somente lhe restava a angustiante espera, até que todos pudessem estar juntos novamente.

Ficou ali quase anestesiado, até que sua mãe, de forma enérgica, o arrancou da grade que ele segurava, levando-o para casa.

Seu pai há muito vinha planejando a viagem e até mesmo já havia apalavrado, com a anuência do Príncipe Regente, uma área de terra no interior do Rio de Janeiro em direção a São Paulo, onde instalaria seu engenho de cana-de-açúcar. Mas, por se tratar de uma terra ainda hostil, preferiu levar apenas alguns homens de sua confiança, construir a fazenda, para aí sim, depois de tudo pronto, trazer a sua família.

A viagem foi longa e muito cansativa, mas havia muito trabalho pela frente, e ao chegar ao Rio de Janeiro, tratou de resolver toda a burocracia necessária para assumir suas terras, e iniciou a formação de sua caravana. Contratou alguns homens brancos que já estavam em terras brasileiras e buscou comprar um bando de escravos, que seriam usados nos trabalhos da fazenda.

O porto do Rio de Janeiro ficava no coração da cidade e tudo girava em torno dele, inclusive a alfândega estava em suas proximidades, sendo a comercialização dos escravos feita próximo a ela, na rua à direita. Mas por pressão da elite portuguesa, a venda dos escravos foi transferida para a Rua do Valongo, para camuflar os problemas do tráfico de negros escravos, que traziam, além do mal-estar dessa convivência forçada, doenças e mortalidade. E foi lá que José Couto passou a ser proprietário de vários negros e negras, que trabalhariam em sua fazenda.

A Igreja, como forte instituição da época, pressionava os portugueses a utilizarem a mão de obra escrava negra em detrimento dos índios nativos. Outro fator importante é que muitos negros eram de sociedades que conheciam o trabalho com ferro e criação de animais, o que facilitava a lida, além deles se adaptarem melhor às condições de trabalho e às doenças, o que os tornavam mais fortes e resistentes se comparados aos ameríndios.

Com todos esses fatores aliados, José Couto não hesitou em definir seu tipo de mão de obra, além do mais, queria estar em paz com a Igreja. Já pensando em seu plano de construir uma capela em sua propriedade, juntou a sua comitiva um padre e seu auxiliar, que se dispuseram a morar na fazenda e ajudar na construção do prédio sagrado.

Assim, montou o seu comboio e foi tomar posse de suas terras e instalar o que seria no futuro um dos maiores engenhos da Capitania. Nomeou as suas terras como Fazenda Nossa Senhora da Conceição, por sua devoção a essa santa, padroeira de Portugal.

Buscou na geografia do local um platô, uma elevação, onde pudesse visualizar a propriedade como um todo, e lá definiu o local da casa grande, bem como as demais construções, como a capela, as casas dos trabalhadores livres, a senzala e o curral.

Como a propriedade era cortada por um caudaloso rio, instalou-se a moenda a sua margem, para aproveitar a energia proveniente da água para acionar o moinho. Nas imediações foram definidos também a localização das outras unidades necessárias ao engenho, como as casas da caldeira, fornalhas e purgar.

A terra era fértil e logo iniciou-se a plantação do canavial, que tinha uma longa extensão. Não menos importante, definiu-se de imediato uma área para plantações de subsistência, onde além da horta eram cultivados frutas e legumes, destinados à alimentação da população da fazenda.

E assim, após alguns anos de muito trabalho, a fazenda já estava em condições de receber a sua família, que aguardava em Portugal para a transferência definitiva para o Brasil.

A fazenda já prosperava e os recursos eram fartos... A casa grande foi construída como um sobrado, com uma grande escadaria na frente que dava acesso ao salão principal e com inúmeros cômodos, que serviam não só de acomodações, mas também de escritório e biblioteca.

A cada navio que partia de Portugal para o Brasil, a fazenda encomendava móveis e utensílios, além de livros e santos para a capela, entretanto, a imagem de Nossa Senhora da Conceição, que ornaria o altar principal, só viria junto com a família.

Convencionou-se que somente após a chegada da família à fazenda é que a capela seria inaugurada, apesar da pressão dos religiosos que já habitavam o local.

E, assim, depois de alguns anos, que para Venâncio parecia uma eternidade, finalmente o restante da família Couto embarcaria para o Brasil, trazendo na bagagem sonhos e muita expectativa de uma vida totalmente diferente da que tinham até então.

No Brasil, Couto sofria com a solidão, a falta de seus filhos e de sua esposa. Apesar de estar sempre rodeado de pessoas, envolvido com a estruturação da fazenda, obras, compra de escravos, montagem da equipe de capatazes etc., nada fazia sentido sem sua família ao seu lado. Todo o esforço feito por ele era para tê-los ali o mais breve possível.

2

UM SONHO CHAMADO BRASIL

Foram anos de muita expectativa e ansiedade, mas finalmente para Venâncio e toda a sua família chegou a hora de se transferir em definitivo para o Brasil, em busca de uma nova vida. Ele não conseguia conter a felicidade de poder reencontrar o pai e principalmente de ser o sucessor do império que estava sendo construído, entretanto, sabia que para chegar lá teria que enfrentar uma travessia difícil pelo oceano Atlântico, e isso o assustava muito, visto que tinha um verdadeiro pavor do mar.

Foram infindáveis dias de sofrimento... O balanço do mar o deixava muito enjoado e ele mal conseguia comer. E, à noite, o sofrimento aumentava muito, pois a escuridão do oceano o fazia tremer de medo, e a sensação de que seria tragado para aquele fundo, era muito real. Apesar dos irmãos serem menores, Venâncio dava muito mais trabalho e trazia grande preocupação a sua mãe.

Não bastasse tudo isso, no meio da viagem o tempo piorou muito e os obrigou a enfrentar um mar muito revolto e uma imensa tempestade. Apesar da experiência do capitão em várias outras viagens, a situação ficou muito preocupante. Ondas enormes abarcavam a nau, trazendo a sensação de que, a qualquer momento, todos seriam jogados ao mar. Até que uma enorme onda os abraçou e foi nesse momento que Venâncio desfaleceu.

Em sua alucinação pessoal, ele caía cada vez mais nas águas escuras do mar, era como se o tempo começasse a passar em câmera lenta, um profundo silêncio atormentava seus ouvidos. E em poucos instantes ele começou a se sentir parte de tudo aquilo, já não afundava, apenas pairava em meio àquele oceano, começou a se sentir relaxado e com a certeza de que aquilo seria a morte, foi quando percebeu um brilho na água. Uma forte luz se aproximava e ofuscava a sua visão, e sem que houvesse a expressão de qualquer som, a "luz" se dirigiu a ele:

— Venâncio, você tem uma grande jornada a sua frente, mas as tentações serão muitas, tome muito cuidado para não sucumbir. Hoje lhe será dada uma oportunidade, mas lembre-se que tem um compromisso, precisa levar adiante a sua missão.

— Como sabe meu nome?

— Sei muito mais de você do que pode imaginar, mas isso não importa agora. Um dia irá entender esse momento e o porquê dessa nossa intervenção. Agora volte e não precisa mais ter medo, o mar te levará ao seu destino.

Venâncio forçou sua visão, tentando identificar quem estava se comunicando com ele, mas a única imagem que ficou gravada em sua mente foi a de uma estrela de cinco pontas.

Sua mãe chorava copiosamente sobre ele quando, como se por um milagre, despertou. Não entendia ao certo o que estava acontecendo, se sentia tonto e confuso.

— Meu filho, você está vivo! Graças a Deus e a Nossa Senhora da Glória!

— Sim mamãe, estou vivo.

— Desde ontem, estou aqui a rezar para Nossa Senhora da Glória e parece que ela atendeu as minhas preces e o salvou. Não sei se já tive oportunidade de lhe contar, mas Nossa Senhora da Glória é a padroeira de minha cidade natal, Glória do Ribadejo, e conta a lenda que ela apareceu para D. Pedro I – O Justo – Rei de Portugal, por volta do ano 1360 e o salvou de se afogar, assim como salvou você.

— Que história incrível, mamãe, parece que realmente foi ela quem me salvou.

— Bem, em reconhecimento, o rei mandou construir uma Igreja, dando à Virgem o nome de Senhora da Glória, pelas muitas luzes e resplendores de que estava cercada, no ato da aparição. Sendo assim, irei mandar construir em nossa fazenda um oratório para ela. Estamos levando uma grande imagem de Nossa Senhora da Conceição, a pedido de seu pai, mas pela minha devoção estou trazendo a imagem da santa, que também irá ornar a nossa capela.

— Eu também vi essas luzes, mamãe. Tenho certeza de que era ela, intercedendo por mim.

Venâncio preferiu guardar para si a experiência que teve, mas, certamente, ele jamais esqueceria de cada palavra que ouviu.

Daí para a frente, a viagem se deu de forma mais tranquila, contudo, o principal foi que Venâncio já não sentia medo do mar. Entretanto, ainda estava muito debilitado, quando finalmente o navio começou a se aproximar de terra firme.

O Porto do Rio de Janeiro era muito movimentado e a ansiedade de desembarque tomava conta de todos, mas muito mais em Venâncio, que se precipitou à rampa do navio para descer o mais rápido possível. Foi quando ele teve uma visão que o tocou de tal forma, que o fez se desconcentrar a ponto de tropeçar e cair no mar.

Rapidamente pessoas se mobilizaram para salvar o menino, que ao ser retirado da água ouviu que esse seria o seu batismo, com a água salgada do mar, tornando-se brasileiro a partir daquele momento.

Seu pai, que já esperava a família no porto, ao ver o tumulto no mar se aproximou sem saber que se tratava de seu tão aguardado filho. Ao ver a figura do pai, Venâncio gritou:

– Papai, sou eu! Estou aqui!

José Couto corre em direção ao filho e o abraça com muita força, e por mais durão que fosse, uma lágrima correu em sua face, não conseguindo esconder a emoção que tomava conta de seu ser naquele momento.

– Mas o que deu em você, Venâncio, como foi cair no mar?

– Papai, eu vi uma mulher com uma pele escura, carregando algo equilibrado em sua cabeça. Como nunca havia visto nada parecido antes, me distraí e tropecei na rampa. Foi isso que fez com que eu caísse.

Rindo muito, seu pai falou:

– Ainda haverá de ver muitas outras, filho.

A família e os demais parentes e empregados desembarcaram. A esposa, muita aflita e assustada com o novo episódio de Venâncio, trazia consigo seus outros filhos, e ao rever o esposo, caiu em um pranto profundo, que era um misto de alívio, agradecimento e alegria.

Do Rio de Janeiro, mais uma vez José Couto formou um novo comboio para viajar em direção a sua fazenda. Agora com toda a sua família, uma forte escolta de homens armados e um novo grupo de escravos para aumentar o número de trabalhadores e, consequentemente, os seus lucros.

A viagem foi longa e desgastante, mas finalmente todos chegaram bem, para começar uma nova fase de suas vidas.

3

CONHECENDO SEU NOVO LAR

Naquela que seria a primeira manhã da família em seu novo lar, todos acordaram dispostos a conhecer a nova casa e arredores, mas ninguém sairia sem antes se sentar à mesa para o pequeno almoço. Na sala principal da casa, uma enorme mesa de jantar acolhia toda a família, além do padre Manoel Romero e de seu auxiliar Pedro, que já moravam na fazenda. Eles eram responsáveis por catequizar todos que não fossem da religião católica, ensinar as crianças brancas a ler e escrever, além de cuidar da capela, que a essa altura, pelo porte que José Couto a conferiu, mais parecia uma Igreja.

Algumas escravas trabalhavam, desde muito cedo, na cozinha sob o comando da escrava Maria, que fora comprada de outra fazenda especialmente para cuidar das refeições. Maria aprendera a arte da culinária quando ainda era menina, com uma velha negra, que há muito cozinhava nas fazendas e ainda teve a oportunidade de ser ensinada também por uma portuguesa, que amava cozinhar. Assim, mesmo sem deixar de ser escrava e tratada como tal, se qualificou para estar dentro da casa grande preparando a comida dos seus senhores e coordenando as tarefas, junto às outras escravas.

Antes de iniciarem a refeição, José Couto, que se sentava sempre à cabeceira da mesa, se levantou e pediu atenção de todos:

– Hoje é um dos dias mais felizes de minha vida, estou realizando um sonho. Reunir em nossas terras toda a minha família, nesta casa grande que foi construída com muito suor e trabalho. Esses anos que estivemos longe foram tempos de muita luta, muitas vidas ficaram pelo caminho, mas é o preço que tem que ser pago para se desbravar uma terra como essa. Daqui para frente, começo a passar para Venâncio tudo que aprendi, para que ele perpetue nossas propriedades e aumente ainda mais o nosso patrimônio.

Olhando em direção ao padre Romero, ele pede para que este faça uma pequena oração em agradecimento a Deus pelas conquistas, o padre então se levanta e abençoa todos, a refeição e reza ao Senhor agradecendo por tudo. José Couto então continua seu discurso:

– Aproveitando a presença do Padre Romero, gostaria de marcar a primeira missa em nossa capela para daqui a algumas semanas, no segundo domingo de dezembro, que será dia 8, dia que comemoramos a Nossa Senhora da Conceição, a padroeira de Portugal e de nossas terras. Assim haverá tempo de finalizar a capela, organizar tudo e convidar outros fazendeiros e, quem sabe, até algum representante da corte.

Findada a refeição, as crianças puderam sair para conhecer os arredores da casa e a senhora, os aposentos, que não eram poucos.

A fazenda já estava bem estruturada e todos tinham suas funções muito bem definidas. A maioria dos escravos, desde muito cedo, já trabalhavam na lavoura de cana, supervisionados pelo feitor e seus homens, outros, privilegiados por serem mais resignados, trabalhavam no quintal cuidando da agricultura que sustentava a subsistência da fazenda, e umas poucas mulheres e as crianças menores trabalhavam na casa grande. Dentre a população escrava da fazenda, havia algumas crianças negras, outras nem tão negras, mulheres que trabalhavam no canavial e outras que trabalhavam nos serviços domésticos, e muitos, muitos homens negros, que eram a mão de obra básica da fazenda.

Ao saírem da casa grande, o que mais impactou Venâncio e seus irmãos foi ver o abrigo onde os escravos dormiam, também chamado de senzala. Não era permitido às crianças se aproximarem desse local, entretanto, mesmo ao longe, se viam dois enormes troncos cravados na frente da instalação, com algumas correntes fixadas nos mesmos. Ali eram aplicados os castigos aos escravos, que Venâncio, em pouco tempo, teria que aprender como e por que eram utilizados.

Além disso, podia se ver o quintal, onde eram cultivados os legumes, e a horta, que alimentava todos. Contudo, o que mais agradou as crianças foram as frutas, principalmente aquelas que não conheciam. O naná, nome indígena do abacaxi, foi um dos mais admirados, porém o que mais impressionou Venâncio foi a jabuticabeira, que estava repleta de frutas agarradas em seu tronco... aquelas bolinhas pretas e, muito doces, rapidamente passaram a ser a sua fruta preferida.

Por outro lado, a senhora se incumbia de conhecer a casa, seus serviçais e definir os afazeres de cada um. Aos poucos ia assumindo o controle de tudo e de todos e mostrando a sua personalidade. Muito diferente da forma que tratava os empregados em Portugal, aqui ela era dona deles, suas pobres vidas pertenciam a ela e isso rapidamente iria modificar a sua forma de agir.

A partir daquele momento, dentro da casa grande, as ordens seriam dadas pela senhora, e às escravas não era facultado a possibilidade de se dirigir, nem ao menos olhar diretamente para ela. As coisas iriam mudar e o rigor seria a base da convivência com todos os escravos que trabalhavam próximos à casa grande. Logo, logo os escravos saberiam como o humor dessa senhora poderia lhe custar algumas boas chibatadas nas costas.

Uma das exigências da esposa para José Couto era que deveria ser reservada uma grande área em frente ao casarão para a implantação de um jardim. Como não havia muito tempo para se cultivar as plantas antes da inauguração da capela, foi gasto uma boa soma para que as plantas chegassem já prontas para serem colocadas na terra, formando um belo jardim, como era do gosto da senhora. E, assim, em pouco tempo, o jardim estava pronto, sendo batizado como Jardim de Maria, em homenagem ao segundo nome de sua esposa.

4

OFERTÓRIO DE FÉ

Os dias se passavam rapidamente e os preparativos para a inauguração da capela estavam fervorosos. O padre Romero se esmerava para que cada detalhe estivesse pronto, e o pequeno santuário estava realmente muito bonito.

A capela foi construída sobre uma pequena elevação, o que lhe obrigou a ser feita uma pequena escada de seis degraus a sua frente para o acesso. Ela foi toda pintada de branco com detalhes em azul, no seu interior algumas paredes eram revestidas de azulejos portugueses oriundos da capital lusitana. Em sua nave central, atrás do altar, estava a maior imagem, a de Nossa Senhora da Conceição, aquela que foi trazida pela família diretamente de Portugal. À direita da santa, uma imagem menor, mas não menos importante, de São Sebastião, padroeiro do Rio de Janeiro, e à esquerda outra imagem, de um santo muito querido e representativo para os portugueses, São Jorge.

Com a chegada da família, houve a necessidade de se fazer uma adaptação na obra. A pedido da senhora e atendendo a sua promessa feita durante a travessia do Atlântico, criou-se um nicho para se ter um oratório para Nossa Senhora da Glória, onde foi colocada a imagem de sua devoção.

A frente da edificação pendia um pequeno sino à direita da entrada, o qual somente tinha permissão para ser tocado pelos clérigos da fazenda.

A essa altura, José Couto tratava de acertar a vinda de convidados para a inauguração. Representantes da Igreja viriam do Rio de Janeiro para conferir a primeira bênção, e alguns outros senhores de engenho da região e fazendeiros vizinhos já haviam confirmado a presença. A ideia dele era transformar a sua capela em um centro de atração, onde pudesse de alguma forma usá-la para lhe conferir maior vantagem junto àqueles que interagia comercialmente. Desde o início, ele previa que a capela lhe traria ganhos políticos e tornaria a sua fazenda reconhecida e respeitada na região.

– Padre, como estão os arranjos para o próximo domingo? – perguntou José Couto.

– Caminhando bem, senhor.

– Sei que teremos uma romaria e há promessa de que haja uma grande quantidade de oferendas a serem trazidas para a Igreja. Muitos são devotos de Nossa Senhora da Conceição e isso fará que tenhamos bastantes fiéis em nossas missas.

– Se Deus quiser e que assim seja!

Saiu rapidamente para dar conta de outros afazeres na fazenda, deixando o padre e seu auxiliar Pedro verificando os últimos pormenores.

Na casa grande a preocupação era outra... A senhora estava histérica com a arrumação de seu vestido, o qual as escravas tinham que passar e repassar, no ferro à lenha, sem que nem um fio fosse danificado.

Maria, por ser a escrava mais velha, além de tomar conta da comida, também interagia com as outras escravas da casa, de forma que tudo fosse organizado do jeito que a senhora queria, e ela era exigente.

Finalmente o domingo, dia 8 de dezembro chegou e nesse dia, desde o amanhecer todos estavam alvoroçados. Os convidados, que vieram do Rio de Janeiro, já haviam chegado no dia anterior e aos poucos chegariam os demais.

Na casa grande a correria era grande, as crianças logo foram aprontadas pelas mucamas, mas a senhora...

– Maria, Maria!! Gritava a senhora.

– Sua negra, além de burra, está surda agora? Não vê que estou precisando de ajuda?

Correndo pela casa, Maria chega ofegante no quarto para atender a senhora.

– A senhora me perdoe, é que eu estava na cozinha fazendo a comida, o que a senhora deseja?

– Mas você é um animal mesmo, não vê que não consigo me vestir sozinha. Anda logo, me ajude aqui.

E Maria com toda a resignação necessária à sua função, começou a vestir a senhora.

– Já dei ordens para que todos os negrinhos sejam colocados na senzala, somente as negras que servirão a comida, ficarão aqui. Não quero ver nenhum animal de vocês pastando por aqui. Entendeu, Maria?

– Sim, minha senhora, vou verificar pessoalmente se todas as crianças já estão na senzala.

— Teremos pessoas importantes aqui hoje. Treinei vocês para fazerem tudo certo, mas como são animais, tenho certeza de que não farão como eu mandei. Já avise que quem fizer besteira será regiamente castigada. Entendeu Maria?

— Sim, minha senhora.

— Agora sai daqui, quero ficar sozinha.

— Sim, minha senhora, vou voltar para o trabalho da cozinha.

Na medida que as horas iam passando, as pessoas iam chegando e trazendo consigo várias oferendas para a Igreja. Traziam alimentos de sua produção pessoal, uns trouxeram animais domésticos, até uma bezerra, outros, bebidas, ouro etc. Contudo a oferenda mais inusitada foi de um fazendeiro que doou um escravo para a Igreja.

O negro era um rapaz novo e até bem-apessoado, de nome Garai, que em sua língua significava tranquilo, e isso representava bem o seu comportamento. Era bastante jovem e por seu temperamento dócil, seu dono julgou que seria muito útil àquela capela, que todos já chamavam de Igreja pelo seu porte.

O sino toca pela primeira vez anunciando a missa. José Couto, demonstrando muita emoção, da entrada da capela faz um pequeno discurso falando da luta que foi para erguer esse santuário, agradece a presença de todos, agradece em nome da Igreja as oferendas trazidas e convida a todos para entrarem e assistirem a primeira de muitas missas, que ali seriam realizadas.

Em procissão tendo à frente o padre Manoel Romero, acompanhado dos clérigos presentes, todos adentram a capela e se inicia a missa em latim, um momento solene, mas pouco inteligível aos presentes.

Em sua homilia, após a leitura do Antigo Testamento, onde foi citado o capítulo 9: 20-27 de Gênesis, narrando sobre a maldição proferida por Noé ao filho de Cam, Canaã, padre Romero exorta suas verdades cristãs:

— Noé disse: "Maldito seja Canaã: Seja servo dos servos a seus irmãos".

— Queridos fiéis, como sabemos, aos negros se impõe uma ascendência de pecado, pois descendem de Canaã, e a eles foi destinado a praga da escravidão como castigo de Deus. Analisando a questão pela escritura sagrada, os senhores que aqui se encontram nada fazem de antiéticos, pelo contrário, são sim instrumentos de Deus atuando na execução dos seus desígnios com os negros.

Continua o padre seu discurso:

— Vou até um pouco além, os infelizes negros devem gratidão aos seus senhores, por tirá-los da África, terra do demônio, e tê-los trazidos para cá, onde podem viver sobre o auspício da Igreja e do próprio Deus que os acolhe. Imaginem se lá ainda estivessem, estariam fatalmente vedados ao inferno, não teriam salvação.

Finalizando a missa, abençoa todos presentes:

– Ide em paz e que o Senhor vos acompanhe.

E assim, deu-se por inaugurada a Capela de Nossa Senhora da Conceição no dia de sua comemoração. Antes de deixarem a capela, o padre anuncia que a cada segundo domingo do mês, como aquele, haveria uma missa solene aberta a todos e agradece oficialmente a José Couto pela sua dedicação à Igreja e sua bondade em compartilhar a sua capela com a comunidade da região.

Todos em estado de devoção, fizeram questão de tocar a imagem da virgem, pedindo bênçãos. Saindo da missa com seus corações mais amenos e certos de serem verdadeiros cristãos no tratamento dado a seus escravos.

Para as crianças, era um pouco mais difícil entender, porque ora se rezava, e neste momento pareciam serem pessoas tão bondosas, ora se castigava, se torturava, se maltratava os negros. Mas com o tempo isso passa a ser normal e vai sendo absorvido, mais do que qualquer um, Venâncio experienciava isso.

5

A COMPRA DO VELHO JOÃO

À medida que crescia, Venâncio cada vez mais acompanhava o pai em seus afazeres, de forma a ir absorvendo seus ensinamentos. Isso fez com que ele prematuramente fosse abandonando a sua infância, diferentemente de seus irmãos, que não se envolviam com nada.

As missas na capela, como José Couto já previa, estreitou as relações com os outros fazendeiros da região, o que trouxe a ele muita facilidade de negociar com eles. Um desses ofertou a Couto uma parte de seus escravos, pois estava precisando de capital. A fazenda estava com a produção indo bem e como seria muito mais barato comprar escravos próximo do que ir ao Rio de Janeiro para fazê-lo, ele aceitou. Além disso, como o fazendeiro estava precisando, certamente ele conseguiria pagar uma bagatela.

Chegado o dia, Couto sai com alguns homens em direção à fazenda, para efetivar a compra dos escravos.

— Venâncio, hoje você irá comigo, para que comece a aprender como se negocia e como se escolhe os escravos.

A empolgação tomou conta de Venâncio, sair para conhecer outra fazenda, além de acompanhar o pai, dava a ele uma enorme importância, e a partir daquele momento começou a se sentir dono de tudo aquilo.

Ao chegar, foram recepcionados pelo fazendeiro, que já havia mandado perfilar uma grande quantidade de escravos, para que Couto fizesse a escolha de quais iria comprar. Havia homens, mulheres e crianças entre os escravos. A lógica era escolher homens fortes para a lavoura e algumas crianças, que era um investimento mais barato, mas que, no futuro, dariam frutos, principalmente meninas.

Enquanto conversavam, a curiosidade do jovem Venâncio fez com que ele caminhasse nos arredores para conhecer a fazenda, mas indo na direção da senzala, algo lhe chamou muito a atenção. Havia um negro mais velho, com um chapéu de palha, sentado em um banquinho com uma bengala na mão e fumando um cachimbo. Estranhamente aquela visão o atraiu, então ele foi em direção ao Velho.

O Velho continuava estático, com seu cachimbo na mão, mas quando o jovem já estava bem próximo, ele pegou a bengala e com ela desenhou no chão uma estrela de cinco pontas. Nesse momento, o coração de Venâncio disparou, era a segunda vez que aquele símbolo aparecia para ele.

— Por que você fez esse desenho no chão, Velho?
— Para saudar aquela que enviou suncê até a mim.
— Do que está falando?
— Suncê sabe do que estou falando, da Rainha do Mar, que te trouxe até aqui.

Um turbilhão de pensamentos pairava na cabeça de Venâncio nesse momento, como poderia um velho negro saber sobre sua visão? E o Velho continuou...

— Se entender que um humilde velho negro, escravo, pode ser útil em sua missão, estou aqui. Falou baixando a cabeça, em seguida, e puxando fumaça de seu cachimbo, ajeitou seu chapéu de palha e se calou.

Venâncio se afastou fisicamente do Velho, mas seus pensamentos o inquietavam e não conseguia tirar o episódio de sua mente.

— Venâncio, venha cá. Vamos escolher os escravos — gritou o pai para o filho.

Desta forma se procedeu as escolhas, sempre com Couto informando ao filho as características que deveria buscar nos negros, da mesma forma como as que compram animais para a fazenda...

Feita a separação dos escravos que seriam comprados, Couto iniciou a negociação com o dono da fazenda. Depois de muito regatear, chegaram a um acordo, mas antes que o negócio fosse fechado efetivamente, Venâncio chamou o pai para uma conversa em particular.

— O que foi, filho, não gostou da escolha, ou tem alguma negrinha que quer eu compre para você?

— Nada disso, pai, eu nunca lhe pedi nada, mas tenho algo importante para te pedir agora. Está vendo aquele velho sentado próximo à entrada da senzala deles? — apontou Venâncio.— Quero que o compre, não posso sair daqui sem levar este escravo.

— Mas meu filho, o que vamos fazer com um velho escravo a não ser ter que alimentá-lo, sem que ele produza nada? Além de que não sabemos quanto tempo terá de vida ainda.

— Ele não é tão velho assim e algo me diz que nos será muito útil. Pai, apenas o compre, esse é o meu desejo. Não saio daqui sem aquele velho.

Voltando-se ao fazendeiro, que não estava entendendo a conversa deles, Couto falou:

— Amigo, gostaria de acrescentar mais um escravo na minha compra.

Animado com a possibilidade de lucrar um pouco mais, pois estava em dificuldades para manter seus negócios, respondeu animado:

— Claro, quantos quiser...

— Na verdade, só quero mais um, aquele velho que está sentado próximo à entrada da sua senzala.

Ao ouvir isso, o fazendeiro ficou rubro, e procurando as melhores palavras para não contrariar o seu cliente, falou:

— Bem, senhor Couto, aquele escravo não está à venda, já é velho e não será útil a você para nada. Pode escolher qualquer outro.

Neste momento, Venâncio olha para pai de forma incisiva e o pressiona para que torne a insistir no intento.

— Acho que o amigo não entendeu, eu quero aquele.

— Mas esse eu não posso vender, até porque dizem que ele é feiticeiro. Ele cuida de encaminhar as almas destas criaturas quando morrem e cuida delas quando doentes.

O desenrolar da conversa já estava levando José Couto a perder a paciência com o outro fazendeiro comerciante e agora para ele passou a ser uma questão de honra levar o Velho com os outros escravos.

— Bem amigo, não sou homem de ser contrariado, ou você coloca o Velho no negócio ou não levarei nenhum escravo e passarei a ser seu desafeto doravante. A escolha é sua, mas pense bem, pois sua resposta será definitiva.

O fazendeiro tremia e notava-se o nervosismo em seu semblante, não poderia contrariar o senhor de engenho mais poderoso da região, muito menos tê-lo como inimigo, seria o seu fim definitivo, pois sabia que com o poder que tinha nenhum outro faria mais negócios com ele, seria sua bancarrota.

— Então, se o senhor faz tanta questão, pode levar o Velho. Depois eu vejo o que vou falar com minha mulher.

Nesse momento, a feição de Couto estava fechada, mas Venâncio sorria como se comemorasse uma vitória. Dessa forma, o negócio foi firmado e se prepararam para seguir com o comboio em direção à Fazenda Nossa Senhora da Conceição, ostentando sua forte escolta.

Antes de saírem, porém, um dos capatazes se dirige a José Couto:

— Senhor Couto, o senhor sabe por que o fazendeiro não queria vender o Velho?

— Não tenho a menor ideia, até porque estou fazendo um favor de livrar-lhe de uma boca inútil.

— Se o senhor me permitir e tiver um momento, posso fazer um resumo do que sei, por ouvir falar, sobre a história do Velho João.

— Pode falar, agora fiquei até curioso sobre o Velho.

— Bem, o que sei é que o Velho é feiticeiro e curador... Dizem até que ele fala com as almas do outro mundo. Já curou muito negro e até a senhora da fazenda.

— Como assim a senhora da fazenda?

— Um belo dia, a esposa do fazendeiro, do nada, começou a se sentir mal e não havia nada que a fizesse melhorar. Vieram uns doutores e não descobriram nada, ela ardia em febre e tinha até alucinações. Todos os remédios que passaram de nada adiantaram, até um padre que estava de passagem na região foi chamado para ajudar. O padre achou que ela estava possuída e fez até um exorcismo, mas não houve resposta positiva. O fazendeiro já tinha certeza de que perderia a sua amada, foi quando da senzala veio um sinal...

— Que sinal foi esse?

— Uma das mucamas trouxe um recado ao fazendeiro que, se ele quisesse, o Velho poderia curar a sua esposa, mas que ele tinha algumas condições para fazê-lo. De imediato, o fazendeiro mandou chamar o Velho e falou que se não curasse a esposa naquele momento ele o mataria ali mesmo.

— Bem, se o Velho ainda está vivo, foi porque ele curou a senhora.

— Não foi simples assim. O Velho, sem demonstrar nenhuma emoção, falou: "Suncê até pode me matá, mas ela irá comigo. Num tenho nada a perder, mas o sinhô..." Nesse momento, o fazendeiro, em seu desespero para salvar aquela vida que tanto lhe era preciosa, aceitou ouvir as condições do Velho.

— E o que esse desgraçado pediu?

— Nada para ele, apenas que, a partir daquele momento, nenhum irmão de cor poderia mais morrer pelas mãos ou por ordem do fazendeiro. E se assim fosse, ele curaria a esposa e ainda traria prosperidade para ele.

— Curar a esposa, eu vi que ele curou, mas e a prosperidade?

Gargalhou alto, ao final da frase.

— A prosperidade estava atrelada ao acordo que estavam fazendo, mas, passado algum tempo, um negro fujão da fazenda foi pego e açoitado até a morte, quebrando, assim, o acordo, e a Lei vem cobrando do fazendeiro dia a dia depois disso.

— Mas que "Lei" é essa? – perguntou Couto, incrédulo do que estava ouvindo.

— Dizem que essa Lei vem dos orixás africanos: "Exu dá e Exu cobra" – falou o capataz, se benzendo com o sinal da cruz, por três vezes seguidas.

Desse dia em diante, o Velho passou a ser o protegido da esposa e respeitado ainda mais pelos negros.

José Couto ouviu a história e ficou pensativo, pois tinha convicção de que Venâncio nada sabia sobre esse assunto. Mandou o capataz, que acabara de lhe fazer a narrativa, providenciar um cavalo para que o Velho não fizesse o trajeto caminhando como os demais escravos, até porque provavelmente ele não aguentaria o percurso, e perder um escravo não fazia parte dos planos dele.

Na saída da fazenda, Venâncio fez um contato visual com o Velho, que balançou a cabeça como se estivesse apoiando a sua decisão, mas, na interpretação de Venâncio, soou como um agradecimento.

No meio do caminho, ainda intrigado com a questão do Velho, José Couto interroga o filho:

— Venâncio, aceitei o seu pedido pois muito em breve assumirá os nossos negócios e, então, terá oportunidade de experimentar que toda decisão tem uma consequência. Mas confesso que não entendi a sua insistência em trazer para a nossa fazenda um escravo sem condições de trabalhar.

— Meu pai, apesar de minha pouca idade e de muito respeitar a sua experiência de vida, respeito também a voz que vem do meu interior. E essa voz me fez pedir-lhe para comprar o Velho. Não me peça uma explicação lógica agora, porque não há, mas sei que mais adiante iremos entender.

— Você sabe algo da história deste Velho?

— Como poderia? E você sabe alguma coisa que não sei?

— Apenas que teremos uma boca inútil na fazenda – respondeu o pai, guardando para si o que havia descoberto a respeito do Velho.

6

A CHEGADA DO VELHO

A caravana chegou ao seu destino já no finalzinho da tarde, momento que coincidia com o retorno dos escravos do canavial para a senzala. Os negros não acreditavam no que estavam vendo, não se tratava dos novos escravos, que faria a senzala ainda mais abarrotada, mas o que gerou um enorme espanto em todos foi ver um negro escravo montado em um cavalo. Decerto, seria alguém especial, a curiosidade aguçou a mente de todos.

Aquela foi uma noite diferente. O Velho João, com toda humildade que lhe era peculiar, apenas abraçava, como se abençoasse, cada um dos negros que vinha lhe cumprimentar. Os escravos oriundos da outra fazenda rapidamente começaram a contar sobre os feitos do velho, sobre suas curas, sua devoção, e como os orixás de sua ancestralidade lhes eram solidários. Era como se um raio, uma luz, um facho de esperança, iluminasse a senzala. Brotava no coração dos humilhados uma semente de orgulho, de autoestima, de vida, que até então eles não conheciam.

Não havia nenhum escravo na fazenda que fosse um pouco mais velho. O peso do trabalho duro, aliado à alimentação precária, aos maus-tratos e poucos recursos para tratar das doenças, além do desinteresse dos brancos, fazia que a morte visitasse constantemente aquele grupo, que verdadeiramente já não vivia há muito. Muitas vezes, a morte era sinônimo de liberdade. Contudo, a chegada de um ancião trazia um sentimento diferente para todos.

Era uma figura paternal que não tinham até então, e bastou um dos negros falar:

– Bença, Pai João!

Para que, a partir daquele momento todos começassem a se dirigir a ele dessa forma, e com o respeito merecido aos mais velhos. Apenas as crianças mais novas o chamavam de vovô.

O VERSO DA ESCRAVIDÃO

No escuro da senzala, entoaram baixinho cânticos de louvor aos Orixás, que já estavam até se esquecendo. De alguma forma, a energia do Velho reacendia no coração de cada um, sua ligação com a Mãe África.

Mas, na manhã seguinte, bem cedinho, a realidade bateu à porta da senzala. A vida voltava ao normal e a dura rotina estava para ser vivida, como sempre. Cada novo escravo foi acorrentado pelos pés a um escravo já experiente da fazenda e seguiram para o canavial. Essa seria a rotina dos novos negros e negras, até que o feitor ganhasse confiança neles e os deixassem trabalhar sozinhos. Entretanto, havia algo diferente no ar, seria um enorme exagero dizer que trabalhavam felizes, mas, naqueles dias, por alguma razão, que os capatazes não conseguiam identificar, os negros produziram mais. Foram muito poucas as chibatadas necessárias para acelerar o trabalho.

Tal fato logo chegou aos ouvidos do senhor Couto, que sempre muito atento a tudo que acontecia, quis entender o que estaria gerando essa mudança. E questionou ao feitor:

— Rufino, ouvi dizer que os negros estão mais produtivos e a cada dia estamos superando o dia anterior, o que está acontecendo?

Antônio Rufino era o feitor e responsável por todo o funcionamento da fazenda, tinha vários capatazes sobre seu comando, os quais o ajudavam a fazer as coisas acontecerem, além de cuidar para que os negros produzissem e que não houvesse fugas. Acompanha José Couto desde o início da fazenda e tem a confiança dele.

— Bem, senhor, não sei ao certo, mas parece que aquele Velho que não trabalha faz com que os negros trabalhem em seu lugar. Essa é a única explicação que posso lhe dar.

— Estranho, não entendo a lógica desses negros, também pudera, como se esses animais tivessem lógica.

Rindo, continuou:

— Bem, que seja, o que precisamos é aproveitar e aumentar a produção, pois temos que vender mais para pagar os custos desses novos escravos, inclusive o deste velho improdutivo.

Até na cozinha e nos afazeres da casa grande, Maria e suas auxiliares trabalhavam com mais ânimo, contudo, essa mudança de atitude torna-se, a cada dia, um incômodo para a senhora Lourdes.

Mas, para o Velho João, os horizontes eram mais curtos, ele revezava seus momentos entre cuidar dos negros doentes na senzala e pitar o seu cachimbo em um toco, que logo arrumaram para ele. E isso para ele já era o bastante para lhe dar toda a satisfação do mundo, feliz por ser útil, sem se preocupar em ter nada. Às vezes, passava horas em silêncio, como se estivesse em outra dimensão. Meditava, mas, principalmente, curava os irmãos de pele escura, relegados à sorte da vida.

As crianças gostavam de ouvir suas histórias e sempre estavam próximas a ele. Mas havia uma negrinha que chamou a atenção dele em especial. Seu nome era Rosinha e o Velho vislumbrou nela um dom especial para a cura e para lidar com as ervas, assim como ele fazia, e tratou de transmitir a ela um pouco de seu conhecimento.

Quando o Velho João precisava tratar de algum irmão, ele instruía Rosinha a procurar no mato a erva de que ele precisava, dando as características da planta, ela saía à procura e, normalmente, voltava com a planta correta.

Em poucos dias, já havia tratado de alguns escravos doentes e, por tal dedicação, ganhou o respeito do feitor, que ficava feliz por recuperar um homem ou uma mulher perdida para o trabalho.

Tudo ia bem, até o dia que Lourdes entrou de supetão na cozinha e viu as escravas rindo de uma forma exagerada, e todo incômodo que vinha tomando conta de seu ser veio à tona, como se a última gota houvesse caído no copo, fazendo com que ele transbordasse, logo tratou de colocar ordem nas coisas, a sua maneira.

— Maria, Maria! – gritava a senhora.

— Pois não, senhora, o que deseja?

— O que eu desejo? Eu desejo arrancar da cara de todas vocês esse ar de alegria que está me incomodando há muito. Vou acabar hoje com essa palhaçada e vocês se arrependerão de terem nascido. Mande todas as suas auxiliares e as mucamas virem aqui até a sala e ficarem perfiladas junto àquela parede. Agora!

Nesse momento, ela saiu da cozinha, foi até a varanda e chamou o capataz que estava mais próximo. Ao retornar à sala, todas as escravas já estavam presentes, como ela havia ordenado.

— Bem, Maria, já que hoje me parece que é um dia feliz para vocês, vou aproveitar para dar uma ajudinha. Até amanhã, quando o sol despertar, nenhuma de vocês comerá nada, nem beberá água. Está entendido?

— Sim, senhora – respondeu Maria, olhando para os pés.

— E para que eu tenha certeza de que cumpriram a minha ordem, vocês não dormirão na senzala, ficarão acorrentadas umas às outras no tronco e passarão a noite ao relento. Durante o trabalho, hoje, o capataz ficará dentro da cozinha, vigiando vocês. E para completar, quero que você, Maria, escolha um desses animais para ir para o tronco desde agora. Ela será castigada com sete chibatadas, mas somente quando os outros escravos estiverem chegando da lavoura, para que todos vejam e entendam que animais não podem esboçar sequer um lampejo de alegria, nessas miseráveis vidas que têm.

Maria e todas as escravas permaneciam em silêncio e perplexas com o que estava acontecendo.

– Vamos, Maria, faça a sua escolha.

Maria lutava com as lágrimas que teimavam em brotar em seus olhos e, por mais que tentasse evitar, um sentimento de ódio brotava em seu coração. Ela nada falava, apenas se mantinha de cabeça baixa, evitando que a senhora pudesse identificar seu choro.

– Bem, se você não escolher, será você que irá para o tronco, estou lhe dando uma oportunidade.

– Eu vou senhora – respondeu Maria.

Nesse momento, quase que uníssono, várias escravas falaram: "Eu vou no lugar dela".

Essa reação surpreendeu a senhora, que, na verdade, não queria punir Maria, pois, no fundo, tinha até uma certa simpatia por ela, mas descobriu naquele momento que o castigo de Maria seria muito mais sentido do que em qualquer outra e não hesitou em manter a sua decisão.

– Se é isso que deseja, Maria, que assim seja, será você a castigada.

Mandou dispersar as escravas e deu ordem ao capataz para acompanhar a partir daquele momento tudo que acontecia na cozinha. Maria de imediato foi acorrentada a um dos troncos, aguardando a hora de seu castigo.

Algum tempo depois, ao retornar à casa grande, Couto vê Maria colocada no tronco e não entende nada. Ao entrar na casa, pergunta a um dos capatazes o que havia acontecido e a resposta é que se tratava de ordens da senhora.

Então vai à procura da esposa, para que ela explique a situação.

– Lourdes, o que houve? Por que Maria está no tronco?

– Porque eu mandei.

– Isso eu já sei. Mas o que ela fez para estar lá?

– Fiquei muito incomodada com a alegria que estavam trabalhando hoje e resolvi tomar providências. Na verdade, dei a ela a oportunidade de escolher uma de suas auxiliares para ir ao tronco, mas ela quis ir no lugar delas, então que seja.

– Você enlouqueceu? Mandar uma escrava boa como a Maria para o tronco porque estava feliz? Não estou acreditando que você fez isso.

– Não só fiz, como suspendi a comida de todas até o sol nascer amanhã e determinei que todas durmam acorrentadas no tronco, e você não vai se meter na minha decisão. Sei muito bem o que anda fazendo com essas negras fedidas e, caso me desautorize na frente de todos, sua vida vai virar um verdadeiro inferno. Não atravessei esse Atlântico para ser humilhada aqui. Então saia da minha frente.

José Couto estava estarrecido diante da atitude da esposa que, antes de sair, ainda falou:

— No retorno dos escravos do canavial, ela será açoitada sete vezes, na frente de todos. Para servir de exemplo, que entendam de uma vez por todas que as vidas deles não valem nada e a nós elas pertencem.

Nesse instante, Venâncio entra e se depara com seu pai com as feições como se houvesse visto um fantasma.

— O que houve pai?

— Temos um grande problema e teremos que administrá-lo da melhor forma possível. Preciso sair agora...

Sua cabeça girava como um pião, pensava no quanto era mais fácil administrar a fazenda quando estava sozinho e, por alguns momentos, até se arrependeu de ter trazido a família, mas, ao pensar em Venâncio, mudava seus pensamentos. Agora, precisava fazer algo para amenizar o impacto que essa atitude insana de Lourdes poderia trazer à produtividade do engenho. Foi à procura do feitor.

— Rufino, há pouco comemorávamos a produtividade dos escravos, mas tudo está prestes a ruir, diante da atitude intempestiva de Lourdes. Precisamos pensar em algo.

— Senhor Couto, por que simplesmente não manda soltar Maria e acaba com isso?

— Então, de alguma forma ela descobriu que uso algumas escravas para saciar meus ímpetos animais e, por conta disso, me ameaçou, caso eu a desautorize.

— Mas senhor, não é o único que usa deste artifício, até porque as negras são quentes e nos acolhem muito bem. Além do mais, são propriedade sua e pode usá-las como quiser.

— Sei de tudo isso, mas a cabeça de uma mulher branca é muito diferente. Ainda bem para você que tem uma mestiça e não liga de dividir você com outras. Minha preocupação é que teremos que voltar a usar de violência para manter a produtividade, diante do que vai acontecer. Isso aumentará as tentativas de fuga e perdas de escravos. Estamos no auge da colheita e não quero negros trabalhando somente na base do chicote.

— E se conversássemos com o Velho?

– Vou pensar um pouco mais, temos algumas horas até o retorno do canavial.

Sentado em seu toco, na entrada da senzala, o Velho olhava para Maria presa no tronco e pedia ao seu Deus da justiça que intercedesse em prol da escrava inocente. Pitava seu cachimbo, emanando a fumaça, como se incensasse o local, assim como os padres faziam com seus incensos no início das missas.

ESCREVENDO CERTO POR LINHAS TORTAS

Como seu pai parecia muito preocupado para lhe dar atenção e o clima da casa grande não era dos melhores, Venâncio decidiu fazer uma das coisas que ele mais gostava, que era ir banhar-se no rio. O dia estava muito quente e as águas claras e límpidas eram um convite a um mergulho.

Chegando à beira do rio, ele tirou suas pesadas botas, despiu-se e embrenhou no rio, usufruindo da energia daquelas águas abençoadas em sua opinião. Todas as vezes que se entregava nessas águas, ele sentia um enorme prazer, era algo inexplicável, mas que lhe trazia paz e preenchia seu coração.

Ficou um bom tempo aproveitando aquela sensação, até que resolveu voltar para casa. Estava se sentindo tão bem que apenas vestiu suas roupas, mas não colocou as botas, simplesmente as amarrou uma na outra, jogou sobre os ombros e caminhou, sentindo o contato com a terra, com a natureza a seus pés.

Logo à frente, encontrou um dos capatazes da fazenda, que estava de ronda e este o abordou:

– O senhorzinho quer voltar em meu cavalo, eu sigo a pé?

– Não, obrigado, estou aproveitando a caminhada.

O capataz fez que estava se afastando, mas ficou próximo para acompanhar o senhorzinho em seu retorno.

Venâncio, por sua vez, estava observando cada detalhe da natureza que o cercava, até que avistou uma frutinha que ele apreciava, de nome Cabeludinha. As maduras são arredondadas, de cor amarelo-canário e com casca grossa, mas suculentas e doces, como se fossem jabuticabas amarelas, não pensou duas vezes, saiu da trilha e entrou no mato para colher algumas para comer. Sem perceber, entrou numa área de folhas secas e, inadvertidamente, pisou em uma cobra, que instintivamente o picou.

Ao ser picado, Venâncio deu um grito, que no silêncio da mata foi facilmente escutado pelo capataz que fazia a sua escolta. A cobra fugiu após a picada, mas deixou no rapaz o seu veneno fatal.

Venâncio tentou voltar para a trilha, mas sentia uma dormência em sua perna e sua visão começou a ficar um pouco turva. Em poucos instantes, o capataz chegou e o encontrou caído, próximo à trilha.

– O que houve, senhorzinho?

– Fui mordido por uma cobra listrada, vermelha, preto e branca.

– Meu Deus, foi uma cobra-coral. Preciso levá-lo o mais rápido possível para a fazenda.

Com um grande esforço, colocou o rapaz sobre a sela do cavalo a sua frente e partiu para a fazenda o mais rápido que conseguiu.

Ao chegar, foi fazendo um grande alarde e, em instantes, José Couto, a esposa e os demais já estavam ao redor deles...

– O que houve? – perguntou Couto.

Com Venâncio já meio desfalecido em seus braços, o capataz falou:

– Ele foi mordido por uma cobra e, infelizmente, por uma das mais venenosas, a cobra-coral.

Lourdes Maria, já aos prantos e em desespero, começa a gritar, sem se lembrar que naquele momento Maria estava no tronco esperando a hora de ser castigada.

– Maria, Maria, vá chamar o padre Romero agora, corra...

Couto intervém imediatamente, ordenando aos capatazes:

– Nada disso, vá buscar o Velho na senzala, ele saberá o que fazer e aproveite e tire a Maria do tronco, pois ele, certamente, irá precisar dela.

Imediatamente, um dos capatazes foi buscar o Velho, enquanto outro retira Maria do tronco. O Velho João se apressa e traz consigo a negrinha Rosinha, que lhe será útil para colher as ervas que irá precisar.

Ao chegar à varanda, onde Venâncio era mantido encostado a uma pilastra, o Velho logo assumiu o comando das ações, para desespero de Lourdes Maria, que se mostrava totalmente descontrolada.

– Vocês vão deixar esse negro tocar em meu filho?

– No momento, é a única esperança que temos para salvar Venâncio – respondeu Couto e, se dirigindo ao negro, perguntou:

– Negro João, o que irá precisar? Ele foi mordido por uma cobra-coral e sabemos que o veneno desta espécie já levou muitos à morte.

– Vamos salvar o menino, suncê pode ficar tranquilo. Em primeiro lugar, eu preciso de muita água para lavar bem o local da picada e temos que colocar ele imediatamente deitado. Tragam também um pouco de água para ele beber, lhe fará bem.

Chamou a Rosinha e a instruiu para buscar na mata as ervas que ele iria precisar...

— Fiinha, preciso que busque no mato a erva-botão, suncê vai achar procurando primeiro uma fror branquinha... as folhas são bem comprimidinhas e finas. Preste atenção que terá que tirar o pé e a batata que fica enterrada, vou precisar de tudo isso. Entendeu?

— Entendi, vovô, posso ir?

— Vá o mais rápido que puder e tenha muita atenção, pois a vida do menino depende disso. Que Ossain, o Orixá das folhas sagradas, guie seus olhos para que encontre logo o que preciso.

E, assim, Rosinha partiu correndo, sob os olhares incrédulos dos que assistiam, enquanto Pai João organizava as suas necessidades.

— Meu sinhô, vou precisar de uns panos para colocar as ervas e preciso que seja colocada água no fogo para fazê a infusão que ele irá beber... Se o sinhô não se importa, eu preciso acender o meu velho cachimbo para defumá o menino.

Couto fez um gesto, consentindo com a cabeça e já mandou Maria, que já estava de volta à casa nesse momento, colocar a água no fogo.

O Velho caminhou lentamente ao redor do corpo de Venâncio, pitando o cachimbo e baforando a fumaça sobre ele. Depois se agachou e baforou fortemente sobre o local picado. Nesse momento, ele dizia algumas palavras bem baixo, como se estivesse se conectando ao seu sagrado, invocando os Orixás. Ficou em silêncio alguns momentos, balançou a cabeça como se estivesse escutando alguma orientação e pediu que lhe trouxessem palhas e um cachorro. O que foi imediatamente atendido, após a ordem do senhor.

Com as palhas, varreu o corpo de Venâncio da cabeça em direção aos pés e depois trouxe o cão perto da ferida e, sem dizer nenhuma palavra, induziu o cão a lamber o local.

Nesse instante, Rosinha entra com a erva-botão nas mãos e a batata na raiz.

— Muito bem, minha menina, bom trabalho. Vejo que suncê conseguiu se conectar ao Orixá das folhas sagradas – falou Pai João, que, em seguida, chamou Maria para ajudá-lo:

— Maria, preciso que essa batata seja ralada, quando suncê voltá, traga um pouco de água morna. Lave bem essas folhas, tira a água do fogo, coloque elas dentro e coloque uma tampa por cima... daqui a pouco vou precisar dessa infusão.

O VERSO DA ESCRAVIDÃO

Rapidamente, Maria atende aos pedidos de Pai João e, ao retornar com a batata já ralada e a água morna, entrega a ele, que pega os panos, molha na água e coloca uma grande quantidade do ralado sobre o pano, levando sobre o local picado, envolvendo a perna do rapaz, como se fora um curativo. Depois ele solicita que a infusão feita com as folhas seja peneirada e que o líquido seja trazido a ele.

Ao receber a jarra com o líquido, dá mais algumas baforadas sobre a mesma e a entrega ao pai de Venâncio, dizendo:

– Dê um pouco para ele agora e cuide para que, a cada uma hora, uma nova dose seja dada para ele beber, mantenha ele deitado. O rapaz ficará bom. Se o sinhô permitir, vou voltar para meu banquinho lá na senzala.

Couto sente um grande alívio em seu coração, vendo nas feições do filho já alguma melhora. Olha em direção ao Velho João com um ar de agradecimento e consente a sua saída.

8

A RECUPERAÇÃO E A PERDA DA INOCÊNCIA

Em seu escritório, José Couto conversa com o feitor, que, por falta de outros na fazenda, acabara se transformando também em um amigo.
— Rufino, hoje nós vamos tomar aquela cachaça especial que ganhei de um amigo da Bahia, o dia merece, pois nos trouxe um turbilhão de emoções. Veja você, começamos o dia satisfeitos com a produtividade da fazenda, em seguida veio a insanidade de Lourdes que estava colocando tudo a perder e, depois, o que poderia ser a maior tragédia da minha vida acabou sendo a solução para nosso maior problema. Vendo agora o Venâncio se recuperando, posso afirmar que a picada de cobra trouxe a paz de volta. Saúde!
— Pois é, ainda bem que Venâncio insistiu para o senhor trazer o Velho.
— Isso é que está encasquetado na minha cabeça. Não acredito muito nessas coisas, mas Venâncio afirmou que teve uma intuição e que, mais à frente, nós iríamos entender por que trazer o Velho. Parece que já está explicado.
— Talvez, senhor, mas acho que ainda teremos surpresas com esse velho.
Conversaram um pouco mais e se despediram, e Couto foi ao encontro da esposa. Entrou no seu quarto e, ao vê-la se recolhendo para dormir, falou:
— Hoje sei que está cansada, mas amanhã bem cedo teremos uma conversa, entendido Lourdes Maria?
— Você não vem dormir?
— Não, ainda tenho coisas para resolver.
Saiu do quarto batendo a porta, demonstrando todo seu descontentamento com a atitude dela. Não havia nada em especial a fazer, a não ser aliviar suas tensões com uma de suas escravas.
Venâncio estava em seu quarto sendo cuidado por uma mucama também jovem, aparentando ser um pouco mais velha que ele. Ela passou a

noite toda dando-lhe de beber a infusão de tempos em tempos, conforme recomendação do Velho João.

Ele acordou se sentindo bem melhor e ela, ao vê-lo despertar, pegou um pano úmido e começou a passar em sua face. A negra estava com um vestido branco um pouco mais largo e, ao se debruçar sobre ele, permitiu ingenuamente uma farta visão de seus belos seios. Aquilo mexeu profundamente com ele, era uma sensação nova e, apesar de ter gostado muito do que viu, ao mesmo tempo se censurava, pois se tratava de uma escrava. Mas essa experiência não seria facilmente esquecida.

Alguns minutos depois, seu pai entra no quarto para saber como ele estava passando, ao ver o pai, faz menção de se levantar, sendo logo advertido:

– Negativo, vejo que já está melhor, mas ficará quieto na cama por enquanto. Hoje você não sairá do quarto para nada, vou avisar sua mãe, que mandará Maria trazer todas suas refeições aqui em sua cama. Você passou por um susto muito grande e não convém precipitar as coisas.

Saiu do quarto, deixando-o a sós com a mucama.

Ainda muito incomodado com a experiência anterior, ele não se conteve e pediu para ela, mais uma vez, passar o pano úmido em seu rosto e, ao reviver a cena, descobre que está muito atraído por aquele corpo.

Em sua conversa com a esposa, José Couto foi muito duro.

– Não vou admitir mais nenhuma atitude sua que possa vir a interferir nos negócios da família. Acho que até agora você não percebeu que uma cobra, que quase matou nosso filho, nos salvou de um enorme problema com a senzala e, consequentemente, de um grande prejuízo financeiro para a fazenda. Controle-se a partir de agora, pois caso não o faça, darei um jeito de mandá-la de volta a Portugal e sem os seus filhos.

– Eu jamais sairia daqui sem eles.

– Então não tente, mais uma vez, me confrontar. E quanto às negras "fedidas" que você se referiu, fique sabendo que são minhas propriedades e eu as uso como bem quiser, e posso lhe garantir que na cama são muito, mas muito, melhores que você. Não fui o primeiro e não serei o último a usá-las, ou você ainda não percebeu de onde vem essas crianças mais claras?

– Você não presta.

– E você? Não quero voltar a esse assunto mais uma vez, espero que estejamos entendidos. Agora, vá cuidar de seus filhos menores, de Venâncio cuido eu.

Saiu, deixando Lourdes ruminando um enorme ódio em seu coração. Ela queria matar alguém naquele momento e quem está sempre mais disponível era...

– Maria! Maria! Onde está você, sua negra imunda?

Correndo como sempre para atender o mais rápido possível ao chamado da senhora, ela chegou.

– Pois não, a senhora me chamou?

Ela, que estava de costas, se vira, vai ao encontro de Maria e, sem perder tempo, dá uma bofetada no rosto da escrava, colocando ali todo o seu ódio. A força proferida foi tanta, e por não estar esperando, fez com que Maria fosse ao chão.

– Levante-se, seu animal! Saiba que se livrou do tronco, mas não se livrará de mim. Agora, vá ver se Venâncio está precisando de alguma coisa.

– Sim, senhora.

Saiu em direção ao quarto de Venâncio, na certeza de que seu martírio estava apenas começando. Talvez fosse melhor ter levado as chibatadas no tronco.

9

AS CONVERSAS COM O VELHO

Alguns dias se passaram e Couto, após resolver alguns assuntos da fazenda com o feitor, questiona:
– Sabe, Rufino, eu estou querendo ter uma conversa com esse velho. Queria entender melhor essas coisas, como ele conseguiu curar o Venâncio, onde que ele aprendeu essas coisas, enfim, mas ainda não sei onde se dará essa conversa. Não quero ir à senzala, nem o trazer aqui, pois poderia intimidá-lo e fazer com que não fale nada. O que acha?
– Concordo, acho que deveria ser um campo neutro – falou, dando uma risada. – Que tal se fosse na capela?
– Acho que teve uma ótima ideia. Estou indo para lá e vou pedir ao padre Romero que nos deixe a sós, para ver se eu consigo conhecer melhor essa figura misteriosa, que salvou a vida do meu filho. Você dê um tempinho e vá buscá-lo na senzala e o leve lá.
– Sim, senhor Couto.
Ao chegar à capela, ele encontra Pedro, o auxiliar do padre Romero, conversando animadamente com Garai, o escravo da Igreja, que já estava totalmente enquadrado com as suas obrigações rotineiras.
– Bom dia, senhor Couto! Posso ajudar? – perguntou Pedro.
– Bom dia, pode sim. Quero falar com o padre Romero, ele está aí?
– Sim, sim, deve estar lá dentro. Garai vá chamá-lo.
Em alguns instantes, o padre aparece.
– Deus o abençoe, senhor Couto, em que posso ajudá-lo?
Pegando o padre pelo braço e levando para um lugar mais reservado, ele falou:
– Preciso que ceda a capela para uma conversa que terei com o escravo velho. Não quero ninguém por perto para bisbilhotar.

— Pois não, mas o senhor vai colocar aquele escravo aqui dentro?

— Por que não? Você não tem um escravo aí com vocês?

— Mas é muito diferente, senhor Couto, Garai está convertido ao catolicismo e esse Velho dizem que é feiticeiro.

— Feiticeiro ou não, ele salvou o meu filho e não vejo diferença nenhuma entre um escravo e outro.

— Bem, se o senhor insiste, que Nossa Senhora da Conceição o perdoe.

— Pode deixar, padre, que com ela eu me entendo. Então, por favor, saiam agora.

O padre chama seu auxiliar e o escravo e vão em direção da casa grande, deixando a capela vazia, como era de gosto do senhor. Nesse instante, o feitor já vem conduzindo o Velho até a capela. Aproveitando que teria um tempo, visto que o Velho caminha devagar, Couto entrou na capela, foi até o altar, fez o sinal da cruz e pediu a sua devotada santa que abençoasse aquela conversa.

— Senhor, o Velho está aqui — falou o feitor da porta da capela.

— Ótimo, mande-o entrar.

O feitor faz um sinal para o Velho, que entra pisando suavemente no chão do santuário.

— Bom dia, Velho João!

— Salve suas forças, Sinhô, e salve sua santa, que pelo olhar amoroso que tem me faz lembrar de um orixá africano, que tenho grande respeito: a Deusa do Amor.

— Bem, eu mandei chamá-lo até aqui porque gostaria de conversar um pouco, tenho algumas curiosidades. Mas, antes de mais nada, preciso lhe agradecer por ter salvado a vida de meu filho. Por isso, lhe serei grato eternamente.

— Num carece de agradecer não, Sinhô.

— Fiquei sabendo de sua história na outra fazenda, onde salvou a vida da senhora de lá, mas quem me contou disse que negociou com o fazendeiro antes de salvá-la. Por que não fez o mesmo comigo?

O Velho abaixou a cabeça, ficou um pouco pensativo antes de responder e falou:

— Vou tenta explicar para o Sinhô, mas não é fácil não. O menino tem uma missão a cumprir e eu apenas servi, para que ele tivesse outra oportunidade de continuar.

— Como assim? Como sabe dessa missão e do que se trata?

— Bem, Sinhô, eu falei que não ia ser fácil de explicar, porque não tem uma explicação assim como o sinhô tá acostumado. Mas desde que vi o menino, eu sabia que deveria estar do lado dele e que, mais cedo ou mais tarde, iria precisar de mim.

– Ele me falou alguma coisa parecida com isso.

– Quanto à missão, Sinhô, caberá a ele descobri.

– E como que um africano pode conhecer as ervas deste país sendo um escravo?

– Sinhô, lá na Mãe África já usávamos o conhecimento das ervas para a cura, desde minha ancestralidade. Mas, aqui quando cheguei, lá pelas bandas de Pernambuco, eu era bem novo e cheio de vigor, um belo dia eu fugi e me embrenhei mata adentro. Acabei encontrando um índio que se afeiçoou por mim, tornando-se meu amigo. Seu nome era Cobra Coral e ele tinha esse nome porque sua mãe, ao dar à luz a ele no meio da mata, foi picada por essa cobra e morreu. Os outros índios da tribo o encontraram chorando ao lado do corpo da mãe, que estava sobre um ninho dessas cobras, mas nenhuma o picou. Assim passaram a lhe chamar de Cobra Coral.

– Nossa, Velho, você tem histórias mesmo.

– Convivi por muitos anos com ele em sua tribo e ele me ensinou tudo que sabia sobre as ervas desta terra e eu passei para ele os conhecimentos que tinha também. Quando soube que o menino havia sido picado por uma cobra-coral, acionei o espírito dele e, creia o sinhô ou não, ele esteve em meu lado o tempo todo.

– Continue, por favor.

– Eu só consegui chegar a essa idade que tenho hoje porque não trabalhei como os meus irmãos de cor. Quando fui capturado novamente, depois de uma batalha sangrenta com os índios, os homens brancos me trouxeram para o Rio de Janeiro. Nessa época, eu já tinha uma idade avançada, principalmente se comparado aos escravos que chegavam da Mãe África. E para conseguirem me vender, fui colocado em um lote de escravos, sendo levado como um peso morto, assim como o sinhô me comprou.

– Neste caso, você veio direto para a fazenda onde o comprei?

– Sim. Ali quando cheguei sofri bastante. Fui mandado para o canavial, mas minha produtividade era muito baixa e todos os dias eu ia para o tronco. A cada dia, minhas forças iam diminuindo e quanto mais fraco ficava mais apanhava. Não fosse a intercessão de meu Pai Omulu, eu não estaria aqui conversando com o sinhô. Mas, sinhô, eu estou o importunando com essas histórias.

– De jeito nenhum, há muito eu estava interessado em conhecer um pouco do universo de vocês, negros, mas não tinha oportunidade. Pode continuar, como esse seu "Pai" o ajudou?

— Me dando o poder da cura. Eu já tinha o conhecimento das ervas, mas ainda não tinha a mão de cura e foi isso que Omulu me deu. Ele traz em si o poder das doenças e de suas curas, além de conduzir os espíritos quando encarnam e quando desencarnam.

Nesse instante, o Velho João fica em silêncio, como se estivesse escutando alguém, e José Couto o observa atentamente. Após alguns minutos, ele balança a cabeça como se atendendo a uma solicitação e volta a falar.

— Vou conta ao sinhô o que aconteceu, mas não para que pense que sou melhor que os outros negros, e sim para que entenda que, por alguma razão, fui escolhido para trabalhar sob o comando dos orixás.

Após mais uma pausa, João volta a falar:

— Numa noite, após ser açoitado, estava no tronco me sentindo muito fraco, como se minhas últimas forças estivessem se esvaindo, meus olhos nublavam e já não conseguia me sustentar, foi quando de repente toda a dor cessou e tudo ao meu redor começou a brilhar de uma forma estranha, foi aí que vi o Senhor Omulu se aproximar de mim, com suas palhas cobrindo todo o seu corpo e com seu xaxará nas mãos, apenas tocou em mim. Pensei ser a minha morte, mas Ele me fez entender que era um renascimento, para uma vida de doação em prol dos outros.

— Perdoe a minha descrença, mas você continuava no tronco. Morrer não morreu, senão não estaria aqui me contando. Então, o que aconteceu?

— Na manhã seguinte, quando foram me retirar para o trabalho, não havia nenhuma marca das chibatas em meu corpo e eu estava em pé, olhando firmemente para meus algozes. Eles não acreditaram no que estavam vendo e, ao chamarem o feitor, esse disse que eles não sabiam como açoitar um negro e pegou a chibata e descarregou em minhas costas todo seu ódio, abrindo várias feridas, até em meu rosto. Me deixaram ali o restante do dia.

O Velho João espaçava as suas frases, como se buscasse forças para contar algo tão profundo para ele.

— No dia seguinte, estava eu lá, sem nenhuma marca, em pé e olhando para eles, só que, agora, grande parte dos escravos estava com seus corpos cobertos de feridas e gritava de dor. O medo tomou conta dos brancos, que gritavam que aquilo era uma maldição e que, se não me tirassem dali, os próximos seriam eles. Assim, arrancaram os grilhões e eu, sem falar nenhuma palavra, fui direto para a senzala cuidar de meus irmãos de cor. Três dias depois, todos estavam bem e aptos ao trabalho, e eu pude ficar sentado em meu toco na porta da senzala, pitando meu cachimbo e sempre cuidando daqueles que necessitavam, até que a senhora adoeceu. Daí para a frente, parece que o sinhô já conhece a história.

Encerrou sua frase abaixando a cabeça, como se vergonha tivesse do acontecido. Couto suspirou, tentando assimilar tudo aquilo que lhe havia sido narrado e, após alguns momentos de silêncio, falou:

— Negro João, eu quando o chamei para conversar, eu já havia tomado a minha decisão, e ao conhecer agora a sua história mais detalhadamente, vejo que ela é acertada. Em agradecimento, por ter salvado a vida de meu filho, vou lhe conceder a sua Carta de Alforria.

Nesse momento, João ergue a cabeça e lança um olhar, como se não acreditasse nas palavras que acabara de ouvir, e Couto continua:

— Entretanto, gostaria que ficasse conosco em nossas terras, cuidando daqueles que necessitarem de seus préstimos. O que acha?

— Em primeiro lugar, fico muito grato por me dar a minha tão sonhada liberdade e mais grato ainda por me deixar ficar, livre, em suas terras.

— Agora, volte para a senzala, que nos próximos dias tomarei as devidas providências.

Fazendo um gesto para o feitor, que aguardava do lado de fora, ele despacha o Velho e fica pensativo olhando para a imagem de Nossa Senhora no altar.

Aquele era um momento de grande emoção para o Velho João, que mentalmente agradecia aos seus orixás pela bênção que acabara de receber. A certeza que poderia terminar os seus dias ajudando os outros lhe garantia a certeza de que cumpriria a missão que lhe foi conferida.

Mas aquele dia estava longe ainda de acabar para o Velho João, que sentado em seu toco na entrada da senzala recebeu mais uma visita, para a sua surpresa.

— Nêgo Velho, podemos conversar um pouco? – falou Venâncio.

— Salve fiô, como está se sentindo?

— Estou me sentindo bem melhor, graças a Deus e ao senhor e seus orixás que me trouxeram a vida. Na verdade, estou vindo aqui para lhe agradecer por ter cuidado de mim.

— Num carece de agradecimento não, fiô, é parte da missão ajudar ao próximo, e em especial proteger suncê de todos os males. Assim, se o sinhozinho permitir, estarei sempre próximo, e quando precisar de qualquer coisa, terá esse velho aqui para lhe ouvir e humildemente lhe passar um pouco de minha vivência.

— Fico grato, mas não entendo quando diz que sua missão é me proteger. Isso não faz muito sentido para mim.

— Suncê tem uma missão a cumprir, muito maior que a desse humilde velho, a minha é apenas ajudar no seu caminho.

– Mas que missão é essa, Nêgo Velho?

– Isso suncê irá descobrir ao longo de sua caminhada. Dê tempo ao tempo, viva da melhor forma que achar e lá na frente encontrará o seu verdadeiro caminho.

– Nêgo Velho, você é muito enigmático, mas gosto de você. Antes de vir aqui falar com você, meu pai me falou um pouco da conversa que tiveram e fiquei muito feliz em saber que agora será um homem livre. Sendo assim, não sendo mais meu escravo, fico mais à vontade para lhe pedir um abraço.

O Velho, bastante emocionado, faz um esforço para se levantar, dar umas boas baforadas de seu cachimbo em direção a Venâncio e, finalmente, o abraça, selando dessa forma uma grande amizade, que estava por nascer.

10

A NOVA VIDA DO VELHO JOÃO

Passado algum tempo, Venâncio procura o pai para conversar sobre o futuro do Velho João e como ele poderia ser útil para a fazenda.
— Venâncio, você acha mesmo uma boa ideia ajudarmos o Velho a construir uma choupana para ele?
— Claro que sim, meu pai. Ele está alforriado e não pode continuar morando na senzala, e de mais a mais ele precisará de lugar para atender as pessoas. Em breve, poderá até nos pagar um aluguel pela choupana.
— Como assim, Venâncio?
— Bem, ontem mesmo um capataz de outra fazenda trouxe a sua esposa que estava passando muito mal, e o Velho João tratou dela, e em troca o capataz lhe pagou. A fama do Velho está se espalhando pela região. Além disso, ele tem um compromisso comigo de cuidar de todos os escravos sem nos cobrar nada.

Venâncio, empolgado, continua o seu discurso sobre seus planos com o Velho:
— Tenho outras intenções com o Velho, ele pode ser nosso interlocutor com a escravaria e nos ajudar com os negros rebeldes.
— E por que ele faria isso?
— Simplesmente uma questão de negociação, vamos devagar atendendo as suas reivindicações e, em troca, ele trabalha para nós. No momento, a questão é definirmos onde será a choupana e colocar uns dois escravos para construir sob a supervisão de um capataz. Uma construção bem simples atenderá a sua necessidade, e a partir daí tenho certeza de que nos ajudará.
— Venâncio, estou surpreso com a sua astúcia, mas existem outras implicações. O padre Romero, por exemplo, não está nada satisfeito com a notoriedade que o Velho vem ganhando, até porque ele não é católico, tem lá suas próprias crenças.

— E se ele se converter ao catolicismo?

— Acho que agora você foi longe demais. Entendo que tenha uma gratidão pelo Velho, assim como eu tenho, pois salvou a sua vida, mas fica por aí.

— Pai, eu já até conversei com ele e acabei por descobrir que existem certas semelhanças entre as nossas crenças... Os nossos santos são como os orixás deles, é tudo uma questão de como vemos as coisas. Imagine se convertemos os escravos e eles ficarem tementes a Deus? Certamente, nos obedeceriam mais facilmente.

— Vejo que já está pensando no futuro de nosso negócio e isso muito me orgulha. Contudo, vamos devagar, um passo de cada vez. Ainda por muito tempo teremos que ter uma mão firme, para que esses negros trabalhem para nós. Voltando à choupana, vou autorizar sua construção e você fica responsável por definir o local e acompanhar o trabalho. Não devemos ter custos para isso, vamos usar o que temos em abundância, madeira e barro.

A conversa se estendeu um pouco mais, sobre assuntos triviais e familiares e, ao final, Venâncio sai com a sensação de ter conquistado, senão tudo que queria, mas, pelo menos, a choupana garantida. Sendo assim, foi falar com o Velho João.

— Nêgo Velho, amanhã ao nascer do sol iremos definir onde será sua choupana e começaremos a construção imediatamente.

— Suncê não perde tempo mesmo, fico feliz por estar preocupado comigo, mas tem uma coisa que preciso lhe pedir, na verdade, são duas – sorriu o Velho e continuou.

— Se possível, gostaria de levar a Rosinha comigo, pois precisarei de alguém para buscar as ervas na mata e me ajudar nas coisas da casa, e ainda tenho a ousadia de lhe pedir que conceda à Maria a possibilidade de dormir na choupana, em vez de na senzala. Ela continuaria com todas as obrigações que ela tem, como escrava que é, apenas peço que permita que ela durma na choupana, para me fazer companhia.

Ao ouvir a última parte do pedido, Venâncio solta uma bela gargalhada e fala:

— Nêgo Velho, pensei que não pensasse mais nessas coisas, mas vou verificar se consigo essas liberações que me pede.

— Fiô, não é nada disso que está pensando.

— Sem problemas, não estou pensando em nada. Em breve, também farei alguns pedidos a você, pois espero que seja nosso interlocutor com os escravos. Até amanhã.

Na manhã seguinte, definiram o local da choupana em um terreno plano e descampado que ficava atrás da senzala, justamente no caminho que os escravos faziam para o canavial, e deu-se início de imediato à construção da humilde choupana, que em poucos dias ficou pronta.

O local escolhido por Venâncio era estratégico, pois ele sabia que os escravos, ao passarem por ali, não deixariam de ter contato com o Velho, o que era importante para seus planos futuros. Em poucos dias, Pai João se despedia da senzala, onde deixava seus irmãos de cor, para ir com a Rosinha morar na choupana. Quanto à Maria, ficou combinado que ela, após o trabalho do dia, iria para a senzala e de lá sairia "escondida", mas com a autorização do senhor, para dormir na choupana. Essa foi a solução para que a senhora Lourdes não soubesse dessa benesse e fizesse alguma represália contra ela.

À frente da choupana, foi feito um banco, onde Pai João ficava sentado, pitando o seu cachimbo e abençoando os negros que passavam para o trabalho árduo do canavial. Era ali também que ele recebia aqueles que vinham atrás das curas para o corpo e para a alma.

11

AFLORA O DESEJO

Há muito Venâncio vem adiando uma conversa mais aberta com o seu pai, mas as sensações que vem experimentando a cada dia, ao olhar para as negras, faz com que ele tome coragem e vá à procura de um conselho de um homem mais velho e experiente. Naquele dia, após a refeição da família, ele pede ao seu pai para irem ao escritório resolver alguns assuntos pendentes.

— Que assuntos pendentes são esses, Venâncio? Conversamos esses dias sobre tudo que diz respeito à fazenda e estou muito satisfeito com a sua atuação, sinto que até mesmo antes que eu esperava, você estará preparado para assumir nossos negócios. E então, sobre o que quer falar?

— Bem pai, esse assunto é algo de filho para pai. Estou um pouco constrangido, mas só tenho você nesse momento para me abrir.

— Já estou ficando até nervoso, desembucha logo.

— É sobre as negras escravas, tenho sentido desejos por elas.

Ao ouvir essa frase, Couto se dobra em gargalhadas.

— Eu já estava achando estranho você não vir falar comigo sobre isso. Vamos tomar uma boa cachaça que tenho aqui guardada para as grandes ocasiões, pois, a partir de hoje, vai deixar de ser menino para ser homem.

Venâncio se sente aliviado com a reação de seu pai e relaxa, para continuar a conversa.

— Mas, pai, isso é normal?

— De onde você acha que vem esses negros de pele mais clara? São oriundos de relação de homens brancos com as negras, ou com as índias. Nós as usamos para aliviar nossos instintos animais e que nossas esposas brancas não conseguem atender. Você, em breve, irá entender isso.

— Então até o senhor usa nossas escravas?

— Mas é claro, desde que cheguei no Brasil. Já experimentei até as índias, mas as negras são insuperáveis. Já que estamos falando abertamente, saiba que tenho uma estrutura para poder usá-las aqui na casa grande, sem levantar suspeitas, principalmente de sua mãe. E a partir de hoje, terá acesso também.

Nesse momento, Couto, que já estava com a cachaça e dois copinhos nas mãos, os coloca sobre sua mesa e vai em direção a um armário, de onde pega uma caixa e de dentro dela retira um objeto. Dirige-se a Venâncio e lhe entrega uma chave.

— Essa é a chave de seu "escritório" particular.

— Escritório particular, como assim pai? Não estou entendendo.

— Bem, quando construí a casa grande, fiz dois aposentos aos fundos, onde eu pudesse desfrutar de momentos íntimos com as mulheres que eu bem entendesse, escravas, índias etc., sem levantar suspeitas, com entrada independente e discreta, onde pudesse manter a minha privacidade. Um deles, eu uso desde que estou aqui, o outro era para quando você se tornasse homem e parece que esse dia chegou. Portanto, a partir de hoje, quero que assuma o seu aposento particular.

Servindo a cachaça nos copos, Couto levanta um brinde e determina:

— Hoje providenciarei para que uma de nossas escravas mais complacentes esteja pronta para lhe servir. Daí para frente, você irá tomando as suas decisões, mas sempre com sabedoria. Vá aprendendo com essa escrava, depois poderá pensar em outras, se assim desejar.

— Eu já desejo. Quero aquela mucama que cuidou de mim, quando estive doente.

— Aquela mais novinha? Não costumo usar as mais novas, pois são mais rebeldes. Tenha cuidado, pois dependendo de como as coisas acontecerem, poderá ter que demonstrar o seu poder e isso pode acarretar problemas e expor você. Somos os senhores, a nossa vontade é lei e para toda lei descumprida há de se ter uma represália, um castigo, pois, do contrário, você demonstra fraqueza. Sendo assim, pense sempre nas consequências.

— Mas se somos os senhores, somos donos deles e delas e de seus corpos também.

— Sim você tem razão, mas... Vou lhe falar uma coisa que um dia o seu avô me ensinou e acho que serve bem para ilustrar o que estou querendo lhe dizer.

Ficou alguns segundos em silêncio, como se buscasse as palavras certas, que ouvira há anos, e falou:

— O rato é um animal que tem muito medo de nós e, ao nos ver, ele sai em disparada buscando onde se esconder. Portanto, ao se defrontar com um rato, sempre deixe uma saída para que ele possa correr, pois, se o encurralá-lo, ele não terá alternativa a não ser atacá-lo. Não acho uma boa encarar um rato de frente, ainda mais sem roupa.

Terminou a sentença com uma larga gargalhada e, em seguida, depois de uns bons tapas nas costas do filho, sentenciou:

— Vamos tomar mais uma dose, a situação assim demanda e fique tranquilo que hoje tudo dará certo, eu mesmo vou conversar com a escrava, não se preocupe.

E assim, depois de mais de uma hora de conversa, Venâncio deixa o escritório com o coração batendo acelerado, pensando em como será sua primeira experiência sexual. Vai para seu quarto para tentar relaxar, mas simplesmente não consegue. Ele nem ao menos sabe qual a escrava que encontrará em seu aposento particular, quando lá chegar. O tempo parece se recusar a passar e a ansiedade toma conta dele.

Ele resolve então sair para dar uma volta e, sem perceber, se vê em direção à casa do Velho João. Em instantes, ele avista a figura do Velho, sentado no banquinho na frente de sua choupana e pitando seu cachimbo, e vai a seu encontro.

— Salve, Nêgo Velho!

— Salve suas forças, fiô. Suncê tá bem? O que o traz aqui por essas bandas?

— Eu estava precisando espairecer e acabei vindo ao acaso nesta direção.

— Fiô, o acaso num existe. Se veio aqui é que precisa falar alguma coisa.

— Nêgo Velho, eu gosto de você por alguma razão que desconheço, mas não sei ainda se posso confiar em ti. Então, não consigo. Você é um negro e até uns dias atrás, meu escarvo.

— Fiô, a cor da minha pele e a minha condição que tenho nessa sociedade de vocês num tem nada a ver com confiança e com a relação que podemos ter. Se me olhar como um ser mais experiente e que tem muito amor por você, talvez o seu coração não se feche tanto. Eu sinto a angústia em seu ser e se o Velho aqui puder lhe ser útil, estou aqui. O mais difícil suncê já fez, chegou até aqui, lhe resta agora apenas mais um passo.

— É, Nêgo Velho, acho que você tem razão... Não tenho amigos, apenas meu pai para conversar. Meu irmão não demonstra afinidade comigo, minha mãe e minha irmã, apesar de terem amor por mim, nunca entenderiam a cabeça de um homem. Não me resta alternativas e, no fundo, eu tenho a sensação de que já lhe conheço há muito tempo.

— Certamente já nos conhecemos em outras dimensões, mas isso não é importante agora. O que o aflige?

— Eu sou branco, sou o sinhozinho da fazenda e, em breve, assumirei o lugar de meu pai, e infelizmente sinto desejo sexual pelas negras. Esse desejo está me consumindo e hoje estarei com uma escrava na cama. Não sei se isso é certo ou não, mas não vou conseguir fugir. Eu tenho medo do tamanho que isso poderá se tornar dentro de mim e, com o poder que tenho, temo também que isso me torne uma pessoa pior do que gostaria de ser.

O Velho João ajeita seu chapéu, balança a cabeça e pita o seu cachimbo, soltando uma baforada sobre Venâncio.

— Fiô, a juventude é como um cavalo selvagem que corre em disparada pelo campo, se nesse trajeto ele não quebrar a perna, um dia ele começa a envelhecer e vai diminuindo o seu ritmo, se apercebendo das coisas que o rodeiam, que sempre estiveram ali, mas, pela velocidade que ele passava, não conseguia perceber.

— O que isso tem a ver comigo, Nêgo Velho?

— Nada e tudo, depende do ponto de vista. Só espero que continue galopando e envelheça, mas cuidado com os obstáculos à sua frente, podem ser verdadeiras armadilhas. Continue sempre atento, pois, às vezes, mesmo trilhando por caminhos errados, encontramos o certo. E todas as vezes que precisar, esse Velho estará aqui para lhe ouvir.

Sem compreender muito bem o que o Velho estava tentando lhe dizer, Venâncio levanta-se, despede-se do Velho e volta para a casa grande, pois, afinal, ainda teria uma grande missão hoje.

Ao retornar à casa grande, Venâncio se depara com seu pai na varanda, que parecia aguardar por ele. Ao ver o pai, seu coração dispara e é tomado por um nervosismo que muito lhe preocupa. Sua cabeça começa a ferver, questionando a sua masculinidade. — E se eu não conseguir? Antes que desse margem a outros pensamentos nefastos, Couto acena para que ele se aproxime.

— Venâncio, a negra já está a sua espera. Siga as instruções que lhe dei para entrar por trás da casa e usufrua de sua juventude. Eu sei exatamente o que está sentindo nesse momento, mas ao primeiro toque na pele negra desnuda, tudo isso vai passar e nem se lembrará que um dia temeu não ser capaz.

12

LIBERANDO SEUS DESEJOS

Sem ter mais subterfúgios para adiar esse momento, Venâncio se enche de coragem e vai buscar o prazer que tanto vem esperando nos últimos tempos. Segue para os fundos da casa grande e, sem que ninguém perceba a sua presença, acessa a entrada de seu "escritório particular". Hesita um momento diante da porta, mas a possibilidade de ser visto por ali o faz dar o passo definitivo, enfia a chave na fechadura e adentra o aposento.

Fecha a porta e, ao se virar, se depara com a escrava em pé ao lado da cama, envolta em um lençol branco, que, em fração de segundos, cai ao chão desnudando aquele corpo negro, torneado e, ao mesmo tempo, volumoso. Em um instante a sua vontade era de tocar aquela mulher e se encontrar naquele corpo. Quebrando o silêncio, a escrava fala:

– Sinhozinho, estava lhe aguardando e espero que eu seja de seu agrado. Estou aqui para lhe servir e lhe ensinar tudo sobre o que um homem branco pode fazer com uma negra. Por que não se aproxima e toca esse corpo, que é seu?

Ao ouvir essas palavras e invadido por um desejo, que, naquele instante, era maior que qualquer outro sentimento possível, Venâncio segue em direção à negra e, como se fora um cego, vai tateando cada centímetro daquele corpo rígido e, ao mesmo tempo, macio. Seu coração parece explodir e seus músculos se enrijecem.

– Acho que está muito quente aqui para o sinhozinho ficar com tanta roupa – fala a escrava.

Atendendo ao apelo, Venâncio se despe, e ela, com sua experiência, vai o conduzindo lentamente. Deita-se na cama e o puxa sobre ela e, em pouco tempo, seus corpos se encaixam de forma anatômica, produzindo movimentos frenéticos, que levam rapidamente Venâncio ao seu primeiro orgasmo.

Ela sorri para ele, que se sente extremamente envergonhado nesse momento e se levanta da cama.

– O que foi, o sinhozinho não gostou?

– Não é isso, foi bom... muito bom, mas estou preocupado, pois não quero ter um filho com uma negra.

– Quanto a isso, o sinhozinho pode ficar tranquilo, pois hoje a minha lua não está para gerar. Mas daqui para frente, tenha cuidado, pois muitas vão querer emprenhar para buscar vantagens.

– Mas o que eu posso fazer para evitar isso?

– É fácil e, ao mesmo tempo, difícil, pois terá que ter muito controle.

– Como assim, não estou entendendo.

– É simples, pois basta não ter prazer dentro da negra, ou seja, quando sentir que está próximo ao momento, interrompe o ato e atinge o prazer da forma que já conhece desde menino. É difícil, pois terá que ter muito controle para não se perder. Esse método é um dos mais seguros, mas acho que vamos precisar treinar um pouco.

– Gostei dessa parte do treinamento – sorri Venâncio, ainda um pouco constrangido.

– O sinhô seu pai me deixou a sua disposição até quando enjoar e se sentir seguro para buscar a escrava que desejar, então podemos repetir quantas vezes quiser. Mas hoje em especial, pode ficar tranquilo, podemos continuar se desejar, mas o treinamento hoje não se faz necessário.

– Claro que quero repetir.

– Então, deite-se, que lhe mostrarei outras formas de possuir uma negra.

E assim, usufruindo de sua juventude, repetiram o ato de diversas maneiras até a exaustão. A instrutora surpreendeu o aluno, que não esperava já no primeiro dia receber uma aula tão completa.

Aquela situação que acabara de vivenciar, o calor, o suor da negra, misturado ao seu, odor que impregnava o ar, a cama amarrotada, todo aquele ambiente passava, a partir daquele momento, a ser o seu cenário preferido para atuar como o senhor, o dono, o poderoso que poderia desfrutar de toda e qualquer escrava que pertencesse a sua família. E foi com essa sensação que Venâncio ordenou que a escrava saísse e o deixasse ali sozinho, onde ficou envolvido com lembranças recentes do que vivenciou, e projetando todo o prazer que poderia vir a ter dali para frente com as inúmeras outras escravas da fazenda.

13

VOLTANDO À REALIDADE

Amanhece mais um dia na fazenda, o sol mal começou a iluminar a vastidão daquelas terras e logo um burburinho ressoa por todos os lados.
— Negro fujão, negro fujão!!! — gritava um dos capatazes ao fazer a contagem dos negros antes de liberá-los para o canavial.

José Couto, que já estava desperto, rapidamente convoca o feitor para tomar pé do que havia acontecido e procura por Venâncio, que depois da noite passada ainda estava despertando em seu quarto.

— Senhor, parece que um casal de negros fugiu na noite passada, há quem diga que eles nem entraram na senzala, no retorno do canavial — tentava esclarecer Antônio Rufino ao patrão.

— Mas como assim não entraram na senzala? Vocês não fazem a contagem diária?

— Sim, senhor, mas podem ter conseguido burlar os capatazes após a contagem. Ainda preciso de tempo para tentar descobrir realmente o que aconteceu.

Neste momento, Venâncio entra no escritório para tomar ciência do que estava acontecendo.

— Ouvi que dois escravos fugiram, isso é verdade?

— Sim — respondeu Couto.

— Mas não estou entendendo, depois da chegada do Velho João e das mudanças que estamos adotando no tratamento dos negros, esse problema havia melhorado.

— Meu filho, aprenda que não se pode confiar nesses negros. Quando menos esperamos, eles nos apunhalam pelas costas.

— Concordo, mas esses fatos sempre acontecem em represália a algum acontecimento. Estamos até permitindo que façam seus cantos e danças para seus orixás, não entendo a motivação. Preciso conversar com o Velho para ver se ele pode clarear o fato.

Rufino, que neste momento parecia até constrangido, por ter afrouxado a sua vigília, falou:

— Estranho é que há dois dias aquele mulato capitão do mato, o Jerônimo, esteve comigo na fazenda oferecendo seus serviços de captura a negros fujões e eu comentei que as coisas andavam tranquilas com os negros e que não estávamos precisando dos serviços dele. Agora, terei que ir atrás dele para que ele recupere esse casal fujão.

— Acho que, apesar de sua experiência, Rufino, você cometeu um erro. Como falei para Venâncio, não podemos confiar nunca nesses negros.

— A questão, senhor Couto, é que o capitão do mato nos cobra um valor como se fosse um salário. Temos que pagar a ele todo mês, tendo negros fugidos ou não, e como temos tido poucos problemas, não achei que seria uma boa ideia. Nunca poderia imaginar que logo depois teríamos esse acontecimento.

— Pai, concordo com ele. Como poderíamos imaginar que isso iria acontecer, logo agora?

— Bem, senhores, não adianta ficarmos conjecturando. Precisamos trazer esses negros safados de volta e dar um bom castigo para servir de exemplo, como sempre fazíamos, mas, agora, que fique claro que confiamos neles e nos traíram. Daqui para frente, teremos que tomar atitudes mais firmes.

— Que Rufino tome as providências, e eu particularmente vou conversar com o Velho João para saber se tem alguma informação para nos passar, principalmente saber se existe um clima de revolta entre os negros.

— Filho, não se iluda com esse Velho. Entendo que ele salvou a sua vida, mas já o pagamos, com a sua alforria. Não esqueça que ele é um negro.

— Pode deixar, até que me prove o contrário, confio nele.

— Rufino, vá já buscar esses fujões, contrate o tal do Jerônimo para ajudar. Prefiro gastar e trazer o quanto antes esses negros de volta.

— Sim, senhor, muito em breve teremos eles de volta. Vou encontrar o Jerônimo, que me disse que iria apear aqui por perto – falou Rufino e saiu.

Ao ficarem a sós, o pai interroga o filho quanto a sua primeira noite:

— E então filho, a escrava Ruth o tratou bem? O que achou?

— Eu fiquei tão envolvido que nem ao menos perguntei o nome dela, é Ruth?

— Sim, mas isso não tem relevância. Quero saber se ela lhe satisfez.

— É claro que sim. Mas não vou entrar em detalhes...

– Sem problemas, fique com ela quantos dias quiser. Só me avise quando enjoar.

– Vou realmente ficar com ela mais uns dias, antes de me aventurar com aquelas que realmente quero. Acho que, em breve, vamos precisar comprar mais escravas – encerrou a frase sorrindo para o pai.

– Vai com calma, não perca o foco, que é sempre rentabilizar a nossa fazenda.

14

JUSTIÇA TORTA

Com muito pouco esforço, o feitor encontra o acampamento de Jerônimo e contrata seus serviços. Esse, por sua vez, se prontifica rapidamente a ir mato adentro atrás dos negros fujões.

Na fazenda, Venâncio manda uma carroça até a cabana do Velho João para trazê-lo, de maneira que ele tome pé da situação. Antes, porém, a ordem é que ele passe pelo canavial para conversar com alguns escravos.

Ao retornar à fazenda, o feitor vai direto ao escritório conversar com Couto:

— Senhor, já localizei o capitão do mato, que a essa hora já deve estar no encalço dos negros fujões. Além disso, coloquei também alguns de nossos homens para vasculharem o arredor da fazenda.

— Bem, então as providências já estão tomadas. Essa não é a primeira vez que negros fogem, mas particularmente esse acontecimento está me deixando enfurecido. Acho que tenho uma grande parcela de culpa, pois deixei Venâncio conduzir o relacionamento com a senzala da forma dele e afrouxamos demais com esses negros. Outro dia mesmo ele me convenceu a deixar os negros cantarem e dançarem, segundo ele, em louvação aos seus deuses. E o que temos em troca? Mais uma fuga.

— O senhor permite a minha opinião? Eu concordo, também estou muito irritado com essa fuga agora, mas o senhor há de convir que depois que Venâncio, em conluio com aquele velho, começou a interferir na forma que conduzimos os escravos, nossa produtividade aumentou muito.

— Vamos esperar Venâncio nos trazer alguma informação, sei que ele está buscando entender também. Enquanto isso, seria muito bom se achassem logo esses escravos.

— Vão achar, senhor, vão achar.

Na chegada do Velho à fazenda, Venâncio já o aguardava na porta da senzala, ansioso para uma conversa, que poderá definir o futuro dos negros. Antes mesmo do Velho descer da carroça, Venâncio já o cumprimentava:

— Salve, Nêgo Velho!

— Salve, Fiô.

— Já deve estar sabendo o que aconteceu e por que o chamei aqui.

— Sim, fiô, mas deixa primeiro o Velho sentar-se no seu banquinho e acender seu pito.

Tendo que exercer a sua limitada paciência, Venâncio aguarda todo o ritual do velho, que após sentar-se, acende seu cachimbo, tira o seu chapéu e dá algumas baforadas para o seu interior, recolocando-o, como se estivesse levando a fumaça para o alto de sua cabeça. Faz seu habitual silêncio e depois balança a cabeça, como se concordasse com algo que estivesse ouvindo e finalmente fala:

— Presta atenção, fiô, o universo é feito de sintonia e dissonância, nada se mantém constante. Se está bom, vem um acontecimento para nos testar e jogar tudo para baixo. Se não percebemos, saímos da sintonia e demoramos a nos ajustar novamente, mas, da mesma forma, se estamos em dissonância, o tempo faz com que aos poucos entremos na sintonia, para vibrarmos na positividade.

— Nêgo Velho, há momentos que me arrependo de chamar você para falar. Estamos com um problema grave, um casal de negros fugiu e você vem falar de universo?

— Perdoe o velho, fiô, mas suncê está tão fora de sintonia que não está conseguindo entender o que estou falando. Deixa o velho tentar ser mais claro. O que está passando na sua cabecinha? Vou responder e suncê me diz se não é isso. Esses negros nunca tiveram a oportunidade que estamos dando, permitindo até mesmo eles cultuarem seus deuses, e agora nos enfiam uma faca pelas costas.

— Claro que é isso. Mais do que isso, eu me comprometi com meu pai que, através deste nosso relacionamento, teríamos mais produtividade na fazenda e não haveria mais fugas. Coloquei o meu pescoço para defender vocês e fui traído.

— Mas a produtividade não está da forma que desejavam?

— Sim, mas essa fuga coloca tudo a perder. Não terei mais como defender vocês.

— Fiô, um casal de negros, que nem tinham relacionamento entre si, sumiu... Fuga é suncê que está dizendo.

– Nêgo Velho, eu o respeito pela sua idade e por ter salvado a minha vida, mas hoje está difícil. Se não fosse alforriado, eu confesso que já estava pensando em mandá-lo para o tronco.

– Pois bem, filho, eu também respeito a sua idade, e por ser tão jovem, eu vou relevar suas palavras e tentar pela última vez fazer você olhar a situação de outra forma. Dois negros, que mal se falavam, sumiram, sem que ninguém da senzala ouvisse nada sobre uma suposta fuga. Não foi à noite, como acontece a maioria das fugas, pois nem entraram na senzala. Quem fez a contagem não percebeu que não estavam ali? Somente no dia seguinte deram conta? Há muitas coisas estranhas nessa história. Não me pergunte o que aconteceu, pois a única coisa que sei é que não fugiram. Agora, suncê dê licença ao Velho que vou voltar para minha cabana, pois tenho muito a fazer. Que Oxalá o abençoe e o ilumine.

Ao sair, o Velho João deixa a cabeça de Venâncio com um turbilhão de pensamentos, sem que consiga concatenar suas ideias. Ele resolve então pegar seu cavalo e dar uma volta por sua propriedade, ganhando tempo para se preparar para a conversa que fatalmente terá que ter com seu pai no retorno.

Enquanto isso, em seu escritório, Couto se assusta com a chegada abrupta de Rufino, que entra esbaforido para trazer as últimas notícias.

– Senhor, recebi a notícia de que o capitão do mato já encontrou os negros fujões. Essa é a parte boa, mas para que ele nos devolva está nos cobrando cinco vezes o que custamos pagar. Ele alega que não aceitamos os trabalhos dele e isso seria um trabalho extra e, consequentemente, mais caro.

– Não estou acreditando que esse ribaldo está nos extorquindo assim. Ele sabe que para nós é uma questão de honra termos esses escravos de volta. Mas se ele já os encontrou, não deveriam estar longe, por que o nosso pessoal não os achou?

– Nosso pessoal vasculhou tudo, deveriam estar muito bem escondidos.

– Com esse valor que está nos cobrando, podemos comprar três escravos novos, mas precisamos dar o exemplo para a senzala e castigar regiamente esses fujões. Pagaremos não pelos negros, mas sim para podermos dar uma lição de moral aos escravos da fazenda. Nunca confiei nesse mulato, esse Jerônimo é um cafajeste mesmo.

– Infelizmente estamos na mão dele.

– Então pague e traga os escravos diretamente para o tronco, onde devem sofrer um régio castigo.

Ao entregar o valor na mão do feitor, José Couto bufava como um cavalo selvagem que acabara de ser laçado. Entendendo a urgência da ocasião, Rufino sai mais rápido ainda de como chegou e vai buscar os negros fujões.

— Pois bem, Jerônimo, aqui está a quantia que você pediu. Agora preciso levar os dois escravos o mais rápido possível.

— Agradeço o pagamento, vou mandar buscá-los.

E fazendo um gesto com as mãos para um de seus capangas, autorizou que os escravos fossem trazidos.

— Mas por que estão amordaçados? – perguntou Rufino.

— Esses negros gritam muito e estavam falando muitas bobagens. Não aconselho tirar essas mordaças, pois certamente matarão eles pelo caminho de tantas blasfêmias que falarão, e suponho que o senhor pagou por eles vivos, senão eu mesmo teria feito o trabalho.

— Sim, os levarei vivos para serem castigados e servirem de exemplo para qualquer um que queira fugir.

E, assim, ao chegarem à fazenda, os escravos foram logo colocados nos troncos e preparados para serem submetidos a toda sorte de castigos, e ali ficariam expostos para que todos os escravos da senzala entendessem que não era uma boa ideia a fuga.

Longe da sede da fazenda, Venâncio vagava ainda tentando entender as palavras do Velho João, quando se deparou com um mercador que sempre passava por aquelas paragens.

— Salve, sinhozinho, passeando sozinho?

— Salve, mercador!

— Parece preocupado, já lhes devolveram os escravos?

— Como assim devolveram?

— Bem, sinhozinho, se falar que lhe contei isso, vou negar até a morte, mas eu vi um de seus capatazes entregando um casal de escravos para aquele asqueroso capitão do mato.

Nesse momento, Venâncio já havia desmontado e se aproximou de seu interlocutor, questionando-o:

— Do que está falando?

— Eu há muito venho no encalço desse tal de Jerônimo, para matá-lo, mas ele vive rodeado de capangas. Mas tenho descoberto muito de seus subterfúgios para levar vantagens, sem ter nenhum escrúpulo. Desde que ele estuprou e matou minha amada, não tenho um minuto que não penso nele.

— Senhor, estou confuso com essa sua história. Poderia ser mais claro, por favor?

— Se o sinhozinho me ajudar a pegar ele, conto tudo que sei. Para que tenha ideia do ódio que tenho desse nefasto, ele matou a minha amada, que era uma negra escrava, a qual me apaixonei e a comprei de uma fazenda. Por ela ser negra, ele achou que tinha o direito de usá-la, mas ela não aceitou, porque ela me pertencia e somente eu poderia tocá-la. Pela rejeição, ele a tomou à força e depois de usá-la a matou. Ao chegar em casa, encontrei-a nua e morta. Um menino que brincava por perto me indicou o assassino, desse dia em diante vivo como um nômade a segui-lo e espero o momento em que terei oportunidade de vingar-me.

– Lamento pela sua história, mas estou interessado no que falou no início de nossa prosa.

– Pois bem, como venho seguindo-o, descobri que ele se oferece como protetor nas fazendas e, se não o pagam, ele simplesmente sequestra alguns negros, que são dados como fujões, e mediante a uma quantia exorbitante, ele os devolve, alegando que os capturou na mata. Normalmente, ele pega sempre uma negra também, que o serve no tempo de seu cativeiro. Depois ele segue para outras bandas, e foi exatamente o que ele fez com seus escravos.

– Preciso retornar à fazenda o mais rápido possível, antes que uma grande injustiça seja feita. Espero o senhor por lá depois, pois será recompensado por ter me contado tudo isso. Agora preciso correr.

Subiu novamente em seu cavalo e partiu o mais rápido que conseguiu em direção à fazenda, mas seu esforço foi em vão. Os escravos que já estavam exaustos, fracos pela falta de alimentos e submetidos a açoites odiosos, não resistiram e fizeram a passagem no tronco.

Ao chegar na fazenda e ver aquela cena deprimente, o coração de Venâncio foi tocado por uma enorme tristeza. Se ao menos ele tivesse entendido as palavras do Velho João, talvez tivesse evitado essas mortes.

– Mas, Venâncio, se isso tudo for realmente a verdade, fico mais furioso ainda por ter sido enganado por aquele crápula, quanto aos escravos, apenas perdemos dois, depois compramos outros – falou Couto.

– Pai, você tem noção que matamos dois inocentes?

– Eu tenho noção de que aquele negro esbranquiçado, chamado Jerônimo, precisa ser capturado.

Nesse momento, Rufino, que estava na sala presenciando a conversa de pai e filho, ouviu um burburinho do lado de fora e saiu para verificar o que estava acontecendo, passados alguns minutos ele retorna com uma expressão assustada.

– O que houve, Rufino, parece que viu um fantasma?

– Acho que não precisará se preocupar mais com o safado do Jerônimo.

– Mas por quê?

– O mercador que contou a história a Venâncio conseguiu tocaiar o desgraçado e o matou, juntamente com um de nossos capatazes que fugia com ele, o que facilitou o sequestro dos negros. Os corpos estão lá fora, ele trouxe para o senhor e parece que quer devolver o seu dinheiro.

– Mas que dia! – suspirou José Couto e pouco depois falou:

– Rufino, dê pousada ao mercador e pegue com ele apenas o valor suficiente para comprarmos um casal de escravos, o restante que fique para ele e trate de dar cabo nesses corpos o mais rápido possível.

– Sim, senhor.

– E mande esse mercador sumir no mundo, assim que os primeiros raios de sol aparecerem no horizonte. Não quero ser acusado de açoitar um assassino, mesmo que tenha feito justiça.

– Os corpos dos negros vou entregar ao Velho João, para que ele dê, pelo menos, um enterro decente para eles – falou Venâncio.

15

CEMITÉRIO DOS NEGROS

Aquele longo dia não poderia acabar sem antes Venâncio voltar a falar com João, e assim, mandou alguns capatazes colocarem os corpos dos escravos em uma carroça e seguiu com eles para ir ter com o Velho.
Não demorou muito, chegavam à cabana de Pai João e para variar ele estava sentado em seu banquinho pitando seu cachimbo, e com Rosinha ao seu lado, falando sem parar. Ao vê-los chegando, a menina arregalou os olhos em grande espanto, mas o Velho João se manteve impassível.

– Salve, Nêgo Velho! – exclamou Venâncio.

– Salve, fiô!

Depois de contar todo o ocorrido ao Velho, em todos os detalhes, Venâncio expõe a sua vontade, que era o Velho fazer o enterro dos escravos, apontando para a carroça onde estavam os corpos.

Nesse momento, João, que ouviu toda a história em silêncio, sem interromper e sem fazer qualquer julgamento sobre os fatos ocorridos, balança a cabeça e finalmente fala:

– Fiô, há muito tempo tenho vontade de enterrar meus irmãos de cor, dentro de nossos preceitos, dando a eles o mínimo de dignidade que merece qualquer ser humano, mas nunca consegui, pois vocês acham que somos coisas e quando desencarnamos nos transformamos em lixo, e desta forma, simplesmente descartam nossos corpos. Pois bem, nada acontece por acaso no universo, é chegada a hora de termos o nosso cemitério, o Cemitério dos Negros.

– Mas Nêgo Velho, quero apenas que enterrem esses escravos.

– Não, fiô, não é isso que você quer. O que realmente quer é amenizar a sua consciência, dando um enterro a esses seres que morreram injustamente. Mas a morte deles tem que ter um preço maior que isso, e se quiser que os enterre, primeiro há de me conceder o direito de criar um cemitério para todos os irmãos de cor, e daqui por diante todo negro que venha a desencarnar, por qualquer razão, que seja trazido para cá para que possamos dar um enterro digno àquela vida. Se assim aceitar, terei enorme prazer de enterrá-los e criar essa terra que será sagrada para todos os meus. Do contrário, pode os levar consigo.

Venâncio balança a cabeça como se não acreditasse na proposta que acabara de ouvir, mas a voz suave e calma do Velho João era mais forte que um martelo em sua mente e ele sabia que não tinha muito o que fazer a não ser aceitar.

— Pois bem, Nêgo Veio, que seja assim então.

— O véio fica muito agradecido por sua generosidade com nossos irmãos de cor.

— Bem, vamos ser práticos, essa área não poderá ser muito grande e nem plana, use esse morro que tem atrás de sua cabana, que não serve para nada mesmo.

— Era exatamente essa área que estava pensando. Vou precisar de dois homens para me ajudar a demarcar o cemitério e, depois dos corpos preparados, um escravo para ajudar a mim e Rosinha a fazermos o enterro.

A menina, que ouvia a conversa, olhava com pavor para aquela situação, e o chamado de Pai João parece que a tirou de um transe.

— Rosinha, vá rápido na mata e pega aquelas ervas que já te expliquei, pois teremos que lavar esses corpos e depois prepará-los para os enterrar amanhã cedo.

— Mas eles vão ficar aqui? – perguntou a menina, apavorada.

O Velho, dando uma risada, respondeu:

— O que acha? Fugir tenho certeza de que não irão, agora são livres.

E assim os corpos foram apeados e colocados próximo à cabana, para que Pai João iniciasse o ritual que lhe competia. Venâncio despediu-se do velho e retornou para a fazenda.

Na manhã seguinte, depois dos corpos terem sido lavados com uma solução de ervas e envoltos por um pano branco, Pai João proferiu algumas rezas e cantos de louvação na língua africana, e finalmente os corpos foram levados para as duas covas, que estavam abertas pelos homens que Venâncio mandou para ajudar no enterro, e assim se firmava aquela terra que, a partir daquele momento, e pelos cuidados de Pai João, passaria a ser sagrada para todos os negros.

O cemitério, na verdade, consistia em uma pequena colina que se pronunciava aos fundos da cabana do Velho João. Aproveitando os homens da fazenda, o Velho João marcou os limites do cemitério, com algumas pedras que se encontravam nas cercanias, e fez questão de definir a entrada dele.

– Para vocês que não têm olhos para ver além dessa dimensão, aqui é um morro aberto e com algumas pedras na lateral, mas à medida que trabalhamos aqui, também na outra dimensão se corporifica um campo sagrado, onde nossos orixás e entidades estarão em constante trabalho. Por essa razão, precisamos fazer um portão de entrada, por mais que pareça sem sentido, será através dele que os espíritos passarão – falou o Velho João, sob os olhares desconfiados dos trabalhadores da fazenda que o ajudavam e de Rosinha, que já se arrependia de estar por ali. Continuava o Velho:

– Na verdade, temos muito trabalho ainda, pois vou precisar aproveitar o tronco daquela árvore ali que caiu, para fazer um cruzeiro que será colocada na parte mais alta da colina, e o que sobrar de madeira, farei aos poucos as cruzes que serão fincadas sobre as sepulturas de nossos irmãos. Um dia será a nossa hora de mudar de lado.

– Para com isso, Pai João – falou Rosinha, fazendo um grande esforço para não se emocionar, somente de pensar naquela possibilidade.

E assim, com o passar do tempo, foram dando forma àquele cemitério, o qual teve sua inauguração precipitada pela morte de dois inocentes. Ao final, o cruzeiro, pintado todo de branco, foi fincado no alto do morro e o portal de entrada acabado. A partir daí, o Velho, antes da chegada da noite, acendia diariamente uma vela no portão de entrada e outra aos pés do cruzeiro.

– Ainda bem Rosinha que podemos contar com a generosidade daqueles que vêm aqui em busca de cura e que nos deixam sempre, entre outras coisas, as velas que precisamos para louvar nossos ancestrais.

– Mas Pai João, por que precisa acender essas velas? – perguntou Rosinha.

– No portão, para saudar nossos guardiões da esquerda, os Exus que nos protegem, e no cruzeiro para louvar ao Pai Omulu, que conduz as almas aqui desencarnadas para o mundo dos espíritos.

Mas o novo cemitério dos negros não agradou a todos e, em pouco tempo, passou a incomodar muito, principalmente aos clérigos, que se revoltaram com mais essa concessão.

– Senhor Couto, do jeito que as coisas estão evoluindo, daqui a pouco vão permitir que os negros entrem até em nossa capela, quiçá que aquele velho faça a missa. Isso é um absurdo. – esbravejava o padre Romero.

– Calma, padre, está exagerando. Aquilo é apenas um espaço para que esses negros sejam enterrados. Está bem longe de nós e não nos incomoda.

– Se o senhor me permite, depois que esse seu filho começou a se meter na fazenda, isso aqui está virando uma bagunça.

A calma de José Couto esgotou-se, no momento em que o padre ousou criticar seu filho. Com o tom de voz já alterado, Couto respondeu:

– Eu não permito não, dobre a sua língua antes de falar de meu filho. Isso aqui é um negócio e desde que ele começou a me ajudar, nossa produtividade aumentou bastante, os negros estão nos dando menos trabalho e mais canas cortadas. Para mim, isso é o que importa. Ou será que não percebeu que a contribuição à sua Igreja cresceu? O trabalho desses negros, administrado por nós, sustenta a sua Igreja, portanto, não vou admitir palpites de como devo ou não tomar as minhas decisões aqui. Se era só isso que queria, por favor pode se retirar.

Diante daquela reação, para ele surpreendente, o padre abaixou a cabeça e saiu do escritório de volta para sua capela. Imediatamente, Couto manda chamar Venâncio.

– Quer falar comigo, pai?

– Quero sim, por conta de suas atitudes impulsivas, tenho comprado algumas brigas que não gostaria de ter.

– Se está se referindo ao cemitério, eu confesso que fiquei preocupado de ter feito essa concessão, mas se eu soubesse o efeito positivo que um pequeno morro inútil teria junto à senzala, eu já teria tomado essa decisão. Sabe quanto nos custou isso? Nada.

– Nos custou um desgaste com a Igreja.

– A Igreja é sustentada por nós, não tem o direito de dizer o que devemos ou não fazer. Aqui quem manda somos nós.

– Foi exatamente isso que falei ao padre Romero, mas não gostaria de tê-lo feito.

Com um largo sorriso no rosto, Venâncio retrucou:

– Eu sabia que estava comigo, pai. Obrigado.

– Você está se esforçando mais que eu imaginava e tem feito um bom trabalho, logo, logo poderei entregar a administração da fazenda para você, mas antes precisa se casar.

– Quem, eu? Pode esquecer. Agora que vou começar minha vida sexual com as negras, nem quero pensar nisso.

– Aproveitará as negras, solteiro ou casado, mas haverá a hora de firmar um compromisso, afinal, eu quero netos – sorriu fartamente e dispensou o filho, para que ele voltasse ao trabalho.

16

ESCRAVAS SEXUAIS

Com o passar do tempo, a fazenda continuava prosperando, e, com isso, Venâncio passou a ter mais tempo para se dedicar a sua vida sexual, que tanto o atraía. Já havia experimentado por vezes a escrava Ruth, que servia também a seu pai, mas, agora, mais confiante, queria começar a variar e escolher as suas próprias escravas, e de sua cabeça não saía a mucama que cuidou dele quando esteve se recuperando do acidente com a cobra. Resolveu realmente iniciar sua jornada por aqueles corpos femininos e negros, que tanto o atraíam e, para começar, mandou buscar a tal mucama e levá-la para seu escritório particular.

Ela chegou até ele muito assustada e sem saber o porquê de ter sido chamada, em sua cabeça ela se perguntava se havia feito algo de errado que tivesse desagradado o sinhozinho. Ele, por sua vez, apenas de vê-la adentrar o escritório, sentia uma enorme atração, como se fosse um mendigo diante de um farto prato de comida.

– Você sabe por que eu a trouxe aqui?

– Não, sinhozinho, se eu fiz alguma coisa errada, eu peço que me perdoe. Ajoelhou-se a sua frente, tornando a sua excitação ainda maior.

– O que você fez é imperdoável e terei que castigá-la.

– Mas o que fiz de tão grave assim?

– Você nasceu com esse corpo negro e esses seios, que desde o dia que os vi, quando eu estava convalescente e debruçou sobre a cama para cuidar de mim, eu não consigo esquecer. Tire essa blusa agora – ordenou Venâncio.

Ainda ajoelhada e trêmula, a escrava obedeceu a ordem, trazendo a Venâncio a imagem que queria ver há muito. Ele olhou fixamente para aqueles seios por alguns instantes, em seguida deu a volta por trás dela e começou a acariciá-los, primeiro lentamente e depois os apertando fortemente.

Não demorou muito para ele possuir a escrava com toda a sua virilidade, mas consciente de que não poderia se esquecer de não consumar o ato no útero dela, pois não queria gerar um filho negro. Com muita dificuldade, antes do instante final, fez seu sêmen se misturar ao suor da negra, que ofegava sob seu corpo. Aquele contraste o excitou ainda mais, o que fez ele repetir o ato, de outras maneiras, mais duas vezes.

Ao final, a negra chorava e ele a esbofeteou com certa violência, soltando sua mão esquerda sobre aquele rosto suado, fazendo ela parar de chorar. Em seguida, ele ordenou que se vestisse e falou:

– A partir de hoje nenhum outro homem poderá tocar em você, até que eu a dispense. E para que saibam que você além de ser escrava da fazenda é minha escrava particular, vou mandar que façam a minha marca sobre a sua mão esquerda. E todas saberão que uma negra com o V na mão esquerda é sexualmente intocável. Você está me entendendo? – perguntou com veemência à escrava.

– Sim, sinhozinho.

– Se eu descobrir que se esfregou com qualquer negro que seja, mato os dois. Espero que tenha entendido e amanhã a quero novamente. E saiba que tenho olhos em cada canto desta fazenda.

Ao encerrar sua frase, simplesmente apontou para a porta fazendo com que a escrava se retirasse do recinto. Antes que ela saísse, ele perguntou:

– Como é o seu nome?

– Francisca.

Em seguida, chamou o capataz e mandou cunhar o V, e tão logo ficasse pronto, que fosse aplicado na mão esquerda daquela escrava e de outras que ainda seriam determinadas.

Durante dias consecutivos, usou a mucama Francisca, liberando todos os desejos sexuais possíveis a sua imaginação, e a subserviência da escrava permitia a ele que cada vez mais se aprofundasse em seus devaneios. Até o dia em que a escrava, muito envergonhada, pediu ao seu senhor que a liberasse por uns dias, pois ela estava na fase de sangramento e ficaria muito envergonhada de se submeter aos seus caprichos naquela condição.

Venâncio imediatamente entendeu a situação, pois já havia passado por isso com a escrava Ruth, que o iniciou na vida sexual. Por sua vez, também, não tinha a menor intenção de se misturar ao sangue de uma negra e, imediatamente, mandou a escrava embora.

Contudo, a escrava foi embora, mas o seu desejo não, e ele precisava atender aos anseios de seu corpo, sendo assim, saiu à procura de outra escrava que pudesse suprir as suas necessidades imediatas, e ao entrar na cozinha, se deparou com a escrava Joaquina, que estava de costas esfregando a louça, e instintivamente balançando o seu corpo. Aquilo foi o suficiente para aflorar o seu desejo, que já estava iminente.

Como era uma escrava que trabalhava na casa, auxiliando Maria, já há algum tempo, ele sabia o seu nome e ordenou:

– Joaquina, pare tudo que está fazendo e venha comigo.

– Mas, sinhozinho, a Vó Maria (era assim que os escravos se referiam à Maria, por ser a mais velha) mandou eu lavar e limpar tudo aqui.

– Eu mandei parar e vir comigo, será que terei que lhe pegar à força?

Já imaginando a intenção de Venâncio, ela se esquivava para fugir daquilo que para ela seria uma grande tortura.

– Mas, sinhozinho, é fácil arrumar outra escrava que possa lhe atender agora, pois eu estou muito ocupada.

– Eu não quero outra escrava, vou lhe dar uma última chance.

– Espera um pouquinho que eu vou ver se outra pode atender o senhor.

Sem que desse tempo de ela fugir, uma bofetada em sua face fez a escrava entender que ele falava sério, e já sem um pingo de paciência, Venâncio a segurou fortemente pelo braço e a puxou. Como sentiu uma resistência da escrava, não mediu força com ela. Saiu e, em fração de segundos, retornou com dois capatazes.

– Tragam ela ao meu escritório agora, tirem a sua roupa e amarrem suas mãos na cabeceira da cama, deixando de bruços, e podem sair. Fiquem atentos, se precisar lhes chamarei.

Os capatazes, após cumprirem a ordem do sinhozinho, saíram e deixaram-no junto com a escrava. Ele, por sua vez, chegou bem perto do ouvido da negra e falou:

– Hoje você vai aprender uma lição. Nunca diga não ao seu senhor, eu sou o seu dono, dono do seu corpo e dessa sua vida, e paguei por você, eu lhe sustento e tenho o direito de fazer com você o que eu quiser. Agora vou aliviar o meu desejo nesse seu corpo nojento, só para que tenha consciência disso, e depois você irá pagar por sua atitude, para que eu não tenha que passar por isso novamente.

E, assim, subiu sobre o corpo da escrava e a possuiu com muita raiva e, em seguida, esfregou o seu sêmen em seu rosto, para que ela lembrasse sempre desse dia. Depois chamou os dois capatazes e ofertou o corpo da negra para que eles se satisfizessem também. Ao final, mandou que a negra fosse colocada em um Vira Mundo, que era um dispositivo de tortura, feito de ferro e usado para prender mãos e pernas, da maneira mais desconfortável possível, sendo a mão direita junto ao pé esquerdo e vice e versa.

— Mas, sinhozinho, o Vira Mundo é usado para os negros homens, ela não vai aguentar — falou um dos capatazes.

— Quanto tempo costumam deixar um escravo?

— Um dia, no máximo.

— Então a deixe por meio dia. Não quero prejuízo de perder uma escrava, mas preciso que as outras saibam que não devem confrontar a autoridade de seu senhor.

— Desculpe perguntar, mas o senhor Couto sabe disso?

— Saberá assim que eu contar. Agora façam o que mandei e divirtam-se.

Ao retornar para o interior da casa, passou pela cozinha e percebeu que Maria estava à procura de Joaquina.

— Sinhozinho, fui atender a senhora sua mãe e deixei Joaquina aqui na cozinha e não a encontrei quando voltei.

— Maria, pode tratar de arrumar outra escrava para te ajudar, tive que dar um corretivo nessa escrava, para que ela e as demais saibam que quem manda aqui somos nós: meu pai e eu.

Maria simplesmente abaixou a cabeça, já intuindo o que havia acontecido, e Venâncio seguiu para o seu quarto.

No seu martírio, presa àquele maldito aparelho, Joaquina emanava um grande ódio por Venâncio. E em seus pensamentos ela repetia inúmeras vezes: "Um dia esse desgraçado irá me pagar".

A vida seguiu na fazenda. Depois de recuperada, Joaquina retornou à cozinha como auxiliar de Maria, mas seu o castigo repercutiu em toda a senzala, e as escravas, principalmente aquelas que já tinham, às escondidas, os seus parceiros, temiam a presença dele como se fossem gazelas diante de uma onça faminta.

Em um belo dia de sol forte, Venâncio, em sua montaria, fazia a inspeção do trabalho dos escravos no canavial, quando viu uma negra muito suada, cortando lenha com muita intensidade, e aquela volúpia mexeu com os seus sentidos. Imediatamente, desceu do cavalo, foi até a escrava e ordenou que deixasse o facão no chão e o seguisse. Afastou-se um pouco da vista dos outros escravos e dos capatazes que vigiavam o trabalho e, ficando a sós com a escrava, falou:

— Como é seu nome, escrava?

— Carlota — respondeu altiva a escrava.

— Eu quero você agora, tire a sua roupa — ordenou.

Ao ver aquele corpo negro suado, seu desejo atingiu o seu limite, e como um animal faminto, passou a esfregar aquele suor com suas mãos, percorrendo aquele corpo como se estivesse fazendo um reconhecimento. E, assim, a possuiu sobre a relva que forrava o chão, alcançando um grande êxtase de prazer. Após respirar um pouco, falou:

– Você será marcada e vou requisitá-la sempre que eu a desejar. Vista sua roupa e volte para o canavial, amanhã vou providenciar para que comece a trabalhar na casa grande, para que fique mais acessível aos meus chamados.

– Se é o seu desejo, sinhozinho, que seja – levantou-se e retornou ao trabalho.

Carlota foi trabalhar na cozinha, como auxiliar de Maria, e próxima a Joaquina. Em pouco tempo, Carlota passou a ser uma das escravas sexuais mais requisitadas por ele, dentre outras que já exibiam a sua marca em suas mãos esquerdas.

E assim Venâncio foi se consolidando cada vez mais como exímio administrador da fazenda, tornando-a cada vez mais produtiva e, consequentemente, mais lucrativa, entretanto, ao mesmo tempo, transformando-se em um libertino. A sua eficiência tirava de seu pai a possibilidade de recriminá-lo sobre seus excessos e, assim, foram seguindo.

17

A VIDA NA FAZENDA

Os primeiros raios da manhã ainda nem entravam pelas frestas das paredes mal-acabadas da choupana de Pai João e antes mesmo do primeiro cucuricar dos galos, Maria já estava de pé preparando o cafezinho para ele. Acordava Rosinha para que ela desse continuidade aos trabalhos e rapidamente seguia apressada para a casa grande, onde assumiria, junto com suas ajudantes, a preparação do pequeno almoço, como os seus senhores gostavam de chamar o café da manhã.

Aquele dia era especial, pois Martinho, o irmão mais novo de Venâncio, estava aniversariando e a senhora Lourdes havia feito inúmeras recomendações para que Maria preparasse quitutes, doces e bolos para a comemoração. O trabalho, que sempre era grande, foi dobrado para deixar tudo pronto para o acabamento bem cedo pela manhã.

– Maria, Maria!!! – gritava cedo a senhora.

Correndo pela casa, como sempre, Maria seguia o som de seu chamado e ia ao encontro da sua senhora.

– Pois não, senhora.

– Me parece que está atrasada com seus afazeres, da próxima vez que precisar de você, irá dormir na cozinha, ou melhor, ficará à noite cozinhando para que bem cedo tudo esteja pronto como eu mandei.

– Mas senhora, está tudo pronto como me pediu e ninguém ainda desceu para a refeição.

– Sua infeliz, você quer dizer que não sou ninguém?

Em uma fração de segundo, passou sobre o móvel e pegou a palmatória para castigar a escrava.

– Minha vontade era estragar a sua cara com isso, mas como é aniversário de meu caçula, não quero piorar ainda mais a sua aparência animalesca, portanto, ajoelhe-se e estenda a mão.

— Essa não, a outra. Essa terá que usá-la bastante ainda hoje para dar conta de tudo que já pedi e ainda vou inventar. Ao final do dia, voltaremos a conversar e dependendo de seu trabalho hoje, usarei ou não esse belo instrumento educador novamente.

E, assim, com a mão esquerda dormente pela forte pancada recebida, Maria retorna à cozinha para finalizar suas tarefas. Lágrimas silenciosas desciam de seu rosto, mas a dor maior que sentia era em seu coração, pela ingratidão e ódio gratuito que sua senhora destilava sobre ela.

Sem que ninguém soubesse do drama pessoal de Maria, a refeição matinal se deu com toda a família reunida e com a presença do padre Romero e de seu assistente Pedro, que fez questão de sentar-se ao lado de Martinho. Todos felizes, se fartaram com tudo que havia sido preparado.

— Sempre comemos bem, mas hoje nossa refeição foi especial. Minha esposa, parabéns por esse cardápio – falou Couto.

— Concordo, pai, mas, na verdade, quem merece esses elogios é a Maria e suas ajudantes que prepararam tudo com muito esmero – falou Venâncio.

Nesse instante, Lourdes se levantou e, aos berros, se dirigiu ao filho:

— Eu não admito que uma negra seja elogiada na minha frente.

— E por que não, mãe? Ou a senhora saberia cozinhar desta forma? Quando estou na lida e vejo no canavial um escravo cortando cana como uma máquina, eu faço questão de elogiá-lo. Isso não me faz em nada inferior, ele continua sendo o meu escravo, mas passa a me respeitar mais, pois valorizo o seu trabalho. Acho que esse ódio está lhe fazendo muito mal.

— Pai, peço permissão para sair da mesa, pois tenho uma fazenda para cuidar.

Levantou-se e saiu, sem esperar a resposta do pai, que estava perplexo com a reação inesperada dos dois. Para amenizar o clima pesado que ficou no ambiente, Couto se dirige ao outro filho e pergunta:

— Então, Martinho, você já é quase um homem. Na sua idade, seu irmão já estava com muitas funções aqui na fazenda, o que acha de se juntar a nós e aprender como cuidar de nossos negócios?

Timidamente, Martinho responde ao pai, sem sequer olhar em seus olhos:

— Acho que não tenho aptidão para esse trabalho. O que tenho sentido no meu coração é um chamado de Deus para que opere em sua Santa Igreja. Quero seguir essa vocação, se o senhor me permitir.

Padre Romero, como sempre muito intrujão, se antecipa à resposta do pai:

— Mas é claro que o senhor José Couto irá permitir, afinal é uma honra para qualquer família ter um servidor de Deus entre seus membros.

— Então quer dizer que, ao invés de sustentar a Igreja, você quer ser sustentado por ela? Não era o que eu gostaria de ouvir, mas talvez já até esperasse por isso, tanto que sua mãe lhe mimou, não poderia dar em outra coisa.

— Que isso, Couto? Deveria ficar feliz por nosso filho. Tenho certeza de que terá um lindo caminho junto a Cristo — falou Lourdes, em tom emocionado.

— Vocês me deem licença, que assim como Venâncio, tenho uma fazenda para cuidar e lucrar para poder sustentar a vocação de nosso filho caçula.

Com a saída de Couto, o restante da família continuou à mesa, agora conversando animados sobre a vocação de Martinho.

Mais tarde, no escritório da fazenda, o filho reporta ao pai os problemas e necessidades da fazenda para aquele e os próximos dias e, em seguida, começam a conversar sobre questões familiares.

— Acho que você desrespeitou a sua mãe com aquele comentário à mesa.

— Eu sabia que iria tocar nesse assunto. A questão é que eu e ela temos formas muito distintas de olhar o trabalho escravo. E você sabe bem o ódio que ela sente deles. Mas se isso lhe fará bem, eu depois peço desculpas a ela.

— Sim, me fará bem e a ela também.

— Às vezes eu acho que, se ela pudesse, mataria todos os escravos, mesmo sabendo que nos levaria à ruína.

— Na verdade, ela gostaria de matar as escravas — completou, soltando uma gargalhada.

— Tem razão, mas você percebeu que nem eu, nem Maria de Fátima, nunca tivemos uma refeição tão requintada como a de hoje, para comemorar nossos aniversários? O Martinho é o filhinho querido dela mesmo. A propósito, quando ele começa conosco? Estou louco para colocá-lo na lida.

Couto coça a cabeça e vai ao seu móvel buscar uma cachaça, senta-se em sua mesa, abre a gaveta, tirando um charuto, e o acende, enquanto Venâncio espera a resposta do pai.

— Ele não irá trabalhar conosco.

— Como assim, "ele não irá trabalhar conosco"?

— Após a sua saída, para descontrair o ambiente, perguntei a ele exatamente o que me perguntou, e ele me respondeu, em outras palavras, que quer ser padre.

— Padre?

— Isso mesmo que você ouviu. E depois da louvação do padre Romero, que não perde uma oportunidade, sua mãe, emocionadíssima, abençoou a decisão.

— Só faltava isso agora. Vamos ter que trabalhar apenas nós dois e ainda sustentar ele. Muito bonito, mas tenho certeza de que você, também, nunca esperou muito dele. É por isso que o tenho visto eventualmente indo para a Igreja.

— Devem tê-lo catequizado e, agora, provavelmente nossa contribuição irá aumentar.

— Vou ficar de olho e tentar entender isso melhor.

Conversaram um pouco mais e depois deixou o pai a sós. Como o dia já estava organizado, mandou buscar a Carlota para seu escritório particular e a usou a seu bel-prazer. Mas como ela já era uma escrava usual em sua cama, sentiu uma diferença no comportamento da negra e resolveu quebrar o silêncio.

— O que houve com você hoje?

— Me perdoa, sinhozinho, não gostou? Posso tentar fazer melhor agora.

— Não é isso, quero saber o que está acontecendo.

— Se o sinhozinho me permite, eu gostaria de voltar a trabalhar no canavial. Quando quiser, me manda buscar lá que eu venho.

— Mas, agora, estou entendendo menos ainda. Por todo prazer que você me dá, resolvi lhe tirar um pouco do peso do trabalho e agora você me diz que quer voltar.

— Eu prometi a ela não falar com o sinhozinho, mas não vou conseguir.

— Ela quem? Me fala logo o que está acontecendo.

— Sinhozinho, eu não aguento mais ver a Vó Maria ser maltratada pela senhora sua mãe. Por isso quero voltar para o canavial, lá pelo menos os negros aguentam melhor os castigos. Hoje bem cedo, mas bem cedo mesmo, tudo já estava pronto para servi-los, mas a senhora achou que nós estávamos atrasadas e castigou a vó com uma palmatória em sua mão esquerda, de tal forma que ela teve que continuar trabalhando praticamente com uma mão, e nós ajudamos como nunca. Poderia ser em qualquer uma de nós, mas sempre vai na Vó Maria. Isso dói demais em meu coração.

Venâncio se calou por alguns instantes e se fechou em seus pensamentos, enquanto Carlota derramava lágrimas, não por ter sido abusada por ele, mas pelo sofrimento de outro ser. Ele reviu em suas lembranças a sua chegada na fazenda e a primeira vez que viu Maria, lembrou das histórias que ela lhe contava na sua infância e dos doces que faziam, lembrou que, por conta dessa perseguição de sua mãe, ele saiu perambulando no dia que encontrou uma cobra-coral, que quase ceifou a sua vida. Entristeceu-se e depois falou.

– Carlota, você é forte e Maria muito mais do que você imagina. Portanto, não irá voltar para o canavial. Além de querer você aqui, fácil para que eu possa usá-la rapidamente, quando quiser, agora terá uma outra função. Como confiou em mim para me revelar um segredo, a partir de hoje você será os meus olhos dentro desta casa. Quero que observe tudo e depois me conte, fique de olho no Martinho, pois estou achando muito estranho ele querer ser padre de uma hora para outra. Quanto aos castigos de Maria, certamente não poderei fazer com que eles não aconteçam, mas vou tentar minimizar isso. Posso contar com você por sua própria vontade?

– Sim, sinhozinho, eu lhe sou muito grata e farei tudo que me mandar.

– Mas, agora, não estou mandando, estou pedindo, pois como seu dono posso tudo, mas não posso controlar a sua mente.

– Sinhozinho, de hoje em diante saberá tudo que acontece aqui dentro, só lhe peço proteção, pois sei que minha vida correrá risco daqui por diante.

– Terá minha proteção sempre.

18

UMA DESCOBERTA IMPACTANTE

Os dias foram se sucedendo e nas vezes que Venâncio solicitava a presença de Carlota em seu "escritório" ela sempre lhe trazia informações da casa e até mesmo da senzala, que lhes eram muito importantes na condução da fazenda junto a seu pai. Não foram poucas as vezes que conseguiu mudar algumas decisões do pai baseado nessas informações, e José Couto sempre o questionava:

– Mas como sabe disso?

E ele simplesmente alega que tinha informações, ou que era a sua intuição, sem nunca revelar a fonte verdadeira. Descobriu, por exemplo, que sua irmã estava louca para casar e pressionava a mãe para influir junto ao pai para que ele arrumasse um consorte para ela. Também sobre alguns escravos que planejavam fugas, os quais rapidamente eram vendidos para cortar o mal pela raiz. Mas o principal ainda não tinha descoberto.

– Mas Carlota, e sobre o Martinho? Essa é a informação que mais preciso no momento.

– Sinhozinho, estou muito próxima de descobrir, mas como é muito sério o que estou para revelar-te, prefiro ter a confirmação para não errar.

– Então já sabe de algo que não quer me contar?

– Eu imploro ao sinhozinho, confie em mim e me dê mais uns dias, e logo saberá de tudo.

– Carlota, não sou um homem de muita paciência, trate de se apressar. Quero saber o que está acontecendo.

Essa conversa deixou Venâncio muito angustiado, pois, certamente, algo estava acontecendo. Na próxima vez que encontrasse com Carlota, tiraria a informação dela, nem que fosse sob tortura, e ela sabia disso, seu tempo era curto.

Carlota tratou de intensificar sua investigação, pois sabia do temperamento de Venâncio e do que ele seria capaz de fazer para arrancar dela a informação. Seu medo era passar algo que não tinha certeza, pois isso poderia lhe custar a sua própria vida. Praguejou por estar naquela situação, mas já era tarde para mudar, agora ela precisava ir até o fim para se salvar.

Tratou de buscar a ajuda de um escravo, que há muito sentia por ela um afeto muito grande, mas que, por enquanto, não poderia ser retribuído, pois ela estava marcada pelo V em sua mão esquerda. Esse escravo trabalhava nos arredores da casa grande e tinha livre acesso e, por meio deste, conseguiu a confirmação que faltava. Agora, ela precisava elaborar um plano, definindo a melhor forma de contar para Venâncio e como poderia tirar alguma vantagem pessoal de tudo isso.

Não tardou para Venâncio mandar buscar Carlota, que chegou com o coração palpitando como nunca havia sentido antes perante o seu senhor. Tentando disfarçar seu nervosismo, foi imediatamente tirando a sua roupa, como ele gostava.

— Espere, Carlota, não precisa se despir agora, hoje estou mais interessado no que tem de me falar sobre Martinho do que no seu corpo. Vamos lá, desembucha.

— Sinhozinho, o que tenho a lhe revelar é muito sério e para eu ter a confirmação tive que pagar um preço, prometi uma coisa que não posso cumprir, a não ser que me conceda a autorização, antes de falar preciso que me libere para me deitar com outro homem. Não conseguiria a confirmação sem ajuda dele e não poderia lhe passar isso sem ter absoluta certeza.

— Eu já estou a pouco de apertar o seu pescoço, e você ainda me pede isso?

— Por favor, sinhozinho!

— Bem, fale logo, depois eu te digo se te libero ou não.

— Assim como o senhor, Martinho está usando um escravo para se satisfazer sexualmente.

Venâncio deu uma enorme gargalhada, e com uma sensação de alívio, falou:

— Sua negra vagabunda, é essa informação que vale eu liberar você para se deitar com outro escravo? Estou até feliz de saber que Martinho está se soltando.

— Sinhozinho, se me permitir, vou ser mais explícita na informação.

— Eu vou te dizer que está prestes a sair daqui para o tronco, então seja bem clara.

— Está bem, serei bem clara. Martinho vai diariamente à Igreja, com o propósito de se dedicar a vossa religião, mas, na verdade, se deita com o escravo Garai e, eventualmente, formam um trio com aquele assistente do padre, e tudo isso acontece no anexo da capela.

Sem conseguir respirar direito, Venâncio se senta na cama sem querer acreditar nas palavras que acabara de ouvir. Subitamente se levanta e grita:

— Se não estiver correta será colocada no tronco e chicoteada até a sua morte. Você tem noção da gravidade do que está me falando?

— Sinhozinho, desde a hora que me fez seus olhos, como falou, sinto que minha vida está em perigo e só fui em frente porque me prometeu me proteger e não me matar. Demorei a lhe passar essa informação, pois tinha que estar absolutamente certa do que estava falando. Sabia que somente a minha palavra não seria suficiente, então precisei da ajuda de um escravo homem para se infiltrar e descobrir tudo. A esse homem, eu devo meu corpo. Posso lhe instruir para que veja com seus próprios olhos, mas peço que não tome nenhuma decisão precipitada.

Pela firmeza com que Carlota lhe passara a informação, ela certamente estava certa. Ele precisava absorver a situação e depois comprová-la. Pegou com ela toda instrução de como proceder o flagrante e a dispensou, sem encostar um dedo em seu corpo.

Carlota saiu com seu coração muito apertado, pois sabia que a informação teria machucado muito o seu sinhozinho e ela não gostaria de tê-la dado, mas para ela era uma questão de sobrevivência. Sua preocupação agora era como ele iria lidar com tudo isso.

Antes de tomar qualquer decisão, Venâncio precisava compartilhar a história com alguém para amadurecer sua decisão. Obviamente não seria o seu pai a pessoa mais indicada, então logo pensou no Velho João, e foi quem ele procurou na primeira oportunidade que teve.

— Salve, Nêgo Velho!

— Salve, fiô! Como suncê está? O Velho já estava sentindo falta de sua visita — respondeu João, que estava em seu banquinho em frente a sua cabana, pitando o seu cachimbo e, como sempre, muito sereno, ao contrário de Venâncio, que, além de agitado, demonstrava muito nervosismo.

Sem meias conversas, ele contou ao Velho sobre a inclinação do irmão para o sacerdócio, sua desconfiança e tudo que descobriu. Disse ainda que ainda não tinha coragem de verificar pessoalmente a veracidade dos fatos, até porque não estava sabendo lidar com a questão em seu interior.

Antes de responder, o Velho deu umas baforadas bem fortes, fazendo que a fumaça de seu cachimbo os envolvesse, abaixou a cabeça e depois, olhando nos olhos de Venâncio, falou:

— Fiô, o sexo acompanha o homem desde sua primeira encarnação nesse mundo e, diferente dos animais, que só o fazem no sentido de se procriarem e perpetuarem as suas espécies, o homem descobriu prazer nesse ato. De lá para cá, o sexo passou a ter uma importância enorme na vida dos seres humanos, levando, muitas vezes, ao desequilíbrio, e suncê melhor do que ninguém sabe disso.

— Não queira me comparar com esse devasso e depravado, que é o meu irmão.

— Não estou comparando nada, apenas digo que na busca do prazer sexual não importa o parceiro, mas sim a satisfação pessoal. O sistema — a sociedade, o homem — convencionou que isso deveria ser feito entre pessoas de sexos diferentes, mas posso lhe afirmar que essa convenção vem sendo burlada através dos séculos, por aqueles que assim o desejam.

— Não estou lhe entendendo, acha isso uma coisa normal?

— Fiô, realmente não está entendendo. Não é essa a questão, mas sim que é um comportamento que foge à norma preestabelecida, mas que acontece com uma frequência muito maior do que você imagina. A cada um foi dado o livre-arbítrio para fazer as escolhas para a sua vida. O que é "normal" para você pode não ser para outra pessoa que tem uma visão diferente da sua.

— Mas no caso do meu irmão, isso não poderia ter acontecido.

— Por que, fiô?

— Por que ele foi criado para ser macho e, pior ainda, com um escravo?

— Suncê quer dizer com um negro? Se fosse somente com um branco amenizaria a sua ira? Acha realmente que o que suncê tem feito é muito diferente?

— Claro que é diferente, eu uso as negras para me satisfazer.

— Mas como acabou de falar, suncê busca a sua satisfação, e para isso não se importa de se misturar a uma escrava negra. Será que todos acham isso "normal"?

— Nêgo Velho, toda vez que venho aqui compartilhar um problema, eu saio daqui ainda mais irritado.

— Sim, porque suncê não quer a opinião do Velho, e sim quer que o Velho fale aquilo que deseja ouvir, mas de que lhe serviria isso? Se volta, é porque as palavras do Velho o fizeram refletir um pouco e, de alguma forma, e com o tempo, passam a ter eco em sua alma. Só mais um conselho, pense muito bem se quer realmente presenciar isso, e se sim, pense em como irá reagir antes, para não fazer bobagem e colocar tudo que conquistou até aqui a perder.

Venâncio monta em seu cavalo, cumprimenta o Velho e sai a galope, com seus pensamentos fervilhando em sua mente, mas com a certeza de que teria que agir com estratégia racional e não se deixar levar pelo lado emocional, para não cometer uma loucura.

19

MARTINHO ABRAÇA A IGREJA

A noite foi longa para Venâncio, que não conseguia pregar os olhos, somente pensando no que estava prestes a presenciar e como deveria ser a melhor forma de agir, para, principalmente, poupar o seu pai de um grande desgosto pelas transgressões que seu irmão, muito provavelmente, estava cometendo.

Evitou fazer a refeição matinal com a família, pois não queria olhar para seu irmão à mesa e, muito menos, compartilhar a refeição com algum dos clérigos, que eventualmente poderiam estar presentes. Assim, pediu para que Carlota, bem cedo, levasse algo em seu quarto para ele comer e saiu para a lida antes mesmo do café começar a ser servido.

Como de costume, foi ao canavial supervisionar o trabalho dos escravos e depois ficou um bom tempo na moenda, deixando o tempo passar para que, no momento certo, fosse resolver a questão que tanto o afligia. Mas parecia que naquele dia o tempo se recusava a passar, foi então que resolveu ir até a cachoeira, onde sempre buscava forças quando tinha algo para resolver.

Primeiro se sentou na beira do rio com os pés na água e depois foi imbuído a entrar nesse rio e ir até o ponto onde a água descia. Deixou que ela caísse sobre sua cabeça, como se estivesse lavando seus pensamentos. Orou fortemente nesse momento à Nossa Senhora da Conceição, pedindo perdão pelo que estava acontecendo na extensão de seu templo, que ele estava prestes a testemunhar. Tomado de um enorme impulso em seu interior, montou em seu cavalo e voltou para a fazenda, ainda com alguma esperança de que tudo aquilo fosse um equívoco.

Seguindo as instruções passadas por sua escrava, se encafuou e ficou à espreita, vigiando a entrada do salão anexo da capela. Não demorou muito e viu Martinho entrar e, em seguida, o escravo Garai com Pedro, o assistente do padre Romero. Seu coração estava tão acelerado que pensou que passaria mal, mas era o momento em que precisava ter coragem, esperou alguns minutos e foi até a porta, juntou toda a sua ira, transformando-a em força, e em um só golpe arrombou a porta, flagrando os sodomitas naquele ato nefasto, que o repugnou a ponto de quase vomitar.

— Mas o que é isso! — gritou Pedro! — Você não pode entrar aqui.

Sabendo de que não teria controle de sua reação, Venâncio teve o cuidado de tirar toda e qualquer arma que pudesse usar no seu momento de fúria, e só lhe sobraram seus punhos para desferir um soco no rosto de Pedro, que tamanha força colocada o levou ao chão. Aos berros, Venâncio falou:

— Martinho, vista a sua roupa e venha comigo agora. Quanto a você, Pedro, suma da minha frente, pois, na próxima vez que eu vê-lo, estarei armado e não respondo pelo que poderei fazer.

— Quanto a você, escravo, não saia daqui, que mandarei buscá-lo.

— Mas esse escravo pertence à Igreja, não pode tocá-lo.

— Eu não pretendo tocá-lo, mas a minha chibata, essa sim, fará muitos carinhos nele.

Colocou Martinho em um cavalo, que já havia preparado para essa ocasião, montou no seu e, antes de sair, deu ordens a dois capatazes para que pegassem o negro Garai e colocassem-no no tronco, que tão logo voltasse, ele mesmo teria o prazer de açoitá-lo.

Martinho estava apavorado, e com muito medo do que o irmão pudesse vir a fazer com ele, chorava, enquanto cavalgava para longe da casa grande ao lado de Venâncio.

— O que vai fazer comigo? — perguntou Martinho.

Mantendo o silêncio, que machucava cada vez mais o irmão, Venâncio seguia se distanciando, até que chegou a um descampado, parou e mandou o irmão descer do cavalo. Segurou o cavalo do irmão pelas rédeas e não desceu de seu cavalo, mantendo assim uma postura de total superioridade.

— Você vai me matar?

— Talvez, se eu estivesse armado, já até teria feito. Mas tive o cuidado de me desarmar para não estragar tudo o que conquistei e ainda vou conquistar. Você não merece nada mais que meu desprezo. A visão de você com aquele escravo me causa asco até agora e tenho certeza de que por muito tempo não esquecerei.

— Você não tem moral para me julgar. Vive fazendo sexo com as negras e até as marca, como sua posse.

— Garoto, não tente me confrontar, que eu perco a cabeça e resolvo isso de uma maneira que não quero. Cale a boca e apenas escute, o que vou lhe falar não é uma proposta, mas sim uma determinação.

— Não vou sujeitar o nosso pai a passar por essa humilhação e vergonha perante a sociedade de Nossa Senhora da Conceição, que estamos construindo com muito suor, que se diga de passagem, não tem uma gota do seu. Com a sua idade, eu já comandava essa fazenda com ele. Não sei se quer ser padre ou apenas um sodomita da Igreja, mas que seja. Ao retornar, vou direto falar com o padre Romero, que seguirá amanhã mesmo para o Rio de Janeiro com você, para que estude em um seminário. Você, pela sua vocação, renunciará a seus direitos à fazenda e a nossa fortuna, e eu custearei seus estudos até tornar-se padre. Quem sabe daqui a 50 anos você não retorna para rezar uma missa em nossa capela, antes disso, não quero olhar para a sua cara. Está entendido?

— Mas...

— Não existe "mas", isso já está decidido. Ou é isso ou a sua vida? Escolha de uma vez.

Martinho, aos prantos, abaixa a cabeça e balança em sinal positivo para o irmão.

— Nosso pai não saberá de nada, apenas que flagrei em nossa capela aquele asqueroso do Pedro em sodomia com o escravo Garai, que terei o prazer de tirar a pele de suas costas quando eu retornar. Você será a minha testemunha, ou melhor, foi você que denunciou os dois pelo chamado de Deus e não poderá adiar sua ida para o seminário, aproveitando a viagem que o padre Romero fará para o Rio. Estamos conversados?

— Sim.

— Espero que siga à risca tudo que combinamos, para o seu bem. Eu lhe desejo boa sorte em sua nefanda vida religiosa. Agora monte em seu cavalo e vamos, que providências me esperam.

Voltaram o mais rápido que puderam a galopar e, ao chegar, Venâncio foi direto à capela para falar com o padre Romero.

— Mas meu filho, o que aconteceu? — perguntou o padre a Venâncio.

— O que aconteceu, padre, é que aqui, debaixo de seu nariz, seu auxiliar e o escravo se sodomizavam, desrespeitando a todos nós e aos nossos santos. Pela intercessão divina, Martinho recebeu um chamado de Deus e teve a visão do que estava acontecendo, e me chamou para contar e ao vir aqui, peguei os dois em flagrante. Por sorte, eu não estava armado, senão teria feito uma bobagem. Diante disso, ficou muito claro que o caminho de Martinho é seguir a Igreja, assim, quero que o senhor siga amanhã com ele, para o Rio de Janeiro, para que ele ingresse imediatamente em um bom seminário. Fique tranquilo que tudo será custeado por nós.

— Mas não estou pensando em ir ao Rio de Janeiro amanhã.

— Talvez o senhor tenha esquecido, mas já estava programada sua ida, sim. Dessa forma é melhor, padre, ninguém se expõe e continuamos amigos. Aproveite e trate de encontrar outro lugar para fazer suas missas, que aqui não voltará mais. Acho que está entendendo o meu ponto de vista, não está?

— Mas meu filho, eu vim para esta fazenda quando ela não tinha nada e levantei essa capela com o seu pai.

— Padre, estou lhe dando a chance de sair bem desta situação. Quem sabe em gratidão ao seu esforço, no futuro, eu não batize um dos bancos com o seu nome? Acho que já perdi tempo demais. Estou aqui fazendo um esforço enorme para resolver a questão da melhor forma, mas a decisão é sua, posso mudar a história e falar a verdade, mas lhe será muito caro. E então, o que decide?

— Eu realmente havia esquecido de minha viagem para o Rio de Janeiro, conto com uma boa quantia para que possamos fazer uma ótima viagem e conseguir o melhor seminário para o Martinho.

— Muito bem, padre, eu sabia que poderia contar com o senhor. Que Deus o abençoe e conte comigo para suas despesas. Para finalizarmos, gostaria que me acompanhasse até a frente da senzala, pois tem um negro no tronco esperando para ser castigado pelo desrespeito a nossa Igreja e faço questão que o senhor assista essa cena. Pena que seu auxiliar já deve estar longe e não poderá assistir.

Venâncio, que estava explodindo de raiva, usou o escravo para descarregar todo seu sentimento negativo. A cada chibatada, ele exorcizava de si a vergonha por seu irmão, o nojo do auxiliar, o ódio que sentia do padre, que era conivente com toda aquela sujeira, batia mais e mais relembrando aquela cena, até que o escravo desfaleceu e o feitor tirou a chibata de sua mão.

— Já chega, Venâncio, o escravo já está castigado.

Ofegante e sem conseguir falar, se dirigiu para a casa grande, onde da varanda seu pai o aguardava, ansioso por explicações de tudo que estava acontecendo.

— Pai, preciso primeiro respirar, depois conversamos.

Gritou a Maria e pediu que mandasse Carlota preparar um banho e que levasse a seu quarto o mais rápido possível.

— Assim que me recuperar, eu desço para falar com você, hoje foi um dia intenso, acho que um dos mais intensos que já vivi — e se dirigiu para seu quarto.

Martinho, que já havia chegado à casa antes, trancado em seu quarto permanecia. Já havia chorado muito, mas sabia que seu irmão não estava brincando e tratou de começar a arrumar suas malas para a partida.

Carlota, ao chegar ao quarto de Venâncio, estava muito tensa e não sabia ainda o que estava acontecendo, apenas que o escravo havia sido regiamente castigado.

— Carlota, você não imagina o quanto eu rezei para que você estivesse errada.

— Eu lamento, sinhozinho.

— Depois conversamos, agora me deixe a sós. Preciso me refazer.

Após ter relaxado um pouco, ele sabia que precisava conversar ainda com seu pai para finalizar o seu plano e fechar de vez esse episódio, que queria esquecer o mais breve possível. Mais uma vez rezou, pedindo agora para Nossa Senhora da Glória que o fizesse convincente, e foi ao encontro de Couto.

— Venâncio, que loucura toda foi essa? Às vezes, parece que você traz consigo uma enorme onda que vai devastando tudo a sua volta.

— Talvez seja a minha sina, pai. Mas hoje, mais do que nunca, me convenci de que Martinho é um homem de Deus e precisa seguir os seus desígnios. Não fosse a sua visão, continuaríamos sendo enganados e as transgressões acontecendo a nossa volta sem percebermos.

— Mas me conte toda a história, pois até agora chegaram apenas fragmentos até mim.

— Bem, hoje Martinho me procurou muito tenso e me disse que vem orando com muita fé, pedindo uma confirmação a Deus de que seguir a Igreja seria realmente o seu destino e Ele lhe deu uma visão de algo muito ruim que estava acontecendo em nossa capela. Ao me contar, pois não tinha coragem de verificar por si só, imediatamente parti para o salão, e como estava fechado, arrombei a porta e peguei o Pedro em sodomia com aquele escravo da Igreja, de nome Garai.

— Não posso acreditar.

— O Pedro tentou me agredir, mas a minha ira era tanta que desferi um soco na sua cara e saí rapidamente para chamar um capataz, mas nesse instante o safado fugiu, porém conseguimos prender o negro e eu estava tão transtornado que mandei colocá-lo no tronco. Depois disso, Martinho, muito emocionado, me pediu para lhe falar sobre a sua ida para o Rio de Janeiro, onde estudará em um seminário para tornar-se padre. Dei a minha palavra a ele de que ele irá seguir seu destino.

— Mas ir para o Rio de Janeiro, sua mãe sofrerá muito. Não acho uma boa ideia agora.

— Eu sei, pai, mas é a vontade dele e precisamos respeitar. Ele pediu um sinal e foi dado, e amanhã mesmo ele seguirá com o padre Romero para o Rio. Já conversei com o padre e ele pessoalmente irá amparar Martinho nessa jornada. Assumi que não lhes faltarão recursos. Empenhei a minha palavra e espero que não se oponha, pois do contrário quem irá embora sou eu, pois depois de tudo não terei condição de olhar para Martinho, se não cumprir minha promessa com ele.

— Por um acaso você já assumiu o comando desta casa?

— De forma alguma, pai, só que o senhor mesmo me criou para ser o seu sucessor e tenho que tomar as decisões na sua ausência, e o mínimo que espero é que confie em mim. Já lhe provei com o meu trabalho que sou capaz, em quanto aumentamos o nosso faturamento no último ano?

Respirou fundo e continuou a implementar o seu plano:

— Por isso, estou aqui conversando com o senhor, para que amanhã, na refeição matinal, anuncie como uma decisão sua, mandar o Martinho para o Rio, juntamente com o padre Romero. Desta forma sua autoridade está resguardada e eu fico bem com o meu querido irmão. E então, qual será a sua decisão?

— Você me deixou alguma opção? Tem certeza de que isso será o melhor para seu irmão?

— Não tenho a menor dúvida, ele lhe será eternamente grato, pelo seu gesto de fé e confiança na Igreja. E, em breve, teremos um padre na família.

— Isso realmente pode ser uma coisa boa. Lá em Portugal temos um parente que é padre, será muito bom para nós termos um membro de nossa família no clero.

— Amém!

Conversaram um pouco mais, com Venâncio fazendo com que Couto se apropriasse cada vez mais do controle da situação, fortalecendo a decisão que seria proferida no dia seguinte.

No pequeno almoço do dia seguinte, Couto reuniu toda a família, inclusive o padre Romero, e muito emocionado, falou sobre a visão de seu caçula e o chamamento de Deus em sua vida, e decidiu que imediatamente ele seguiria para Rio de Janeiro, tendo como tutor o padre Romero, para estudar em um seminário e seguir sua vocação.

A decisão caiu como uma bomba no colo de Lourdes Maria, que imediatamente protestou.

— Mas isso é um absurdo! Meu filho ir embora ainda tão novo.

Venâncio olhando fixamente para Martinho, o mantinha sob seu controle, e falou:

— Mãe, isso é um chamado de Deus e, de mais a mais, na idade dele eu também aceitei o meu chamado na lida e estou bem e feliz, tenho certeza de que ele também ficará, não é mesmo, Martinho?

Monossilabicamente, ele respondeu:

— Sim.

— Bem, sendo assim, vou agora mesmo preparar a viagem de vocês, vou escolher uma boa escolta para que tenham a melhor viagem possível. Pai, o senhor me dá licença? E a todos os demais, peço licença também.

Quando já estava quase na porta, retornou e se dirigiu ao clérigo:

— Padre Romero, estou mandando retirar o escravo do tronco. Ele seguirá com vocês, pois pertence à Igreja e talvez tenha alguma utilidade no futuro.

Deu as costas e foi providenciar a caravana, enquanto a mãe, aos prantos, abraçava seu filhinho, juntamente com a irmã.

Não tardou para já estarem de partida com toda a guarnição necessária para a viagem.

— Quando eu for ao Rio de Janeiro, lhe farei uma visita, querido irmão. Que Deus lhe abençoe em sua nova jornada.

Essas foram as últimas palavras que Venâncio dirigiria a seu irmão, pelo resto de suas vidas.

20

NOTÍCIAS DE PORTUGAL

Seguem os dias na fazenda, e a chegada do novo padre que cuidará da paróquia de Nossa Senhora da Conceição é motivo de grande alegria para Couto e outros fazendeiros da região, que já ansiavam pelo retorno das missas dominicais.

O padre Francesco Rigoletti era de origem italiana e há muito estava no Brasil, primeiramente na Bahia e já algum tempo no Rio, sendo indicado pessoalmente pelo bispo para atuar e fundamentar o trabalho da Igreja Católica Apostólica Romana na região. Apesar de sua postura mais introspectiva, se mostrava mais tolerante no trato com os escravos, o que agradava a Venâncio.

E em um domingo desses, após a missa, Couto chama Venâncio para uma conversa, com o intuito de compartilhar com ele algumas informações que recebeu de Portugal.

– Que bom que já retomamos o trabalho da Igreja, em nossa capela. Estou gostando muito do padre Francesco, apesar do Romero ter vindo comigo desde o início para cá e de ter uma simpatia por ele, sempre o achei muito intrometido. Acho que agora temos um padre mais consciente de seus deveres como homem de Cristo.

– Concordo, pai. Acho que fará um excelente trabalho aqui em nossa paróquia. Mas você comentou que queria me falar sobre Portugal, recebeu alguma notícia? Estou lhe achando preocupado.

– Sim, estou realmente preocupado. Um patrício, que esteve comigo na última remessa de produtos vindos de Portugal, me relatou que as coisas não andam nada bem por lá. Por conta de nossa relação comercial com os ingleses, Napoleão se uniu à Espanha e marcha para invadir Lisboa. Existe uma grande possibilidade de D. João se transferir, com toda a corte, para o Brasil.

– Mas essa situação é recente?

— Não, na verdade, alguns anos depois da vinda de vocês para o Brasil, as coisas já não iam bem entre nós e a Espanha, que, agora aliada a Napoleão, imperador francês, passou a vislumbrar a possibilidade de tomar para si parte de nosso território. Fui informado de que Napoleão deu um ultimato para que nossas relações com os ingleses fossem definitivamente cortadas, e para evitar uma guerra com a Inglaterra, que seria desastrosa para nós, estudasse, como a melhor opção, a transferência da corte para o Brasil. Desta forma, teríamos a proteção dos ingleses e manteríamos o nosso fluxo comercial marítimo.

— Pensando bem, isso pode ser muito bom para nós. Ter o regente e toda a corte aqui nos dará notoriedade.

— Não tenho dúvida quanto a isso, mas me preocupa a situação de nossos parentes que ficarão em Portugal. Bem, caso isso realmente aconteça, vou ao encontro de D. João. Pedirei uma audiência e tentarei ampliar nossos negócios. Quem sabe outra fazenda?

— Isso seria muito bom. Mais escravos e, principalmente, escravas — gargalhou Venâncio.

Sem achar graça da piada do filho, Couto muda o rumo da prosa.

— Foi bom você ter tocado nesse ponto. Eu já estou achando que essa sua tara pelas negras está indo longe demais. É hora de começarmos a pensar no seu casamento.

— Como assim, casamento, isso não passa pela minha cabeça no momento.

— Pois trate de pensar nisso. Você já está na idade de se tornar um homem sério, casar e me dar netos, que continuarão o nosso legado na colônia. Com a corte mais próxima de nós, será mais fácil arrumar um bom casamento para você, e que seja vantajoso, vou buscar um bom dote.

— Mas como vou me casar com alguém que nem conheço?

— Conhecerá e se acostumará com ela. Obviamente, terá que diminuir o acesso às negras, mas poderá continuar se aliviando com elas, assim como faço. Será bom para os nossos negócios. Você não quer ser um senhor de engenho? Casar faz parte disso, e ter filhos, principalmente um menino, será fundamental. Assim teremos nossa continuidade garantida. Agora, vamos almoçar, que já estou com fome. Hoje, vou abrir aquele vinho especial que chegou de nosso país, para comemorarmos sua decisão de se casar.

— Minha decisão?

Sem deixar Venâncio falar mais nada, levantou-se e foi saindo do escritório, sinalizando para que ele o acompanhasse.

Naquele dia, aquele assunto do futuro casamento foi a tônica de todas as conversas, e evidentemente não ficou somente entre a família. Até o padre Francesco, com toda a sua discrição, se animou com a possibilidade de realizar a cerimônia. Somente Venâncio não estava muito empolgado com a situação.

Ao final do dia, mandou que Carlota fosse ao seu encontro no escritório.

— Pensei que o sinhozinho já não me quisesse mais, há quanto tempo não me chama.

— Eu procuro outra que me agrade tanto quanto você, mas ainda não encontrei.

— Mas o sinhozinho vai casar e vai abandonar suas negras?

— Jamais. Agora chega de conversa e venha saciar o meu desejo.

Nesse dia, talvez pelo tempo que não fosse usada, Carlota estava mais entregue do que nunca e proporcionou ao seu senhor momentos inesquecíveis. Ao final, voltou a falar sobre sua promessa:

— E quanto à promessa que preciso pagar, o sinhozinho irá me liberar?

— Carlota, eu acabei de me deleitar com esse seu corpo negro, que tanto me atrai, e você me pede isso?

— Mas eu prometi, sinhozinho.

— Você irá cumprir a sua promessa, mas, no momento certo, agora não. Se eu vir a casar realmente, terei filhos e quero que seja a ama de leite deles, nessa hora, você irá precisar emprenhar e então cumprirá a sua palavra e me servirá de outra forma. Por enquanto, ainda a quero na minha cama.

21

A CORTE NO RIO DE JANEIRO

Alguns meses depois, se confirmava a vinda do Príncipe Regente com toda a corte para o Brasil, chegando primeiro a Salvador e, pouco mais de um mês após, se transferindo para o Rio de Janeiro, cidade a qual passou a ser declarada a capital do império.

Essa notícia agradou sobremaneira a Couto, que tratou de enviar uma mensagem logo a D. João, solicitando uma audiência para tratar de assuntos de interesse mútuo. E, no mês seguinte à chegada de D. João ao Rio de Janeiro, Couto já tinha um encontro agendado com o monarca.

— Venâncio, cuide de tudo aqui na fazenda na minha ausência, estou indo ao Rio de Janeiro ter com D. João uma conversa, que, certamente, definirá nosso futuro econômico e familiar, pois pelo que já adiantei a ele, não será difícil conseguir uma esposa que traga junto a si um bom dote para nós.

— Pai, você vai insistir nessa questão de casamento? Estou tão bem, como estamos.

— Pretendo conseguir uma nova concessão de terra para implantarmos uma nova fazenda e ainda uma noiva para você. Já discutimos isso e não vou voltar a esse assunto. Você se casará e me trará netos.

Sem se estender, Couto e a sua comitiva partem para a cidade do Rio de Janeiro, deixando a fazenda sob os cuidados do filho.

Venâncio, por sua vez, preferiu não ficar pensando na intenção de seu pai em casá-lo e tratou de dar continuidade ao seu trabalho, já pensando em qual escrava estaria com ele no final do dia. Além disso, alguns escravos estavam doentes e sem força para trabalhar, o que poderia atrapalhar a produção, então resolveu mandar buscar o Velho João para tratá-los, antes que piorassem.

Ao sair da senzala, após ter tratado os escravos doentes, pediu para falar com Venâncio, mas ele estava no canavial e o Velho resolveu esperá-lo chegar.

Sem deixar que ninguém percebesse, Maria passou um café na cozinha e pediu para Carlota levar para Pai João.

— Sua bênção, Pai João, Vó Maria mandou eu trazer um cafezinho para o senhor.

— Salve, fia, que nosso Pai Oxalá a abençoe! Suncê está formosa?

— Estou, Pai João, mas um pouco aperreada.

— Quer falar com o Velho sobre sua angústia?

— Pai João, o senhor sabe que sou marcada pelo sinhozinho, mas tem um homem que me quer e eu o quero também, mas não posso, pois minha vida corre risco. E estou sofrendo.

— O cafezinho está muito bom. Suncê conseguiria acender o cachimbo do Velho? Quando voltar, continuamos.

Sentindo-se um pouco indignada, com a aparente indiferença do Velho para a sua situação, voltou à cozinha com a caneca de café vazia e retornou, atendendo a sua solicitação. Com o cachimbo aceso em sua mão, pediu que Carlota abaixasse a sua frente, e dando umas boas baforadas em sua direção, falou:

— Suncê precisa ter um pouco de paciência. Ainda terá um papel importante junto ao sinhozinho e posso lhe afirmar, que do jeito dele, ele gosta de suncê e irá conseguir o que quer, se não se afobar.

— Eu também gosto dele, Pai João, mas quero um homem para mim. Ele me usa para ter prazer, mas mesmo que isso não seja a sua intenção, tenho prazer também e fico agoniada quando ele demora a me chamar. Sou muito grata a ele, pois me tirou do canavial e hoje tenho uma vida melhor.

— Ele protegerá sempre você e seu filho.

— Que filho, Pai João?

Nesse momento, Venâncio vem chegando e encontra o velho rindo de Carlota que, ao ver a chegada do sinhozinho, se despede e retorna rapidamente para a cozinha.

— Que conversa foi essa, Nêgo Velho?

— Salve, fiô, ela só veio acender o cachimbo do Velho. E suncê, como está?

— Cheio de problemas e agora sem meu pai aqui, tendo que resolver tudo. Mas me fale sobre os escravos doentes, o que acha que está acontecendo?

— Os escravos estão tratados e ficarão bons, mas suncê precisa melhorar as condições da senzala, porque do contrário eles irão adoecer cada vez mais. Higiene, fiô, isso é o que está faltando. Pense nisso e procure entender que gastar hoje é não perder amanhã, pois o que custa mesmo é negro doente ou negro morto.

— Está bom, Nêgo Velho, vou conversar com o Rufino e pedir para ver o que pode ser feito.

— O Velho fica muito agradecido em nome dos meus irmãos de cor. Mas me fale, o sinhô Couto foi viajar?

— Pois é, a corte portuguesa veio para o Brasil e ele foi falar com D. João, o nosso regente. Eu estou preocupado, pois ele cismou que tenho que casar e tenho certeza de que essa ida dele ao Rio de Janeiro também tem a ver com isso.

— Mais cedo ou mais tarde, iria mesmo precisar ter a sua família. O Velho só não entende o que do rei de suncês tem a ver com isso.

— Nossos costumes são diferentes, não se preocupe com isso que dou conta.

— Será mesmo? Bem, o Velho já vai de volta a sua cabana. Precisando é só chamar.

Venâncio, mais uma vez, não entendeu o que o Velho quis dizer, mas resolve deixar passar.

Dias depois, José Couto encontra com D. João e outros fazendeiros que estavam no Rio de Janeiro para cortejar o monarca e tentar tirar o máximo proveito da proximidade com ele. Dentre os assuntos comerciais, Couto expõe o seu desejo de casar seu primogênito com uma moça de posse e filha de algum outro senhor de engenho, e foi assim que conheceu Manuel Barros, grande senhor da província de Pernambuco, que estava com a sua família no Rio.

A empatia entre os dois foi instantânea e depois de conversarem um pouco a sós, combinaram um jantar para que Couto conhecesse a família Barros e principalmente a sua filha, que seria uma excelente candidata a desposar seu filho.

No dia seguinte, como combinado, deu-se o jantar e Couto se encantou, não pela nora, mas com a possibilidade de um bom dote, que ela poderia proporcionar para ele e sua família. A moça não tinha muitos atrativos, mas sendo uma boa negociação e ela gerando um neto para ele, era tudo que mais queria. Após o jantar, os senhores de engenho foram sentar-se a sós para discutir os detalhes do dote, visto que o casamento já estava decidido entre eles.

Couto, apesar de ser um fazendeiro, tinha o mercantilismo como uma herança de família e, sem que Barros se apercebesse, ele já havia conquistado um excelente dote, que consistia em uma vultosa quantidade de ouro, algumas joias que seriam transferidas para a sua família e, o mais importante, alguns escravos que viriam para compor a sua senzala.

— E então, senhor Barros, ficamos acertados desta forma? Sairei daqui com a certeza de estar unindo o meu filho a uma excelente família e os frutos desta união dará continuidade as nossas conquistas.

— Sim, meu caro Couto. Vamos fazer um brinde pela união de nossos filhos.

— Me ocorreu uma ideia, gostaria de realizar o noivado em nossa fazenda, e como já estamos próximos ao dia de São Jorge, poderíamos recebê-los para uma grande festa no próximo dia 23. Desta forma os nubentes poderiam se conhecer antes do grande dia. O que acha?

— Bem, seria interessante conhecer sua fazenda e a forma que administra o seu negócio, acredito que minha esposa e filhas também gostariam. Mas ainda tenho algumas pendências a serem resolvidas aqui no Rio de Janeiro, mas casualmente o navio que nos levará de volta ao Recife somente irá zarpar no final do mês, então acho que podemos, sim, conciliar essa data.

— Será um enorme prazer recebê-los. Fique tranquilo que providenciarei uma escolta que os levará sãos e salvos até a Fazenda Nossa Senhora da Conceição e depois de volta ao Rio de Janeiro. Amanhã mesmo, depois de resolver alguns problemas, retorno para a fazenda para providenciar os preparativos para a festa. Acredita que podemos marcar o casamento para dezembro?

— Não vejo problemas.

— Então o faremos no mês de nossa padroeira. Já estou ansioso.

— Acho que a vinda de D. João já nos trouxe muita sorte e certamente prosperidade. Não esperava voltar para casa com a data de casamento de minha filha marcada.

Após mais uns drinques, e todos os detalhes acertados, se despediram. Couto saiu do encontro muito feliz, como se fosse uma criança que acabara de ganhar um brinquedo desejado.

Dias depois, chegava à fazenda trazendo na bagagem a notícia do casamento como a principal conquista de sua viagem. A pedido de D. João, a nova concessão de terra ficaria um pouco para a frente, mas isso já não era tão importante. O foco era casar o seu filho, para que esse pudesse lhe dar um neto.

A chegada de Couto era sempre muito aguardada por Lourdes e por sua filha, principalmente porque ele sempre lhes trazia da cidade tecidos, joias e enfeites. Já Venâncio ficava sempre na expectativa de ter uma nova escrava, mas dessa vez ficou frustrado, porque além de não ter comprado novos escravos, lhe trouxe o indesejado casamento.

Como de hábito, Couto esperava a hora da refeição para formalizar suas decisões e dessa vez não foi diferente.

– A partir de hoje, todos desta casa, inclusive a criadagem, ficarão focados no dia de São Jorge, que especialmente esse ano será um marco para nós.

– Como assim, Couto? – perguntou Lourdes, sem entender nada.

– Neste dia, receberemos a família Barros para comemorarmos o noivado de Venâncio com Amália e marcaremos a data do casamento para dezembro. Faremos uma grande festa de noivado.

Venâncio, sem conseguir respirar direito, não acreditava no que estava ouvindo.

– Mas que notícia maravilhosa, então nosso filho finalmente se tornará um homem sério. – exclamou Lourdes.

– Pai, você só pode estar brincando comigo. Você vai encontrar D. João para buscar uma nova fazenda e volta com essa loucura.

– Isso mesmo, filho, e essa loucura tem nome e sobrenome, chama-se Amália Barros e será a mãe de meu neto, que dará continuidade a tudo isso que construímos e que ainda vamos construir juntos. Lourdes, quero uma festa impecável e o padre Francesco fará uma missa para celebrar o nosso santo protetor e o noivado de nosso filho.

– Mas como vou me casar com essa Amália, se nem sei se ela irá me agradar.

– Certamente ela deve pensar o mesmo, mas agradar ou não é questão de costume. O importante é que ela não virá de mãos vazias, trará uma boa quantia em ouro, joias para nossa família e ainda alguns escravos, como parte de seu dote. Além disso, é uma moça educada, de uma família tão conceituada quanto a nossa, e é saudável, estando apta a dar o neto que tanto desejo.

22

O NOIVADO E A FESTA DE OGUM

Dias depois, o Velho João retorna à senzala para ver como estavam os doentes e já percebe algumas melhorias que os trabalhadores da fazenda estavam providenciando a mando do sinhozinho. Isso o deixa muito feliz mas, além disso, a sua ida à fazenda tinha como objetivo conversar com Venâncio sobre sua festa de noivado. O dia do santo branco São Jorge poderia ser a oportunidade para os negros louvarem o seu orixá Ogum, que por suas semelhanças se associam.

– Salve, fiô! Como suncê está? – pergunta o Velho João.

– Salve, Nêgo Velho! Já esteve na senzala? O que achou?

– Fiquei muito feliz, fiô, e tenho certeza de que a saúde dos negros irá melhorar. Mas queria falar com suncê sobre outro assunto, a festa do seu noivado.

– Certamente Maria já lhe comentou, mas não posso convidá-lo, Nêgo Velho.

O velho João dá umas boas risadas com a preocupação de Venâncio e fala:

– Não é isso, fiô, é que será celebrada no dia de seu santo branco São Jorge, e pelo que já ouvi falar, esse santo era um grande guerreiro e não se omitia de empunhar a sua espada para defender o bem, não é isso?

– Vejo que está bem instruído sobre nossa religião.

– O que suncê talvez não saiba é que, em nossa Mãe África, também cultuamos um orixá, que em muito se assemelha ao seu santo. O nome dele é Ogum, é também um guerreiro que empunha a sua espada e que está sempre pronto para vencer qualquer combate. O que quero pedir a suncê é a possibilidade de nesse dia podermos louvar nosso orixá dentro da senzala. Isso agradaria demais aos meus irmãos de cor e certamente acalmaria a senzala para que possam fazer a sua festa sem nenhum problema.

— Nêgo Velho, você sempre me surpreende com suas histórias e pedidos. Se isso trará mais produtividade para a fazenda, não vejo mal, mas não quero gritaria, para não assustar os convidados e nem a família da minha noiva. Se for possível fazerem esse culto sem perturbar, está autorizado.

— O Velho, como sempre, agradece em nome dos irmãos de cor. Que Ogum lhe abençoe e lhe proteja sempre.

— Que São Jorge nos abençoe! Amém.

Os dias passaram rápido e às vésperas dos festejos a cozinha trabalhava freneticamente para dar conta de tudo que a senhora Lourdes havia ordenado. Alguns porcos já haviam sido abatidos para serem preparados e a instrução era para que os rabos, pés e orelhas, língua, fossem retirados e somente as partes nobres assadas para os convidados. Maria rapidamente começou a separar esses restos e, com a ajuda de suas auxiliares, ia reservando para mais tarde cozinhar tudo com uma mistura de feijão-preto e levar escondido para a senzala, onde também teria festa.

A chegada da família Barros foi um grande evento, visto que há muito não recebiam, na propriedade, pessoas de tamanha galhardia. Os nubentes trocaram rápidos olhares, mas sem maiores delongas todos se dirigiram à capela onde o padre Francesco celebraria a missa em homenagem a São Jorge e seria também o momento da troca de alianças de noivado e o compromisso de casamento.

Ao final da cerimônia, o senhor Barros era só elogios à capela, à cerimônia proferida e à família Couto pela receptividade. O objetivo dele era partir logo depois do almoço, pois não achava correto os nubentes dormirem sob o mesmo teto, antes das núpcias.

Durante o almoço, os noivos sentaram-se distantes um do outro, pois o senhor Barros assim o exigiu, tamanha era sua austeridade. As escravas da cozinha, bem como as mucamas, se esmeraram para passar a melhor impressão à família e conseguiram. Ao final do almoço, eram só elogios à comida e à hospitalidade, o que deixou Lourdes muito lisonjeada.

Os dois senhores se juntaram no escritório da fazenda para acertarem sobre a questão de como seria pago o dote, e foi o único instante em que Venâncio pôde se aproximar um pouco de Amália, que parecia mais preocupada em identificar os pertences da fazenda do que com ele próprio.

— Espero que tenha gostado do ambiente que em breve será a sua casa — falou Venâncio, um pouco envergonhado com a situação.

— Sim, claro, estou gostando muito, mas, certamente, farei algumas modificações quando eu aqui morar — respondeu Amália, sem lhe dar muita importância.

— Tem algo que queira saber sobre mim?

— Gostaria de saber quantas léguas tem essa fazenda e quantos escravos vocês têm? Apenas para comparar com a nossa fazenda.

— Certamente a sua fazenda é maior que esta, mas fazemos dela o melhor que podemos e, de mais a mais, não se preocupe, pois quando estiver aqui esse assunto não lhe dirá respeito.

Com o retorno dos pais, a breve conversa se encerrou ali, e após mais uma sessão de elogios, se despediram, marcando o retorno para dezembro, onde no dia de Nossa Senhora da Conceição seria realizada a tão almejada celebração de casamento, unindo as duas famílias.

Apesar da insistência de Couto, Barros foi irredutível em seguirem no mesmo dia para o Rio, alegando que o navio zarparia com ou sem eles e não poderia arriscar perdê-lo. Na verdade, ele já havia programado sua volta, deixando tudo organizado para seu retorno imediato.

A partida da família Barros trouxe paz à casa grande, que estava em polvorosa com a presença dos convidados. Enquanto os serviçais ainda tentavam arrumar toda a bagunça deixada, Couto chama o filho para conversar em seu escritório.

— Filho estou muito satisfeito, o senhor Barros já adiantou parte do dote que combinamos e está tudo certo para consolidarmos o seu enlace matrimonial. E você, gostou da noiva?

— Eu acho que estou vivendo um pesadelo. Se gostei? Primeiro que ela é muito branca, quase transparente e nada nela me atrai, e além do mais é uma interesseira. Acredita que o pouco que nos falamos ela quis saber sobre o tamanho de nossa fazenda e a quantidade de escravos que temos, para comparar com a do pai?

— Acho justo ela querer saber se será um bom negócio para ela. Quanto à aparência, você poderá continuar usando as negras, somente cumpra o seu dever de homem para que ela engravide o mais rápido.

— Às vezes esqueço que isso é um negócio e penso que se trata de um casamento. Bem, antes de sair, queria lhe avisar que consenti aos escravos no dia de hoje celebrar São Jorge, do jeito deles, lá na senzala. Se me permite, peço licença para ir para o meu quarto, o dia foi muito agitado hoje para mim.

Na cozinha, o feijão já estava borbulhando junto com todas as sobras do porco, acrescido de temperos e uma boa porção de pimenta, assim estava praticamente pronto o feijão, que seria o prato principal da festa de Ogum na senzala.

Pai João já estava em frente à senzala, sentado em seu banquinho, quando Maria, ajudada por dois escravos da casa, chegou com uma panela enorme com o feijão, que foi camuflada para dentro da senzala. Como os convidados já haviam ido embora, foi autorizado que a festa de São Jorge fosse realizada do lado de fora da senzala, sob severa vigilância dos capatazes.

O culto a Ogum já havia começado, com uma harmoniosa coreografia embalada com cânticos na língua africana. Alguns negros dançavam com paus nas mãos, como se fossem verdadeiras espadas, e bailavam, com um gingado que ora parecia que estavam sobre um cavalo, ora que estavam em uma batalha. Os brancos que vigiavam, assistindo àquela celebração, julgavam que realmente os negros estavam celebrando o santo guerreiro, sem entender o real sentido daquele culto.

Naquele momento, aqueles negros, apesar de escravizados, se sentiram livres e amparados pelo seu orixá. Como os momentos de felicidade eram raros, foi um dia inesquecível para toda a senzala, e para coroar aquele momento todos se sentaram no chão para comer aquele feijão com partes do porco, rejeitadas pelos brancos, mas preparado com muito carinho pela Vó Maria. Muitos não aguentaram a emoção e choraram, outros sorriam descontroladamente, enquanto alguns se abraçavam.

Na face do Velho João, que por tantas experiências já havia passado na vida, uma lágrima escorria, simbolizando tudo que sentia naquele instante. Tirou o seu chapéu e olhou para o céu, agradecendo a Olorum (seu Deus maior) e a Ogum, por permitir a ele viver um momento tão especial. Rogou ao orixá guerreiro que protegesse os seus irmãos de cor e a Venâncio, que permitiu que tudo aquilo acontecesse.

23

O CASAMENTO E AS NÚPCIAS DE VENÂNCIO

Daquele dia em diante, o foco de todas as ações passou a ser o casamento de Venâncio, e as horas, os dias, as semanas e os meses iam se sucedendo de forma frenética.

Couto iniciou uma série de melhorias na fazenda, para receber os convidados. A casa grande ganhou reformas e até mesmo a senzala, que já havia sofrido melhorias, ganhou uma ampliação para receber os novos escravos que estavam vindo com Amália. Mas o principal aposento a ser preparado era o novo quarto onde habitaria o casal. O atual quarto de Venâncio passaria a ser preparado, logo após o casamento, para receber os filhos do casal. Nos poucos meses que se sucederam ao noivado, Couto fez questão de não economizar e investiu para que nada faltasse para o grande evento.

Venâncio, por sua vez, deixava a empolgação por parte do pai e se comportava como um coadjuvante do evento, trabalhava muito, até porque os gastos aumentaram e a fazenda precisava suportar as despesas. Obviamente não abandonava sua diversão principal que era usar as escravas para seu prazer e preferia não pensar na hora que teria que consumar o seu casamento com Amália. Mas à medida que a data se aproximava, o peso de ser obrigado a ter uma relação sexual com uma branca, que em nada o atraía, começou a ser um fantasma que o assombrava.

Às vésperas do casamento, chamou Carlota aos seus aposentos.

— O que houve, sinhozinho, não estou do seu agrado hoje?

— Não é nada disso Carlota, é que estou nervoso por conta desse casamento. Só de pensar que amanhã terei que fazer isso com uma mulher branca.

— Espero que o sinhozinho não faça isso, faça o que sempre faz, sempre me agrada muito.

— Não sei se vou conseguir.

— Eu sei que o sinhozinho não está falando isso para me agradar, mas não tenho como não ficar feliz.

— Claro que não estou falando para te agradar, o que me atrai é a cor da pele, o cheiro de seus suores, as curvas de seus corpos. Quando às vezes me descontrolo e acabo batendo em vocês, na verdade, a raiva que sobe à minha cabeça não é de vocês, mas de mim mesmo, por gostar de estar naquela relação.

— Sinhozinho, de um jeito ou de outro, terá que conseguir. Se me permite, sem querer ser intrometida, posso lhe dar um conselho?

— Conversar com as negras nunca me trouxe recompensas, mas hoje vou escutá-la.

— Tudo que nós negras temos ela também terá, então na hora, feche os olhos e imagine que é uma nova escrava que está experimentando. Quanto ao cheiro, venha cá e me faça suar muito e depois leve a minha camisola para a cama com ela, assim terá o nosso cheiro.

Aquela ideia agradou Venâncio, que, diante da sedução da negra, iniciou uma sessão duradoura de sexo com ela, fazendo ela realmente suar muito. Ao final, mandou que ela se cobrisse com um lençol e saísse, deixando a sua camisola.

Finalmente, para a alegria das famílias, o grande dia do casamento chegou e tudo já estava pronto na Fazenda Nossa Senhora da Conceição, desde a capela onde seria celebrada a cerimônia até o banquete que seria oferecido aos convidados e as demais providências.

O feitor, Antônio Rufino, recepcionou os escravos que vieram como parte do dote de Amália e já havia sido preparada uma ala isolada na nova senzala para que eles não tivessem contato com os escravos da fazenda, neste primeiro momento.

Pontualmente às 10 horas da manhã, o padre Francesco iniciou a cerimônia com a entrada do noivo de braços com Lourdes Maria que, visivelmente emocionada, conduziu o filho até o altar. As entradas foram se seguindo, até restar apenas a noiva. As portas da capela foram fechadas para que ela se posicionasse, até então Venâncio não tinha visto Amália, e ao abrirem as portas novamente, uma forte emoção tocou o coração de Venâncio. Ao ver Amália com seu belo vestido de noiva, pela primeira vez sentiu que estaria iniciando uma família e que aquela seria a mulher que geraria os seus filhos.

Recebeu sua futura esposa das mãos do senhor Barros, que deu um forte abraço nele e, baixinho em seu ouvido, pediu para que cuidasse e que tivesse paciência com sua filha. Assim, a cerimônia se desenvolveu, e depois de declarados marido e mulher, o padre concedeu a possibilidade do primeiro beijo, que Venâncio o fez de forma contida, encostando apenas seus lábios na testa de sua esposa.

Findada a cerimônia, era hora de comemorar e a festa transcorreu com muita comida e bebida para todos. Dessa vez, os negros estavam trancafiados na senzala e os únicos escravos entre os brancos eram os criados, responsáveis por servir todos na festa.

O dia foi passando e, depois de muita cantoria e danças, o senhor Barros pede a palavra e agradece a recepção que lhes foi dada, elogia sobremaneira a cerimônia do casamento e a festa, e ainda explana sobre a satisfação da união das duas famílias. Ao encerrar seu discurso, se dirige a Venâncio:

– Meu caro genro, após sua esposa jogar o buquê e acabar com o sofrimento destas moças que anseiam por esse momento, é chegada a hora de levar sua esposa para conhecer seus aposentos nupciais.

– Claro, imagino que ela deva estar cansada.

– Cansada? Hoje não é dia para cansaço, agora é hora de consumar esse casamento e é isso que você deve fazer.

Venâncio, se sentindo envergonhado com a fala de seu sogro, a qual colocou ainda mais pressão em seu momento íntimo, se limitou a acompanhar a noiva até as escadas da varanda, que davam acesso à casa grande, e se postou ao seu lado, enquanto todas as moças solteiras presentes na festa se aglomeravam à frente do casal na esperança de pegarem o buquê e consequentemente ser a futura consorte.

Amália anuncia que ficará de costas para jogar o cobiçado ramalhete de flores e, depois de algum suspense, o atira sobre sua cabeça. Quis o destino que a jovem sortuda fosse sua irmã, que chorou de emoção. As duas se abraçaram em tom de despedida e, acenando para os convidados, o casal, de mãos dadas, adentrou a casa em direção ao seu quarto. Para os convidados, a festa continuava, mas para Venâncio o desafio estava apenas começando.

Ao chegarem no quarto, Amália tomou a iniciativa da conversa:

– Será que agora o senhor poderia me dar um beijo decente?

– Eu só achei que seria mais respeitoso, diante de nossas famílias, beijar sua testa.

– Entendo, mas, agora, somos só nós dois, não mereço um beijo de meu marido?

Venâncio, ainda sem se sentir à vontade com a situação, não teve alternativa. Por nunca ter namorado antes, a arte de beijar não lhe era familiar, apesar de desfrutar do corpo de suas escravas, não se permitia beijá-las, pois, para ele, traria uma intimidade que ele não admitia ter com as negras. A única vez que o fez foi um dia que estava bêbado com Carlota e ela, se aproveitando da situação, o beijou e ele permitiu, se envolvendo por uns instantes, mas logo caiu em si e a empurrou. Agora era a sua esposa que clamava por um beijo e ele o concedeu, tendo seu primeiro momento íntimo com uma branca.

— Bem, senhor, agora que já nos tocamos, fico mais à vontade para lhe pedir ajuda para tirar esse vestido. Não quero chamar minha mucama neste momento e esses botões nas costas são impossíveis de serem abertos sozinha. Poderia desabotoar para mim?

— Claro, Amália.

Titubeando, ele se postou atrás dela e iniciou a longa tarefa solicitada. Uma sensação de que eram infinitos botões, e como era difícil se livrar de cada um deles.

— Acho que vou me sentar, pois pelo visto ainda irá demorar bastante — falou Amália, sorrindo.

Venâncio cada vez mais ia se incomodando com a forma como as coisas iam acontecendo, Amália estava no comando e ele não estava acostumado a isso, mas não conseguia forças para reagir. Inerte, permaneceu até o término do desfecho do último botão. E, mais uma vez, ouviu Amália lhe determinar o que fazer.

— Agora, preciso que saia, para que eu possa me preparar para nossa primeira noite como marido e mulher, mas não se demore muito.

Sem nada falar, Venâncio saiu do quarto, sem a mínima vontade de retornar, mas sabia que sua honra estava em jogo e que não poderia fugir de seu compromisso como homem. Foi até seu aposento particular, onde usava as escravas, e ficou pensando nas experiências ali vividas, lembrou das palavras de Carlota sobre fechar os olhos e imaginar, e da sua camisola suada. Pegou aquele pedaço de pano tosco e voltou, cheio de coragem para consumar seu casamento.

Ao entrar no quarto, Amália já estava sob os lençóis na cama e, pela primeira vez, viu em seu olhar um pouco de medo naquele momento. Isso era o que precisava para tomar conta da situação. Despiu-se e foi ao encontro de sua esposa, mas o perfume de sua roupa o incomodava e achou que seria o pretexto que precisava para fazê-la vestir aquela camisola suada, que lhe daria o impulso para possuir aquela mulher branca, que em nada lhe atraía.

Usando a sua autoridade de senhor, pegou a camisola da negra e ordenou:

— Tire essa roupa e vista esta camisola aqui, esse perfume muito me incomoda.

– Mas isso aí é horrível e, além do mais, parece usada.

Segurando-a fortemente pelos ombros, falou em tom austero:

– Não estou pedindo a sua opinião, estou mandando que faça e você vai fazer agora.

Impactada com a súbita mudança de comportamento de Venâncio, ela o obedeceu sem questionar. Agora já com a camisola de escrava, ele a jogou na cama e, sem muita delonga, começou a apalpar seu corpo, buscando aqueles volumes, habitualmente encontrado nas negras, mas que, ali, rareavam. Fechou os olhos, se concentrou no cheiro da roupa e concretizou a relação, desvirginando sua esposa e permitindo que o seu prazer fluísse para aquele útero, em busca de uma concepção.

Chorando, mas sem falar uma só palavra, Amália virou-se na cama, fingindo tentar dormir, Venâncio, por sua vez, estava exausto física e mentalmente, e em pouquíssimo tempo apagou.

Aos primeiros raios da manhã, Venâncio acordou como de hábito e notou que sua esposa ainda dormia. Após se vestir para ir para o pequeno almoço, resolveu tentar acordar Amália, que se recusou a sair do quarto.

– Mande minha mucama trazer a refeição aqui no quarto, não quero ver ninguém.

– Que assim seja.

Amália havia trazido consigo, além dos escravos que vieram como dote, uma criada pessoal de nome Dandara que teria a função de atendê-la pessoalmente em todas as suas necessidades. Isso em muito desagradava a Venâncio que, além de sentir sua autoridade diminuída perante essa escrava, sabia que, apesar de ela muito lhe agradar fisicamente, não poderia usá-la, pois certamente seria um grande problema na relação com sua esposa. Portanto, não lhe restava opção, além de aturar a negra, que, além de tudo, tinha um ar de soberba.

A família aguardava o casal e se surpreendeu com a chegada apenas de Venâncio, que explicou que sua esposa estava cansada e preferiu ficar no quarto até a hora da refeição principal.

Deixou seu pai cortejando a família Barros, que só iria voltar ao Rio de Janeiro alguns dias depois, para pegar o navio que a levaria de volta a Pernambuco, e saiu para a lida na fazenda.

Pegou o seu cavalo e saiu galopando pela fazenda sem um rumo definido e, em pouco tempo, estava próximo à cabana do Velho João, que sentado em seu banquinho identificou o cavalo do sinhozinho e, tirando o seu chapéu, acenou para ele, fazendo com que ele fosse a seu encontro.

— Salve, fiô! Como suncê está?

— Salve, Nêgo Velho! Parece que há um ímã aqui, que acaba me atraindo, e quando vejo estou diante de você.

— É assim mesmo, fiô, mas o velho fica muito feliz em ver suncê. Se assente para conversar um pouco com o Velho. Rosinha, passa um café para o sinhozinho — gritou o velho para o interior da cabana, onde Rosinha estava nos afazeres domésticos.

O Velho João deu continuidade à conversa:

— E suncê está realmente dando conta do casamento, como me falou que faria?

— Bem, Nêgo Velho, tudo é muito complicado. Confesso que estou um pouco confuso com tudo isso. Na verdade, o meu casamento nada mais é que um negócio envolvendo duas famílias. E no meio disso tudo estou eu, confesso que estou me sentindo usado.

O velho não aguenta e solta uma risada, o que incomoda Venâncio.

— Do que está rindo?

— Achei engraçado suncê falar em ser usado. O Velho não está falando mal, somente olhando de fora, e para uma pessoa que usa as outras como suncê, se ver do outro lado deve gerar um desconforto mesmo. Mas tudo isso faz parte de seu aprendizado, e se está lhe incomodando é sinal que está crescendo.

— A única coisa que está crescendo aqui é a minha raiva. Ter de me casar com uma mulher que não escolhi, que não me atrai, e ser obrigado a fazer sexo para que ela me gere um filho, ou melhor, um neto, não é fácil.

— O crescimento de um homem não é de uma hora para outra. É um caminhar e esse caminhar tem várias etapas, fiô. No seu caso, a raiva pode ser a primeira etapa, mas suncê vai superar isso, dando um passo e subindo um degrau de cada vez — deu um sorriso e continuou ironicamente:

— O velho está pensando aqui, deve ser ruim mesmo ser obrigado a fazer sexo com alguém que não lhe atrai.

— Eu não sei o que venho fazer aqui.

— Mas eu sei: vem ouvir algumas coisas, que somente o velho aqui pode te falar. E se eu falo é porque gosto demais de suncê e tenho uma missão de lhe ajudar a subir esses degrauzinhos, que falei há pouco. Vem cá, dá um abraço aqui no Velho.

Venâncio hesita diante do convite do Velho, que completa:

— Pode vir, fiô, as nossas cores não se misturam, suncê continua branco e eu preto, mas as nossas energias sim. O velho só quer te passar um pouco de amor, que é o que está precisando agora.

Sentindo aquelas palavras tocarem seu coração, Venâncio dá um forte abraço no velho, e por mais que não acreditasse, se sente revigorado pela troca de energia que se deu.

– É, Nêgo Velho, essa palavra "amor" significa algo que eu ainda preciso aprender.

– Na hora certa, suncê vai entender o que ela representa e as diversas formas que pode se apresentar, ora se vai.

Dando umas boas baforadas de seu cachimbo na direção de Venâncio, o Velho coloca o seu chapéu e balança a sua cabeça, como se a conversa continuasse com alguém invisível, que estivesse lhe contando uma história.

Depois de mais alguns minutos de conversa e já bastante mais tranquilo, Venâncio se despede do velho e retorna para a fazenda.

24

ARROGÂNCIA, GRAVIDEZ E ASSÉDIO

Após a partida da família de Amália, as coisas na fazenda começam a retornar à normalidade, exceto para Venâncio, que agora casado tinha como missão principal trazer ao mundo um filho, que pudesse dar continuidade aos negócios da família. Ele não conseguia deixar de usar as suas negras, mas já não o fazia com tanta frequência, pois precisava fazer também o papel de marido.

Conforme profetizado pelo seu pai, com o passar do tempo, começou a se acostumar com Amália, e ela, por sua vez, foi se afeiçoando a ele, que era um homem bonito e, em algumas ocasiões, até carinhoso com ela.

Amália sentia-se mais à vontade com a situação do que o próprio marido. Apesar de estar em uma casa nova, com pessoas que há pouco nem conhecia, ela havia sido criada e preparada para esse momento. Sabia que era a sua libertação da dominação paterna e que agora, como sinhazinha da fazenda, teria o poder que sempre ambicionou, e caso gerasse o neto para o senhor Couto, teria tudo que quisesse, e ela tinha bastante ambição. Atrás de seu doce olhar, escondia-se um gênio intempestivo e até impiedoso, mas sabia que precisaria ser camuflado para que primeiro conseguisse a aceitação da família e, consequentemente, o poder que almejava.

Apesar de ter nascido no Brasil, se dizia portuguesa e não admitia qualquer interação com as escravas da casa. Exceto Dandara, ninguém entrava em seu quarto e nem sequer tinha autorização para olhar diretamente para ela. Isso ela fez questão de deixar bem claro, quando Maria, ao servir uma refeição e tentando ser agradável com a nova membro da família, elogiou sua beleza.

— Negra, a sua opinião não me interessa, limite-se a servir e nunca me dirija a palavra, nem mesmo olhe em meus olhos, a não ser que eu mande fazer isso. Aproveite e avise isso às demais serviçais.

Essa reação inesperada deixou todos surpresos e Lourdes, tentando amenizar e buscando se afinar com a nora, falou:

— Essa negra é bem abusada mesmo, eu estou sempre tendo que dar-lhe uma repreensão.

— Lidar com essas negras é minha especialidade, vejo que dão muitas regalias, na minha fazenda...

Antes de terminar a frase, Venâncio interrompeu o discurso e de forma veemente falou:

— Não me interessa como era lá, agora você está aqui e aqui é e será como nós determinarmos — falou e olhou para o pai em busca de sua anuência.

Nesse momento, Couto interveio para acabar com discussão:

— Estamos na refeição e não é hora de estarmos aqui se desentendendo, ainda mais por conta de escravos. O assunto está encerrado. Vamos fazer um brinde ao meu futuro neto, que sinto que virá em breve.

Venâncio sabia que a discussão era muito mais profunda do que apenas um pequeno desentendimento por conta de uma escrava, era uma questão de posicionamento e sentiu que doravante precisaria manter a sua autoridade, pois se desse espaço, Amália dominaria a todos.

Maria, ao retornar para a cozinha, chama Joaquina e Carlota e demais mucamas e passa a ordem de Amália, e se lamenta:

— Parece que é a minha sina, pensei que a Senhora fosse ruim, mas parece que surgiu uma pior para me atazanar.

O dia com todos os afazeres da fazenda passa rapidamente e, ao retornar à casa grande, Venâncio manda buscar Carlota para seu escritório pessoal.

— Eu achei que o sinhozinho não iria me querer mais, depois do seu casamento.

— Que bobagem, Carlota, nunca vou deixar de usar as negras. É aqui que encontro prazer, no casamento busco a procriação, e é sobre isso que quero falar com você.

— Não entendi, sinhozinho.

— Em breve, terei um filho e vamos precisar de uma ama de leite, e quero que seja você. Para que possa amamentar meu filho, terá que ter o seu também, assim vou te liberar para se casar com aquele escravo, que prometeu se entregar. Não quero que Amália fique grávida antes de você, então hoje, ao sair deste quarto, mandarei colocarem um outro "V" invertido sobre a sua mão esquerda, te liberando definitivamente. Mas com uma condição.

— Qual é a condição?

— Que você continue sendo meus olhos na casa. Hoje será a última vez que se deitará comigo, mas, eventualmente, a chamarei aqui para que me passe informações do que está acontecendo na casa grande e na senzala. Eu confio em você e espero poder continuar confiando, se assim for, continuarei a protegendo e a sua nova família.

Sem conseguir conter o choro, Carlota se ajoelha perante o seu senhor em agradecimento e quase sem conseguir acreditar no que estava acontecendo, se dirige a ele:

— O sinhozinho não sabe o quanto estou feliz, sempre quis ter uma família e filhos. Para mim, será uma honra ser a ama de leite de seu filho. Quanto a continuar sendo seus olhos onde não estiver, pode contar comigo. Só quero pedir-lhe apenas mais uma coisa, não tire o meu filho de mim após ele começar a crescer. Pode me prometer isso?

— Carlota, a fazenda para nós é um negócio e quando somos obrigados a vender alguns escravos, não levamos em consideração essas coisas, mas, por sua lealdade e por todos os momentos de prazer que me proporcionou nestes anos, eu prometo que conviverá com seu filho.

— Se o sinhozinho me permite a sinceridade, eu nunca me senti usada e esses momentos eu sempre imaginei que era o meu homem e não o meu dono. Vou sentir muito a sua falta, mas sabia que para eu realizar meu sonho de ser mãe, isso um dia teria que acontecer. Sou apenas uma escrava, mas em meu coração sempre vou amá-lo. Espero que um dia encontre alguém para amar também.

As palavras de Carlota emocionaram Venâncio, que para manter as aparências escondeu sua reação e reassumiu o seu papel de senhor.

— Bem, já que essa será nossa última vez, venha logo para cá porque eu já estava sentindo falta de um corpo negro e carnudo para buscar o meu prazer.

Nesta noite, Venâncio chegou ao quarto de sua esposa bem tarde e agradeceu por ela já estar dormindo. Na manhã seguinte, Carlota exibia para a Vó Maria sua mão esquerda com os dois "Vs" cruzados um sobre o outro, que significava que ela não seria mais exclusiva do sinhozinho e que poderia se juntar a qualquer outro negro, e ela não perdeu tempo, logo tratou de colocar em prática o que havia sido pedido e neste mesmo dia se entregou ao escravo apaixonado por ela. No mês seguinte, sua menstruação já não veio e ela ficou muito feliz, pois estaria realizando seu maior sonho, que era ser mãe.

Na casa grande, essa era a notícia mais aguardada, mas, por enquanto, apesar dos esforços de Venâncio, que se esmerava para conseguir engravidar a esposa, ainda nada. Mais um mês se passou, até que, durante uma refeição, ao ser servido um prato de ovos de quintal mexidos, Amália sentiu repentinamente uma repulsa e teve que sair da mesa correndo para não vomitar.

Sua sogra e cunhada foram atrás dela para socorrê-la, ela suava frio e se dizia um pouco tonta, no momento de preocupação, não perceberam que seria o primeiro sinal da gravidez tão esperada, mas, passado o susto, Lourdes perguntou:

— Amália, por acaso você está atrasada em suas regras?

— Acredito que sim, já faz um tempo que não vem.

— Amália, você deve estar grávida! Graças a Deus! Tenho rezado tanto para isso.

— Mas não tenho certeza.

— Você pode não ter, mas eu tenho. Vamos lá, precisamos dar a notícia para o pai e o avô, essa é a maior felicidade que essa casa já viveu, desde que chegamos aqui.

Ao retornarem à sala de jantar, bastou Lourdes fazer um aceno positivo para Couto para que ele pulasse e abraçasse seu filho, quase chorando de alegria, e saiu gritando:

— Vou ganhar um neto, vou ganhar um neto!

Venâncio, ainda em choque, era um misto de surpresa e alegria, indo ao encontro da esposa, a abraçou e falou baixinho em seu ouvido: – Conseguimos – apertando-a contra si.

— Não a aperte tanto, Venâncio – gritou Lourdes para o filho. – Ela está grávida e daqui para frente terá que ter muito cuidado com ela e ser muito carinhoso, para que essa criança venha com muita saúde para alegrar esta casa.

Desse momento em diante, a alegria reinou na casa e Amália se sentia como uma princesa, sendo cortejada por toda a família. Até o próprio marido passou a ser muito mais atencioso e todos os dias beijava a sua barriga, passando amor para aquele bebê que estava em contagem regressiva para vir ao mundo.

Venâncio, livre de seu compromisso sexual com a esposa, precisava usar suas escravas para satisfazê-lo. Sentia falta de Carlota, e mesmo a mucama Francisca, que tanto lhe despertava desejo, já não o encantava tanto. Estava entediado com suas escravas habituais e precisava de algo novo. Das escravas que vieram com Amália, nenhuma lhe despertou interesse, exceto Dandara, a sua escrava pessoal.

Começou a olhar para essa escrava com outros olhos e seu desejo foi só aumentando. Sabia que era delicado para ele, pois se ela contasse para Amália seria mais um problema que teria que administrar e ele não queria que isso acontecesse, ainda mais com ela grávida. Não se importava muito com ela, mas sim com o filho que ela trazia em seu ventre, sendo assim, teria que ser muito astuto para conseguir seu objetivo.

Essa situação de perigo o excitava ainda mais e colocou na cabeça que teria aquela escrava, de forma submissa, em sua cama de qualquer forma. Precisava descobrir o ponto fraco, para ter um bom trunfo, caso ela visse a chantageá-lo, e acionou Carlota para que ela trouxesse alguma informação útil para ele usar contra Dandara.

Em pouco tempo, já tinha em mãos tudo que precisava para que Dandara se entregasse a ele, esperou a oportunidade certa para pôr seu plano em prática.

Dias depois, ao retornar para a casa grande um pouco mais cedo, encontrou Amália e sua irmã em uma conversa animada na varanda. Como de hábito, beijou a barriga da esposa e foi direto para seu quarto, pois sabia que Dandara deveria estar lá arrumando as coisas.

Ao abrir a porta, Dandara se assustou e perguntou:

— O senhor quer que eu saia?

— Não, Dandara, pode ficar, só vim buscar uma coisa. Hoje tive um dia cansativo e tivemos que tomar algumas decisões difíceis, vamos vender todas as crianças que vieram com vocês de Pernambuco. Já temos muitas crianças aqui e renderá um bom lucro para a fazenda.

Dandara, em estado de choque com a informação que acabara de receber, retrucou:

— Mas o senhor não pode fazer isso.

— Claro que posso, são meus escravos.

Rapidamente, ela entendeu que precisava mudar o tom, e se aproximando dele, ajoelhou-se e clamou:

— Eu imploro ao senhor que não faça isso, não posso ficar sem o meu filho. Ele só tem 4 anos e precisa de mim.

— Vejo que é uma escrava persuasiva, além de seu filho, ouvi dizer que também a sua mãe veio com os escravos de sua antiga fazenda.

— Sim, senhor, a sinhazinha me permitiu trazê-los.

— Bem, Dandara, há muito venho observando você e vejo que tem uma beleza, um corpo negro que me interessa, principalmente agora com Amália grávida, preciso extravasar meus instintos. Podemos fazer uma permuta, se lhe interessar.

— Eu jamais me deitaria com o senhor, ainda mais sendo esposo da sinhazinha.

— Acho que para uma escrava, é bastante abusada. Essa palavra "jamais" não existe em meu vocabulário, estou lhe dando uma chance, posso tornar sua vida melhor se for complacente comigo, do contrário posso destruí-la. Se me servir, da forma que eu desejar, e mantiver esse nosso segredo, além de não vender seu filho, posso tirar sua mãe do canavial e trazê-la para trabalhar na horta da fazenda, que é um trabalho bem mais tranquilo, além dela ficar próxima ao neto e a você. A escolha é sua, estou tentando resolver isso da melhor forma. E outra coisa, se minha esposa souber de uma vírgula de nossa conversa, não me responsabilizo pelas consequências. Entendeu?

— Sim.

— Hoje à noite estarei no meu escritório aguardando você com a resposta.

Saiu batendo a porta.

Naquele dia, as horas se arrastaram e Venâncio começou a sentir um peso sobre seus ombros, como se estivesse carregando dois homens sobre suas costas. Pensou em procurar o Velho João, mas, como já era tarde, desistiu da ideia. Como movido por um impulso inconsciente, foi à cozinha falar com Maria.

Ao entrar, Maria estava lavando louça e, ao sentir a presença dele atrás dela, por um instante perdeu a consciência e deixou o prato, que estava em suas mãos, cair, quebrando em pedaços.

— O que é isso, Maria? Não está prestando atenção no seu serviço?

— Sinhozinho, sente-se aí por um instante que preciso lhe falar, isso não foi distração.

Voltando rapidamente para a pia, pegou um copo limpo, colocou bastante sal, encheu de água até a boca e se dirigiu à porta da cozinha que dava acesso ao terreiro, virou de costas, falou algumas palavras baixinho e jogou a água para trás, sobre os seus ombros. Depois sacudiu a saia e, finalmente, veio falar com Venâncio, que assistia tudo sem dar nenhuma palavra. Antes, porém, mandou um neguinho que estava descascando batatas limpar todos aqueles cacos que estavam espalhados pela cozinha.

— Bem, sinhozinho, em primeiro lugar queria lhe dizer que eu gostava muito quando suncê estava longe da senhora sua mãe e me chamava de Vó Maria. Mas hoje você já está até casado e isso ficou no passado, mas registrado no coração desta velha, que lhe tem um grande carinho.

— Já estou velho para lhe chamar de vó. Mas o que aconteceu, o que você acabou de fazer?

— Sinhozinho, às vezes temos que fazer limpezas não só aqui na matéria, mas no espírito também. O que suncê fez hoje? Pois está carregado de uma energia negativa muito forte, o prato foi apenas um instrumento e o fato de ter quebrado foi um bom sinal. Depois, eu somente despachei o que ainda estava sobre nós.

— Não fiz nada, além de minha rotina normal.

— Tem certeza de que não discutiu com ninguém? Pois o que estava ao seu lado não chegou aí à toa, alguém lhe desejou muito mal. Mas se confiar na velha aqui, vou fazer um banho de ervas, que será muito bom para lhe descarregar.

Venâncio ficou pensativo e imediatamente se lembrou de Dandara, desde sua conversa com ela que vinha se sentindo mal. E Maria continuou:

— Suncê não veio aqui na cozinha à toa, nunca vem aqui e logo hoje? Isso só pode ser coisa de Pai João.

— Como assim? O que o Nêgo Velho tem a ver com isso?

Maria, rindo, respondeu:

— Suncê ainda não conhece aquele velho. Ele é seu protetor, e se algo está ruim, de onde estiver sentirá e irá lhe intuir para que procure a ajuda mais próxima, e nesse caso fui eu. Vou lhe dar um conselho, cancele tudo que pretendia fazer hoje, tome o banho que vou fazer agora e se recolha em seu quarto. Amanhã estará melhor e saberá como agir.

Gritou para o pequeno que estava na cozinha para que ele fosse ao terreiro e lhe trouxesse umas boas folhas de arruda, macerou na água, acrescentou sal grosso e água quente. Fez uma breve oração, estendendo as suas mãos sobre essa mistura, coou e entregou a vasilha a Venâncio, que, sem saber como reagir, pegou o recipiente e saiu. Antes que saísse, Maria ainda lhe falou: — Sinhozinho, jogue somente do pescoço para baixo e peça ao seu Deus que lhe proteja, pois nossos orixás já estão trabalhando a seu favor.

Venâncio, apesar de achar aquilo tudo uma enorme bobagem, estava se sentindo melhor e achou que não custava nada seguir o conselho de Maria.

No dia seguinte, acordou bem mais disposto, mas um pouco assustado com os sonhos que teve, e precisava dar um jeito de, durante a sua jornada do dia, encontrar o Velho João antes de retornar para casa.

Correu a fazenda em seu cavalo, como de costume, e delegou aos capatazes algumas funções que ele faria normalmente, e seguiu na direção da cabana do Velho João.

Ao se aproximar, avistou o Velho sentado em seu banquinho do lado de fora da choupana, com seu chapéu, cabeça baixa pitando o seu cachimbo, com a mão esquerda segurando a sua bengala. Sem ao menos olhar na direção do visitante, o Velho falou:

— Salve, fiô, suncê demorou um pouco mais do que o Velho estimou.

— Salve, Nêgo Velho, mas como sabia que eu estava vindo para cá?

— Quando suncê pensa em vir, o seu espírito chega antes, mas preciso confessar que desta vez foi mais fácil, Maria me contou sobre ontem. Pegue um banquinho e se assente aqui diante do velho, mas antes peça a Rosinha para trazer um copo com água.

Com a sua bengala, o velho riscou no chão, mais uma vez, uma estrela de cinco pontas e colocou no meio o copo d'água.

— Por que está fazendo essa estrela novamente?

— Isso é a sua proteção, sua segurança, e através desta água que aqui está é que este Velho irá poder enxergar a melhor forma de lhe ajudar.

— Mas quem disse que eu estou precisando de ajuda?

— Suncê não precisa falar para que este Velho saiba, sua energia, sua vibração, seus pensamentos já são o bastante. Mas se quiser falar, o Velho é todo ouvido.

— Na verdade, me senti muito mal ontem e resolvi ir à cozinha, Maria já deve ter lhe contado tudo, mas o que não falei com ela é que comecei a me sentir mal depois que conversei com a escrava Dandara, mucama de minha esposa.

Venâncio descreve ao Velho o seu plano e toda a conversa que teve com a escrava para conseguir seu objetivo.

— O velho vai tentar fazer suncê entender o que está acontecendo. Suncê já viu aqueles ninhos grandes de marimbondos nas árvores? O que acontece quando suncê pega uma vara e catuca esse ninho?

— Os marimbondos vêm atacar quem catucou.

— Mas foi exatamente isso que aconteceu com suncê, ontem.

— Como assim, Nêgo Velho?

— Lá na Mãe África a magia sempre foi muito usada e alguns irmãos de cor a trouxeram junto com eles. Com magia se faz o bem, mas também pode se fazer muito mal. E pela revolta, pelo desamor e por tudo que os negros passam nesta terra, o mal acabou se sobrepondo. Nossos pensamentos são formas de energias que se propagam buscando as sintonias que vibram da mesma forma, como infelizmente o sofrimento, a raiva, a dor, imperam, essa passa a ser a frequência mais usada.

— Não estou entendendo, aonde quer chegar?

— Na casa de marimbondo, Suncê não sabe, mas cheguei ao Brasil lá pelas bandas de Pernambuco e foi onde eu mais vi a magia negativa acontecer. De onde mesmo é essa escrava que suncê andou se engraçando?

— Está me dizendo que essa negra ordinária pode ter feito magia contra mim?

— A conclusão foi de suncê mesmo.

— Isso explica a noite maldormida que passei, tendo pesadelos que não costumo ter.

— Fiô, há muito mais coisas em nossa volta do que nossos olhos da carne podem ver. Você tem a proteção da espiritualidade, mas procure se afinar mais com as energias, com as vibrações. Acredite mais na sua intuição.

— Na verdade, Nêgo Velho, eu nunca gostei da energia dessa escrava.

— Então por que foi querer misturar a sua energia com a dela? Se suncê soubesse as implicações energéticas que acontecem em uma relação sexual, não pensaria duas vezes não, pensaria mil vezes antes de dar vazão ao seu instinto animal.

— É algo dentro de mim, que parece ser mais forte que eu. Mas a minha vontade agora é matar essa desgraçada.

— Acalme suas emoções, fiô, o que está feito está feito, agora é hora de usar a razão. Quanto à magia que veio para suncê, isso o velho aqui desfaz, mas temos que tentar é resolver o problema.

— Quanto a isso, eu resolvo fácil... mando dar um sumiço nela e acabou.

O Velho reacende seu cachimbo, olha para o copo d'água dentro da estrela, balança a cabeça e fala:

— Será que isso será bom para suncê? Aqui ou do outro lado da vida ela irá continuar emanando negatividade contra você e, certamente, em uma hora que der uma brecha, isso irá prejudicar suncê.

— Nêgo Velho está querendo dizer que nunca mais vou me livrar dela?

— Não, o que quero que entenda é que não podemos combater o mal com um mal maior, pois isso gera um ciclo interminável, que somente interessa ao lado negativo. Suncê caiu em uma armadilha e agora temos que desativá-la. Já ouvi falar que quando o inimigo é forte, o melhor caminho é se unir a ele?

— Está brincando? Imagina se vou me aliar a essa víbora?

— Talvez na atual circunstância seja a melhor solução.

— Mas nem consigo pensar nisso.

— Acho bom começar a pensar. Imagine essa feiticeira, com o poder que tem, trabalhando na luz? Quanto bem ela poderia fazer aos irmãos de cor e aos brancos também. O velho tem um plano, vou mandar Rosinha passar um café para nós e explicarei.

– Mas Nêgo Velho, o que o leva a crer que aceitará passar a trabalhar pelo bem e como eu fico, e a minha moral? Não acho que irá dar certo.

– Suncê confia no Velho? Se não confia, confie na Senhora das Águas que já lhe salvou uma vez, pois é ela que está intuindo o Velho nesse momento. Vou lhe passar exatamente o que deve fazer.

25

O PLANO DO VELHO JOÃO

Venâncio retorna para a casa grande e vai direto ao encontro de sua esposa, que estava repousando em seu quarto. Entra no quarto com um ar de preocupado e não dá uma palavra, após cumprimentar a esposa e beijar a sua barriga, como fazia sempre.

— O que houve, meu esposo, sinto que está preocupado com algo? Problemas na fazenda?

— Não, a fazenda está indo muito bem. Não quero importuná-la com meus problemas pessoais.

— Claro que não me importuna, seus problemas são meus também. Fale comigo.

— Bem, é sobre o Velho João. Já ouviu falar dele?

— Sim, alguém comentou vagamente. Mas o que está acontecendo e por que isso o preocupa? Não é um escravo?

— Não, não é um escravo. E hoje o considero um amigo. Vou primeiro lhe contar a nossa história para que entenda por que me preocupo com ele.

E assim Venâncio passou a descrever toda a história do Velho João, desde sua compra na fazenda vizinha, a salvação de sua vida e a amizade que se fez doravante, e a importância do Velho para manter a harmonia da fazenda e a relação com os escravos da senzala.

— Sem eu lhe contar tudo isso, talvez não entendesse o que estou sentindo.

— Fico muito feliz por ter me contado tudo isso. Acho que desde que casamos nunca tivemos uma conversa tão aberta e longa. Mas qual é o problema?

— Me perdoe, é que sou uma pessoa fechada mesmo e às vezes tenho dificuldade de me abrir. Mas fico feliz que isso está mudando.

Nesse momento, Amália estava em êxtase por estar vivendo o seu primeiro momento de intimidade real, com seu marido. Algo que vinha buscando sem sucesso, desde o início do relacionamento.

— Mas me fale do Velho João, o que está lhe preocupando.

— Bem, quando ele foi para a choupana, liberamos a escrava Rosinha, que era uma criança, para viver com ele, mas, agora, Rosinha já é uma mocinha e sinto que ele precisava de alguém para cuidar dele e que tivesse uma criança para alegrá-lo. Mas infelizmente não tenho nenhuma escrava que tenha um filho pequeno que eu pudesse mandar ficar com ele, pois, além disso, precisaria ser de confiança para não se aproveitar da situação e fugir.

— Meu querido, se o problema é esse, está resolvido.

— Como assim, Amália?

— Simples, Dandara seria a escrava ideal para fazer companhia ao Velho João e cuidar dele junto com seu filho.

— Está falando sério, renunciaria à Dandara para ela ficar com o Nêgo Velho? E ela tem filho?

— Sim, claro. Se isso te fará feliz, por que não? Quanto a filho, talvez não saiba, mas ela tem um menino de quatro anos. Acho que o Velho João ficará bem com ela, e acho que, por tudo que fez por mim até aqui, ela merece ter uma vida mais tranquila ao lado do filho.

— Se você permitir, serão meus protegidos a partir de agora.

— Mande chamá-la aqui agora. Vamos resolver isso, não quero ver meu marido mais preocupado.

— Prefiro que converse a sós com ela. Quanto a sua nova ama, acho que Carlota seria ideal, até porque será mãe também agora e poderá ser a ama de leite de nosso filho.

— É aquela escrava da cozinha? Não vejo mal algum, pode ser se é isso que quer.

— Vou mandar Dandara vir aqui agora e amanhã mesmo providencio para levarem ela até a choupana do Nêgo Velho.

Saiu do quarto com uma sensação de vitória, a primeira e mais difícil parte do plano do Velho João parecia que estava dando certo. Mandou buscar Dandara e direcioná-la para o quarto da sinhazinha, urgente.

Após alguns minutos de conversa com Amália, Dandara estava convencida de que aquilo seria um prêmio para ela, poder cuidar do filho e fora da senzala, comendo melhor e sendo mais feliz, parecia um sonho, para quem estava prestes a passar por um pesadelo.

No dia seguinte bem cedo, a carroça já estava preparada para levar Dandara e seu filho Miguel para a choupana de Pai João, de mala e cuia.

Ao se aproximar da choupana, Dandara avistou o Velho João sentado em seu banquinho, do lado de fora, pitando o seu cachimbo, como que esperasse por sua chegada. Dentro da senzala, ela já havia escutado muitas histórias sobre Pai João, mas ainda não o conhecia pessoalmente e seu coração estava em disparada esperando por esse encontro.

— Salve suas forças, negra Dandara! Seja bem-vinda ao seu novo e humilde lar, espero que você e esse meninão aí sejam felizes aqui. Aliás, como é o nome dessa criança?

— Salve, Pai João! Sou muito grata por nos receber aqui em sua choupana e espero lhe ser útil. O nome de meu filho é Miguel e agora ele terá um avô de verdade. Sou muito grata aos orixás por estar me permitindo vivenciar isso, que jamais sonhei.

— Leve suas coisinhas para dentro, Rosinha vai mostrar onde poderá dormir. Depois venha aqui que temos muito que conversar, vou precisar mais de você do que imagina.

Naquela noite anterior, Venâncio, que não procurava a esposa desde que descobriu a gravidez, a cobriu de carinhos e provavelmente tiveram a sua melhor noite de amor. Acordou muito bem-disposto e no pequeno almoço era só sorrisos, Amália, por sua vez, não escondia a satisfação de estar começando a se entender com seu marido. Enfim, parecia que a família estava se consolidando.

Como parte do plano do Velho João, Venâncio retirou a mãe de Dandara do canavial, a colocando para trabalhar na horta da fazenda, e ainda atendendo à determinação do Velho, não apareceu na choupana por uns tempos.

Carlota, que estava bastante barriguda, começou a cuidar de Amália, ajudada por Francisca com todo o cuidado do mundo para não desagradar a sinhazinha, que estava muito feliz, mas todos já haviam percebido que tinha um gênio muito forte, por trás daquele olhar meigo.

Voltando à choupana, depois de se instalar, Dandara se assentou num banquinho em frente ao Velho João, para terem a conversa que tanto ansiava.

— Pai João, vamos conversar agora? Só um momento: Miguel, não corra para longe de nossas vistas. Pronto, acho que agora podemos.

— Teremos muito tempo para conversarmos, mas gostaria de fazer isso agora, no momento de sua chegada, para ajustarmos as coisas. Vou precisar muito de suncê.

— Mas claro, estou aqui para ajudá-lo.

O Velho João pegou a sua bengala e bateu três vezes no chão, e olhando nos olhos de Dandara, falou:

— Primeiro quero saudar o seu povo e dizer que respeito muito sua força, e quero ela unida a minha.

Dandara sentiu um arrepio correndo todo o seu corpo e, envolvida pela fumaça do cachimbo do velho, parecia que iria desfalecer.

— Firma ponto, fiâ, preciso de você nesse momento consciente para formarmos nossa aliança. Sei de seu poder e quero que ele trabalhe comigo na luz. Esse é o maior propósito de sua estada comigo.

Nesse momento, ela começou a perceber que não se tratava apenas de preto velho, mas de uma força ancorada na Terra. A energia do Velho a envolvia de tal forma que sentiu em seu ser uma paz que até então não havia experimentado.

— Primeiro preciso lhe falar que o sinhozinho esteve comigo e estava preocupado, pois pretendia vender as crianças, até descobrir que uma delas era seu filho. Me pediu conselho e, quando estava falando sobre você, me conectei a sua energia e percebi sua força e o quanto seria importante estar comigo aqui para trabalharmos juntos. Logo tive a ideia de trazê-la com seu filho para morar aqui comigo. Facilmente, convenci ele a mudar de ideia e de tentar persuadir sua esposa para liberar você, e parece que deu certo até aqui. Agora, só falta nos acertarmos um com o outro.

— Pai João, sou muito grata por estar aqui, mas não estou entendendo como posso ajudá-lo, além das tarefas da casa.

— Fiâ, existem tarefas muito mais importantes que as do dia a dia, tarefas com a espiritualidade, e é nesse ponto que quero contar com suncê. Só precisamos redirecionar tudo que aprendeu até hoje, para o lado correto. Se me permitir e principalmente se quiser, podemos fazer muito pelos nossos irmãos de cor e até pelos brancos, que também merecem nosso respeito, pois também são filhos de Olorum. Na medida do possível, cultuamos nossos orixás aqui, além de zelar por nossos irmãos e por aqueles que aqui vêm em busca de ajuda. Já pensou em usar toda essa sua força para ajudar as pessoas?

— Estou impactada com nossa conversa. Nunca pensei, porque nunca imaginei que pudesse ser aceita. Aprendi a vibrar sempre no negativo, não sei trabalhar na luz.

— Fiâ, a luz e sombra andam juntas, uma não existiria se não fosse a outra. Preciso de uma guardiã e sei que se quiser, e se seus protetores aceitarem, podemos ser mais fortes na luz. Tenho certeza de que só tem a ganhar, aliás, já começou a ganhar, só por estar comigo aqui. Não quero que me fale nada agora, entre em contato com suas energias e, quando estiver certa, voltamos a nos falar. Agora vem cá e dê um abraço nesse velho.

Ao abraçar o Velho João, Dandara experimentou uma sensação de acolhimento que em momento nenhum em seu tempo de cativeiro sentiu, nem mesmo quando era criança, e acolhida por sua mãe.

– Antes que esse velho se esqueça, a partir de hoje sua mãe não está mais no canavial. O sinhozinho resolveu trazer ela para trabalhar na horta e, quando quiser, poderá ir visitá-la com Miguel. Agora vá pensar um pouco e conhecer a nossa rotina, vou ficar aqui pitando um pouco mais.

Dandara saiu da conversa como se estivesse anestesiada, estava pela primeira vez vendo um sentido em sua vida. Mesmo ainda escravizada, se via em uma família e com a oportunidade de retribuir tudo que estava sentindo em benefício do próximo. Havia dado apenas alguns passos e instantaneamente se virou, voltou em direção ao Velho se ajoelhando a sua frente, beijou as suas mãos e, com lágrimas correndo em seu rosto, falou:

– Pai João, peço a sua bênção! Não carece de pensar nada, serei sua aliada agora e para todo o sempre e sei que com seus ensinamentos conseguirei crescer na luz. Eu só tenho a agradecer aos orixás por terem me dado essa oportunidade e ao senhor por confiar em mim para essa tarefa.

O Velho coloca a mão na sua testa e faz por três vezes o sinal da cruz, depois fala:

– Nesse momento eu te consagro como uma trabalhadora da luz, pedindo a todos os orixás que iluminem a sua coroa para que possa cumprir a sua missão. Graças a Deus, graças a Deus e graças a Deus.

26

A FAMÍLIA COMEÇA A AUMENTAR

Atendendo à recomendação de Velho João, Venâncio não apareceu nesses tempos em sua choupana, e procurava ficar um pouco mais próximo de sua esposa, aguardando o grande momento, que se aproximava mais rápido do que supunham.

O filho de Carlota já havia nascido, era um meninão forte e recebeu o nome de Pedro, escolhido pela Vó Maria logo depois de ela ter feito o parto. Para Venâncio, isso conferiu a Maria a qualificação para fazer também o parto de Amália. Na verdade, Maria, desde sua chegada à fazenda, era responsável por todos os partos e tinha grande habilidade e experiência na função. Contudo, Lourdes não se acostumava com essa ideia:

– Meu filho, eu não quero que meu neto venha ao mundo pelas mãos de uma negra.

– Minha mãe, Maria é a pessoa mais experiente para fazer o parto, fique tranquila, ou você quer que Amália nesse estado enfrente uma viagem até o Rio de Janeiro, podendo passar mal pelo caminho?

– Talvez vocês já devessem estar morando lá, aguardando o momento. Mas como agora talvez seja tarde, vou pedir a seu pai para trazer um médico para ficar aqui aguardando o neto chegar.

– De jeito nenhum, isso é loucura.

Enquanto a discussão se acalorava, Francisca desce as escadas chamando Venâncio.

– Sinhozinho, parece que chegou a hora, a sinhazinha está sentindo...

Venâncio olha para mãe com um sorriso de quem venceu uma disputa e fala:

– Chame Maria imediatamente, não quero ninguém mais no quarto além de você, Francisca, que irá auxiliar Maria – falou, olhando para a sua mãe, que já estava em pânico.

Algumas horas depois, ouve-se um choro forte no quarto, que marcou a chegada de mais um membro da família Couto. Minutos depois, Venâncio saiu do quarto com a sua filha nos braços esbanjando alegria, com os olhos brilhando e com o coração quase explodindo de emoção. A primeira pessoa com quem falou foi seu pai:

– Sua neta chegou, senhor Couto! Ela é mais linda que a mãe e vai se chamar Beatriz!

Couto, Lourdes e o restante da família o saudaram, tentando disfarçar a decepção de não ser o menino tão desejado.

No quarto, Maria terminava os cuidados com Amália. Estava exausta, por ter feito o parto mais difícil de sua vida, não pela complexidade, mas pela responsabilidade de trazer ao mundo um neto da senhora Lourdes, pois sabia que qualquer deslize poderia significar a sua morte. Assim como fez no início dos trabalhos, louvou aos orixás agradecendo o êxito na tarefa.

Com o passar do tempo, foi sendo superado o impacto do primeiro momento e todos já se conformavam de ter uma menina na família, daí para frente, Beatriz já passava de um colo para outro, sempre com um lindo sorrisinho e olhos muito atentos e brilhantes, que cativavam a todos que olhavam aquela linda bebê. Venâncio era só orgulho.

Carlota amamentava tanto Pedro como Beatriz, como se ambos fossem seus filhos. Isso não agradava em nada a Amália, mas tinha que se conformar, pois o leite da negra era muito mais farto que o seu e era importante para alimentar sua filha. E assim o tempo foi passando e não tardou a cobrarem de Venâncio um varão, para completar a família.

Durante esse tempo, a vida na choupana de Pai João corria com tranquilidade e Dandara já estava totalmente integrada à rotina e ajudando muito no trabalho por ele desenvolvido. Já era hora de Venâncio visitá-los e o Velho mandou uma mensagem liberando a sua vinda.

Por sua vez, Venâncio há muito ansiava ver o Velho João e compartilhar a alegria de ser pai, sendo assim tratou de não retardar esse momento e partiu para lá. Como sempre, o Velho João em seu banquinho o aguardava, como se soubesse exatamente a hora que ele chegaria.

– Salve, fiô!

– Salve, Nêgo Velho! Estava querendo vir aqui para compartilhar minha alegria de ser pai. Deixa-a crescer um pouquinho mais, que trarei Beatriz para lhe conhecer.

– O Velho fica feliz em lhe ver revigorado. Está mais leve?

– Sim, muito mais. E por aqui, como andam as coisas?

— Não falei que suncê podia confiar no Velho? Tudo correndo como Oxalá determina. Inclusive a Dandara me disse que, quando viesse aqui, queria conversar com suncê.

Venâncio se surpreende com a afirmação do Velho e antes que pudesse falar qualquer coisa, vê Dandara saindo da choupana.

— Sinhozinho, que bom vê-lo! Como está passando a sinhazinha? E a neném?

— Todos bem, e você como sua nova rotina?

— Não poderia estar melhor. Vou passar um café para vocês e deixá-los conversar um pouco mais, mas antes de ir se puder gostaria de lhe falar.

Retornou para a choupana, deixando Venâncio sobressaltado. Além de achar ela muito mais bonita e atraente do que já era, sentiu uma energia diferente, uma paz que ela não tinha.

A conversa com o Velho João se estendeu e, antes de ir, chamou Dandara para saber o que queria com ele.

— Pai João, o senhor me permite dar uma caminhada com o sinhozinho?

— Claro, fiâ.

Venâncio, desconfiado e com uma pontinha de medo de Dandara, se despediu de Pai João e seguiu a sua escrava.

— O sinhozinho sabe que logo aqui atrás passa um riacho? Costumo sempre ir até lá, poderia me acompanhar?

— Sim, claro, vamos lá. Mas o que quer falar comigo?

Foram caminhando e Dandara começou a falar-lhe o que pretendia.

— A última vez que conversamos eu achei que estava vivendo o meu pior pesadelo e preciso lhe confessar que desejei muito mal para o sinhozinho. Peço que me perdoe, pois hoje sei que estava errada. Tenho muita vergonha de estar lhe confessando isso, mas eu precisava me libertar. Quero lhe agradecer por tudo que fez por mim e pela minha família. Hoje eu sou outra pessoa, muito mais feliz. Me perdoe o que vou falar, mas nem sinto o peso da escravidão sobre meus ombros. Como eu estava errada a seu respeito.

— Fico feliz por saber que está bem e cuidando do Nêgo Velho.

— Eu serei eternamente grata ao sinhozinho e cuidarei do Pai João pelo resto de nossas vidas. Hoje isso para mim não é uma obrigação e sim uma satisfação. Conviver com ele tem sido uma bênção, pelo tanto de ensinamento que me passa todo dia.

— Isso é muito bom, gosto muito do Nêgo Velho e é bom saber que agora tem alguém para zelar por ele.

– Sinhozinho, tem mais uma coisa que quero lhe falar, não sei se ainda tem interesse em meu corpo, mas me ofereço espontaneamente com todo o meu ardor, para que possa extravasar seus instintos. Ficarei mais feliz ainda se me aceitar.

À beira do riacho, ao falar isso, ela desamarrou as duas alças do vestido, que caíram, deixando seu corpo desnudo às vistas de Venâncio.

Venâncio simplesmente não estava acreditando no que estava acontecendo, a escrava que ele mais desejava naquele momento se oferecendo voluntariamente e, com aquele corpo torneado, era tudo que poderia desejar.

Não titubeou, a tomou em seus braços e fez o melhor sexo de sua vida. Extasiado, se jogou na relva olhando para o céu e agradecendo por aquele momento de grande prazer.

– Sinhozinho, se eu soubesse o quanto seria bom eu não teria hesitado em aceitá-lo antes, mas como diz Pai João, "tudo tem o momento certo de acontecer" e esse foi o melhor momento para coroar toda a minha felicidade. Quando quiser é só vir aqui, que podemos sair para dar um passeio ao riacho – falou, dando um sorriso de satisfação.

– Eu adorei esse riacho, certamente voltarei aqui outras vezes.

27

AS CRIANÇAS NÃO PARAM DE CHEGAR

O tempo foi passando e no dia de Nossa Senhora da Conceição, quando Venâncio e Amália estariam completando o primeiro ano de casamento, Beatriz já se fazia presente, na missa em louvação à padroeira da fazenda, para a alegria de toda a família. Mas ainda faltava o filho homem e Venâncio sabia que isso era esperado dele.

Os encontros com as negras, que lhe serviam sexualmente, não deixavam de acontecer, inclusive as constantes visitas ao riacho próximo à choupana do Velho João, em companhia de sua atual preferida – Dandara. Mas Venâncio sabia que precisava ter seu filho homem e, tão logo sua esposa deu sinais de que estaria recuperada do primeiro parto, começou a se dividir entre o prazer com as negras e a obrigação com sua esposa.

Com tanto empenho, não tardou a vir a notícia de uma nova gravidez de Amália, que trouxe à tona novamente a grande expectativa do herdeiro homem. No aniversário de um ano de Beatriz, sua mãe já externava uma barriga pujante, e pelas previsões da prática Maria, o nascimento se daria muito próximo ao Natal.

E assim se fez, o casal acabara de completar o segundo ano de casados e o segundo filho já estava prestes a vir ao mundo. Na noite que antecede o Natal, Amália sentiu a sua bolsa estourar e o alarme foi dado para a chegada de mais uma criança à família Couto. Agora Lourdes, que já se sentia um pouco debilitada em sua saúde, já não praguejava tanto contra o parto ser feito por Maria, que rapidamente foi buscada para dar início aos trabalhos de mais um parto importante para seus senhores.

Dessa feita, possivelmente pela experiência de Amália do primeiro parto, o trabalho de Maria foi bastante facilitado e rapidamente a criança nasceu. Contudo, para a decepção de todos, era outra menina. Diferentemente da primeira vez, quando Venâncio não estava se importando tanto com o sexo do bebê, dessa vez ficou bastante abatido. Fez um esforço enorme para não demonstrar sua insatisfação, mas não era um bom ator e o presente de Natal que tanto esperava o deixou bastante frustrado. Ao bebê foi dado o nome de Isaura, que, sem culpa de ter nascido com o sexo feminino, acabou por sofrer uma rejeição imediata de seu pai, desde seu nascimento. Essa rejeição, até de forma inconsciente, iria impactar na relação de pai e filha para sempre.

Dias após o nascimento da segunda filha, Venâncio voltou a procurar Dandara, mas antes esteve com o Velho João.

– Salve suas forças, fiô!

– Salve, Nêgo Velho!

– E então, já soube que suncê foi pai novamente?

– Pois é, sou pai agora de duas meninas e, para ser muito sincero, isso está me incomodando muito. Queria muito que esse fosse um menino.

– Fiô, os filhos são presentes de Deus e cabe a nós apenas agradecermos a oportunidade de tê-los em nossas vidas. Eles são como passarinhos, que no início não sabem sequer se alimentar, vão crescendo e nesse tempo observando os pais e aprendendo com seus exemplos, vão criando asinhas e, quando menos esperamos, estão prontos para voar. Batem suas asas alçando voos próprios, rumo a sua história de vida.

– Temo não saber lidar com elas.

– Saberá, fiô, saberá. A única coisa que precisam nesse momento é de amor e isso suncê tem, só falta abrir esse seu coração.

Venâncio ficou pensativo, enquanto o Velho João continuava sua fala.

– Mudando o rumo de nossa prosa, como tem andado a senhora sua mãe? Maria tem me relatado que vê muita fragilidade em sua energia.

– Acho que ela não está muito bem, não. Nem teve forças para brigar e praguejar para que Maria não fizesse o parto. Agora que perguntou, estou pensando que realmente os gritos dela pela casa têm diminuído e isso é um sinal de que não está bem, além disso, tenho achado ela um pouco amarelada. Mas, nos próximos dias, meu pai irá ao Rio de Janeiro e a levará em um médico da capital para examiná-la. Acho até que minha irmã irá com eles.

– Fiô, assim como o amor cura, o ódio mata. Não devemos guardar em nosso interior sentimentos negativos, pois com o tempo eles se transformam em doenças e cobram um preço alto. A negatividade do ser é um processo de autodestruição.

Dandara, que já aguardava ansiosa na porta da choupana, fez com que a conversa fosse abreviada, e Venâncio se despede do Velho João, tentando absorver os ensinamentos por ele passados, mas já com a cabeça na diversão que lhe esperava.

Alguns dias depois, a comitiva para o Rio de Janeiro já estava preparada e a saúde de Lourdes Maria realmente inspirava cuidados. Ela já havia emagrecido alguns quilos pela falta de apetite, além de eventuais dores no abdômen e náuseas, e isso vinha causando grande preocupação de Couto, que levou junto Maria de Fátima, para ajudar a cuidar da mãe.

Foi necessário que a estada na capital se prolongasse um pouco mais do que Couto gostaria, para que Lourdes pudesse se recuperar e nela ser administrado o tratamento médico necessário. Nesse ínterim, alguns eventos aconteciam na corte e Couto era sempre convidado. Em um desses eventos, na impossibilidade de ir acompanhado de sua esposa, que estava acamada e sob tratamento, acabou por levar sua filha, que ficou eufórica com a oportunidade.

Nesse sarau, com Couto se entretendo com alguns amigos portugueses, logo surgiu um rapaz, muito bem-apessoado, que puxou conversa com Maria de Fátima, e não tardou, já estava cortejando a moça, que rapidamente se encantou com a boa conversa.

Manoelito era um jovem português, que estava há pouco no Rio de Janeiro e vinha em busca de conseguir alguma vantagem na colônia, ainda mais com a corte aqui instalada. Começaram a se encontrar com frequência, e com sua conversa envolvente, fez com que Fátima se enamorasse por ele. Prometendo pedir a sua mão em casamento a seu pai, foi conquistando a moça, até que conseguiu finalmente que ela se entregasse a ele, de corpo e alma.

Consumado o ato, ele não apareceu nos dias subsequentes e Fátima começou a se desesperar, mas ela não poderia falar sobre o assunto com os pais. Já estava próximo do dia de retornarem à fazenda e ela, em desespero, partiu em uma procura desvairada, passando por todos os lugares onde estiveram juntos, mas foi em vão, Manoelito parecia que havia evaporado.

Com a saúde de Lourdes Maria um pouco melhor, finalmente Couto partiu para a fazenda, levando, como sempre, alguns escravos comprados, para aumentar a mão de obra do canavial. Na bagagem, Maria de Fátima levava consigo a decepção de um relacionamento amoroso e o temor de que seus atos levianos fossem descobertos.

A chegada à fazenda foi motivo de festa e Venâncio já havia ordenado a Maria para que fizesse um banquete para recepcionar seus pais e a irmã. Mais uma vez, toda a família estava em uma refeição e agora com dois anjinhos, para trazer mais alegria a todos.

Maria, que servia a comida, animada com o retorno de todos, se dirigiu a sua senhora:

— Senhora, fico muito feliz com a sua volta e em vê-la bem melhor.

— Sua negra maldita e mentirosa, você queria mesmo é que eu tivesse morrido e nunca mais voltasse. Saia da minha frente antes que eu mande colocá-la no tronco e saiba que, antes de ir, mando você na frente.

Arrependida de ter aberto a boca, Maria retornou para a cozinha, ficando a cargo de Joaquina e Francisca acabar de servir a refeição. Venâncio estava tão feliz com o retorno da família que achou graça da reação da mãe.

— Vejo que realmente está melhor, mãe.

Falou soltando uma gargalhada, que foi acompanhada por todos, exceto por Maria de Fátima, que ainda se mostrava abatida e ausente. Em seu âmago, ainda tinha esperança de a qualquer momento ver adentrar pela porta seu amado.

Os dias foram passando e a esperança ia diminuindo, e o desespero aumentando vertiginosamente, rezava para não ser verdade, mas além de estar com um sono excessivo e um cansaço fácil, sentia aversão a cheiros fortes e, pior, sua menstruação estava atrasada. Preferia morrer a ter que enfrentar essa situação.

Maria foi a primeira a sentir que a sinhazinha Fátima estava diferente e, ao vê-la entrando na cozinha, sem conseguir manter a língua dentro de sua boca, perguntou:

— A sinhazinha está bem? Se fosse casada, eu diria que outra criança estava a caminho.

Ao ouvir isso, fragilizada pela situação que estava passando, Fátima pôs-se a chorar compulsivamente.

— Vovó Maria, a senhora precisa me ajudar, tire isso dentro de mim.

Maria levou um choque, pois falou impulsivamente sem perceber as consequências de suas palavras e não esperava essa confissão, muito menos essa atitude desesperada. Ainda sem saber como lidar com a situação, fez com que ela a acompanhasse para fora da casa, para que pudessem conversar melhor.

— Sinhazinha, vamos até o jardim da senhora sua mãe, lá poderemos conversar melhor.

Já do lado de fora da casa e em condições de conversarem sem que ninguém pudesse escutar, Maria começou a tentar acalmar, e ela repetiu sua frase:

— Vovó Maria, a senhora precisa me ajudar, tire isso dentro de mim.

— Claro que vou ajudá-la e certamente irei tirar esse menino daí, mas só no tempo certo, daqui a alguns meses.

— Mas eu não posso ter esse filho. Menino, a senhora disse?

— Sim, minha querida, parece que o menino tão desejado nessa casa está vindo através de suncê. Se Deus o colocou aí é porque ele precisa estar aqui. Nunca mais pense em nenhuma besteira nem com ele e, muito menos, com você. Tudo será resolvido.

— Mas como, Vovó Maria?

— Ainda não sei, mas Pai João há de me ajudar a resolver isso. Por ora, é o nosso segredo, mas não será eterno, daqui a pouco será visível a todos, mas ainda temos tempo.

— Eu me apaixonei e fui iludida por ele.

— Fiâ, não precisa explicar nada para essa velha. Vamos nos concentrar em resolver a questão. Agora, volte para a casa e haja normalmente. Eu vou para minha cozinha e, assim que eu tiver a solução, volto a falar com você.

À noite, ao chegar à choupana, Maria chamou Pai João para conversar e lhe expôs o problema. Ele, com seu cachimbo na mão, pitou por alguns instantes sem falar uma palavra, abaixou a cabeça e a balançou em sinal de positivo e depois lhe apresentou o caminho para solução.

— Mas Pai João, será que isso vai dar certo?

— Vai depender muito de suncê, mas tenha certeza de que os orixás estarão ao seu lado lhe apoiando. Tenha fé, eu estarei daqui vibrando na positividade e te apoiando energeticamente. Mas precisa resolver isso logo, quanto mais tempo passar, mais difícil será.

— Amanhã mesmo vou colocar em prática seu plano, se eu não voltar é porque estarei no tronco.

— Vamos ter fé, que o melhor acontecerá.

28

SALVANDO DUAS VIDAS

Após a conversa com a Vó Maria, Fátima se sentiu um pouco mais confiante, mas ainda incrédula com a possibilidade de solução para seu problema e, por conta disso, desesperava-se. Passou a noite toda quase em claro, cochilando apenas por alguns instantes.

Na manhã seguinte, sua aparência estava péssima, e Maria sabia que não poderia perder mais tempo. Logo após o pequeno almoço, Maria sinalizou para Fátima que desejava ter com ela e, novamente, no jardim, se encontraram.

— Sinhazinha, ontem à noite fui conversar com Pai João e ele me mostrou o caminho para a solucionar a questão, mas não posso pôr em prática a ideia sem antes dividir com suncê. Não tenho certeza de que irá dar certo, mas precisamos ter fé.

Maria descreveu tudo com detalhes e instruiu Fátima a confirmar a versão, caso fosse questionada a respeito. Após ouvir com muita atenção o plano, abriu um lindo sorriso, um sorriso que era uma mistura de alívio, esperança e gratidão. Esse sorriso deu a confiança que faltava a Maria, era como se os orixás estivessem dando o aval para ela agir, afinal, ela podia naquele momento estar salvando a vida de dois seres.

Encerraram a conversa e Maria voltou primeiro para a cozinha, de forma a não causar suspeitas sobre a conversa das duas no jardim. Deu as instruções às suas ajudantes da cozinha e, em seguida, pegou um copo de água, colocou açúcar, se recolheu a um canto sossegado, invocou seus protetores e partiu para o quarto de Lourdes Maria. Bateu na porta e foi entrando.

— O que você quer aqui? Me assustar com essa sua cara preta?

— Sinhá, preciso ter uma conversa muito importante com a senhora.

Irritada, mas, ao mesmo tempo, curiosa pelo ar de seriedade que o semblante de Maria passava, falou:

— Vai, desembucha logo, que não tenho tempo para conversar com serviçais, ainda mais você que me irrita só de olhar para sua cara. E o que é esse copo nas suas mãos?

— É água com açúcar, tenho certeza de que irá precisar durante a nossa conversa.

— Você já está me deixando nervosa, vamos lá, o que é de tão importante?

— Em primeiro lugar, preciso falar que sei que sinhá rezou muito a seu Deus, para que ele lhe desse um neto.

— Sim, rezei muito, mas parece que Ele não me escuta, ou essa infeliz que se casou com Venâncio não é capaz de gerar um menino.

— Pois o que tenho a lhe dizer é que Ele atendeu às suas preces, a sinhá será vó de um menino.

— Mas como isso é possível, será que Amália está prenha de novo? Você deve estar brincando comigo. Fique sabendo que se veio aqui zombar de mim, irá agora para o tronco e desta vez ninguém lhe salvará, nem que eu mesma tenha que ir chicoteá-la.

— Sinhá, pode me mandar para o tronco ou até mesmo acabar com a minha vida, mas escute o que tenho a lhe dizer até o final, depois a senhora decide. Uma vez escutei o padre, em um de seus sermões, dizer que "Deus escreve certo por linhas tortas" e hoje tenho a certeza de que ele estava certo, a sinhazinha Amália não está grávida, mas a sua filha, sim.

Ao ouvir isso, Lourdes, que estava em pé próximo à cama, caiu sentada com os olhos arregalados em direção à Maria. Fez um profundo silêncio por alguns segundos e, em seguida, em um ímpeto, foi em direção à Maria e apertou o seu pescoço, despejando toda sua raiva e tentando sufocá-la. Em um movimento rápido, Maria conseguiu desvencilhar-se e suplicou:

— Por favor, sinhá, deixe eu acabar de falar. Como falei no início, no final decida o meu destino, mas, agora, se acalme. Tome essa água com açúcar que lhe trouxe e me permita acabar a minha prosa.

— Sua negra maldita, desta vez você foi longe demais. Eu estou farta de você.

— Realmente, sinhá, eu fui longe demais. Mas se preciso for, eu dou a minha vida para salvar as duas vidas que estamos prestes a perder.

— Do que está falando agora sua negra maluca?

— Por favor sinhá, a senhora não tem ideia de como está sendo difícil para mim estar aqui, me escute até o final. Depois faça o que quiser. Posso continuar?

Lourdes assentiu com a cabeça, sem pronunciar mais nem uma palavra e bebendo a água que Maria havia trazido.

— Nos últimos dias, venho percebendo a sinhazinha Fátima diferente, até que me chegou, através da espiritualidade, que o seu neto tão esperado está vindo através dela. Mas junto com essa notícia, o alerta de que tanto ela como o bebê corriam risco de vida. Pela vergonha da situação e sem saber como resolver a questão, a decisão mais fácil para ela seria tirar a sua própria vida e consequentemente a do bebê. Agradeço aos orixás por ter me mostrado a tempo de conversar com ela e dissuadi-la do intento, me colocando à disposição para estar aqui, sendo a sua porta-voz.

Maria continuava, com a sua senhora calada.

— Daí pensei, se é que negro pensa, como diz a senhora. Mas se esse filho fosse do sinhozinho Venâncio, seria só alegria, que não haveria nenhum problema. Mas por que não ser? Se assim fosse, todos os problemas estariam resolvidos.

— Você está maluca mesmo, como isso seria possível se o filho é de Fátima.

— Sinhá, e se a sinhazinha Amália ficasse grávida novamente? Ninguém precisaria saber que quem estava gerando o filho é a sinhazinha Fátima. Somente a família tem acesso à casa grande e alguns poucos escravos, os quais eu controlo bem. Assim sendo, ao nascer o menino, seria filho de sinhozinho Venâncio e da sinhazinha Amália, visto que o pai verdadeiro dessa criança jamais aparecerá por aqui, na verdade, ele nem sabe que a sinhazinha Fátima está grávida. A senhora como mãe terá a oportunidade de ter essa bela ideia e resolver esse grande problema da família, de uma forma que todos fiquem felizes.

— Eu preciso digerir tudo isso, mas será que Venâncio e Amália aceitariam isso?

— Tenho certeza de que se a senhora for convincente, eles aceitarão e darão amor a essa criança como se fossem deles, e a mãe será a madrinha que estará sempre junto, acompanhando o seu desenvolvimento. Desta forma, todos poderão ficar bem e preservamos a honra da sinhazinha Fátima e da família. Essa sua ideia salvará e resguardará a unidade de sua família.

— Claro que essa ideia só poderia ser minha, para preservar a unidade de nossa família e finalmente ter um varão para dar continuidade. Mas me diga, como pode ter certeza de que o bebê é um menino?

— Sinhá, pela experiência de tantos partos que já fiz e acompanhamentos das mães, posso apostar a minha vida que será um menino.

— Eu aceito, depois de tudo isso, se nascer uma menina, eu corto a sua garganta. Agora saia do meu quarto, que preciso pensar em tudo isso. Não preciso falar que se esta conversa sair daqui, corto sua garganta antes mesmo do bebê nascer. Agora suma da minha frente e vá preparar o almoço, que hoje temos o que comemorar.

Maria saiu do quarto com a certeza de que havia plantado a semente em solo fértil, dali para frente tudo iria depender da articulação da sinhá, para que o plano de Pai João desse certo. E, com a ajuda dos orixás, haveria de dar.

Nesse momento, Lourdes Maria queimava seus neurônios para decidir como implantaria o "seu plano" que salvaria a família. Com quem falar primeiro? Certamente teria que ser Maria de Fátima, mas faltava coragem a ela.

Mal Maria chegou à cozinha, Fátima apareceu ansiosa para saber como havia sido a conversa. Percebendo a presença de suas auxiliares, tentou disfarçar a sua angústia e pediu a Maria que lhe fizesse um chá com folhas frescas.

— Sinhazinha, as ervas que me pede eu não tenho aqui na cozinha, tenho que colher lá na horta.

— Então vamos agora, posso acompanhá-la.

Carlota, que estava junto com elas, se oferece para ir buscar as ervas.

— Obrigado, Carlota, eu mesmo vou e aproveito e mostro à sinhazinha onde ficam as ervas que cultivamos.

Maria sabia que ela queria ter um momento a sós, para saber sobre a conversa, e saiu arrastando-a para a horta...

— Vó Maria, como foi a conversa com a minha mãe?

— Acho que não poderia ter sido melhor, ela tentou me enforcar no início, depois ameaçou cortar a minha garganta com uma faca, mas, no fundo, acho que ela aceitou muito bem a minha sugestão, aliás, ela teve uma grande ideia que poderá resolver a questão.

— Nossa, não imagina como me sinto aliviada.

— Mas, agora, é hora de suncê entrar em ação. Já fiz a minha parte, preparei o terreno, joguei a semente, agora é hora de você ir lá e colher os frutos. Não espere que ela procure suncê, pois ela terá enorme dificuldade de fazer isso. Vá ao encontro dela e abra seu coração, ela está pronta para lhe entender e perdoar. Não perca tempo, o momento tem que ser agora.

Maria de Fátima saiu dali convencida de que a Vó Maria estava certa, se havia um momento para salvar-se era esse. E não hesitou e foi direto ao quarto de sua mãe ter com ela a conversa mais importante de sua existência.

— Mãe, posso entrar? – falou, ao bater na porta do quarto de Lourdes.

— Sim, entre.

Ao entrar, encontrou a mãe deitada, com lágrimas no rosto.

— Antes de mais nada, mãe, eu preciso lhe pedir perdão. O que fiz foi por amor e por estar iludida que eu me casaria com ele. Eu errei, me deixei levar pela boa conversa dele e acabei cedendo, mas jamais poderia imaginar que estaria nesta situação. Pensei, sim, em tirar a minha própria vida e poupar vocês deste desgosto, mas a Vó Maria fez com que eu adiasse essa decisão e me encorajou em vir falar com a senhora.

— Venha cá, minha filha, me dê um abraço e nunca mais pense nisso. Sua mãe tem uma ideia que poderá resolver essa situação de forma que todos fiquem bem e felizes. Só espero que aceite.

Neste momento, Lourdes expôs como sua a ideia de Maria, ideia essa que originalmente nasceu da intuição de Pai João.

— Mãe, mas é claro que aceito, estarei próximo a meu filho e ele terá um pai e duas mães, o que desejar de melhor para um filho. Mas você acha que Venâncio e Amália aceitarão isso?

— Isso agora é problema meu. Vou conversar com seu pai e, em seguida, com eles.

— Mãe, eu te amo. Muito obrigado por me compreender e aceitar o seu neto. Serei eternamente grata à senhora, pelo que está fazendo por mim.

— Precisamos resolver isso imediatamente, veja se seu pai já está na casa grande e peça a ele que venha aqui para conversar comigo.

Com a sua saúde extremamente debilitada, foi fácil convencer José Couto a aceitar a situação sem contestar o "plano de Lourdes". Faltava apenas comunicar ao casal que teria mais um filho, finalmente o filho homem que não conseguiram gerar até então.

Durante a refeição foi comunicado a Venâncio e Amália que ao final do dia haveria uma reunião com o casal, Fátima e os pais no escritório de Couto, para tratar de assuntos de interesse da família.

Venâncio, que estava na iminência de experimentar uma nova escrava que foi trazida do Rio de Janeiro, nessa nova remessa que veio com o seu pai, teria que adiar seu intento e retrucou:

— Mas tem que ser hoje?

— Sim, sem falta. Além do mais, que compromisso você teria no final do dia? – perguntou Lourdes.

— Nada que não possa ser adiado. Estaremos lá.

Assim, com a pressão de Couto e de Lourdes, que tinha o nascimento do neto como seu último desejo, foi fácil convencer o casal a ter mais um filho. Como compensação, Fátima estaria renunciando à sua parte da herança, em prol do irmão, que cuidaria de seu filho e dela, suprindo todas as suas necessidades. A pena de Amália seria de se recolher juntamente com Fátima, até o nascimento do bebê, para que parecesse que a gravidez era realmente do casal.

Acertada as condições do acordo, a família manteve-se unida e mais fortalecida do que nunca, com Amália passando assim a ter uma supremacia sobre todas as mulheres da casa. Para Venâncio, seu filho chegaria sem que tivesse que se esforçar para isso, e teria mais tempo para se dedicar ao que efetivamente lhe interessava, que eram as negras. Além disso, com as renúncias de Martinho e agora de Fátima, toda a fortuna da família ficava para ele.

A notícia de que Venâncio seria pai novamente se espalhou rapidamente nos arredores da fazenda, chegando até Pernambuco, na fazenda do pai de Amália. Quem sabe agora viria o varão tão desejado. Essa era a expectativa geral.

Venâncio se sentia ainda um pouco confuso com toda aquela situação, foi tudo tão de repente que ele ainda não tinha conseguido assimilar mais essa gravidez repentina e que, na verdade, não era fruto diretamente de seu sangue. Em mais uma de suas visitas à choupana de Pai João, para encontrar Dandara, resolveu ter uma prosa com o Velho.

– Salve, Nêgo Velho!

– Salve suas forças, fiô, como está se sentindo com mais uma criança a caminho?

– Ainda me acostumando com a ideia, só espero que agora finalmente seja o menino que tanto se deseja.

– Será fiô, será. A casa grande está ficando cheia de crianças, sem falar dos fiôs das negras, e isso é muito bom. As crianças representam a nossa continuidade, lá de onde vim, na África, cultuamos uma divindade que protegem as crianças, são gêmeos – Ibeji. Na religião de suncês também tem algum santo gêmeo?

– Claro, Nêgo Velho, eles se chamam São Cosme e São Damião.

– Então, esse velho vai lhe pedir uma coisa. Quando é que comemoram esses santos?

– No final de setembro.

– Antes de seu filho nascer, não é?

– Não tenho certeza, mas segundo Maria, sim. Mas o que quer pedir?

– Bem, para fortalecer o nascimento de seu filho, trazendo saúde para ele e para as meninas, além de agradecer a fertilidade que paira sobre a fazenda, o Velho pede que na data de comemoração dos santos suncê faça uma festa para todas as crianças brancas da fazenda e que permita que as negras também participem.

– Não sei, Nêgo Velho.

– Tenho certeza de que toda a senzala ficaria feliz com essa sua iniciativa e suncê sabe que isso sempre lhe traz aumento de produtividade.

Dandara, que estava próxima a eles e ouvindo a conversa, não se conteve e se intrometeu:

– Sinhozinho, por favor, aceite o pedido de Pai João. Ficarei muito feliz se fizer isso, por favor.

Falou com voz doce e em tom de súplica, fazendo Venâncio entender que seria recompensado pela decisão.

– Está bem, mas nem sei como fazer isso, além do mais, terei que convencer meu pai e, principalmente, minha mãe.

– Quanto à festa, apenas dê ordem para Maria que ela saberá exatamente o que fazer. Quanto a seus pais, o senhor seu pai nunca se opôs a esse tipo de festividade e a senhora sua mãe, na condição que se encontrar, será até beneficiada com a energia de alegria que será gerada pelas crianças. Tenho certeza de que ela irá lhe apoiar.

– Bem, se quando eu falar com eles não houver nenhum entrave, está confirmada a festa.

Ao ouvir isso, Pai João olhou para Dandara, que de imediato entendeu que haveria de adoçar os espíritos dos velhos senhores, para que tudo desse certo. Com um sorriso e uma piscada de olhos, ela confirmou que saberia o que precisaria fazer.

29

A FESTA DAS CRIANÇAS E CHEGADA DO FILHO

Para surpresa de Venâncio, ao falar no dia seguinte com a sua esposa, ela vibrou com a ideia da festa para os santos gêmeos.

— Nós nunca conversamos sobre isso, como é que você descobriu que sou devota de São Cosme e São Damião? Venâncio, às vezes você me surpreende.

— Pura intuição.

— Desde muito nova, eu ia com a minha família à Igreja dos Santos Cosme e Damião na cidade de Igarassu, em Pernambuco, um vilarejo próximo ao Recife. Essa parece que é a Igreja mais antiga do Brasil, além disso, todos os anos comemoramos a sua data. Vou pedir aos meus pais que, quando vierem conhecer os netos, que tragam uma imagem dos santos para colocarmos em nossa capela. Você se encarrega de encontrar um local?

— Claro, a partir de agora também serei devoto dos santos gêmeos e que eles protejam nossos filhos.

— Uma pena que não poderei participar da festa.

— Outras virão e estará presente com nossos três filhos.

Após a adesão inesperada de Amália, ficou muito fácil convencer os pais a permitirem a festa, mas a mistura das crianças brancas com as escravas deixou para que acontecesse de forma natural.

E assim Venâncio deu ordens para que Maria preparasse a festa com muito doce e comida.

— Sinhozinho, vou precisar fazer um caruru, que faz parte da tradição africana, vou precisar um pouco de camarão seco e os quiabos eu pego na nossa horta. Não dá para celebrar Ibeji sem essa comida. Acho que as crianças brancas vão ficar só nos doces, mas para os negros será uma dádiva.

— O principal para mim são os doces que irá fazer para as crianças. Durante a festa, aos poucos vá liberando as crianças negras para que brinquem também. Quanto a essa comida, faça, mas sem alarde, e a leve para ser consumida dentro da senzala. Não quero que os convidados vejam. Entendido?

— Sim, sinhozinho, Pai João e todos os negros ficarão muito felizes de poderem comer a comida do santo no seu dia. Que os gêmeos africanos o abençoem.

— Se São Cosme e São Damião ficarem gratos, já estarei feliz.

A notícia da festa de Ibeji na senzala trouxe aos negros um acalento a seus corações e a expectativa era grande em todos. Os dias se sucederam rapidamente e logo o dia 27 de setembro chegou.

Pai João, Dandara e seu filho e Rosinha foram cedo para a festa e o Velho logo se assentou em seu antigo banquinho na porta da senzala, que ainda ficava lá, pois ninguém teve coragem de tirá-lo. Na verdade, aquele banquinho representava a figura do Velho e, por muitas vezes, amenizou o ânimo dos negros mais revoltados. Era um símbolo, não de resignação, mas de resistência. De lá, o Velho acompanhava toda a movimentação da festa.

Foram convidados não só os filhos de todos os trabalhadores da fazenda, mas também todos das cercanias que tinham crianças. Maria fez uma enorme mesa, com todas as variedades de doces, na frente das escadas da casa grande, e o quintal se transformou num grande parque para as crianças. À medida que as crianças iam chegando, já começavam a brincar umas com as outras e, no decorrer da festa, as crianças negras timidamente foram chegando para brincar também.

Todos queriam ver Amália com o seu filho no ventre, mas Venâncio se desculpava, alegando que ela não estava bem-disposta e que sua irmã estava no quarto com ela fazendo companhia. Lourdes, apesar de sua saúde cada vez mais comprometida, pediu que fosse colocada uma poltrona na varanda para que pudesse ver suas netinhas e crianças felizes a brincar, José Couto a acompanhava em outra poltrona.

Francisca e Carlota com seu filho cuidavam de Beatriz e Isaura, ainda muito pequenininhas. Maria, por sua vez, assim que teve oportunidade, foi até a senzala levar o caruru e alguns doces para os negros, que, felizes, dançavam para o orixá Ibeji.

Venâncio, como um bom anfitrião, caminhava pelo quintal, conversando um pouco com cada um dos convidados. Ao longe, avistou o Velho João sentado na porta da senzala e acenou para ele, que retribuiu com um largo sorriso e com seu tradicional movimento de cabeça. Em dado momento, se viu completamente afastado de todos, e ao se virar para o jardim, avistou duas crianças brincando sozinhas. Uma era um menininho lourinho com cabelos cacheados e a outra era uma menina moreninha, com cabelos negros e lisos, que aparentava ser um pouco mais velha que ele. O que lhe chamou muito a atenção era uma luz que os envolvia, era como se eles tivessem um brilho próprio, muito diferente das outras crianças. Ficou por alguns instantes olhando para os dois como se hipnotizado estivesse, até que ouviu:

– Venâncio, Venâncio! – seu pai o chamava.

– O quê? – falou, se virando na direção de Couto.

– Parece que está dormindo, estou lhe chamando há algum tempo e você olhando para o nada.

– Como para o nada, não está vendo aquelas duas crianças?

Ao voltar a olhar para o jardim, não viu mais as crianças.

– Vejo apenas o jardim. Venâncio, acho que precisa descansar, esse terceiro filho inesperado está deixando você um pouco lunático – falou, soltando uma gargalhada.

– Deixa para lá... vamos voltar para a festa. O que quer comigo?

– O padre Francesco quer fazer uma oração para São Cosme e São Damião e precisamos de você para, após essa breve cerimônia, cortar o bolo principal e ofertar aos convidados.

– Vamos lá então.

A imagem das crianças não saía da cabeça de Venâncio, que chegou a se virar duas vezes para se certificar de que elas não estariam ali. Certamente, ele não se esqueceria daqueles semblantes, principalmente do olhar daquele menininho, que tocou a sua alma.

Ao final da festa, as crianças brincavam entre si, sem se importarem com a cor de suas peles, apenas queriam ser felizes. Talvez fosse essa a mensagem que o Velho João quisesse passar a Venâncio, e certamente ficaram marcados para ele esses momentos. A energia que foi gerada contagiou a todos, até Lourdes sorria ao ver as crianças, por um momento parece que tudo ficou monocromático.

No dia seguinte, tudo voltou à normalidade, aos primeiros raios de sol, os escravos já seguiam para o canavial, e os demais assumiam seus afazeres diários, mas no ar ficou um rescaldo da energia das crianças, como a cinza que ainda conserva algumas brasas.

E foi justamente sob essa atmosfera que os dias se sucederam, até Maria de Fátima começar a dar sinais de que seu rebento, fruto de um amor não correspondido, estava prestes a vir ao mundo. Os preparativos para o parto se iniciaram, mas dessa vez Venâncio preferiu se ausentar da casa, não aguentaria uma nova decepção e não estava disposto a ver sua irmã passar por aquilo, que já presenciara por duas vezes anteriormente.

Foram alguns meses de recolhimento, porém finalmente o dia chegou, após algumas horas de trabalho de parto, o choro do bebê ressoou do quarto para toda a casa. Ao ouvir, José Couto se colocou em prontidão para receber a notícia que mais aguardava, já há alguns anos. Ao ver Maria sair do quarto, banhada de suor, não se conteve:

— Maria, fala logo, é um menino?

Aproveitando para fazer um suspense para o senhor, abaixou a cabeça e, em seguida, proferindo um largo sorriso, soltou a notícia que todos esperavam:

— É um meninão, senhor.

O coração de José Couto parecia que iria sair pela sua boca. Foi correndo ao quarto dar a notícia para Lourdes que, deitada em convalescença, começou a chorar de alegria.

— Deus finalmente ouviu as minhas preces, agora já posso descansar em paz.

— Que bobagem é essa, Lourdes, agora que precisa juntar forças para poder desfrutar da presença de seu neto. Vamos lá, vou ajudar você a levantar para irmos conhecer ele juntos — falou Couto, muito emocionado ainda.

A felicidade dos avós era contagiante, e a princípio Amália se sentiu um pouco enciumada, pois suas verdadeiras filhas não tiveram essa recepção, mas quem efetivamente angariaria os louros pelo filho seria ela e, assim sendo, tratou de assumir rapidamente a posição de mãe, retirando o bebê do colo da mãe verdadeira, para apresentá-lo aos avós, como se seu filho fosse.

Venâncio, que naquele momento se divertia com uma de suas escravas, foi o último a saber do nascimento do "filho". Mas é claro que, assim como Amália, tratou de captar para ele a gratidão dos avós, por ter lhes dado o tão desejado neto homem.

Para a felicidade geral de toda a família, o menino veio ao mundo, com pais e mães trocados pela conveniência do momento, mas com saúde e com a responsabilidade de dar continuidade ao legado da família Couto.

— Que tenhamos vários domingos como este — falou Couto, muito feliz.

— Bem, pai, eu acho que este Domingos será único — completou Venâncio, batizando assim o filho que acabara de receber e adotar como seu.

30

A MORTE VISITA A FAZENDA

A energia das crianças trouxe para a fazenda uma leveza e os dias seguiam mais calmos, com Venâncio influenciando cada vez mais o pai, de forma que os castigos mais severos foram ficando raros, para que as crianças fossem poupadas de cenas de violência.

Toda vez que eram obrigados a agirem de maneira mais contundente com os escravos, seja por tentativa de fuga, rebelião ou qualquer outra insubordinação, os castigos eram realizados de modo que a casa grande não tivesse conhecimento dos atos.

Mas se, por um lado, os negócios da fazenda iam bem, com o passar dos meses, a saúde de Lourdes não demonstrava nenhuma melhora. Pelo contrário, parecia até que ela já estava satisfeita, apenas por deixar a família completa, e se entregava cada vez mais à doença. Sentia muita raiva por estar naquela condição e odiava ver Maria, mais velha que ela, vendendo saúde. Não bastasse tudo isso, saber que o esposo, apesar da idade, continuava a se esfregar com aquelas negras sujas só aumentava a sua ira. Quanto mais ela pensava nessas coisas, mais ela piorava, era como se estivesse se autoenvenenando.

Lourdes definhava a cada dia, sua fadiga e a falta de apetite a levaram a optar por fazer as suas refeições em seu próprio quarto. Os únicos momentos de alegria eram quando Amália levava os netos para ver a avó. Preocupado com o declínio progressivo de sua saúde, José Couto pensava em retornar com ela para o Rio de Janeiro, contudo, em seu estado ela não suportaria a viagem, então resolveu mandar chamar um médico à fazenda para tentar salvar a vida de sua esposa.

Os chás de ervas, que Maria frequentemente fazia para a sinhá, pareciam não mais fazer efeito, o desespero foi tomando conta de todos. Maria, apesar de todos os maus tratos sofridos, estava muito abalada com a proximidade da morte de sua sinhá. Nas últimas semanas, foi com Maria que Lourdes mais conviveu, pois a maioria evitava ir ao seu quarto. Seu marido, apesar de estar sofrendo, passava dias sem ver a esposa, pois há muito não dividia o quarto com ela. Todo aquele enredo foi comovendo Maria, que foi buscar em Pai João uma alternativa para tentar amenizar o sofrimento físico que ela presenciava em companhia de Lourdes.

— Pai João, o que podemos fazer pela sinhá? — perguntou Maria, na esperança de receber uma resposta milagrosa.

— Orar, Maria, podemos e devemos orar por ela. Pedir aos nossos orixás que amenizem seu sofrimento, que seu coração seja tocado e que ela aceite a luz.

— Mas Pai João, ela nem acredita em nossos orixás.

— Mas eles acreditam nela, não só nela, mas em todos os seres viventes, ou suncê pensa que só trabalham para aqueles que os louvam? Fico feliz por ver que, apesar de todo o sofrimento que ela impôs a suncê, a perdoou e se compadece de sua situação, mas entenda que o que ela está passando agora é uma criação dela mesma, é consequência e não castigo.

— Eu faria qualquer coisa para que ela pudesse ficar um pouco mais aqui, com seus netos.

— Suncê já está fazendo Maria, retribuindo em amor as maldades que ela lhe fez.

Ao ouvir isso, uma lágrima solitária escorreu pela sua face, castigada pelo tempo.

— Agora volte para lá e fique com ela, pois sinto que não há muito tempo mais.

A chegada do médico à fazenda foi somente para desenganar a família, pois já não havia muito o que ser feito, apenas medicá-la para amenizar as dores que estava sentindo.

Diante da situação, o padre Francesco foi chamado de imediato para conceder a extrema-unção a Lourdes e o fez com todo o fervor de sua fé, ungindo com o óleo sagrado a sua fronte e suas mãos, e proferindo a oração litúrgica própria desse sacramento cristão.

Maria, que estava no quarto, quase que escondida no lado oposto da cama, acompanhava de longe todo o ritual que estava sendo realizado. Os familiares que acompanhavam a bênção mal notaram a sua presença, e ao término, todos saíram do quarto, deixando apenas Maria e sua senhora. Após alguns instantes, Maria se aproximou para mostrar a sua presença para a sinhá e perguntou:

— Sinhá, está precisando de algo?

Ela olhou nos olhos de Maria e, com grande esforço, fez um sinal com a mão, para que ela se aproximasse ainda mais. Balbuciou algumas palavras, mas por estar sem forças, Maria não estava ouvindo o que ela dizia, e então resolveu se ajoelhar na cabeceira da cama para ouvir melhor o que Lourdes lhe queria falar. Essa, por sua vez, juntou todas as suas forças para dizer o que poderiam ser suas últimas palavras.

— Maria, talvez você seja a última pessoa que eu gostaria de ter em meu leito de morte, mas você, apesar de tudo, foi a única que nunca me abandonou. Sempre a odiei, pois via em você qualidades que eu gostaria de ter e não tinha. Sei que a maltratei muito, mas não posso voltar o tempo, então só espero que me perdoe, para que eu possa ir em paz. Segure a minha mão.

Maria, ajoelhada, se debulhava em lágrimas, pois jamais poderia imaginar que um dia ouviria tais palavras. Segurou, pela primeira vez na vida, a mão de sua sinhá e a entregou ao anjo da morte, que apenas aguardava o desfecho da conversa, para levar consigo a moribunda. Ao sentir o toque da negra, Lourdes Maria soltou seu último suspiro e partiu para o mundo dos mortos.

Das mãos de Maria, saía uma luz branca, que envolveu todo o corpo, já inerte, de sua senhora. Por alguns instantes, ali ficou em oração e somente após alguns minutos teve forças para se recompor e sair do quarto em busca de alguém, para comunicar o passamento da sinhá.

A notícia não foi surpresa para ninguém, mas enquanto há vida há esperança e a consumação do fato abalou a todos dentro da casa. Desde a chegada da família de Portugal, nenhum branco próximo à casa grande havia morrido na fazenda.

Imediatamente foi ordenado que todos os escravos fossem recolhidos para a senzala e exigido profundo silêncio, em respeito à morte da sinhá. O velório se deu no salão principal da casa grande, onde vários fazendeiros próximos e amigos estiveram em condolências à família. No dia seguinte, antes do sepultamento, que seria no mausoléu dos Coutos, localizado bem atrás da capela, o cortejo fúnebre adentrou a capela para uma missa de corpo presente, momento de grande emoção para todos.

Na casa grande, as amas cuidavam das crianças, que foram poupadas, na medida do possível, do episódio. Maria coordenava os afazeres como sempre, mas sentia em seu coração um vazio. Durante os anos de convivência, com abusos, violências físicas e psicológicas, não percebia que, no fundo, nutria um certo carinho pela sinhá e, no final de sua vida, ouvi-la lhe pedir perdão foi a redenção que precisava.

31

REI MORTO, REI POSTO

Já na manhã seguinte ao decesso da matriarca, era notória a nova postura de Amália, não somente com os serviçais da casa, mas até mesmo com a família. Na refeição matinal com a família, para surpresa de todos, ela se dirigiu à cabeceira da mesa, onde sentava-se sua sogra, e olhando em direção ao sogro, que se sentava na cabeceira oposta, falou:

— Meu caro sogro e meu marido, sei do sentimento que estão nutrindo neste momento, pelo passamento da Sra. Lourdes, mas, certamente, precisamos seguir em frente e colocar ordem nesta casa. Então, atendendo a um pedido de minha sogra, a partir de seu afastamento, estou assumindo o comando da casa grande, não tenho alternativa a não ser tentar de alguma forma suprir a sua ausência e organizar tudo, assim como ela sempre fez quando tinha saúde.

Encerrando o seu breve discurso, sentou-se no antigo lugar de Lourdes Maria e fez um sinal para que Maria, que estava estupefata com a atitude de Amália, servisse a refeição. Couto se limitou a trocar um olhar com Venâncio que, por sua vez, preferiu não começar uma discussão naquele momento em que todos ainda estavam fragilizados. A irmã de Venâncio, já tinha muito medo de Amália e lhe devia ao fato de ter adotado seu filho, mantendo a sua honra imaculada, simplesmente abaixou a cabeça, se concentrando na refeição. Assim, em silêncio, todos permaneceram até o final, quando Venâncio se dirigiu ao pai, ignorando sua esposa:

— Pai, já mandei selar nossos cavalos, gostaria que fosse para a lida comigo hoje. Acho que será melhor que ficar aqui na casa grande.

— Não sei, Venâncio, se tenho ânimo para tal.

— Claro que tem, temos muito para fazer, ainda vamos "construir um grande império nas terras da colônia". Lembra que me falou isso no cais em Portugal?

José Couto se emocionou profundamente ao ver suas palavras serem repetidas pelo seu filho 18 anos depois de serem proferidas, e em um momento de grande emoção de sua vida. Diante desse argumento, não lhe restou alternativa a não ser erguer a cabeça, arregaçar as mangas e ir à lida com o filho.

Nesse dia, pai e filho passaram quase todo o dia fora e conversaram muito sobre o futuro da fazenda e dos negócios e a retomada da ideia de uma nova fazenda. Venâncio havia obtido informações, por meio de outros fazendeiros da região, de que a cultura do café vinha crescendo no Brasil e tentava convencer o pai de que isso poderia ser o futuro da nova fazenda.

— Pai, precisamos diversificar nossos negócios, hoje temos uma excelente fazenda que nos dá sustentação para pensarmos em novos negócios e o café será, muito em breve, o futuro do Brasil.

— Como pode ter tanta certeza disso?

— Simplesmente avaliando a crescente procura no porto do Rio de Janeiro. Quem já está produzindo não está dando conta de atender à demanda e, com isso, o preço da saca vem subindo. Quanto mais se exporta, mais a procura aumenta. Quando vou à capital, tenho conversado com muitas pessoas e colhendo essas informações. O momento é agora, ou vamos perder essa oportunidade.

— Falando assim, você quase me convence.

— Já temos experiência com os negros e a forma como temos conduzido a senzala tem nos trazido poucos problemas com rebeliões e fugas constantes que outras fazendas enfrentam. Isso será um grande diferencial em nossa produção.

— Bem, e se eu concordasse, onde implantaríamos essa plantação? Junto com as canas seria impossível.

— Claro que não seria aqui, como sempre falei, precisaremos de outra fazenda.

— Mas onde conseguiríamos outra fazenda? Além do mais, como tocaríamos duas fazendas ao mesmo tempo?

— Pai, não dá para construir um império com uma única fazenda. Desde a semana passada queria ter essa conversa, entretanto, com a saúde da mamãe como estava, não havia condições. Recebemos uma visita muito importante em nossa fazenda dias atrás, mas como o senhor não estava em condições de falar de negócios, atendi o negociante. Ele veio saber de nosso interesse em adquirir a fazenda do Sr. Francisco Duarte, um dos pioneiros na implantação da cultura do café aqui no estado. A fazenda fica no Vale do Paraíba e não é tão longe de nossa fazenda.

— Venâncio, se o negócio é tão promissor quanto está me apresentando, por que alguém se desfaria dele? Além do mais, o Duarte, eu o conheço bem, pois já o encontrei algumas vezes na corte e sei que tem planos, por que ele haveria de querer vender a fazenda agora?

— Ele também lhe conhece e, por essa razão, enviou essa pessoa para falar-lhe, em seu nome. Na verdade, ele irá retornar a Portugal e gostaria de deixar sua propriedade nas mãos de quem a fizesse crescer e, obviamente, quem pudesse pagar por ela.

— Mas você sabe por que ele quer deixar o Brasil?

— Infelizmente, sei. Ele foi acometido por uma enorme tragédia. Seu único filho e herdeiro, o qual estava sendo preparado para tocar a fazenda, assim como o senhor me preparou, em uma cavalgada na fazenda, se deparou com uma cobra na estrada, seu cavalo se assustou e o derrubou da sela, ao cair ele bateu a cabeça em uma pedra e teve uma morte instantânea.

— Mas que coisa horrível.

— E o pior é que tem mais. Inconformada com a morte do filho, sua esposa, em um ato desatinado, ordenou a um escravo que arrumasse uma corda, e com ajuda deste se enforcou na árvore mais frondosa em frente à casa grande. Ele, ao chegar, encontrou a esposa morta, balançando na árvore, e o escravo sentado ao pé da árvore, chorando compulsivamente. Num momento de ira, tirou a vida do escravo, decepando sua cabeça, por achar que ele poderia ter impedido a morte dela. Ainda acha que lhe faltam motivos?

— Não sei nem o que lhe dizer, Venâncio. Acabei de perder a sua mãe, claro que em circunstâncias bastantes distintas, mas nem consigo mensurar a dor da perda de um filho e esposa, desta maneira.

— Então, vamos para o escritório, que vou lhe apresentar a proposta que nos foi feita.

Ao chegarem à casa grande, notaram algumas mudanças que Amália já havia ordenado que fossem feitas, até a posição dos móveis ela mudou. A cadeira, onde Lourdes ficava apreciando o seu jardim e as crianças, não mais fazia parte da varanda e o clima entre os serviçais estava pesado.

Ao entrar, Venâncio se deparou com Carlota e perguntou:

— Que diabos está acontecendo aqui?

— Sinhozinho Venâncio, são ordens da sinhazinha Amália, aliás da sinhá Amália, que é assim que ela quer ser chamada de hoje em diante. Segundo ela, sinhazinhas são as meninas Beatriz e Isaura.

— Pois bem, mande Maria preparar duas refeições e levar ao escritório de meu pai, estaremos em reunião e comeremos lá mesmo. Depois vou tomar pé dessa situação.

E assim foram para o escritório e continuaram a discutir sobre a compra da nova fazenda.

— Mas, Venâncio, o que ele está pedindo é uma verdadeira fortuna. Teremos que usar todas as nossas reservas e um pouco mais, se uma vírgula der errado, podemos perder tudo que temos.

— Mas se der certo, finalmente construiremos um verdadeiro império.

Após essa frase, Couto ficou pensativo sobre a nova situação que se apresentava a sua frente. Sem perder tempo, Venâncio voltou a falar:

— Pai, a vida é feita de desafios, sem correr risco não vamos a lugar nenhum.

Nesse momento, batidas na porta anunciavam a chegada das refeições preparadas por Maria, que estava acompanhada de Carlota, trazendo todos os apetrechos para que fizessem a refeição no escritório.

— Entre Maria, pode colocar tudo aqui que nos servimos. A propósito, sinto vocês tensas, o que está acontecendo?

— Bem, sinhozinho, são as mudanças que a sinhá Amália está fazendo. Mas nós vamos nos acostumar, não temos escolha.

— Mais tarde vou tentar entender isso melhor. Agora saiam, que estamos precisando retomar a nossa conversa.

Durante a refeição, Venâncio foi introduzindo ao pai outras informações que já havia apurado, sobre a fazenda, senzala, animais e principalmente sobre a cultura do café.

— Preciso pensar, Venâncio. As coisas estão acontecendo muito rapidamente e não gosto de tomar decisões sob pressão.

— Pai, estamos diante de uma mina, só que essa irá nos dar o ouro verde. A questão é que existem outros interessados e não temos muito tempo para tomar a decisão. Pense, pense de hoje para amanhã, depois pode ser tarde. Se não nos movimentarmos, tenderemos a ver todo o trabalho que fizemos nesta fazenda ruir e talvez meus filhos não usufruam dela. Qual a motivação que teremos para trabalhar uma cultura que aqui está decaindo? Uma fazenda de café pode ser a ponte para o nosso futuro promissor. Vou deixá-lo meditando sobre o assunto e tentar entender o que se passa na cabeça de Amália. Nos falamos amanhã cedo.

José Couto, com um semblante preocupado, assentiu com a cabeça. Para quebrar um pouco a tensão da conversa, Venâncio sugeriu:

— Procure uma boa negra e relaxe, sobre o corpo de uma fogosa as ideias fluem melhor.

Saiu do escritório dando boas risadas, mas logo tomou rumo ao encontro de Amália. Não foi difícil encontrá-la, seguiu os gritos que ouvia e se deparou com ela na porta da cozinha esbravejando com as escravas da casa. Sem entrar no mérito do assunto, se dirigiu a sua esposa.

— Amália, preciso conversar com você mais tarde. Após o jantar, antes de se recolher nos falamos. Agora preciso resolver alguns problemas da fazenda.

Saiu da casa grande e ordenou ao capataz que trouxesse de imediato seu cavalo. Em seguida, cavalgou em direção à choupana do Velho João, para resolver dois problemas, conversar com o Velho e matar a saudade do corpo quente de Dandara. Apeando de seu cavalo, se dirigiu ao Velho João, que como sempre parecia que já o esperava.

— Salve, Nêgo Velho!

— Salve suas forças, fiô! Esses dias foram pesarosos e com muitas novidades, não?

— Não sei como, sentado nesse toco, fica sabendo de tudo.

— As palavras são trazidas pelo vento fiô — falou e soltou uma boa gargalhada e acendendo seu cachimbo. — Então, o que quer do Velho?

Nesse momento, Dandara apareceu na porta sorrindo para o seu senhor, que retribuiu fazendo um gesto quase imperceptível, para que ela aguardasse a conversa com o velho.

— Realmente esses dias estão sendo intensos. Perdi a minha mãe e agora estou a um passo de um grande empreendimento, e é sobre isso que vim lhe falar.

— A sinhá descansou, fiô, fique tranquilo que Maria intercedeu muito por ela ao alto e está bem assistida agora. Mas conte para esse velho o que quer.

— Vou precisar de você, Nêgo Velho, como está de saúde? Preciso que faça uma viagem comigo.

— Viagem, fiô? E para onde seria essa viagem?

— Vamos comprar uma nova fazenda e preciso de você para entrar na senzala e avaliar como está o ânimo dos negros. O sucesso deste empreendimento depende muito de que nossa mão de obra esteja bem, para trabalhar duro. Quero implantar lá a mesma maneira de administrar que estamos usando aqui na fazenda. Quero dar o mínimo de dignidade aos negros e, em troca, preciso que o trabalho flua da melhor forma possível.

Em silêncio, Pai João abaixou a cabeça e, pitando seu cachimbo, gerando uma grande quantidade de fumaça, concentrou-se e após algum tempo falou:

— Parece que as coisas não estão muito bem por lá, não.

— Mas como pode dizer isso, se nem ao menos sabe onde é a fazenda?

— Fiô, seu pensamento me levou até lá. Suncê não pediu para eu entrar na senzala? Pois bem, eu entrei e vi muita revolta. A energia da fazenda não está nada boa. Terá muito trabalho, mas tudo isso faz parte de sua missão.

— Nêgo Velho, desde pequeno que escuto você falar nessa tal missão, o que seria? Para mim, minha missão é ampliar os negócios da minha família e deixar meus filhos amparados financeiramente.

— Fiô, nossa missão aqui nada tem a ver com acué (dinheiro). Veja o exemplo de sua mãe, quanto ela levou com ela para o outro lado? Quanto à viagem, como esse velho já lhe falou antes, estou aqui para lhe ajudar no que for preciso, se acha bom o velho lhe acompanhar, assim será feito.

— Que bom, conto com você, Nêgo Velho. Se prepare, pois partiremos nos próximos dias. Vou mandar preparar uma carroça confortável, para que possa fazer a viagem da melhor forma possível. Agora me dê licença que preciso de uma negra para extravasar meus instintos.

O Velho João balança a cabeça, desaprovando o comportamento do sinhozinho, mas, nesse caso especificamente, a escrava não fazia nenhum sacrifício, pelo contrário, se comprazia com a situação.

O tempo passou e ele acabou por chegar à casa grande muito mais tarde do que pretendia, contudo, satisfeito com o resultado, que lhe trouxe muito prazer. Já há algum tempo, não estava dividindo o quarto com Amália, que dormia com o pequeno Domingos, assim se retirou para o seu aposento pessoal, adiando a conversa que teria com a esposa, para o dia seguinte.

Na manhã seguinte, Venâncio estava muito mais preocupado em saber a resposta do pai que conversar com Amália, que lhe questionava o porquê de sua chegada tão tarde na noite anterior.

— Não cheguei nem tão tarde assim, acho que você havia acabado de se recolher. Mas, agora, preciso falar com meu pai sobre os negócios da fazenda.

Beijou seus filhos e foi para o escritório do pai, que já havia feito a refeição matinal mais cedo do que de costume e já estava trabalhando. Para ele, isso era um bom sinal, ansioso e na expectativa de receber uma resposta positiva à proposta, foi aflito para o encontro.

— Bom dia, pai!

— Bom dia, Venâncio! Sente-se que precisamos conversar. Pensei muito em tudo que me passou e estou convencido de que poderá ser um bom negócio, mas farei uma contraproposta para Duarte. Pretendo reduzir o valor que ele pede e, como parte do pagamento, lhe darei uma propriedade que ainda tenho em Portugal. Caso ele aceite, poderemos fechar o negócio, mas antes quero ver a fazenda como meus olhos.

— Pai, essa é a melhor notícia que recebo, desde cheguei aqui no Brasil. Claro que precisamos ver a fazenda, para isso já mandei preparar uma comitiva para nossa viagem. Vou levar o Velho João conosco, preciso que ele avalie como estão os escravos da senzala. Se precisaremos vender alguns rebeldes e quantos mais precisaremos comprar.

— Você acha necessário levar esse velho?

— Quem entrará na senzala para descobrir os conflitos que lá existem? Só um outro negro e velho, pois eles respeitam a questão da idade.

— Não está esquecendo que ele está alforriado e não podemos obrigá-lo a ir conosco?

— Já conversei com ele e se prontificou a ir. Eu estou tão certo que essa é a melhor decisão e de que Duarte aceitará sua proposta, para tanto já me adiantei em várias questões.

— Sabe que para fazer a fazenda começar a dar resultado, o empenho neste início terá que ser grande. Ficará sem ver seus filhos e sua esposa, pois vou deixar o café por sua conta, continuarei por aqui com a cana, lhe dando sustentação.

— Acredito que, em pouco tempo, irá separar uma área aqui na fazenda para plantarmos café também – falou, sorrindo para seu pai.

— Bem, se já adiantou tudo, acho que podemos partir no máximo em dois dias. Vou passar todas as orientações para o Rufino, que tocará a fazenda em nossa ausência. E você trate de conversar com sua esposa, para que ela não siga o caminho de sua mãe, atrapalhando os negócios da fazenda.

— Pode deixar, farei isso.

Finalmente, a conversa com Amália teria que acontecer, até para informá-la sobre a sua ausência, inicialmente por uns dias e, com o passar do tempo, um afastamento um pouco maior. Mas o principal seria convencê-la de ser sua aliada na nova empreitada. Primeiro, entretanto, foi dar ordens aos seus capatazes para preparar tudo, de forma que a viagem acontecesse o mais breve possível.

Antes do almoço já estava de volta à casa grande e não tardou em procurar sua esposa, para a tão esperada conversa. Certificou-se de que o pai não estava em seu escritório e a conduziu para lá, de forma a terem maior privacidade para a conversa. Escolheu o escritório do pai, pois não queria que ela conhecesse o seu escritório que, além de trabalho, lhe servia também para diversão com as negras escravas.

— Venâncio, por que não conversamos no seu escritório? Senhor Couto pode chegar a qualquer momento.

— Não faz diferença. Sente-se, preciso compartilhar com você algumas novidades sobre o futuro de nossos negócios.

— Para mim faz muita diferença, nunca entrei no escritório de meu esposo, isso é no mínimo estranho. Mas o que quer tanto conversar?

— Antes de lhe falar sobre nosso futuro, precisamos conversar sobre essa sua ideia de substituir a minha mãe. A Sra. Lourdes Maria, apesar de ser uma mãe adorável, em muitos momentos atrapalhou profundamente a administração da fazenda e não quero e não vou permitir que você siga os seus passos, com atitudes que terão consequências em nossos negócios. Quer mudar os móveis, a comida, que mude, mas não se meta na forma como administramos os escravos e, principalmente, os que estão aqui na casa grande. A você caberá administrar a casa e a educação de nossos filhos. Tenha certeza de que todas as escravas lhe respeitarão muito, mais se você também o fizer em relação a elas.

— Quer dizer que não sei lidar com os escravos? Está completamente enganado, lido muito melhor com eles que você, por exemplo, que não sabe mandar.

— Não que não saiba lidar, você lida à sua maneira, da maneira como foi educada. O que não conseguiu entender até agora é a forma com que eu administro essa relação tão difícil que existe de senhor e escravo. Eu quero que trabalhem para nós, por nos respeitar como senhores deles, e não por terem medo de nós, pois o medo se transforma em ódio, enquanto o respeito, se bem administrado, pode até se transformar em gratidão. É essa filosofia que tem nos diferenciado dos outros, nos tornando uma das fazendas mais produtivas da região, e é essa relação que vou levar para nossa fazenda de café.

— Fazenda de café? — falou espantada Amália.

— Sim, essa é a novidade que lhe falei no início da conversa.

Venâncio fez um relato completo desde o início, até a viagem que estava prestes a acontecer.

— Esse será o futuro de nossa família, se hoje já somos considerados bem-sucedidos, com a nova fazenda, faremos história na colônia.

— Quem sabe até vamos morar na corte?

Soltando uma larga gargalhada, Venâncio completou:

— Nós somos fazendeiros e a fazenda é o nosso lugar. O Rio de Janeiro é muito lindo, mas um lugar para ser visitado, jamais iremos morar lá, ou você acha que a fazenda anda sem estarmos juntos?

— As crianças nunca foram à corte.

— Bem, precisarei de um tempo para colocar a nova fazenda do jeito que espero, certamente irei ao Rio de Janeiro, para comprar escravos e fazer negócios, e prometo que, tão logo as coisas estejam a contento, a levarei com as crianças para passarmos uns dias por lá. Posso contar com você e viajar tranquilo?

– Sou sua esposa e estarei aqui lhe esperando quando retornar.

– Cuide de nossos filhos e, por favor, não comente nada a ninguém até a minha volta, pois o negócio ainda não está fechado.

E assim encerraram a conversa e foram se juntar aos outros familiares para a refeição principal. Dois dias depois, a comitiva estava partindo em direção à fazenda de café do senhor Duarte.

32

UM NOVO MUNDO SE ABRE

No mesmo dia que se decidiu a viagem, Venâncio mandou um mensageiro à fazenda de café para avisar da ida dos Coutos, e quando a comitiva chegou, já era esperada com ansiedade. Ainda muito abatido, o senhor Francisco Duarte os aguardava na entrada da casa grande, e tal era a sua vontade de deixar aquele lugar, que facilitou muito as negociações. Muito ardiloso, José Couto sentiu que seria mais fácil negociar do que imaginava, e se aproveitando do momento, acabou por fechar o negócio, reduzindo muito o preço da fazenda e valorizando muito sua propriedade nos arredores de Lisboa. Assim sendo, o valor a ser pago efetivamente ficou muito aquém do que haviam provisionado, sobrando assim bastantes recursos para investir na fazenda.

Enquanto negociavam com o senhor da fazenda, o Velho João foi ter com o povo da senzala, para avaliar as condições e, principalmente, verificar o ânimo dos negros. Em pé na porta do alojamento dos negros, Pai João, com sua calça pouco abaixo dos joelhos, sua camisa branca abotoada e seu chapéu de palha na cabeça, parou e, com seu cachimbo nas mãos, falou:

— Salve suas forças! Será que este Velho tem licença para adentrar nesse lugar sagrado?

Nesse momento, a senzala estava bastante vazia e dentro dela apenas alguns negros moribundos jaziam em agonia. No fundo da senzala, uma velha negra se esmerava em cuidar dos doentes como podia. O negro mais próximo à porta respondeu de forma áspera a João:

— Lugar sagrado? Isso aqui é o inferno. Se quer entrar no inferno, então que entre.

Aquele vulto na porta despertou a curiosidade da Velha, que veio o mais rápido que pôde para receber o visitante, e ao ouvir a blasfêmia que o negro doente proferiu, tratou de se desculpar rapidamente com o visitante.

— Salve! Perdoe o que ele disse, mas as mazelas da vida fizeram com a sua fé fosse esquecida e o rancor tomou conta de seu coração.

— Não há o que perdoar, essa é a visão momentânea dele. Quem sabe, se trabalharmos a sua energia, ele não começa a olhar a vida com outros olhos.

O negro olha com desdém para o Velho e finalmente a Velha o convida a entrar na senzala.

— Será que tem um toco para este Velho sentar-se, preciso acender meu cachimbo para defumar um pouco o ambiente, a propósito, como é o seu nome, minha Velha?

— Desculpe, não costumamos receber visitas. Meu nome é Catarina, e o seu?

— Me chamo João.

— Mas, afinal, o que faz aqui? De onde vem? E como conseguiu fumo?

Depois de uma sonora risada, João como sempre balança a cabeça e fala:

— Algo me diz que iremos nos dar muito bem, apesar de suncê ser muito perguntadora, mas o Velho tenta entendê as muiê.

Depois desse diálogo introdutório, os dois mais velhos conversaram bastante e descobriram muita coisa em comum, na fé, no modo de conduzir a vida e principalmente na vontade de ajudar os irmãos de cor. João explicou o motivo de sua vinda, e a notícia de que mudariam de senhor encheu o coração de Catarina de esperança.

— Isso aqui hoje está como um paiol de pólvora, a qualquer momento pode explodir.

— Se suncê confiar no Velho, podemos trabalhar juntos e tentar trazer aos nossos irmãos uma esperança de dias melhores.

— Os castigos aqui tornaram-se ainda mais severos, depois da morte do escravo Joaquim. Ele era devotado à sinhá e a forma como foi morto trouxe muita revolta para a senzala.

— Realmente, sinto um ambiente muito pesado aqui. Temos que pedir aos nossos orixás que amenizem e limpem esse lugar e o coração de nossos irmãos.

— Isso é impossível, aqui nem podemos louvar nossos ancestrais.

— Nada é impossível quando se tem fé e um pouco de estratégia para se conseguir o que desejamos.

Nesse momento, as crianças estavam retornando à senzala, não eram muitas, mas entraram gritando pela Vovó Catarina, que abraçou uma a uma e depois apresentou João.

— Esse é o Vovô João, vão lá e tomem a bênção a ele.

Nesse momento, o Velho João se emocionou, pois viu em cada rostinho e em seus olhos brilhantes a esperança de liberdade no futuro.

Enquanto na casa grande brindavam o fechamento do negócio, na senzala os negros voltavam depois de mais um dia de trabalho árduo. Os corpos marcados dos negros não conseguiam esconder os maus-tratos aos quais eram submetidos durante as suas jornadas de trabalho, e a energia era tão pesada que incomodava até mesmo o Velho João, experiente e capaz de se proteger da negatividade.

Sua presença não era bem-vinda, e sem a presença de Catarina, que teve que voltar para a casa grande para os afazeres caseiros, ficou ainda mais difícil. Ao chegarem, o Velho João se concentrava em um jovem negro doente que permanecia como se desmaiado estivesse. Com o auxílio de algumas ervas que havia trazido consigo e invocando os seus orixás, o Velho benzia o rapaz, esfregando em seu corpo as ervas e emanando uma cantiga na língua africana.

— O que está fazendo, Velho? Ele está morrendo, deixe-o em paz. Quem é você? — falou o mais forte dos negros, que parecia liderar a senzala.

Sem tirar sua atenção do que estava fazendo e sem ao menos olhar para o homem que lhe arguia, o Velho respondeu:

— Meu nome é João e estou trazendo esse irmão à vida novamente.

— Isso é impossível, ele já está praticamente morto. Há três dias não abre os olhos e mal respira. Saia daí e o deixe morrer em paz.

Nesse instante, o jovem dá um forte suspiro e um solavanco balança o seu corpo. No momento seguinte, abre os olhos, começa a tossir e tenta se sentar. O Velho pede para ele permanecer mais alguns momentos deitado. E se vira para falar com o negro.

— Desculpa não ter lhe dado atenção, mas estava muito ocupado. O que suncê falou mesmo?

Incrédulo, o negro olhava a cena como se um milagre estivesse presenciando. Ajoelhou-se ao lado do rapaz e, não conseguindo conter sua emoção, deixou uma lágrima escorrer sobre seu rosto marcado e pingar no corpo do rapaz.

— Filho, filho! Você está vivo. Caiu sobre o rapaz o abraçando fortemente e ele respondia ao abraço com muito afeto.

Nesse instante, um silêncio profundo se fez presente e apenas o soluçar de pai e filho quebravam a harmonia do momento. Sem dar muita importância ao que acabara de acontecer, Pai João se virou e foi para perto de outro negro doente para tentar amenizar a sua dor. Esse já o olhava como outros olhos e seu coração já estava mais aberto a receber as bênçãos que o Velho trazia consigo.

Num primeiro momento, todos se preocuparam em se confraternizar com pai e filho, mas, depois de um tempo, as atenções se voltaram para o Velho João. Afinal de contas, quem era aquele velho e como pode trazer a vida ao filho de Akin? Mais que todos, o próprio Akin queria conhecer a história do homem que reviveu seu filho.

– Velho, como conseguiu fazer isso? Quem é você? – perguntou Akin, agora com um tom de voz bem mais amigável.

Com sua peculiar humildade, e sem valorizar o feito, o Velho respondeu:

– Eu sou apenas um instrumento de nossos Orixás, os quais permitiram trazer a cura para esse rapaz. Atotô, meu velho Omulu – ao dizer essas palavras, ajoelhou-se e abaixou a cabeça, tocando-a no chão em respeito ao orixá, e fez silêncio.

O silêncio do Velho ecoou por toda a senzala e, aos poucos, um a um dos escravos se postaram na mesma posição do Velho, inclusive Akin, que sentiu uma forte emoção nesse momento. Sem fazer nenhum discurso, nem pedir reverência ao orixá da cura, apenas com o seu simples gesto, o Velho João conseguiu que todos se curvassem ao poder de cura de Omulu. Algum tempo depois, levantou a cabeça e iniciou um canto baixinho, em louvação ao orixá, em um dialeto africano. Para aqueles homens e mulheres, revoltados, sem esperança e com total ausência de amor em seus corações, aquele momento de louvação foi um lenitivo para suas dores físicas, emocionais e espirituais.

Acionando a transmutação, pelas forças dos antepassados, João conseguia amenizar a energia daquela senzala e os semblantes dos negros espelhavam essa mudança. Em um toco, improvisado para ele se sentar, acendeu seu cachimbo e ofertou a Akin, como prova de amizade. A fumaça de seu cachimbo se espalhava pelo ambiente, como se abençoasse a todos os presentes.

Não bastasse todos esses acontecimentos, Catarina retorna à senzala acompanhada de duas de suas assistentes, trazendo muito mais comida que de costume e algumas iguarias que, por ali, nunca haviam passado.

– Meus filhos, nossos orixás estão realmente nos abençoando. Vejam quanta comida estou trazendo hoje, e até carne tive autorização para trazer hoje – falou Catarina.

– Mas o que está acontecendo? – perguntou Akin.

– Um sinhozinho, que está assumindo a nossa fazenda, mandou trazer tudo isso para comemorarmos a troca dos senhores dessa senzala.

— Se ele pensa que irá nos comprar com um pouco mais de comida, está muito enganado.

Mas essa era a opinião apenas de Akin, pois os demais negros da senzala, depois de receberem o alimento espiritual que há muito estavam afastados, exaltaram a oferta do alimento que lhes era escasso no dia a dia.

Catarina, ao ver o filho de Akin se alimentando, não acreditou no que estava vendo.

— Meu filho, graças ao nosso Pai Olurum, você está bem! Mas como isso aconteceu?

Não faltou quem viesse até Catarina para contar tudo que havia acontecido na senzala em sua ausência. O Velho João, por sua vez, estava satisfeito, pois Venâncio também havia feito a parte dele para demonstrar aos escravos que a nova administração da fazenda seria diferente. No fundo, os escravos estavam se sentindo mais esperançosos por dias melhores, com a chegada de seus novos donos, e isso era tudo que João precisava para ganhar a confiança de seus irmãos de cor.

No dia seguinte, João logo cedo se postou sentado em um toco na entrada da senzala e de lá observava a rotina da fazenda, de uma cultura agrícola bem diferente das fazendas de cana, que estava acostumado. Não demorou muito, Catarina veio da cozinha da casa grande trazendo uma generosa caneca de café para o Velho.

— Salve suas forças, minha Velha Catarina!

— Salve, Pai João! É assim que nossos irmãos estão lhe chamando agora e, se não se importar, gostaria de chamá-lo assim também.

— Fique à vontade, mas também vou chamá-la igual às crianças, de Vovó Catarina. Assim ficamos quites — falou, soltando uma boa risada em seguida. Obrigado pelo café que, por sinal, é o melhor que já tomei.

— Lembre-se de que aqui é uma fazenda de café, temos que ter o melhor.

— Nosso trabalho daqui para frente, minha amiga, será tornar a vida nesse lugar melhor para nossos irmãos de cor. O melhor café vocês já têm — tomou mais um bom gole do café e continuou:

— Vejo ainda muita revolta, principalmente no coração de Akin, e ele acaba por contaminar os demais. Precisamos trabalhar isso, para o bem dele mesmo.

— Esse será o seu maior desafio, Pai João.

— O velho gosta de desafios — abaixou a cabeça sorrindo e, como de hábito, balançou a cabeça como se ouvisse algo.

Na casa grande, após a refeição matinal, José Couto e Venâncio foram para a lida com o senhor Duarte e seu feitor, para conhecerem a rotina da fazenda de café. Visitaram as plantações, onde já encontraram muitos pés de cafés produtivos e muitas mudas plantadas que estariam em plena produção nos próximos anos. Alguns escravos já se incumbindo da colheita, e conheceram também os terreiros onde se secavam os grãos de café. Viram também os monjolos, que beneficiavam o café. Tudo dentro da expectativa de Venâncio, e José Couto apenas se comunicava visualmente com o filho, que assentia com um simples olhar e aceno de cabeça. Faltava apenas vistoriar a mão de obra, os escravos, mas, antes disso, Venâncio precisava falar com o Velho João para saber dele como estavam os escravizados daquela fazenda. Para ganhar tempo, Venâncio marcou para a manhã do dia seguinte a vistoria dos escravos, antes de retornarem à Fazenda Nossa Senhora da Conceição.

Na semana seguinte, se encontrariam na corte, na cidade do Rio de Janeiro, para sacramentar a venda e assumirem em definitivo a fazenda. Ainda pairavam na mente dos novos donos muitas dúvidas sobre a nova administração da fazenda, pois não conheciam bem a cultura do café. Mas, por outro lado, eles não queriam manter a totalidade dos funcionários brancos, pois assim seria mais difícil implantar a nova política que pretendiam, para ampliar a produtividade dos negros. A ideia era, na visita ao Rio de Janeiro, encontrar pessoas disponíveis e dispostas a assumir o desafio da nova fazenda com eles.

Ao retornarem à casa grande, José Couto foi verificar com o senhor Duarte alguns documentos e entender o processo administrativo da fazenda. Esse era o momento que Venâncio teria para ter com o Velho João uma conversa sobre a senzala e a sua impressão sobre os negros. De imediato, mandou um de seus capatazes de sua comitiva levar o Velho para a pequena capela da fazenda, que lá iriam conversar.

Ao se aproximar da capela, o Velho João foi interpelado pelo sacristão:

— Saia daqui, negro, você não pode se aproximar deste lugar. Por que está trazendo esse escravo para cá? — perguntou o sacristão ao capataz que o acompanhava.

O Velho João, em silêncio, apenas abaixou a cabeça e resignou-se diante da situação. Antes mesmo que o capataz tentasse explicar, a voz de Venâncio, que a caminho da capela assistiu a toda aquela situação, se fez ouvir por todos:

— Em primeiro lugar, esse homem não é escravo, é tão livre quanto você e depois fui eu que mandei ele vir até a capela para conversar comigo. Quem é você?

– Sou o sacristão, responsável por resguardar esta santa capela e não vou permitir que nenhum negro macule este campo sagrado.

– Então acho que irá precisar procurar imediatamente um outro "campo sagrado" para resguardar, pois aqui, pessoas como você não serão admitidas.

– Quem você pensa que é, seu insolente?

– O novo dono dessa fazenda. E quero que pegue suas coisas imediatamente e suma da minha vista agora, ou serei obrigado a mandar meus capatazes chutar você para fora da minha propriedade.

– O senhor me perdoe, eu não sabia quem era.

– Quem perdoa é Deus e como não sou Ele, não posso lhe perdoar pela forma que tratou o meu amigo e a mim mesmo. Não quero uma pessoa com o seu caráter cuidando de nossa capela. Agora suma daqui – gritou para o sacristão.

Em seguida, ordenou ao capataz que se apropriasse da chave da capela e que cuidasse para que o homem deixasse a propriedade imediatamente. Este esbravejava que queria a todo custo falar com o senhor Duarte, mas o capataz, seguindo as ordens de seu patrão, somente permitiu que juntasse as coisas pessoais e o conduziu para fora da propriedade. Já dentro da capela, Venâncio iniciou a conversa com João.

– Me desculpe o contratempo, Nêgo Velho.

– Salve suas forças, fiô! Já estou acostumado com essas coisas, mas acho que suncê tem que temperar melhor as suas reações.

– Nêgo Velho, você entende bem dos negros, dos brancos entendo eu. Se eu não começar a me impor desde o primeiro momento, eu perco o respeito dos empregados. Esse aí, nós substituímos fácil, mas a história irá repercutir pela fazenda e me trará bons retornos. Bem, mas o que me interessa é saber dos negros. O que tem a me dizer sobre a senzala?

João fez o seu habitual momento de silêncio, antes de responder, como se procurasse as melhores palavras para se expressar. Venâncio, que apesar de conhecer a forma de comunicação do Velho, sempre se incomodava e sua ansiedade o maltratava. No limite de sua paciência de jovem, ele começou a falar:

– Bem, fiô, cada senzala é única e tem a sua própria natureza. Aqui encontrei muita revolta e posso lhe afirmar que se suncês não chegassem, uma grande tragédia poderia acontecer. Acho que teremos muito mais trabalho aqui do que tivemos na sua fazenda, para conseguirmos que os negros produzam mais e melhor. Se a decisão de comprar a fazenda fosse apenas pelo que senti da senzala, eu diria não à compra, mas, por outro lado, será uma grande oportunidade de trazermos mais dignidade a esses irmãos.

— Mas Nêgo Velho, assim você me assusta. A decisão já foi tomada e a fazenda já é nossa, resta apenas acertarmos a papelada na corte. Então, é com essa senzala que iremos construir o futuro desta fazenda e, por isso, lhe trouxe para me ajudar. Sabe que não gosto de perder, e não será agora que isso irá acontecer. O que precisamos fazer?

— O que precisamos fazer já está sendo feito, fazer com que eles entendam que a fazenda terá um outro senhor, mas só isso não será suficiente, eles precisarão ver na prática que seus novos senhores são diferentes e isso não se faz com palavras, mas com ações, e irá demandar um tempo. Não pense que pelo fato de somente assumirem a fazenda que ficará tudo bem. Eles vêm sofrendo por um longo período e não se iludirão facilmente.

— Tudo que vi até agora superou as minhas expectativas, temos tudo para nos tornar uma potência na exportação do café.

— Fiô, o velho tem pensado muito e acho que esse é o momento de suncê refletir também sobre a vida dos negros. Essa escravidão um dia vai chegar ao fim, de uma forma ou de outra, se ela existe hoje é porque precisam de nossa força de trabalho, para fazer as coisas acontecerem. Já pensou em como seria as suas fazendas sem negros? O velho vai responder por suncê: nada disso seria possível. Então, se precisam dos negros, por que não olhar para eles como parte da engrenagem que faz rodar o sistema? Suncê mesmo não se orgulha de tocar a fazenda como um negócio, que sempre lhe é lucrativo? Hoje o universo está lhe dando uma oportunidade muito grande, mas não se iluda, não é para ficar cada vez mais rico, é a oportunidade de poder fazer a diferença na vida desses irmãos, que nada fizeram, a não ser terem nascido com a cor da pele negra.

— Nêgo Velho, como sempre, não estou entendendo aonde você quer chegar. Como falou, precisamos dos negros para fazer as coisas acontecerem. É simples assim. Não fui eu que criei essa condição, apenas a encontrei e sigo em frente.

— Acho que essa nossa conversa vai ser mais longa que eu esperava. Suncê se importa de nos sentarmos lá fora, para o Velho poder acender seu pito? E se puder pedir para que a Velha Catarina faça um café para nós, será muito bom. Suncê já experimentou o café de sua fazenda?

— Vamos lá para fora, vou mandar trazer o café.

Sentados em frente à capela, em uma mesinha improvisada pelas negras da casa grande, foi servido um belo café, acompanhado com fartos pedaços de bolo de milho. A tarde já começa a cair e o Velho João, com a sua calma, pitava seu cachimbo como se defumasse o local. Na verdade, sem que Venâncio percebesse, ele havia criado um cenário, onde um velho negro e o sinhozinho da fazenda dividiam uma refeição. Não demorou muito para os escravos voltarem para a senzala, após um dia de trabalho exaustivo e, perfilados um a um, passaram em frente à capela e, mesmo que não quisessem, não teriam como ignorar a cena.

– É, Nêgo Velho, acho que ainda tenho muito a aprender com você – falou Venâncio, após perceber a artimanha do Velho.

O Velho soltava nesse momento seu sorriso maroto e balançando a cabeça, assentindo, como se agradecesse ao universo pelo momento, que sabia, seria importante no futuro.

– Voltando ao nosso assunto, o velho sabe que não foi suncê que criou a escravidão, mas sabe também que a suncê está sendo dada uma grande oportunidade de começar a mudar essa relação perversa que existe entre brancos e negros. E conscientemente ou não, suncê já está aproveitando. Os orixás trabalham assim.

– Vamos ser práticos, Nêgo Velho, os negros são e continuarão sendo escravos, o que preciso é que trabalhem mais, para que nossa produção seja cada vez maior e melhor. Para isso está aqui comigo, para me ajudar nesse ponto.

– Suncê se engana, o Velho está aqui com suncê para lhe ajudar na sua missão. Aumentar a produção, lucros e fortuna, podem ser até consequência, mas não é o principal. Um dia irá entender isso melhor, mas por ora vamos ficar assim: suncê me ajuda a trazer esperança e dignidade para meus irmãos de cor e as coisas irão fluir naturalmente.

– Contanto que não me peça nada absurdo, podemos ver.

– Para começar, já que iremos embora amanhã, preciso de autorização para fazermos uma louvação a um de nossos orixás africanos, nessa noite. Não à toa, hoje teremos lua cheia e será a oportunidade de transformar essa linda árvore, de frente da casa grande, que hoje representa a morte e traz tanta dor e revolta, em um símbolo sagrado. Se nos permitir, amanhã bem cedo, antes de sairmos, eu e Catarina, a mais velha da senzala, faremos uma oração ao pé da árvore e amarraremos um pano branco na mesma, como símbolo do sagrado. Isso será muito importante para começarmos a mudar a energia daqui.

– Bem, não é nada absurdo, mas também nada fácil, até porque essa árvore mexe com os sentimentos mais profundos do senhor Duarte.

– Confio na habilidade do sinhozinho. Para ele poderá falar que faremos uma oração para a alma de sua esposa e que o pano será uma referência a sua santidade. Para os negros, louvaremos Irôko, o orixá Tempo. Na viagem de volta, teremos oportunidade de conversarmos um pouco mais, aguardo na senzala a sua autorização. O Velho agradece o cafezinho e a sua companhia.

– Nêgo Velho, você com suas esquisitices, sempre me colocando em situações difíceis, mas não sei por que confio em você.

Findada a conversa, Venâncio e Pai João retornaram para a casa grande e à senzala, respectivamente. Venâncio, por sua vez, preocupado com o que ouviu do Velho sobre os negros, mas, ao mesmo tempo, confiante no que ele lhe pedira, ajudaria a manter os negros mais tranquilos e dispostos ao trabalho, e João com a missão, dada pela intuição dos ancestrais, de tocar o coração de cada negro e trazer de alguma forma um lenitivo a todos.

Ao retornar à senzala, João encontrou os negros ainda mais desconfiados sobre a sua pessoa, um velho que tirou o filho de Akin dos braços da morte e que agora divide uma mesa com um senhor branco não parecia ser normal. Em nome dos outros negros, Akin se aproximou do Velho e lhe arguiu novamente:

– Quem é você, velho?

Antes de responder, tirou seu cachimbo do bolso e acendeu calmamente, retirou o chapéu, que ainda se assentava em sua cabeça, deu umas boas baforadas, procurou um toco para se sentar e falou:

– Acho que essa pergunta já me foi feita ontem e respondi que sou João. Mas se insistem em perguntar é que querem saber mais, pois bem, o Velho vai contar resumidamente a sua história. Nasci na Mãe África, cresci, me tornei um forte guerreiro, mas fui capturado por outros irmãos de cor e vendido aos brancos. Fui colocado numa caixa de madeira e vim para as bandas de Pernambuco. Lá escravizado, trabalhei no canavial, sofri muito, até que um dia consegui fugir. Eu me embrenhei nas matas e conheci um índio que se tornou meu melhor amigo e me levou para morar na aldeia dele. Lá vivi os melhores momentos desta vida, mas tempos depois os brancos dizimaram a tribo e fui capturado e escravizado novamente, e trazido para o Rio de Janeiro para ser vendido. Comprado por um senhor de engenho, sofri ainda mais, pois já não tinha forças para produzir como gostariam e os castigos eram enormes. Até que, estando à beira da morte, meu Pai Omulu apareceu e me deu o dom da cura e a missão de ajudar os meus irmãos de cor.

Nesse momento, a atenção de todos estava focada no Velho, que parou um pouquinho para respirar, reacender seu cachimbo e voltar a pitar, continuando.

— Depois fui comprado pelo sinhô, que acabou de comprar essa fazenda, e todos vocês juntos. Lá conheci o sinhozinho e tive a oportunidade de salvar-lhe a vida, ganhando em troca a minha liberdade, minha alforria.

— Mas se é livre, por que está aqui?

— Justamente por ser livre. Eu escolhi estar aqui nesse momento e nesse lugar. A vida na senzala, de tão dura, às vezes nos faz esquecer de nossos ancestrais, de nossas crenças, de nossos Orixás. Percebam, estar escravizados não nos torna menos livres que os outros, se entendermos que a verdadeira liberdade está em nossas mentes e em nossos corações.

A Velha Catarina entra na senzala e, com um gesto de positivo, faz João entender que seu pedido a Venâncio foi atendido e que ele poderá cultuar o orixá, que naquele momento se apresentava para trabalhar com aqueles irmãos. Assim, João continuou:

— O Tempo é o senhor de todas as coisas. O Tempo dá, o Tempo tira. O Tempo passa e a folha vira — ao falar essa frase, iniciou um cântico em um dialeto africano, que nem todos entendiam, mas que tocou fortemente cada um.

Sem que nada houvesse sido combinado ou explicado, todos se colocaram de pé contornando a senzala e abrindo o centro, aos poucos esses foram se sentido mais à vontade para cantar, e se comunicando com Catarina apenas com o olhar, incentivou a Velha a bater palmas, já que, ali, não havia tambores.

Pai João bradou: "**Ìrókò** iná iso èro!", "**Ìrókò** iná iso èro!", "**Ìrókò** iná iso èro!"

Como se numa catarse para aqueles negros, a depuração, a purificação, a limpeza se fizeram naquele momento. Todos se sentiram libertos pelo tempo e ali permaneceram, como se não quisessem acordar daquele sonho.

Ao final, Pai João voltou a falar:

— Salve Irôko, salve o orixá Tempo. E é o tempo que nos ajudará a tornar nossas vidas melhores. Confie em nossos Orixás, busquem forças neles. E para que nunca esqueçam esse momento, amanhã quando os primeiros raios de sol despontarem no horizonte, eu e Catarina vamos até aquela gameleira, aquela árvore em frente à casa grande, e em homenagem a Irôko, vamos amarrar um pano branco, fazendo um laçarote em torno da árvore. E esse pano ficará eternamente lá e representará, para nós, que tudo será apenas uma questão de tempo. Não quero que vejam a árvore como a morte, mas sim como a vida, a vida nova que o tempo nos trará.

Pai João tirou de sua pequena sacola dois galhos de arruda, que já havia trazido consigo, entregou um na mão de Catarina e pediu para que todos os negros da senzala, inclusive as mulheres e crianças, passassem por um dos dois velhos, para serem benzidos.

Na manhã seguinte, quando os escravos saíram da senzala para a lida na fazenda, olhavam para a árvore e sentiram a força do Orixá adentrando em seus peitos. Nada mudou, mas estava tudo diferente.

Algum tempo depois, o senhor Duarte, da varanda da casa grande, olhava a árvore com o pano branco a envolvendo e se emocionava com a singela homenagem que Venâncio havia preparado para a alma de sua finada e amada esposa.

Venâncio desistiu de acompanhar seu pai na vistoria aos escravos, se atendo apenas às escravas que serviam a casa grande, buscando aquelas que lhe seriam úteis aos seus caprichos sexuais, e pelo menos duas lhe chamaram a atenção, mas deixou para a sua volta como senhor das terras para fazer suas investidas.

Assim, após se alimentarem na manhã, a comitiva se preparou para retornar à Fazenda Nossa Senhora da Conceição. Na próxima vez que estivessem ali, já seriam os donos de todas aquelas terras, plantações, escravos e animais.

Pai João recebeu um agradecimento especial de Akin, pela vida de seu filho e pela mensagem que deixou na senzala, mas também deixou saudades no coração de Catarina, que sabia ter ganho um grande amigo e um aliado no trabalho da luz.

Em alguns dias, os senhores estariam no Rio de Janeiro, formalizando o negócio, e Francisco Duarte nem pretendia mais voltar à fazenda, de lá embarcaria para Portugal. Imaginando que isso pudesse acontecer, José Couto já havia levado com ele o seu melhor capataz, da inteira confiança de Rufino e sua, principalmente por se tratar de seu filho bastardo, não assumido, o qual desde sempre esteve ao lado de Rufino, tendo ele como o seu verdadeiro pai. Era apenas um jovem, mas que foi a vida inteira treinado para ser feitor e, assim, ficaria trabalhando com o atual feitor da fazenda até a volta dos novos donos, seu nome era Frederico.

Enfim, depois de poucos, mas intensos, dias, a comitiva voltava para a Fazenda Nossa Senhora da Conceição, para se organizar e partir para o Rio de Janeiro, a fim de concretizar o negócio. José Couto parecia muito mais empolgado no retorno e não parava de falar sobre suas expectativas sobre o futuro.

— Venâncio, desta vez você realmente me surpreendeu. Tenho certeza de que fizemos o melhor negócio, desde minha chegada a estas terras. A fazenda é excelente e fechamos com um preço que nem meu pai faria para mim.

Agora é trabalhar forte para tirarmos tudo que essa fazenda pode nos dar.

– Pai, eu sempre soube que esse seria o passo que precisávamos para nos colocar no apogeu, como os maiores fazendeiros do império. Não será fácil, mas tenho certeza de que com determinação vamos conseguir.

– Bem, para trazer para a fazenda uma nova cara, a primeira providência que faremos é mudar seu nome. Eu gostaria muito de homenagear sua mãe, e como mãe, nada melhor que Maria, que também era seu nome, assim a fazenda de agora para frente se chamará Fazenda Santa Maria.

– Muito bem escolhido, pai. Vamos providenciar no Rio de Janeiro uma placa com o nome da Fazenda. Eu que já até consigo visualizar: Fazenda Santa Maria, a maior produtora de café do Brasil.

33

RIO DE JANEIRO

Cansados, mas felizes, todos chegaram bem de volta à Fazenda Nossa Senhora da Conceição, à exceção do Velho João, que ainda trazia consigo uma preocupação com a forma que o sinhozinho iria tocar a nova fazenda. A semente havia sido lançada, mas como toda semeadura, precisa de cuidados, alguém para regar, tirar as pragas etc. Sua confiança estava em Catarina, que seria uma fiel aliada nessa nova jornada.

Couto e Venâncio trataram logo de dar as boas novas para toda a família, e Maria, que já esperava o retorno dos senhores, caprichou nas iguarias do almoço, tornando aquele dia mais que festivo. Mas nem só de boas notícias o dia se fez, após o almoço Rufino veio ao escritório para passar aos patrões os acontecimentos, e não foram nada bons.

— Senhor Couto, eu lamento, mas tenho que relatar alguns incidentes desagradáveis que ocorreram nas suas ausências.

— Desembucha logo, homem, o que aconteceu?

— Perdemos dois bons escravos na moenda. Um minuto de distração e já foi o braço junto com a cana, no desespero de tentar ajudar, outro negro acabou caindo no moedor. Não tive alternativa, sacrifiquei os dois para acabar com aquele sofrimento. Não bastasse, uma negra prenha perdeu a cria. O negrinho nasceu morto.

— Bem, estamos na colheita e vamos precisar repor essas perdas de imediato. Quanto à negra, melhor vendê-la, pois já sabemos que não é parideira — falou Couto.

— E os corpos, você mandou para o cemitério dos negros, conforme minha ordem? — perguntou Venâncio a Rufino.

— Sim, sinhozinho, entreguei para aquela negrinha que vive com o velho. Ela e aquela outra trataram de enterrar os três.

— Venâncio, perdemos dois escravos ativos e um escravo que viria de graça e você pensa nos corpos?

— Tenho um compromisso com os negros, firmado com o Velho João, de dar um enterro a cada escravo que morrer. E pelo menos isso eu farei.

— Bem, estamos indo ao Rio de Janeiro formalizar a compra da fazenda e, pelo jeito, fora os escravos que compraremos para a Fazenda Santa Maria, teremos que comprar mais para cá também — falou Couto, finalizando a conversa.

Dias depois, pai e filho chegavam ao Rio de Janeiro, onde o senhor Duarte já os aguardava para finalizar a transação da fazenda. Rapidamente resolveram tudo e Couto partiu para o Valongo em busca de comprar mais escravos, Venâncio o acompanhou no intuito de encontrar algumas negras que o agradasse. E no lote de compra, três negras foram compradas para trabalhar nas casas grandes, mas, principalmente, para servir ao sinhozinho.

Entretanto, a principal compra para Venâncio foi um negro de grande estatura e de origem etíope — Armin. Não era comum entre os negros traficados para o Brasil negros desse país, mas há tempos o senhor Duarte havia encomendado algum negro da Etiópia, pois lá a cultura do café era milenar e precisava trazer algum negro que realmente entendesse do cultivo. Pago a peso de ouro, Armin se agregou aos novos escravos da Fazenda Santa Maria.

A estada na corte seria breve desta vez, pois a ideia era partir o quanto antes para a nova fazenda, com os escravos, sendo assim, a comitiva estaria pronta para partir já no dia seguinte. Naquela noite, Venâncio deixou seu pai e saiu para caminhar pela cidade.

A capital, apesar da presença do Príncipe Regente, tinha suas ruas parcamente iluminadas por lampiões, onde ardiam o óleo de baleia. Aquele resplandecer do fogo, oriundo das botijas repletas de óleo, trazia às ruas um ar aristocrático e, ao mesmo tempo, mundano, com a sua iluminação ligeiramente avermelhada. E foi justamente sob um desses lampiões públicos que Venâncio avistou um homem que lhe chamou muito a atenção.

Ao longe, vislumbrava uma figura exótica para a sua realidade, bem-vestido com um sapato brilhante e um belo chapéu sobre a sua cabeça. Trajava calças compridas e uma camisa de seda, sob um casaco, que lhe trazia um ar de uma nobreza popular, muito peculiar. À medida que caminhava em sua direção, mais detalhes lhe eram perceptíveis, como por exemplo o seu fino bigode e sua tez morena. Em sua mão direita, segurava algo parecido com um charuto, só que mais fino, certamente feito manualmente, enquanto na esquerda manipulava algum objeto. Dados, sim, eram dados, constatou

Venâncio, após mais alguns passos, o que o levou a pensar o que uma pessoa pode querer com três dados na mão. Agora, de tão próximos, já era possível até contá-los. Uma estranha sensação tomava conta de Venâncio, à medida que se aproximava do indivíduo. Não era medo, apenas uma ansiedade, que foi quebrada ao ouvir a voz do homem.

– Boa noite, moço, o que lhe traz aqui, nesta noite tão linda?

O coração de Venâncio acelerou, não sabia o que teria pela frente, mas, ao mesmo tempo, não sentia uma sensação negativa. Então resolveu enfrentar o desafio.

– Boa noite! Apenas passeando, para respirar e colocar as ideias em ordem.

– Então foi muito bom ter nos encontrado, também estou precisando colocar minhas ideias em ordem. Já ouviu dizer que duas cabeças pensam melhor que uma? Por que não nos unimos e, juntos, colocamos nossas ideias em ordem?

– Senhor, agradeço seu convite, mas nem ao menos lhe conheço.

– Mas nada acontece por acaso, se aqui está, é porque precisávamos nos conhecer. Vamos deixar que o destino resolva nossa questão. Vamos jogar os dados e eles decidirão. Se você ganhar, esquecemos que um dia nos encontramos, mas, se eu ganhar, vamos tomar uma, na taberna de um amigo, aqui perto, e tenho certeza de que não irá se arrepender. Quem sabe não começamos uma amizade hoje?

– Na verdade, não tenho muitos amigos. E em se tratando de jogo, não tenho muita sorte, então a chance de perder é grande. Sendo assim, não acho que seja uma boa ideia.

– Bem, já que não tem muita sorte, vamos fazer uma coisa: você fica com os números 1, 2, 3 e 4, enquanto fico apenas com o 5 e o 6. Cada um de nós jogamos um dado e se o maior número que sair for os seus, você ganha e segue seu caminho, mas se o maior número for 5 ou 6, eu ganho e você fica convidado a me pagar uma bebida e podemos prosear um pouco. O que acha? Justo não?

– Vamos acabar logo com isso, mesmo sem sorte, assim fiquei até animado a vencer.

O homem passa um dos dados para Venâncio e pede que jogue seu dado, ele joga o dado para o alto e o número que cai é 4, logo, está ganhando. Agora é a vez de seu adversário, que imita a forma de jogar e depois de rolar um pouco, tira um 6.

– É amigo, acho que posso começar a lhe chamar assim, vamos tomar uma juntos e nos conhecer.

Venâncio, ainda incrédulo com sua má sorte, não teve alternativa a não ser seguir aquele homem, que já se dizia seu mais novo amigo. De toda a sorte, não tinha nada a perder, pois estava a matar o tempo mesmo, e quem sabe aquele encontro não pudesse lhe proporcionar algum entretenimento. Assim seguiram para a tal taberna.

– Bem moço, já nos falamos e nem ao menos sei seu nome.
– Venâncio, Venâncio Couto – completou. E o seu?
– Me chamam de Madrugada.
– Mas isso é uma alcunha. Não tem um nome?
– Sim, já tive, mas depois de tanto me chamarem assim, já até apaguei esse nome original de minha memória. De mais a mais, para que serve o nome senão apenas para identificar as pessoas? Se é assim que me conhecem, para que ter outro nome?

Estranhamente, Venâncio se sentia à vontade diante de seu interlocutor, e na medida que conversavam, iam estreitando seus laços. E, assim, chegaram à tal taberna.

– Seja bem-vindo, Madrugada! – falou o dono da taberna ao entrarem no estabelecimento.
– Posso trazer sua bebida de sempre? E para o amigo?

Madrugada olhou para Venâncio, como se lhe desse a palavra, mas, diante da hesitação do companheiro, tomou a frente.

– Pode trazer duas, acredito que meu amigo também irá aprovar a minha escolha. A propósito, prepare algo para comermos, pois estou faminto.
– Certamente, Madrugada.
– Você parece muito íntimo da casa.
– Sim, venho aqui sempre. E você? Não me parece morador da cidade, até porque nunca o vi antes.
– Realmente, não sou da cidade. Temos uma fazenda no interior. Mas conhece todos os moradores?
– Não seria possível conhecer todos, mas, certamente, já teríamos nos encontrado se morasse aqui. Bem, quer dizer que é fazendeiro?
– Sim, temos uma fazenda de cana-de-açúcar e agora compramos outra de café. Mas qual o seu interesse nisso?
– Como posso ser seu amigo, sem saber nada de sua vida?
– Bem, então faremos o seguinte, me conte quem é você, de onde veio, o que faz, e por que estamos aqui. Sou todo ouvidos.

Madrugada segura o seu chapéu, faz um movimento com o mesmo e depois coloca seus dados sobre a mesa, retira de seu bolso um fumo enrolado em um papel e pede permissão a Venâncio para acendê-lo, permissão dada com um gesto de cabeça.

— Amigo, há muito não conto minha história a ninguém, mas acho muito justo o seu pedido. Somos de mundos diferentes, mas, no fundo, acho que temos algo em comum, senão o destino não nos teria colocado frente a frente. Está realmente disposto a ouvir?

Venâncio apenas assentiu com a cabeça e tomou seu primeiro gole da bebida, que a essa altura já havia sido servida.

— Meu avô foi capturado na Mãe África e trazido para a cidade de Salvador, em um desses navios negreiros, e vendido para algum fazendeiro, como você, que o levou da cidade para trabalhar na lavoura, no interior. Mas como ele tinha um porte muito altivo, o senhor do engenho determinou que ele seria o reprodutor da fazenda e, desse momento em diante, passou a cobrir, assim como um touro faz com as vacas, as negras que o senhor determinava para a reprodução. Essas crianças, algumas eram vendidas, outras separadas para continuar o trabalho na própria fazenda. Assim nasceu a minha mãe, fruto de uma relação exclusivamente carnal, sem nenhum envolvimento sentimental.

Depois de uns goles e boas pitadas em seu fumo, continuou.

— Por duas vezes, enquanto criança, minha mãe esteve para ser vendida, mas, por alguma razão que não temos explicação, o senhor desistiu da venda. Minha vó era uma das reprodutoras que dava as melhores crias e não tardou muito a minha mãe despontar como uma das meninas mais lindas da fazenda, o que chamou muito a atenção do senhor, que desistiu de vez de vendê-la. Tão logo a menina se fez mulher, o senhor passou a usá-la.

Aquela prosa estava fazendo muito mal a Venâncio, que estava prestes a pedir que Madrugada interrompesse a prosa, mas estaria se entregando e preferiu resistir.

— O senhor da fazenda foi se afeiçoando àquela menina, colocou a menina dentro da casa grande e, em pouco tempo, ela tornou-se a sua preferida. Dessa relação, nasceu um filho bastardo. A atração sexual inicial passou a ser uma relação especial para o senhor, que por já ter uma idade avançada, recebeu aquele menino como um presente, pois certamente seria seu último filho. Resolveu então investir na criança, que passou a ter a mesma educação das crianças brancas. Com a passagem da corte por Salvador e a transferência da capital para o Rio de Janeiro, o senhor enviou esse jovem para o Rio de Janeiro para estudar matemática, que era a sua adoração, na Academia Real Militar da Corte. Depois de concluído o curso, ele descobriu que dois mais dois eram muito mais que quatro e deu um novo rumo a sua vida. E, hoje, Antônio Feitosa do Rego é apenas Madrugada.

Suspirou, olhou profundamente nos olhos de Venâncio e perguntou:

— Satisfeito? A propósito, quando jogamos os dados, as minhas probabilidades de vencer eram 20 das 36 possibilidades de resultados, enquanto você tinha apenas 16. É claro que no jogo a sorte é preponderante, mas se pudermos estar a favor das melhores probabilidades é sempre melhor. Então, amigo, nunca acredite no que parece óbvio, pois às vezes não é.

Venâncio estava atônito, obviamente, como branco fazendeiro, não poderia estar à vontade diante da narrativa que acabara de escutar. Mas precisava passar naturalidade e tinha ainda que responder ao seu interlocutor.

— Quase satisfeito, já sei quem é você e de onde veio, mas ainda não sei o que faz e por que estamos aqui. Você trabalha?

— Trabalhar? Para quê? Quem trabalha não tem tempo de ganhar dinheiro, amigo.

— Mas como ganha dinheiro, então?

— Quando preciso, o dinheiro vem a mim... Eu jogo.

— Como assim?

— As pessoas adoram jogar, mas confiam exclusivamente na sorte. Como lhe falei, estudei matemática, o que me dá uma grande vantagem nos jogos, além disso, sou afilhado de São Jorge e do Nosso Senhor do Bonfim. Cultuo aqui no submundo do Rio de Janeiro os Orixás africanos, mas como filho de português, não posso esquecer os santos católicos, que sempre me protegem também. Hoje não será possível, pois o cabaré está fechado, mas, em nosso próximo encontro, irei lhe apresentar a Rainha do Cabaré, tenho certeza de que ficará encantado. É lá onde faço o meu dinheiro e vivo a vida.

— Minha última dúvida, por que estamos aqui?

— Quem melhor do que eu para lhe apresentar a vida sob uma outra perspectiva? Não sou um barão, mas conheço a corte e a sarjeta ao mesmo tempo, e lhe confesso que não vejo distinção entre as duas. Espero que agora, depois de lhe responder as suas dúvidas, possa me considerar seu amigo.

Venâncio olhou para a mesa e viu que as doses haviam acabado de ser renovadas, subitamente levantou-se, ergueu seu copo e bradou:

— Um brinde ao meu mais novo amigo, salve Madrugada!

Madrugada rapidamente tratou de se levantar, ergueu seu copo e brindou com o amigo. Sincronicamente viraram seus copos e os bateram na mesa, como que selando de vez aquela amizade.

Algum tempo depois...

– Amigo, a comida e a bebida estavam ótimas, a companhia melhor ainda, há muito não tinha uma noite tão descontraída, mas preciso ir, pois amanhã cedo seguiremos em caravana para a nova fazenda.

– Posso acompanhá-lo? Acho que bebeu um pouco a mais do que está acostumado – sorriu Madrugada, ao perceber que o amigo estava meio trôpego.

– Acho que não tem necessidade, mas, se quiser ir comigo, continuamos a prosa pelo caminho.

Já no caminho de volta, ainda absorvendo a experiência que estava vivenciando, Venâncio questionou o novo amigo.

– Madrugada, peço desculpas pelo meu comportamento, eu praticamente o obriguei a me contar toda a sua vida e você nem ao menos me fez nenhuma pergunta sobre minha vida. Por quê?

– Amigo, na hora certa, quando você se sentir à vontade, irá falar sobre você. Mas não para me contar o que todos sabem, mas para compartilhar seu verdadeiro eu. Como você mesmo falou, doravante virá à capital com frequência e estarei sempre aqui para conversarmos. Me traga um bom charuto, em nosso próximo encontro.

34

A FAZENDA DE CAFÉ

Alguns dias depois, já estavam na Fazenda Santa Maria, devidamente registrada com o novo nome e sob a gestão da família Couto. Conforme a conversa que o Velho João teve com Venâncio, esse recomendou a Frederico que administrasse a ordem da fazenda da melhor forma possível, usando a força somente em último caso, até a sua volta, evitando conflito com os negros. E assim a tensão encontrada na primeira visita já era sensivelmente mais branda.

A Armin foi destinado um tratamento especial, pois o conhecimento que trazia das plantações em seu país seria de grande valia para o desenvolvimento da produção na fazenda, entretanto a língua seria um grande obstáculo. A ideia era a observação de seus procedimentos na lavoura e tentar aprender o que faria de diferente, assim a ele foi dada a liberdade de agir como estava acostumado a fazer na sua terra natal.

Venâncio estava ansioso para falar com os escravos, mas, antes, atendendo à recomendação do Velho João, precisava conversar com Velha Catarina para, além de conhecê-la melhor, definir a estratégia que usaria com os escravos.

— O sinhô mándou me chamar?

— Sim, Catarina, o Velho João me falou muito bem de você e espero tê-la como minha aliada aqui na casa grande e na senzala também.

Olhando para o chão, a negra velha respondeu ao senhor, sem muita convicção:

— O sinhô pode contar com a Velha aqui, em que posso ajudá-lo?

— Bem, vou direto ao ponto. Quero que essa fazenda seja a maior produtora de café da colônia, e para isso preciso que os escravos trabalhem duro. Há várias formas de fazer isso acontecer, mas, no meu entendimento, não é os matando que teremos o desempenho que espero, nem aumentando drasticamente o número de cativos. Na Fazenda Nossa Senhora da Conceição, onde plantamos cana-de-açúcar, consegui implantar a minha filosofia, com a ajuda do Nêgo Velho, mas como ele não poderá ficar aqui, preciso de um interlocutor com a senzala e ele me passou que você seria o melhor caminho. Estou disposto a fazer algumas concessões aos negros, desde que me deem o desempenho que pretendo. Você está me entendendo, Catarina?

— Sim, sinhô Venâncio. Vejo que tem boas intenções em seu coração, a princípio parece que quer cuidar da fazenda diferente da forma que o senhor Duarte fazia. Mas o seu pai pensa como o sinhô?

— Catarina, eu tenho autonomia para gerir a fazenda do meu modo, mas preciso dar resultados. Meu pai pensa exatamente como o senhor Duarte, para ele umas boas chibatadas fazem qualquer negro produzir mais, porém me desafia a provar o contrário, me dando uma certa autonomia. Então, depende de nós nos acertarmos. O Velho João não me passou uma boa perspectiva de nossa senzala, segundo ele, há muita revolta, e é exatamente isso que precisamos superar. Não podemos ter rebeliões ou fugas, esse é o primeiro ponto, depois a produtividade tem que aumentar. Não vou e nem posso prometer-lhes liberdade, pois preciso da mão de obra deles para produzir, contudo, posso tentar amenizar a vida, fazendo com que não seja um inferno. Acha que é possível?

— O sinhô é muito mais novo que eu e além do mais estamos nos conhecendo agora, eu como sua escrava. O que quer que eu lhe diga?

— A verdade. Se estou aqui me expondo para uma escrava velha, que eu não conheço, é porque confio no Velho João, e ele me disse que poderia confiar em você também. Durante todos os anos que conheço o Velho, ele nunca me decepcionou. Além disso, estou tentando aprender com ele a conhecer as pessoas pelo olhar, e apesar de fugir de olhar em meus olhos, vejo em você a mesma energia que vejo no Velho e em Maria.

Nesse momento, uma lágrima desceu pela face, marcada pelo tempo, de Catarina. Nitidamente emocionada, ela acrescentou:

— Sinhô Venâncio, talvez não tenha ideia, mas essa é a conversa mais longa que já tive com uma pessoa branca em todo esse tempo de minha vida. Me perdoe se não o olho diretamente, mas entenda que fui adestrada a não olhar diretamente para nenhum branco.

— Comigo, desde já lhe dou essa autorização, a propósito, eu até lhe peço que faça assim. Mas se um dia minha esposa vier à fazenda, será realmente melhor manter sua postura. Mas voltando ao propósito de nossa conversa, acha que podemos conseguir o meu objetivo?

— O sinhô me pediu a verdade e a verdade é que não sei o que responder. Nós negros, desde que pisamos nesta terra, fomos humilhados, tratados como animais e muitas vezes maltratados até a morte. Sem o mínimo de respeito, a única alternativa foi a de odiar os brancos e vê-los como inimigos, desta forma, qualquer tentativa de mudar essa relação soa como uma armadilha para nos enganar de alguma forma. Não estou dizendo que essa é a sua intenção, mas não será nada fácil.

— Nem todos os brancos são iguais.

— Não mesmo? O sinhô se julga melhor que os outros, só por estar "disposto a fazer algumas concessões aos negros"? E o que a mucama, que obrigou a se deitar com o sinhô ontem, vai falar para o marido dela?

Um silêncio sepulcral se fez após a fala de Catarina, pois Venâncio jamais poderia imaginar ser afrontado daquela forma. Tal como se houvesse levado um soco no estômago, lhe faltava a respiração naquele momento. Percebendo o tamanho do estrago que suas palavras haviam feito, preferiu continuar e tentar amenizar a situação.

— Peço perdão ao sinhô, pelo que acabei de falar. Essa velha não consegue ficar com a língua dentro da boca. Se quiser me castigar, vou entender.

Venâncio ainda tentava concatenar as suas ideias, melhor para ele seria manter o silêncio, mas sabia que precisa se posicionar e talvez fosse aquela a oportunidade de ganhar a confiança da Velha Catarina. Lembrou-se do Velho João e tentou imaginar como ele agiria diante da situação.

— Catarina, para uma cativa, tenho que admitir que você é realmente muito insolente, mas acho que essa é mais uma artimanha do Velho João. Não foi à toa que ele indicou você para conversar comigo, talvez eu precisasse ouvir isso. Não vou justificar, pois seria ridículo da minha parte fazê-lo. Sim, nesse ponto sou igual ou pior que muitos brancos, não sou perfeito, talvez essa seja a minha sombra. Vamos encerrar nossa conversa aqui, peço que pense sobre o que conversamos e, apesar de tudo, continuo contando com seu apoio. Amanhã reunirei todos os cativos para apresentar meu pai, a mim e as minhas ideias, espero que esteja ao meu lado. Agora pode ir.

Catarina abaixou a cabeça e saiu sem ao menos se despedir, tal era o seu desconforto com o ocorrido, mas em momento nenhum sentindo-se arrependida pela sua fala. Por outro lado, Venâncio, ainda um pouco constrangido, não conseguia avaliar se o resultado da conversa foi positivo ou não. Apenas uma certeza tinha, de que essa noite passaria com uma das cativas compradas no Rio, que, certamente, não teria como se comprometer.

Na manhã seguinte, enquanto José Couto verificava os documentos da fazenda e buscava entender a sua rotina administrativa, Venâncio buscava colocar em prática a sua estratégia de aumentar a produtividade e resolveu, mesmo sem esperar o apoio de Catarina, se apresentar oficialmente aos escravos.

Mandou que todos os cativos fossem colocados em frente à casa grande, inclusive os serviçais da casa, e esperou um pouco para aparecer, de forma a causar uma certa expectativa. Talvez aquele momento fosse o mais difícil de sua jornada, sabia que teria que ser duro, mas, ao mesmo tempo, tinha como objetivo fazer com que os escravos entendessem que, se fossem aplicados ao trabalho, suas vidas poderiam ser melhores. Seu pai era contra, por considerar um risco aglutinar uma grande quantidade de negros, mas Venâncio ignorou as recomendações de seu pai, que preocupado com a situação, tratou de reforçar e muito a segurança, trazendo inclusive capatazes de outras fazendas, para aquele momento. Couto se juntou ao filho para irem até a varanda da casa grande, de onde ele falaria aos escravos. A ordem era que para que, em hipótese nenhuma, ele descesse os degraus, pois ali estava protegido pelos capatazes armados que faziam a segurança.

— Meu nome é Venâncio Couto, filho do senhor José Couto, novo dono desta fazenda, que a partir de agora se chama Fazenda Santa Maria. Mandei reunir todos aqui para que saibam quem são os novos donos de tudo aqui. A partir de hoje, estamos vivendo novos tempos nessa terra, sei que passaram por momentos difíceis, mas depende apenas de vocês para que tudo isso fique no passado. Preciso que trabalhem com afinco, pois temos que tornar essa fazenda a maior produtora de café do Brasil. Quero empenho de cada um, essa fazenda é a vida de vocês.

À frente dos negros, Akin sentia cada vez mais ódio dos brancos, não conseguia ver os Coutos diferentes dos outros senhores, para ele só queriam continuar a explorar os negros. Antes pelo menos tinham um inimigo declarado, agora têm um senhor que quer se passar de bonzinho, mas, na verdade, quer que trabalhem ainda mais. Venâncio continuava seu discurso.

— Assim espero que não nos obriguem a usar a prática do senhor Duarte, vamos trabalhar duro e assim será melhor para todos. Desde que compramos a fazenda, já mandamos melhorar a comida na senzala e isso é apenas o começo do que podemos fazer, desde que façam a sua parte.

Akin, sem conseguir se conter, falou:

— Acha que pode nos comprar com uma lavagem melhor do que a que comíamos?

– Negro, acho que não está entendendo o que estou falando, comprar vocês nós já o fizemos, ou tem alguma dúvida de que cada um de vocês nos pertence? Quero é que não haja esse ódio no ar, não lhes quero mal, apenas preciso que produzam, para que tudo fique bem. Por bem ou por mal, farão, o que estou propondo é uma trégua. Vocês me dão o que preciso e em troca vamos tornando as suas vidas menos insuportáveis. Como é seu nome, negro?

– Akin – respondeu com toda a sua força e espumando seu ódio.

– Bem, negro Akin, de alguma forma eu sabia que no meio de vocês alguém se manifestaria, e para provar que nossa intenção não é prejudicar nenhum de vocês, alguém me intuiu para que eu selasse com esse negro um pacto de paz entre nós. Catarina, me traga uma garrafa de cachaça e dois copos, os charutos já estão comigo.

Segurando no braço de Venâncio, José Couto falou baixinho a seu ouvido:

– Você enlouqueceu, Venâncio, você não pode ir até lá, ainda mais beber com um negro.

– Pai, eu sei o que estou fazendo.

– Não sabe, não, e eu não vou permitir.

– Se me desautorizar diante de toda a senzala, nunca mais terei moral para comandar essa fazenda.

– Mas você está colocando a sua vida em risco.

– Eu confio em quem me instruiu.

– Se algo acontecer com você eu mato aquele velho, isso só pode ser ideia dele.

Catarina retornou com os dois copos e a garrafa de cachaça.

– Sinhô Venâncio, a cachaça já está aqui.

Venâncio se livrou de seu pai e fez um gesto para que os capatazes relaxassem e desceu as escadas em direção os negros. Catarina seguia junto a Venâncio, que tirara alguns charutos do bolso para acender com o negro.

– Negro Akin, venha até mim – ordenou Venâncio.

Akin sentiu que aquele momento seria a sua oportunidade de vingar tudo aquilo que seu outro senhor fez a ele e todo o seu povo passar, sua vida já não lhe valia nada, mas, pelo menos, levaria consigo um senhor branco. E, assim, caminhou em direção a Venâncio, que havia parado na metade do caminho entre a varanda da casa grande e onde estavam os negros agrupados.

Venâncio sabia do risco que estava correndo, e por isso, seu coração batia alucinado, como se pela boca fosse saltar, mas precisava confiar nas palavras do Velho João – você não estará sozinho, ele o protegerá. Sem nem ao menos saber quem era ele, enfrentou o desafio.

Ao estar bem próximo de Venâncio, como em um passe de mágica, Akin retirou de trás de si uma faca e a levou, num piscar de olhos, para a garganta daquele branco, que nesse momento representava todo o mal que sofrera em toda a sua vida.

Naquele instante as coisas aconteceram, como se o tempo estivesse parado. À frente de Venâncio, a árvore enlaçada de branco, conforme João e Catarina haviam montado, a árvore do Tempo, que nesse momento agia retardando-o.

Como se levados para outra dimensão, apenas os quatro faziam parte da cena. Enquanto Venâncio estava em estágio letárgico, um negro forte e muito alto, desnudo e trajando apenas uma capa preta segurou a mão de Akin e olhou diretamente em seus olhos, enquanto Catarina se ajoelhava para louvar esse ser – Laroyê Exu. Akin, incrédulo com o que via, não tinha mais forças em suas mãos para continuar o seu intento, Exu falou:

– Esse pode não ser o melhor ser que está nessa terra, mas ele tem uma missão e não será você que irá impedi-lo de prosseguir. Eu executo a Lei e nesse momento a Lei manda que se una a ele.

A faca caiu da mão de Akin no chão, e tão rapidamente quanto ele a usou, Catarina a recolheu e a ocultou sob sua saia. Os brancos que estavam atrás de Venâncio praticamente não perceberam a ação e os negros nada entenderam. Akin deu um passo atrás e Catarina falou:

– Peço permissão, sinhô, para antes de servi-los ofertar a cachaça para o nosso guardião Orixá Exu.

Depois da permissão dada com um gesto de cabeça, Catarina despejou a cachaça no chão, fazendo um círculo e, em seguida, serviu os dois copos.

– Poderia acender os charutos? – perguntou Venâncio.

– Da mesma forma, peço a sua permissão para ofertar o primeiro ao Orixá Exu.

Permissão dada, ela acendeu o charuto e o colocou no meio do círculo de cachaça, repetindo a louvação: Laroyê Exu. Feito isso, ela oferta os charutos para Venâncio e Akin, que brindam, bebem a cachaça e baforam o charuto, jogando muita fumaça para o ar, como se intuitivamente estivessem defumando o ambiente. O coração de Venâncio já batia mais compensado, como se houvesse tirado um grande peso de si, enquanto Akin, ainda incrédulo com o que havia presenciado, ainda não atinava para o tempo presente. Sem ao menos trocarem uma palavra, um pacto estava selado entre eles, e a tão sonhada e necessária aliança com os negros, para o sucesso da fazenda, parecia se alinhar.

Depois de respirar um pouco, Venâncio tornou a falar:
— Agora, vamos todos trabalhar, pois o sucesso desta fazenda depende do trabalho de cada um de nós.

Com um gesto para os capatazes, os negros foram sendo dispersados e encaminhados para seus postos de trabalho, inclusive Akin. Venâncio, com Catarina a seu lado, deu as costas aos negros e retornou para a casa grande, onde José Couto o aguardava ansioso.

— O que aconteceu, Venâncio, daqui não deu para entender direito.

— Pai, eu, na verdade, não sei, mas deu certo, isso é o que importa. Esse foi o primeiro passo que precisávamos dar. Agora, pode voltar para seus assuntos financeiros, que eu tenho outras coisas para fazer e, mais tarde, irei para a lida, verificar o trabalho na fazenda.

— Você está me saindo melhor que a encomenda — disse Couto, dando uns tapinhas nas costas do filho.

Ao ver Catarina sair sorrateira em direção a sua cozinha, Venâncio a interpelou.

— Catarina, onde pensa que vai?

— Para minha cozinha, sinhô, tenho muita coisa para fazer.

— Não sem antes ter uma conversa comigo, vamos para o meu escritório.

Sem alternativa e já pensando no que iria dizer para o seu senhor, Catarina o seguiu.

— Quero que olhe nos meus olhos e me fale tudo que aconteceu.

— Como assim? O sinhô não estava lá?

— É exatamente sobre isso que quero falar, lá onde? Tenho a impressão de que aconteceram muitas coisas, como se o tempo tivesse parado.

Tentando ganhar tempo para medir as suas palavras e tentar explicar o inexplicável, Catarina falou:

— O sinhô permite esta velha se sentar um pouco, hoje, mais do que nunca, estou cansada.

— Claro que pode se sentar, mas você não sai daqui sem me contar tudo.

Nesse momento, ao seu lado, Catarina vê Exu, que fala a ela:

— Coloque a faca sobre a mesa e descreva para ele tudo o que aconteceu. Para poupá-lo, eu tirei a sua consciência por alguns instantes. Ele não sabe absolutamente nada e você irá lhe contar.

— Mas seu Exu, se ele souber irá se vingar de Akin e quem sabe até de mim — respondeu em pensamento.

— Faça o que estou mandando agora — falou e desapareceu de sua visão.

Catarina, obedecendo ao comando dado, colocou sua mão para trás, retirou a faca e colocou na mesa, com energia, fazendo soar um barulho que assustou a Venâncio.

— O que é isso, Catarina?

— Isso era o que estava no seu pescoço, pronto para ceifar a sua vida, quando Exu interveio. Vou lhe contar desde o início e irá entender.

— Faça isso, pois já estou tão nervoso quanto estava há pouco.

— Bem, o sinhô não deveria ter chamado Akin para aquele brinde, para ele aquela era a oportunidade que esperava há tempos para se vingar dos brancos, e o que seria melhor que matar o sinhô da fazenda? Pois bem, ao se aproximar, ele retirou essa faca de sua calça e colocou em seu pescoço para no instante seguinte sentir seu sangue jorrando em sua mão. Foi nesse exato momento que Exu entrou na cena, paralisando o tempo com a permissão de Iròkó, fazendo com que Akin largasse a faca. Ao vê-la cair, a peguei e escondi até agora na minha saia.

Venâncio, incrédulo, ouvia o relato de Catarina, quase sem respirar.

— Nesse momento, Exu determinou que ele se unisse ao sinhô. Com a cachaça na mão, servi primeiro a Exu e depois a vocês, em seguida acendi o charuto do homem, que baforou fortemente, me ordenando em seguida a acender o de vocês. Depois ele liberou o tempo e sumiu, só voltando a aparecer agora, quando eu estava pensando em inventar uma estorinha para lhe contar, ocultando o acontecido. Daí ele me ordenou a falar a verdade.

Catarina colocou sua cabeça entre suas pernas e pôs-se a chorar, enquanto Venâncio só pensava no Velho João, questionando como ele poderia saber que tudo isso aconteceria.

— Mas Catarina, por que ele fez isso por mim?

— Não sei, sinhô, só falou que sua missão não poderia ser interrompida nesse momento.

— De novo isso?

De súbito, pegou a faca sobre a mesa e saiu gritando para o seu capataz, deixando Catarina sem saber o que iria acontecer.

— Peguem aquele negro Akin e o levem para o estábulo, quero conversar mais uma vez com ele.

Algum tempo depois, os capatazes entravam trazendo o negro, e Venâncio ordena que o deixem e saiam para que ele converse a sós com ele. Apesar das contestações dos homens, acabaram saindo. O negro não tinha a menor ideia do que se passava na cabeça do sinhô e se colocou na defensiva para qualquer atitude do branco, poder revidar.

— Essa faca é sua? – perguntou Venâncio, segurando-a.

O VERSO DA ESCRAVIDÃO

Olhou para o lado e viu um pilar de madeira, e com precisão cirúrgica, a atirou contra ele, fazendo-a cravar na madeira.

— Chamei você aqui para conversar de novo, para que entenda que não quero o seu mal, muito pelo contrário, sei de sua liderança na senzala e preciso que estejamos juntos para que eu consiga meu objetivo. Você pode até odiar o que eu represento, mas não a mim, pois nunca lhe fiz nenhum mal.

O negro não poderia esperar que um sinhô branco viesse conversar com ele, mesmo sabendo que horas atrás ele tinha intenção de matá-lo. No mínimo esperava ser colocado no tronco e chicoteado até a morte. A atitude de Venâncio de certa forma desconcertou o escravo, que abaixou a cabeça e se calou.

— Sei que tem um filho, mas não ouvi falar de sua mulher, ela morreu?

— O sinhô não sabe nada da vida de um escravo. Em uma tentativa de fuga, após ser capturado, o senhor Duarte fez questão de vender a minha mulher, para me ferir mais que as chibatadas que eu havia levado. Como quer que eu não odeie os brancos?

— Bem, você tem razão, mas vamos tentar dar um jeito nisso. Se ela ainda estiver viva, vou trazê-la de volta. Me fale o nome dela e quando que ela foi vendida, que vou ver o que consigo.

— O sinhô está realmente disposto a me comprar.

— Vou repetir, queira você ou não, quando compramos a fazenda, todos os escravos vieram na negociação. Então não preciso comprá-lo de novo. Apenas quero demonstrar que, para ter uma vida melhor, não necessariamente precisa estar livre. No momento, preciso muito da mão de obra de vocês e nossa aliança pode ser boa para todos nós. Mas, por outro lado, além de melhorarmos nossa produtividade, não podemos conviver com tentativas de fugas e rebeliões. É só isso que peço a vocês, me ajudem a mostrar para o meu pai e para outros senhores de terra como o Duarte que a convivência com os escravos pode ser pacífica. Você vai ou não me dizer o nome de sua mulher e quando foi vendida?

— Mamba, Maria Mamba. Acho que faz uns três ou quatro anos que ela se foi.

— Vou trabalhar nisso e espero que agora tenha entendido minhas intenções. Outra coisa que preciso é de sua ajuda com o Armin, acho que já deve ter o conhecido na senzala. Ele vem de um lugar onde sabem muito bem lidar com os cafezais. O problema é a língua que ele fala, que não entendemos. Veja se alguém consegue se entender com ele e quero que fique junto a ele, observando a forma que ele lida com a planta, para aprendermos. Estamos combinados?

Akin assentiu com a cabeça e, em seguida, foi levado pelos capatazes de volta ao trabalho.

Ao retornar à casa grande, ele vai direto falar com o pai.

– Pai, preciso que descubra nos registros de venda quem comprou a escrava Maria Mamba. Precisamos recomprá-la.

– Meu filho, deixe disso, com tanta negrinha para usar, agora quer uma que já foi vendida?

– Não é nada disso pai, essa era a mulher daquele negro que lidera a senzala. Quero presenteá-lo para ganhar definitivamente o seu apoio. Faça isso por mim, mande procurar, pois trazer essa negra de volta será muito importante. Outra coisa, estou com muita saudade de meus filhos, pretendo retornar para casa nos próximos dias.

– Vou ficar aqui mais um tempo, mas acho que realmente deva voltar. Quanto à negra, pode deixar que vou mandar encontrá-la.

35

DESCOBRINDO A VERDADEIRA FACE DE AMÁLIA

Ainda era dia quando a pequena comitiva de Venâncio se aproximou da entrada da Fazenda Nossa Senhora da Conceição. Nunca, desde sua chegada ao Brasil, ele havia ficado tanto tempo fora e uma sensação estranha tomou conta de seu ser, era um misto de saudade e apreensão. Como se soubesse intuitivamente que algo estava mudado, sentia uma energia diferente e lamentou o fato de seu pai não estar com ele naquele momento, mas, ao mesmo tempo, sabia que a compra da nova fazenda traria o bônus de torná-los mais ricos, porém um enorme ônus de não poder conviver com seu pai e seus filhos, como sempre quis.

Como o horário já estava avançado, preferiu dedicar o dia de sua chegada somente a sua família, indo direto para a casa grande. Seu retorno teve uma recepção abaixo de sua expectativa, exceto pelas crianças, que ficaram muito alegres com o retorno do pai, entretanto, no mais, sentiu uma extrema frieza que o deixou muito preocupado, mas tratou de se alimentar com o carinho das filhas e de Domingos, que havia espichado a olhos vistos.

Amália estava bem-arrumada e muito altiva, mas em seu olhar não conseguia ver mais aquele afeto que ela transmitia no início de seu relacionamento, imaginou ser pelo afastamento que tiveram e preferiu disfarçar a sua percepção.

– E então Amália, como foram esses dias sem mim e meu pai por aqui?

– Melhor que possa imaginar. Acho que realmente eu estava precisando ficar um pouco sem vocês para, agora com a morte de minha sogra, para tomar as rédeas definitivamente desta casa e fazer as mudanças que eram necessárias.

— Mas que mudanças são essas? Eu já havia combinado com você para que não interferisse na administração da fazenda.

— Na fazenda, nem tanto, mas aqui na casa grande quem manda sou eu.

— Não estou gostando do rumo de nossa conversa, acabei de chegar de viagem, estou cansado e não quero me aborrecer logo no meu primeiro dia em casa. Portanto, vou tomar um banho, descansar um pouco e, no jantar, voltamos a nos falar.

— Sim, mandei preparar o seu antigo quarto. Aproveite!

E, assim, saiu deixando Amália com uma sensação de ter tido a sua primeira vitória, de muitas que ainda planejava. Ainda preocupado com o diálogo que acabara de ter, se dirigiu ao seu quarto, onde realmente preferia estar, longe da esposa, contudo não fazia ideia das surpresas que ainda o esperavam. Pensou no Velho João e já se programou para, no dia seguinte, tão logo repassasse com Rufino as coisas da fazenda, ir ao seu encontro. Descansou e se refez para o jantar.

— Meu marido, mandei fazer aquela comida que você gosta, espero que aprove.

Nesse momento, Joaquina começou a servir a mesa, com a ajuda de outra mucama.

— Bem, mas onde está Maria? Estou saudoso dela.

— Nesse caso terá que ir até a senzala, que lá que ela está agora.

— Como assim, Amália? Não estou entendendo.

— Falei que precisava fazer algumas mudanças e essa foi uma das primeiras. Estava cansada daquela velha, que mal sabia cozinhar. Assim, Joaquina assumiu o lugar dela e durante o dia ela trabalha na cozinha descascando os legumes e lavando as louças, afinal, ela precisa pagar de alguma forma o que come de graça aqui. Quando não se precisa mais dela, ela vai direto para a senzala.

Venâncio, atônito, olhava para a esposa com um enorme espanto.

— Eu não acredito no que você está me falando. Essa "velha" como se referiu está aqui na casa desde minha chegada, cuidou de mim e de nossa família. Fátima, diz para ela!

Bradou em direção a sua irmã, que abaixou a cabeça e nada falou.

— Além disso, Amália, ela não fica mais na senzala, pois dorme na cabana do Velho João.

— Meu marido, ela é uma escrava como outra qualquer e assim será tratada. Aquele velho, por um delírio do seu pai, foi alforriado, mas nos deve o aluguel daquela cabana. Os demais escravos devem permanecer na senzala.

Você deveria me agradecer, pois aumentamos também a nossa mão de obra sem custo para a fazenda. Aquela menina, que ficava na cabana com ele, agora está trabalhando no canavial e se junta à Maria após o seu dia de trabalho.

— Amália, suba agora para o seu quarto, pois vamos acabar essa conversa lá.

— Mas meu marido, ainda nem terminei a refeição.

— Eu nem ao menos comi, faça o que eu mandei agora, ou vou precisar ser mais enérgico com você?

— Está bem, se é assim que quer.

Deu um sorrisinho com ar de deboche e subiu as escadas da sala em direção ao seu quarto. Venâncio, ainda com dificuldade de acreditar em tudo que estava acontecendo, se dirigiu a sua irmã, mas antes mandou que as escravas, inclusive Joaquina, que se regozijava com a situação, saíssem.

— Minha irmã, como você permitiu que tudo isso acontecesse?

— Como assim, Venâncio? Você sabe muito bem que ela manda e desmanda aqui e eu sou obrigada a aceitar tudo, simplesmente por ela ter aceitado o meu filho. Ela irá me chantagear o resto da minha vida e serei sempre a sua escrava branca. Eu já aceitei o meu destino.

— Meu Deus, o que eu fiz em ter aceitado esse casamento. Se pelo menos meu pai estivesse aqui.

Levantou-se da mesa e seguiu para o quarto de Amália, sentindo um profundo ódio em seu coração. Ao entrar no quarto, a encontrou sentada na cama com uma camisola mal abotoada, deixando à mostra parte de seu corpo. Aquilo aumentou ainda mais a sua raiva, e como não queria bater na esposa, a empurrou sobre a cama e a possuiu com enorme furor, despejando toda a sua ira naquele momento de sexo. Ao final, a afastou de si, levantando-se em seguida para recompor sua roupa. Ela se sentou na beirada da cama, e com um ar de sarcasmo, em sua voz, falou:

— Se eu soubesse que faria isso, já teria maltratado muito mais escravas.

Venâncio não se conteve e soltou uma bofetada no rosto da esposa.

— Pois saiba que essa é a última vez que foi tocada por mim.

Saiu do quarto batendo a porta e deixando Amália aos prantos na cama. Ainda com a respiração ofegante, não conseguia conter seus pensamentos, que clamavam apenas por vingança.

Em seu quarto, Venâncio passou quase toda a noite em claro, simplesmente tentando entender o que estava acontecendo. Contudo, ainda não tinha ideia das demais surpresas que teria com o passar do dia. Desceu mais cedo que todos e mandou avisarem a Maria que trouxesse o seu café, no escritório do seu pai.

Alguns instantes depois, Joaquina entra com o café solicitado.

— Será que estou falando em outra língua? Eu mandei a Maria trazer o meu café.

— Mas, sinhozinho, ela está muito ocupada trabalhando, e então resolvi trazer eu mesma.

— Para o seu bem, saia daqui correndo e mande a Maria aqui, entendeu? Ou vou precisar falar de novo?

— Sim, sinhô.

Venâncio se questionava como o pouco tempo que ficou fora foi suficiente para que ele se sentisse como um estranho, dentro de sua própria casa. Alguns momentos depois, ouve-se uma fraca batida na porta e ele concede a permissão para adentrar.

— Bom dia, o sinhozinho me chamou?

— Chamei, sim, Maria, e será uma longa conversa, por isso, aconselho a se sentar.

— Carece não, sinhozinho, pode falar que eu escuto de pé mesmo.

Ele se levanta, vai em direção a Maria, puxa a cadeira e gentilmente faz um sinal para que ela se assente.

— O sinhozinho está me deixando nervosa, não estamos acostumados a ser tratados como gente.

— É exatamente sobre isso que eu quero falar com você e hoje, como estou emotivo, vou lhe pedir permissão de lhe chamar como quando eu era criança. Pode ser?

— Claro que sim, fiô, essa velha fica muito feliz quando suncê me chama assim.

— Então, Vó Maria, eu estou aqui falando em nome da família Couto, meu pai está na outra fazenda, mas tenho certeza de que, se estivesse aqui, estaria endossando tudo que estou fazendo. Em primeiro lugar, quero pedir perdão pela maneira com que foi tratada aqui nesta casa, perdão por todas as vezes que foi humilhada, maltratada e até mesmo machucada, por qualquer membro desta família.

Maria não consegue conter as suas lágrimas, que a esse instante jorravam como a cachoeira do rio que passava ao largo da propriedade.

— Como diz o Nêgo Velho, não podemos mudar o que já passou, mas podemos fazer diferente daqui para frente.

Nesse momento, abriu a gaveta a sua frente na mesa, retirou um papel e entregou a Maria, perguntando:

— Sabe o que é isso?

— Sei não, sinhozinho.

— Sua carta de alforria. Desse momento em diante, é uma mulher livre.

Maria deu um grito, como se um fantasma tivesse visto, e se seu choro, que já inundava a sala, agora aumentou ainda mais.

— Preciso lhe dar um abraço e agradecer por sua dedicação, por tanto tempo a esta família. Mais uma vez, lhe peço perdão por ter demorado tanto a ter tomado esta decisão. Agora quero que pegue todas as suas coisas, pois já providenciei uma carroça, para nos levar à cabana do Velho João, onde espero que a acolha. Senão terei que fazer uma outra casa para você. Se alguém lhe perguntar alguma coisa, diga apenas que está me acompanhando. Seja breve, pois estou ansioso para rever o meu amigo e lhe dar esse presente.

— Sinhozinho, não sei nem o que falar.

— Então não fale nada. Faça apenas um bom almoço para nós, pois tenho tanto para conversar com vocês, que não pretendo voltar antes do almoço. Agora vá, que estarei a esperando daqui a pouco na carroça.

Ao sair, Maria cruzou com Rufino na porta do escritório, que vinha ter com Venâncio.

— Posso entrar, sinhozinho?

— Claro, Rufino, mas tem que ser muito breve, pois tenho um compromisso agora muito importante para mim. Eu esperava conversar com você hoje, mas alguns acontecimentos ontem me obrigaram a mudar o rumo do meu dia de hoje. Só tenho tempo para ouvir um pequeno resumo, amanhã esmiuçamos todos os assuntos. E então, como anda a produção, estamos atingindo os nossos objetivos?

— Infelizmente não, sinhozinho. Algumas coisas aconteceram e as coisas não andam bem, mas preciso de bastante tempo para detalhar tudo. Porém, tenho certeza de que, com a sua volta, as coisas tendem a melhorar.

— Sem dúvida, irão melhorar sim. Agora preciso sair. Amanhã bem cedo lhe aguardarei aqui e depois saímos para ver a lida na fazenda, está bem assim?

— O senhor manda. Amanhã cedo estarei aqui para lhe passar tudo.

Na carroça, Maria já aguardava a chegada de Venâncio, e sob os olhares desconfiados de Joaquina, partiram para encontrar o Velho João. Os poucos pertences de Maria lhe chamaram a atenção.

— Pegou todas as suas coisas, Maria?

— Sim, sinhozinho. Talvez nunca tenha se apercebido, mas nós escravos temos, quando muito, duas peças de roupas, além de andarmos sempre descalços.

Venâncio preferiu não continuar o assunto, mas em seu silêncio passou a Maria o seu pesar. Os fatos que vinham acontecendo de alguma forma estavam o transformando por dentro. Como já esperava, ao se aproximarem da cabana do Velho João, o avistou sentado em seu banquinho com seu chapéu na cabeça e seu cachimbo na mão. Aquela imagem o encheu de alegria e saudades dos tempos que era mais novo e vinha conversar com o velho.

— Salve suas forças, fiô! Que bons ventos o trazem aqui hoje? Vejo que está bem acompanhado, o velho estava realmente saudoso de suncê e de Maria.

— Salve, Nêgo Velho! Vim lhe trazer um presente que tenho certeza de que irá gostar muito, a Vó Maria.

— Fiô, esse presente já me foi dado pelo nosso Pai Olurum, que permitiu que cruzássemos os nossos caminhos. A distância física nunca nos fez distantes, mas confesso que sua presença enche o coração desse velho de alegria.

— De agora em diante, Maria poderá ficar aqui ou não, só dependerá dela, pois é uma negra livre nesse momento. Já pedi perdão a ela e agora peço perdão a você, Nêgo Velho, que sempre me ajudou tanto e não fui capaz de perceber que essa era a melhor decisão e ter demorado tanto para tomá-la.

Maria, com muitas lágrimas nos olhos, se aproxima de Pai João e o abraça com imenso carinho. A cena comovente emocionou Venâncio, que teve que fazer um grande esforço para não chorar também.

— Bem, temos muito a conversar, hoje é um dia festivo para nós e vou almoçar com vocês.

— Fiô, não sei se o que temos para comer será de seu agrado.

— Com certeza seria, mas já providenciei algumas iguarias, que daqui a pouco chegarão da fazenda, juntamente com o meu cavalo, para que eu possa retornar mais tarde. Estou com saudade da comida da Vó Maria e, doravante, vocês terão uma boca a mais eventualmente aqui.

— Será um prazer ter o sinhozinho conosco — falou Maria, com um enorme sorriso no rosto.

— Mas onde está Dandara, que até agora não veio me ver?

Os velhos trocaram um olhar entre si e, depois de boas pitadas no seu cachimbo, o Velho falou.

— Fiô, há muita coisa que ainda não sabe, a sinhazinha, de alguma forma, descobriu quais eram as negras que suncê usava com mais frequência e está se vingando de todas elas e de todos aqueles que ela julga ter lhe ajudado de alguma forma.

— Pelo jeito, o meu casamento foi a segunda vez que fui picado por uma cobra, sinto o veneno dela dentro das minhas veias. Como não imaginei que ela poderia se tornar essa mulher odiosa?

— Nas ausências sua e de seu pai, ela assumiu o controle. Se suncê quiser conhecer o caráter de alguém, independente de cor de pele, credo ou classe social, dê poder a essa pessoa.

— O sinhozinho que me perdoe, mas essa aí conseguiu ser pior que sua falecida mãe – falou Maria, se dirigindo para o interior da cabana, deixando os dois sozinhos.

— Mas ela maltratou alguém fisicamente?

Após alguns momentos de silêncio, o Velho João retomou o discurso, sentindo a hesitação de Venâncio diante da situação.

— As ações psicológicas normalmente são muito mais sentidas que as físicas, e a chibata às vezes faz menos estragos que uma língua afiada.

— Entendi bem isso ao conversar com Catarina, mas, agora, eu preciso voltar para a casa grande para saber o que mais ela fez e tomar providências.

— Acho bom suncê se acalmar e pensar exatamente como irá agir, para não ser pego de surpresa. Se ela lhe confrontar com as escravas, irá negar que as usava?

— Claro que não, até porque não pretendo deixar de fazer isso. Ela é apenas a minha esposa, de um casamento arranjado, e se a toquei foi exclusivamente para que ela me desse um filho homem, coisa que não conseguiu. Com a chegada de Domingos, fiquei livre desse sacrifício.

— Bem, fiô, a questão talvez seja mais profunda do que está querendo ver. Suncê sucederá seu pai, mais cedo ou mais tarde, e precisa ser respeitado. A sua volúpia com as negras o tornou, para aqueles que não o conhecem bem como eu, um ser humano desprezível, que na busca egoística de saciar seus desejos estupra negras, sem pensar que dentro daqueles corpos existem seres humanos.

— Está sendo muito duro comigo, pois algumas delas até nutrem sentimentos por mim.

— E você, o que nutre por elas, além de um desejo animal de possuí-las?

— São escravas.

— Fiô, é tempo de começar a pensar de uma forma mais consciente. Você não veio aqui para se divertir somente, sempre falei que tem uma missão e essa lhe será cobrada doravante. É hora de iniciar a caminhada em direção a ela. Muitos seres cruzaram e ainda cruzarão o seu caminho e lhe trarão chaves para ajudar na sua jornada, mas, para que tenha sucesso, dependerá apenas de como as usará. Uma chave pode abrir, mas também pode fechar, depende apenas do sentido que a irá utilizar.

Venâncio, em silêncio, ouvia as palavras do velho e, ao mesmo tempo, pensava em como agir diante da situação. Tinha a fazenda, os filhos e tudo mais para se preocupar, e agora teria ainda que administrar essa crise de ciúme de Amália, que atrapalharia sua rotina com as escravas.

O Velho João, depois de colocar mais fumo em seu cachimbo e retomar as suas pitadas, baforando bastante fumaça em torno de seu consulente, retomou a conversa no mesmo tom.

— Hoje não será a primeira nem a última vez que sairá achando que esse velho não merece o que já fez, mas, na verdade, se eu não consegui fazer você pensar e abrir a sua consciência, realmente não sou merecedor de nada.

— Fique tranquilo, Nêgo Velho, não sou mais aquele rapazinho, mas realmente não lhe acho justo comigo, muitas vezes.

— Justo? A Justiça é representada por uma balança de dois pratos, com pesos e medidas diferentes. Ela penderá sempre para o lado que se colocar os maiores pesos. Sábio é aquele que a consegue equilibrar. Suncê entendeu o que o Velho falou? Se não tiver o cuidado de olhar os dois lados e colocar sempre os mesmos pesos, nunca terá equilíbrio, um dos lados cairá enquanto o outro subirá.

O cavalo de Venâncio e os suprimentos aguardados chegam e Maria os recebe com gratidão. Prometendo fazer uma bela refeição para comemorar aquele dia tão especial para ela.

— Mudando um pouco o rumo da prosa, me conte como foi na fazenda de café. E Catarina? – falou o Velho João.

Daí para frente, a conversa rendeu muito, com Venâncio contando minuciosamente tudo que aconteceu na fazenda em seus últimos dias de estada por lá.

— Eu poderia ter morrido, só não entendi por que aquele ser, que chamam de Exu, me salvou.

— Exu é o executor da Lei, o grande guardião de nossas vidas. Não era sua hora, mas Ele lhe cobrará lá na frente.

No almoço, o Velho João lhe contou sobre os atendimentos que tem feito para as pessoas da região que o procuram em busca de cura, por meio de chás, banhos e benzimentos, e até de conselhos, e que isso lhe tem rendido bons recursos.

— Sendo assim, vou lhe ajudar a resolver alguns de seus problemas. O primeiro deles é que gostaria de lhe pagar um aluguel pela casinha que ocupamos aqui, e o outro, esse já mais complexo, eu gostaria de comprar a Rosinha. Eu preciso muito dela para buscar as ervas no mato, além disso, me afeiçoei a ela como uma filha, sentimos muito a sua falta, tanto eu como Maria. Na verdade, quero comprar a liberdade dela, pois jamais teria uma escrava. Ao invés de nos vendê-la, compramos a sua alforria. O que acha, fiô?

— Quanto à cabana, ela é sua e, enquanto eu for vivo, ninguém irá tirá-lo daqui. Como pretendo viver mais que você, o primeiro problema está resolvido. Quanto à Rosinha, não posso simplesmente alforriá-la, assim como fiz com Maria. Mas posso, sim, pensar em vender a sua alforria. Será que tem dinheiro para isso?

— Coloque um preço justo para nós dois e mande me entregá-la com a sua carta, que lhe pago no mesmo momento.

— Vou ver com o Rufino quanto vale uma negrinha na idade dela e lhe faço a metade do preço, a outra metade fica por conta de ela ter achado a erva que me salvou a vida, quando fui picado. Está bom assim?

— Negócio fechado, fiô.

— Bem, antes de ir, preciso saber se tem tido contato com a senzala. Rufino me relatou rapidamente que nossa produtividade está baixa e quero saber o que está acontecendo.

— Fiô, a sinhazinha proibiu a minha ida até a senzala, talvez Maria possa até lhe responder melhor, mas o que chegou a mim é que as medidas implantadas por ela destruíram um pouco do que construímos. Os escravos se sentiram abandonados pelos seus senhores e à mercê de uma mulher mais inescrupulosa que os senhores. Suncês terão um enorme desafio pela frente em se desdobrarem entre as duas fazendas, pois o porco só engorda à vista dos donos.

— Vejo que terei muito trabalho pela frente. Amanhã tomarei pé de como andam as coisas na fazenda e depois vou providenciar a sua ida à senzala para conversar com os negros. Quem sabe fazemos uma festa para seus orixás? Isso sempre funciona bem. Inclusive, se não for pedir muito, gostaria que em breve voltasse comigo à fazenda de café.

— Fiô, não prometo fazer isso sempre, o velho já anda bem cansado, mas será bom rever Catarina e o negro Akin.

Conversaram um pouco mais e Venâncio se despediu dos velhos, desejando uma vida nova para Maria, que agora era uma negra livre. Pegou seu cavalo e partiu, mas, em vez de seguir para a casa grande, preferiu seguir para o rio, próximo à cachoeira, onde sempre gostou de ir, quando era criança.

O sol ainda reluzia no céu, quando apeou de seu cavalo. O enorme calor fez com que retirasse suas botas e parte de suas roupas, e se sentasse na beira, colocando os pés na água fria e conectando com aquele cenário natural. À sua esquerda, a cachoeira, à sua frente, do outro lado da margem, a mata, e sob seus pés o rio corria alegremente. Em pouco tempo, sentiu uma enorme sensação de paz que não sentia desde sua infância.

Começou a respirar profundamente de forma ritmada e não demorou muito para se sentir integrado com aquela natureza, procurou retirar de sua mente todo e qualquer pensamento, apenas respirava. E como se estivesse entrando em um transe, começou a se sentir parte daquilo tudo, até que um vulto ao longe chamou a sua atenção. Uma mulher negra, de corpo dourado e com uma espécie de coroa na cabeça, e com uma beleza estonteante, parecia bailar sobre as águas. Percebeu que daquele ser emanava uma onda de amor, que o arrebatou, e naquele momento sentiu-se abraçado, amado, seguro, como nunca em sua vida havia experimentado, era uma sensação de amor diferente de tudo que já tinha vivido. Ficou ali por algum tempo em êxtase, até que aos poucos foi retornando ao seu tempo, mexeu as mãos, começou a sentir o frescor das águas passando em seus pés, piscou os olhos, buscando ajustar a sua visão, tocou o seu corpo e voltou definitivamente a sua realidade.

Voltou, mas a sensação que experienciou permaneceu em seu coração. Retomou os pensamentos sobre os problemas que estava enfrentando, principalmente com Amália, e conseguiu fazê-lo com uma serenidade que até então lhe parecia impossível. Procurou colocar seus pensamentos em ordem, buscando o equilíbrio que o Velho João havia se referido. E assim, sentindo-se forte, confiante e com amor em seu coração, retornou à casa grande na intenção de passar o restante desse dia com seus filhos, mas antes passou na capela de Nossa Senhora da Conceição e orou com muita fé em seu coração, sentindo a mesma sensação de amor que havia experimentado anteriormente. Queria fugir do momento de conversar com Amália, contudo essa situação seria inevitável.

Na manhã seguinte, na primeira refeição do dia, Josefina questionou a sua senhora sobre Maria, que não apareceu para trabalhar e nem na senzala estava. Amália imediatamente foi ao escritório questionar Venâncio, que havia feito sua refeição bem mais cedo e já estava em reunião com Rufino.

— Com licença, meu marido!

— Amália, estou em reunião agora, podemos nos falar mais tarde?

— Trata-se de um assunto urgente, parece que uma de nossas escravas domésticas fugiu.

— Se está se referindo à Maria, pode ficar tranquila, que ela não mais voltará à casa grande, a não ser que queira nos visitar, pois agora é uma mulher livre. Eu a alforriei ontem. Se era só isso, pode nos deixar continuar nossa reunião?

Amália fechou a porta atrás dela e saiu furiosa. Em seu caminho, encontrou uma mucama varrendo o chão e deu-lhe um empurrão tão forte que ela foi ao chão.

— Saia da minha frente, sua estúpida — gritou, deixando a escrava caída, e seguiu ruidosamente em direção à cozinha.

Na cozinha, despejou todo o seu ódio sobre as escravas que, ali, trabalhavam, até que uma mais distraída, sem pensar nas consequências, resolveu interpelar:

— Mas sinhazinha...

Não conseguiu nem dar continuidade à frase, e Amália, como se já estivesse pronta para apagar a primeira reação das negras, esbofeteou a escrava com toda a sua ira.

— Sinhazinha? Quem você pensa que é, sua cadela? Que sirva de exemplo para todas, quem me chamar assim estará me afrontando e sofrerá as consequências, assim como essa inútil. Sinhazinhas são as minhas filhas.

Chamou o capataz de casa e deu ordens para que colocasse uma máscara de flandres na escrava, colocou pessoalmente o cadeado e, mostrando a chave para a apavorada serviçal, falou:

— Isso é para aprender a respeitar seus senhores, ficará com essa máscara por 24 horas, sem comer, sem beber e sem falar, e torça para eu me lembrar de tirá-la amanhã. Que sirva de exemplo, pois não hesitarei em castigar quem quer que seja — e saiu sob o silêncio sepulcral das escravas.

Enquanto isso, em reunião com Rufino, Venâncio era informado sobre a queda da produtividade do canavial, que já necessitava de um bom manejo para evitar a depreciação dele. Também sobre a mão de obra escrava, que estava sendo insuficiente para dar conta de todo o trabalho que precisaria ser executado.

— Sinhozinho, me permita falar, mas as atitudes da casa grande acabam por refletir no comportamento da senzala. Tive que aumentar a segurança, temendo que pudessem se amotinarem, e infelizmente, contrariando as suas ordens, mas não as de seu pai, precisamos voltar a ser um pouco mais rigorosos, pois, do contrário, perderemos a mão sobre os negros.

— Estou perplexo. Como em tão pouco tempo conseguimos destruir algo que levamos anos para construir? Nesse momento, preciso primeiro resolver os meus problemas pessoais, então faça o que for preciso para garantir a produção e nossa segurança. Vou conversar com o Velho João e ver como ele pode nos ajudar mais uma vez com a senzala. A propósito, ele quer comprar a alforria da Rosinha, que hoje está trabalhando no canavial. Veja quanto vale uma negrinha na idade dela e me passe o preço.

— Ele terá como pagar?

— Parece que tem algum guardado e cobrarei dele metade do valor, a outra metade, pagarei pessoalmente. Mas quero que ela ainda hoje volte para a cabana dele, depois acertamos a contabilidade da fazenda. Na verdade, trarei do Rio uma negrinha da idade dela para ficar na casa grande. Quem mais da casa grande está na lavoura?

— Quase todas as mucamas, a sinhá Amália fez que todas elas fossem trocadas por escravas que trabalhavam no canavial. Isso também reduziu a produtividade, pois essas escravas não estão acostumadas com o trabalho duro assim como as outras.

— Rufino, antes de embarcar para a corte, irei percorrer toda a fazenda com você. Mas não hoje, pois tenho problemas aqui para resolver. Vamos encerrar por aqui.

A hora já avançava e se aproximava da hora da refeição principal do dia, Venâncio se sentia já exausto por conta de tudo que foi relatado a ele por Rufino e resolveu procurar as crianças para relaxar um pouco. Não demorou muito, pelo barulho que faziam, as encontrou na varanda brincando na companhia de uma mucama e de sua irmã, que acompanhava Domingos em todos os instantes. Sua chegada foi motivo de festa, principalmente para a mais velha, Beatriz, que era muito ligada ao pai.

— Papai, me leva para andar de cavalo com você pela fazenda? – falou Beatriz, com os olhos brilhando para o pai.

— Levo sim, hoje ainda faremos um passeio. E você, Isaura, quer ir também?

A menina apenas respondeu com o dedinho em negativa.

— Bem, se é assim, vamos só nós dois, Beatriz, até porque Domingos ainda é muito pequeno.

— Eba! – festejou a menina.

Após o almoço, Venâncio comunicou à Amália que sairia para dar um passeio a cavalo com a filha e, ao retornarem, gostaria de conversar com ela.

— Você sabe muito bem que não gosto de Beatriz andando de cavalo com você, acho perigoso, além de não ser coisa para uma menina.

— Pois saiba que ela adora e acho bom ir se acostumando, pois logo, logo ela terá o seu próprio cavalo e cavalgará pela fazenda sozinha, assim como eu fazia quando eu era criança. Quanto à Isaura, não precisa se preocupar, pois essa puxou a você — encerrou a frase com um risinho e saiu para pegar a filha.

O vento batendo na face da menina, deixando seus cabelos em desalinho, era como um presente da natureza que ela recebia com seu coração aberto. Cavalgaram por bastante tempo, foram ao rio, se banharam, brincaram e retornaram à fazenda. Esses momentos tornavam a ligação entre pai e filha ainda mais forte e trazia muita alegria e paz para Venâncio.

Sentindo-se fortalecido, resolveu não mais adiar a conversa com Amália e foi para seu escritório, dando ordens para que buscassem Amália e a mandassem ao seu encontro.

— Meu marido quer falar comigo? — indagou Amália ao entrar no escritório.

— Sim, precisamos esclarecer alguns pontos.

— Pois bem, se me permite, vou falando logo, tudo que fiz, nas ausências de seu pai e sua, foi para o bem e integridade dessa família. A mim, me cabe a missão que foi de minha sogra e não vou renunciar a isso.

— De minha parte, fique sabendo que dispenso essa sua missão. Não estou a despachando imediatamente para Pernambuco simplesmente por causa de nossos filhos, que são a única coisa que temos em comum e para mim são meus maiores tesouros. Por conta deles e por conta da posição que tenho como senhor de engenho, e em breve um barão do café, não posso deixar de ter uma figura feminina ao meu lado. Mas saiba que o que espero de você é que apenas cumpra o seu papel de esposa de um senhor, pois jamais voltaremos a sermos realmente marido e mulher de verdade.

Amália se surpreendeu com a forma calma e firme que Venâncio se posicionava, sem alterar a voz e a olhando diretamente nos olhos.

— Apesar de sentir muita vontade de colocar toda a minha raiva para fora, estou me controlando e apenas lhe darei um aviso: não se meta mais em meu caminho, pois não sei do que eu serei capaz. Seus limites são as paredes da casa grande, não se meta mais com os escravos e, principalmente, com as minhas escravas, nem com a administração da fazenda. Você não tem noção das consequências de suas atitudes para os nossos negócios.

— Mas não fiz nada demais.

— Não estou disposto a discutir o que fez ou deixou de fazer. Defina quantos escravos precisa para gerir a casa grande e sobre eles, e somente sobre eles, terá o comando. Nenhuma ordem sua sairá de seus limites. Está bem claro isso?

Surpresa com a forma que seu marido se posicionava, ficou naquele momento sem reação.

— Você, além de administrar a casa grande, desta fazenda, eventualmente terá que me acompanhar à corte no Rio de Janeiro, ou a algum evento, onde passaremos uma imagem de família ideal, como se fôssemos bons atores. A depender de seu comportamento, será recompensada com alguns agrados que poderei trazer da capital, roupas, joias etc. Mas tudo irá depender de seu comportamento.

— Posso falar?

— Acho que já está entendendo como será nosso relacionamento daqui para frente. Não pode falar nada, apenas ouça e preste atenção, pois não vou me dar o trabalho de repetir. Daqui para frente, eu falo e você escuta. Se não estiver satisfeita, a porta da rua é a serventia da casa. Vá, mas apenas com o que entrou aqui, ou seja, nada. Como sei que é sensata, ainda conviveremos por um bom tempo. Sendo assim, me diga quantas mucamas irá precisar para trabalhar aqui na casa grande, pois as que estão aqui voltarão para o canavial, e as que estavam trabalhando aqui, irão para a Fazenda Santa Maria.

Continuando em seu monólogo, completou:

— Nos próximos dias, irei para o Rio de Janeiro para tratar de negócios e, ao retornar, trarei os escravos que irá precisar, antes de partir para a Fazenda Santa Maria, levando comigo os escravos que serão transferidos de fazenda. Acho que não preciso falar, mas para ser bem claro, os alforriados merecem todo o nosso respeito. Estamos conversados? Agora por favor se retire, pois tenho ainda que trabalhar.

Amália, estática, não estava acreditando na maneira que estava sendo tratada. O seu ódio era tamanho que, se pudesse, apertaria o pescoço de seu marido até a morte. Mas segurou o choro, se levantou e saiu da sala sem uma palavra proferir. Em seus pensamentos, dava aquela batalha como perdida, mas não a guerra.

Venâncio, por sua vez, sentia-se aliviado, como se um enorme peso de suas costas tivesse retirado. Não hesitou em chamar um de seus capatazes e mandou que buscassem por Dandara e a levasse para seu escritório particular.

— Sinhozinho, eu não posso estar aqui. Se a sinhá me pega aqui, ela me mata.

— Dandara, você pode estar onde eu quiser que esteja, e agora quero você aqui, não se preocupe com Amália. Deixe de tanta conversa e tire suas roupas, estou com saudades desse seu corpo.

— Mas não sabe do que ela é capaz, ela ameaçou vender meu filho caso soubesse que servi ao sinhozinho.

— Se você não calar a boca e vir fazer tudo que sabe, quem irá fazer isso sou eu.

Sentindo-se entre a cruz e a espada, a escrava não teve alternativa a não ser sucumbir aos desejos sexuais de seu dono e, em pouco tempo, já estava envolvida, esquecendo suas preocupações iniciais e proporcionando ao seu senhor tudo aquilo que ele esperava. Após aquele êxtase, Venâncio lhe falou:

— Não quis lhe contar antes, pois queria saber se realmente é fiel a mim e se entregaria sem eu ter que lhe obrigar. Como passou no teste, agora pode saber que irei levar você, seu filho e sua mãe para a Fazenda Santa Maria, bem como as outras escravas que me servem e que estão agora no canavial.

— E as outras irão com as famílias também?

— Ainda estou resolvendo isso, mas a minha ideia é modificar um pouco a questão da senzala na nova fazenda. Vamos ver. Mas se pensa que estou satisfeito, está enganada. Agora que tem a boa notícia, é hora de retribuir.

Na manhã seguinte, passou as suas novas determinações para Rufino, que ficou encarregado de preparar o comboio que levaria os escravos desta para a outra fazenda. Correu à fazenda e ficou preocupado com o que viu, não só no canavial, mas também na produção do açúcar.

Aproveitou o tempo que ainda lhe restava e passou pela cabana do Velho para se certificar de que Rosinha já estava de volta e acertar a questão da venda de sua alforria. Contou ao Velho sobre sua conversa com Amália e que estava sentindo-se aliviado.

— Fiô, temos que ter cuidado quando lidamos com pessoas como a sua esposa, com todo respeito que esse Velho tem. A cobra, quando recua, não está necessariamente batendo em retirada, mas sim preparando o bote.

— Eu sei, Nêgo Velho, vou ficar atento daqui para frente. A propósito, gostaria que fosse comigo e o comboio de escravos que levarei para a Fazenda Santa Maria.

— Como lhe prometi, eu irei sim.

— Mas quando eu estiver no Rio de Janeiro, gostaria que se assuntasse na senzala, para ver o que podemos fazer. Voltaremos antes da festa de Santo Antônio.

— Santo Antônio!

— Conhece Santo Antônio, Nêgo Velho?

— Um dia, esse velho teve oportunidade de conversar com um padre de sua Igreja e ele me contou muita coisa sobre Santo Antônio. O que me chamou mais atenção é que na Mãe África temos um orixá que tem semelhanças a esse santo – Exu.

— Como assim, Nêgo Velho? Aquele que me salvou?

– Sim, ele já cruzou o seu caminho e ainda irá de cruzar outras vezes. Mas para que perceba como são parecidos, Exu é o guardião dos caminhos, protetor dos necessitados e humildes, nunca deixando faltar o pão, tem o dom da comunicação, aproxima o material do espiritual e ainda ajuda nos relacionamentos. Não era isso que o santo fazia em sua peregrinação?

– Olhando dessa forma, tenho que concordar.

– Mas por que estamos falando sobre isso?

– Não quer que a harmonia volte à fazenda? Então podemos acionar a força de seu santo e do nosso orixá, juntos no dia da festa, fazendo a sua festa para os brancos e uma festa de Exu para os negros. Vou à senzala, mas preciso dar aos meus irmãos de cor um alento em suas vidas e acionar a força africana, trará energias e esperanças para que continuem a jornada. A senzala não quer dinheiro, quer liberdade e respeito. Se não pode libertar os negros, que pelo menos eles possam se sentir humanos.

– Preciso pensar nisso. A situação da fazenda hoje não é nada boa, e permitir uma festa para os negros? Não sei, não, eles não estão fazendo por merecerem.

– Eu conheço o fiô há tempos e sei que pensará. Quando retornar, antes de partirmos para Santa Maria, tornamos a conversar a respeito. Talvez na capital aconteça algo que lhe influencie.

– Ficamos combinados, então. Vou indo, pois tenho várias tarefas a fazer, antes da partida. Vou juntar a minha parte com o valor que me pagou pela alforria de Rosinha e comprar uma negrinha para trabalhar na casa grande. Assim, a contabilidade da fazenda fica acertada. Até mais, Nêgo Velho!

– Salve suas forças, fiô.

36

O CABARÉ DO RIO DE JANEIRO E SUA RAINHA

Dias depois, Venâncio partia para a corte, levando consigo a produção da fazenda para os navios, que já a aguardavam. Da mesma forma, José Couto sairia da Fazenda Santa Maria com as primeiras sacas de café, resultado da primeira colheita após a família ter assumido a nova fazenda. Encontrar-se-iam e, após resolverem todas as questões na capital, retornariam juntos para a Fazenda Nossa Senhora da Conceição, onde o pai pretendia ficar por uns meses, enquanto Venâncio seguiria para o Vale do Paraíba, conforme planejado.

A chegada de Venâncio se deu dias antes de seu pai e ele queria aproveitar esses dias sozinhos, para rever o amigo Madrugada. Tentou resolver as questões mais urgentes e, quando deixou o trapiche, já na primeira noite, saiu à procura de seu amigo Madrugada, sem saber se alcançaria sucesso.

A tardezinha já se fazia distante e a noite caía, quando saiu pelas ruas da capital a caminhar a esmo, mas atento a todos os transeuntes que encontrava pelo caminho. Havia lembrado do pedido de seu amigo e trouxe consigo uma caixinha de charutos de seu pai, para presenteá-lo, mas o desânimo já começava a bater a sua porta. Andava já fazia um bom tempo e nada de encontrá-lo. Já estava com fome e resolvido, a essa hora, a retornar para seu hotel, quando se lembrou do bar onde haviam bebido e comido e, numa última tentativa, mudou o alvo de sua busca.

Depois de perguntar a umas duas pessoas estranhas que cruzaram o seu caminho, finalmente encontrou a taberna, e como sabia que o dono conhecia o Madrugada, se animou. Entrou no lugar e, ao ser atendido pelo dono, perguntou:

— Vou aceitar uma bebida, sim, mas, antes, preciso lhe fazer uma pergunta, estou à procura de um amigo, estive aqui com ele há um tempo, o nome dele é Madrugada, sabe como faço para encontrá-lo?

— Bem, amigo, o nome dele é uma boa dica. Ainda está muito cedo para encontrar o Madrugada, mas ele passando por aqui, falo que o procura. E, afinal, o que irá beber?

Não havia percebido que, quando o encontrou, pela primeira vez, já era bem tarde. Certamente, àquela hora seria difícil ele estar na rua, então resolveu relaxar, pedir uma bebida e uma refeição, e dar um tempo. Depois de algum tempo, já conversa com o dono da taberna e ele, sentindo-se mais à vontade com o estranho, perguntou-lhe:

— Está à procura do Madrugada para jogar ou são as mulheres do cabaré que lhe interessam? Se for uma dessas coisas, posso tentar lhe ajudar.

— Fico grato, mas fizemos uma amizade em nosso último encontro e gostaria de rever o amigo, mas hoje acho que vai ser difícil.

— Talvez não, por que não vai ao cabaré? Provavelmente estará por lá, e se não estiver, lhe garanto que não perderá a viagem.

— Vou levar em consideração a sua recomendação. Agora, por favor, se puder ver quanto lhe devo. Já estou de saída.

Minutos depois, Venâncio saía com as instruções de como chegar ao referido cabaré, mas não era sua intenção ir até lá sozinho, por mais que estivesse muito curioso para conhecer o ambiente, sendo assim, após se afastar um pouco da taberna, pegou o rumo de seu hotel. Caminhou devagar e desviou um pouco seu caminho, para usufruir da brisa marinha. Parou em frente ao mar, lembrando de sua aventura de infância ao atravessar aquele oceano, e pensou que não gostaria de repetir aquela experiência novamente. Ficou algum tempo em contemplação e resolveu encerrar em definitivo a sua noite, indo para o hotel.

Ao se aproximar de seu destino, qual não foi a sua surpresa ao identificar de longe a silhueta inconfundível de seu elegante amigo, com chapéu e vestuário impecável, que ao vê-lo, veio em sua direção com seu sorriso cativante.

— Boa noite, moço! Estava a sua espera, soube que me procurou e vim depressa para tentar lhe encontrar, mas meus atalhos me trouxeram rápido demais e acabei chegando bem antes de você. Venha cá e me dê um abraço, amigo.

— Boa noite, Madrugada! Que bom vê-lo novamente, mas pensei que hoje não nos encontraríamos mais.

— Mas o importante é que estamos juntos agora e preciso cumprir a minha promessa e levá-lo para conhecer o cabaré, ou melhor, a Rainha do cabaré.

— Mas não está muito tarde? Não seria melhor deixar para amanhã?

Não se contendo, Madrugada soltou uma bela gargalhada.

— Tarde? A noite ainda é uma criança. Amanhã será outro dia e o que é de hoje é para hoje. Vamos amigo, se apresse.

E assim partiram em direção às imediações da Lapa, onde ficava o Cabaré da Rainha.

— Vamos entrando, amigo, hoje você é convidado de honra.

— Mas por quê? – perguntou Venâncio.

— Porque é meu amigo e por ser a sua primeira vez em um ambiente como esse. Não foi isso que me falou em nossas conversas?

— Sim, e já estou impressionado, pensei que seria um ambiente mais simples.

— Não poderia ser, aqui se recebe os homens mais influentes da corte, os políticos, os mercadores, os fazendeiros, como você. O local tem que estar à altura desses importantes homens, além disso, dinheiro chama dinheiro, quanto mais sofisticado, mais os estimulam a gastarem seus ouros. Aqui estão as melhores e mais belas companhias femininas da corte. Vamos, nossa mesa já está reservada.

Venâncio olhava tudo ao seu redor com muita curiosidade e perplexidade, talvez nem nos jantares da corte tivesse visto tanto luxo, e certamente nunca havia visto tantas mulheres deslumbrantes. Já devidamente instalados em sua mesa, Madrugada, que já havia pedido bebida para os dois, começou a falar sobre o cabaré.

— Bem, amigo, este é o lugar onde eu ganho a minha vida, me divirto e sou feliz. Aqui é um misto de restaurante, bar, cassino, teatro, hotel, enfim, esse é o cabaré. Tudo em um só lugar, por isso atrai tanto aqueles que querem relaxar e se divertir.

— Eu lhe digo que não esperava encontrar tudo isso aqui. O que eu fiz todas as vezes que vim à corte e não vim até aqui? Acho que ficarei freguês.

— Tudo tem a sua hora, mas que bom que está aqui, agora. Bem, deixa eu ver se a Rainha poderá falar com você agora, fique à vontade que já volto.

Venâncio seguiu seu amigo com os olhos no intuito de descobrir quem era a tal Rainha, mas logo a sua atenção foi atraída por uma voz feminina.

— Boa noite, moço! Posso me sentar com você?

Recuperando-se do susto que havia levado, virou e se deparou com uma linda jovem, com um vestido vermelho longo, mas com um corte da cintura para baixo, que deixava à mostra uma de suas belas pernas. Subindo seu olhar, percebeu um decote pronunciado e, em seguida, identificou que a morena possuía os olhos cor de mel. Nesse momento, o coração dele já batia descompensado. Nunca havia sido abordado por uma mulher, muito menos com todos esses encantos, por isso hesitou na resposta.

— Posso ou não posso, moço?

— Claro que pode, me desculpe, pois eu estava distraído — falou, sem conseguir tirar os olhos dos olhos da moça.

— Sem problema. É a primeira vez que vem aqui, moço? Não lembro de tê-lo visto antes, e certamente se o fizesse, jamais teria esquecido.

— Sim, é a primeira vez. Vim com o meu amigo Madrugada.

— Veio jogar?

— Não, vim conhecer o cabaré e a Rainha. Mas como é o seu nome?

— Me chamam de Menina.

— Mas será que todos aqui só têm alcunhas?

A Menina soltou uma gostosa gargalhada e fez um sinal para ele.

— Parece que a Rainha irá lhe atender, se depois quiser me conhecer melhor, estarei por aqui.

Ao virar-se, viu Madrugada gesticulando para que ele fosse a seu encontro. Nesse momento, pensou que aquela noite seria inesquecível, pois estava vivendo todas as emoções que nunca sentiu e de uma única vez. Seu coração parecia que nesse momento não batia, mas sim apanhava, tal era o descompasso com que bombeava o seu sangue. Voltou-se para pedir licença à moça que dividia a mesa, mas ela já havia saído, então seguiu em direção ao amigo.

— Vamos lá, a Rainha irá lhe atender.

— Mas o que eu vou falar com ela? Será que preciso ir lá? Já estou satisfeito em conhecer o cabaré.

Dessa vez, Madrugada se desdobrou em risos, batendo em suas costas, falou:

— Será que o futuro barão do café está com medo de falar com uma mulher?

— Não é medo, é que não estou acostumado a conversar com mulheres, só isso. Não quero ser desagradável.

— Não será, se não fosse boa gente eu jamais o teria trazido aqui. A sua pureza também encantará a Rainha, assim como fez com que eu me tornasse seu amigo. Relaxa.

Seguiram em direção a um dos cantos do grande salão que abrigava as mesas, o salão de jogos e um palco onde um jovem tocava uma música suave em um violão. Deparou-se com uma escada e foi aí que percebeu que a mesa da Rainha ficava em um mezanino, superior ao piso do cabaré.

Do lado oposto, ficava uma grande escada que dava acesso aos quartos do hotel.

— Bem, Rainha, este é o meu amigo Venâncio. Ele está a negócios aqui na corte e não poderia perder a oportunidade de trazê-lo para conhecer o seu cabaré – falou Madrugada.

— Boa noite, moço! Pode se sentar, fique à vontade, confesso que estava curiosa para lhe conhecer e sabia que isso aconteceria mais cedo ou mais tarde.

Venâncio estava sem palavras, toda a expectativa que havia criado sobre a figura da Rainha caía por terra naquele momento. Nem em seus melhores sonhos poderia imaginar que ela seria tão linda. Difícil de descrever aquela mulher, não era negra, tampouco branca, sua tez era de um castanho muito especial, seus olhos negros e muito expressivos pareciam penetrar dentro das pessoas, o que dificultava esconder as emoções para ela. Seu corpo era escultural, em formato de um violão, afinando na cintura e alargando para cima e para baixo. Vestida uma bela saia vermelha com algumas pedras brilhantes e um corpete preto que terminava valorizando seus seios fartos, sobre a cabeça uma tiara dourada, que lhe conferia um ar de coroa, e em seu pescoço um lindo colar de pérolas, que dava duas voltas. Nas mãos, uma luva preta, que subia até o antebraço, com a qual segurava uma longa piteira, com a cigarrilha acesa na ponta. Ainda sem conseguir respirar direito, Venâncio finalmente conseguiu falar:

— Boa noite, Rainha, é um prazer estar aqui em seu estabelecimento e maior prazer ainda em conhecer uma mulher tão linda.

A Rainha deu uma bela gargalhada, com o galanteio que seu interlocutor havia feito.

— Agradecida pela sua gentileza.

— Vou deixar vocês conversarem um pouco, estarei lá embaixo, caso precisem de mim. Vou jogar um pouco, pois preciso defender o leitinho das crianças – falou e saiu rindo muito da situação.

— Crianças? Ele tem filhos?

— Não, é apenas uma expressão. Coisas do Madrugada.

— Posso saber o seu nome?

— Já sabia que faria essa pergunta, nosso amigo já havia me falado que é muito curioso. Como ele já lhe falou, para que servem os nomes a não ser para identificar as pessoas, se todos me conhecem como Rainha, já é o bastante. Mas para não lhe decepcionar, meu nome é Maria.

— Maria, eu estou encantado com você. Mas me diz uma coisa, quem é o verdadeiro dono do cabaré?

— Você está tentando insinuar que uma mulher não pode ser dona de um negócio como este?

— Bem, na verdade, eu vi lá embaixo pessoas muito influentes da corte, e se fosse a dona, estaria lá cortejando eles e não conversando comigo.

— Meu amigo, para quem é dona do castelo, o príncipe encantado é só mais uma visita. Eu entendo a sua surpresa, pois vivemos em mundos diferentes, mas saiba que o poder das mulheres vai muito além do que imagina.

Enquanto conversam, ele notou que eventualmente ela desviava seu olhar e fazia gestos para seus funcionários, como se aprovassem ou não o que estavam lhe pedindo permissão. O mezanino dava a ela uma visão geral de tudo que estava acontecendo no ambiente.

— Permita-me perguntar, eles estão lhe pedindo autorizações? — Venâncio referia-se aos funcionários da casa, os quais faziam contato visual com ela a todo instante.

— Meu amigo, vejo que é observador. Para ser rainha, não é só se sentar no trono, para ser rainha tem que saber governar, e isso eu faço muito bem. Respondendo a sua pergunta anterior, o dono do negócio é uma mulher, conhecida como Rainha do Cabaré.

Venâncio ainda tinha dificuldade de entender como uma mulher pudesse tocar um grande negócio como aquele.

— Mas se você realmente é a dona, como conseguiu tudo isso?

— É uma longa história, que ainda terei o prazer de contar para você, com detalhes, mas não será hoje. Aqui é uma casa de tolerância, onde o objetivo, ao receber nossos clientes, é proporcionar-lhes momentos inesquecíveis, e é o que quero que tenha hoje. Certamente, teremos outros momentos, concorda?

— Bem, se é uma casa de tolerância e estou aqui a conversar com a Rainha, por que não ela me proporcionar esses momentos inesquecíveis? Eu estou completamente fascinado por você. Nunca conheci uma mulher tão linda e sou capaz de pagar qualquer quantia para ter você.

A Rainha disparou uma larga gargalhada, segurou a mão de Venâncio, olhou em seus olhos e falou:

— Nem o melhor sexo do mundo, nem o mais bem pago, vale uma amizade. Eu quero ser sua amiga. Escolha uma das meninas da casa e hoje a sua despesa é por minha conta. Volte outras vezes, pois temos muito a conversar.

— Se é assim, eu quero a Menina, que conversou comigo antes de vir aqui falar com você, mas saiba que você é a mulher que mais me fascinou na vida.

— Fico feliz por termos essa afinidade, espero que volte outras vezes, pois temos muito que trocar em experiências. Estou aqui para fazer você olhar as mulheres com outros olhos. Tenho certeza de que será bom para nós dois. Agora vá, que a Menina já está lhe esperando. Talvez hoje você entenda o que é o verdadeiro sexo, consentido e feito por pessoas que sentem atração mútua.

Venâncio, se sentindo um pouco constrangido de falar tão abertamente sobre sexo com uma mulher, se despediu da Rainha, com a sensação de ter encontrado a mulher mais fascinante de sua vida, e voltou para a sua mesa original. Madrugada estava envolvido na jogatina e nem percebeu a sua presença na mesa, mas não demorou nem um minuto e a Menina já estava junto a ele.

— E aí moço, o que vai querer? Beber alguma coisa ou vamos subir direto para o quarto? A Rainha já autorizou eu estar com você.

— Mas ela precisa autorizar?

— Sem ela autorizar, ninguém sobe para os quartos. Hoje estou aqui para tornar a sua noite inesquecível. E o que irá fazer primeiro?

— Preciso tomar uma dose, é muita emoção para mim, pode ser?

— Claro, hoje toda a sua despesa é por conta da Rainha, é seu convidado especial e eu a sortuda que terá a oportunidade de desfrutar com você momentos que espero que não esqueça.

Venâncio olhava para a Menina e não acreditava que estava a poucos minutos de ter em seus braços a mulher mais linda que já teve. Sem precisar obrigá-la, pois não era sua escrava, estava ali por dinheiro, e naquele dia ele nem estaria pagando.

Ao subirem para o quarto, Venâncio estava nervoso, mas o seu ímpeto sexual era mais forte, e no auge de sua virilidade, não havia como não dar certo, ainda mais com uma menina linda, muito nova e que lhe despertava um enorme desejo.

Nessa noite, Venâncio percebeu que tudo que havia feito, em todos esses anos de uso de suas escravas, era apenas um ensaio. Mesmo com a possibilidade de obrigar as suas escravas a fazerem tudo aquilo que desejasse, entendeu que não sabia nada de sexo. A Menina elevou o seu prazer para outro patamar. Para ele, era como se estivesse fazendo sexo pela primeira vez. E como era inevitável, se afeiçoou à Menina. Depois de algum tempo, estava exausto e acabou por pegar no sono, dormindo no cabaré.

Subitamente, despertou, sem identificar onde estava e nem quanto tempo havia ficado ali. Olhou ao seu redor e percebeu que era o quarto do cabaré, mas estava sozinho, apenas o perfume da Menina ainda pairava no ar. Ele se perguntava se ainda estaria em um sonho. Resolveu vestir-se para ir para o seu hotel, quando percebeu que os raios do sol já rasgavam o céu e penetravam pelas frestas da cortina que cobria a janela do quarto. Sentou-se novamente na cama e começou a pensar em tudo que havia acontecido naquela noite, foi quando percebeu sobre a mesinha de cabeceira um papel dobrado com o seu nome. Era um bilhete:

"Bom dia, meu amigo!

Espero termos lhe proporcionado uma noite agradável e inesquecível.

Isso é só uma pequena amostra da força da mulher, que, certamente, não conhecia.

Como lhe falei em nossa conversa, gostaria muito de tê-lo como amigo, sendo assim, gostaria de convidá-lo para voltar aqui hoje à tarde, pois com o cabaré ainda fechado, teremos oportunidade de conversarmos com mais calma.

A propósito, também o considero um homem bonito e interessante.

Sua amiga,

Rainha do Cabaré"

Aquelas palavras fizeram a autoestima de Venâncio atingir o seu auge, nem suas escravas e muito menos sua esposa nunca haviam lhe feito um elogio que o fizesse se sentir um homem de verdade. Com uma sensação que até então não havia experimentado em sua vida, desceu as escadas do cabaré, para tocar os seus afazeres diários. Ao chegar à recepção, foi surpreendido pelo cumprimento do funcionário:

— Bom dia, Senhor Venâncio Couto! Seu café já está servido, queira me acompanhar.

Sem entender o que estava acontecendo, seguiu o cavaleiro até a mesa, que já estava preparada para ele.

— Fique à vontade e em um minuto o garçom lhe trará um café quente e o que mais lhe for de agrado.

— Fico muito grato!

Sentou-se na mesa, que lhe era farta, sem dúvida muito melhor que em seu hotel, e degustou um excelente desjejum. Ao deixar o cabaré, o funcionário da recepção, mais uma vez, lhe falou:

— Espero que tenha gostado de nosso café matinal, não esqueça que a Rainha o aguarda no final da tarde. Tenha um bom dia!

Agradecendo à hospitalidade com um gesto de cabeça, atingiu a rua com o sol já bem alto. Ao caminhar, foi fazendo um exercício mental, relembrando cada instante desde o momento de sua chegada até agora, a sua saída. Impressionado com a força da Rainha e com a bela Menina, que lhe fez acender uma chama que jamais pensou que poderia lhe queimar tanto, colocou um belo sorriso no rosto e saiu a cumprimentar efusivamente todos os transeuntes que cruzavam o seu caminho. Não via a hora de poder retornar àquele paraíso.

O dia correu rapidamente com todas as tarefas que precisava cumprir, porto, trapiche, mercado dos negros, e até que enfim, pôde retornar a seu hotel, para se arrumar e ir ao encontro da Rainha, ainda sem entender por que razão havia sido tão bem tratado e por que ela queria conversar com ele, mas nenhuma dessas suposições amenizava sua ansiedade. Antes mesmo dos últimos raios do sol repousarem, Venâncio chegava ao cabaré para sua segunda visita.

– Boa noite, senhor Venâncio! Desculpe, ainda seria boa tarde, mas é a força do hábito. – falou o recepcionista, soltando um largo sorriso.

– Vamos entrando e fique à vontade, a Rainha está à sua espera. Vou avisá-la que já chegou.

Minutos depois, aquela encantadora mulher, trajando um lindo vestido longo na cor amarelo-ouro e detalhes em preto, que desciam do decote até a sua cintura, caminhava em sua direção para recebê-lo. Sua tiara dourada, sobre seus cabelos negros, lhe conferia mais que o ar de rainha, parecia uma deusa, que acabara de chegar do Olimpo.

– Boa noite, moço! Seja bem-vindo! Fico muito feliz em ter aceitado o meu convite.

– Como não aceitaria um convite tão amável? Fiquei muito feliz com as suas palavras e surpreso com a hospitalidade. Talvez nem mereça, a propósito confesso que não estou entendendo o que está acontecendo, mas estou aqui hoje para descobrir.

– Peço desculpas, se lhe causei alguma desconfiança, mas essa foi a forma mais adequada que achei para podermos ter essa conversa de hoje. Bem, se não se importa, vamos subir para o meu "escritório" – deu uma bela risada e se encaminhou para o mezanino.

– Já pedi que providenciasse uma champagne, você me acompanha?

– Sim, claro.

Venâncio, como se hipnotizado estivesse, não conseguia desviar seu olhar dos olhos da Rainha. O garçom do cabaré, em seguida, chegou com a garrafa, e a Rainha fez um brinde à saúde, prosperidade e à nova amizade que se iniciava.

— Bem, meu caro Venâncio, sei que está ansioso, mas antes gostaria de lhe contar um pouco de minha vida e, assim, provavelmente responderei a sua pergunta de ontem, de como consegui chegar até aqui.

Ele apenas assentiu com a cabeça, debruçando-se sobre a mesa, em sinal de total atenção.

— Apesar de ter nascido nestas terras, vivi alguns anos na Europa, meu pai era francês e minha mãe uma brasileira livre, apesar de ser mestiça de índios e negros, essa mistura me deu esse tom de pele um pouco diferente, e como muitos já me denominaram, uma beleza exótica. Eles se conheceram aqui, se apaixonaram e, deste amor, eu nasci.

— Sua beleza não é exótica, é extraordinária — completou Venâncio em mais um galanteio.

A Rainha sorriu e continuou a contar a sua história.

— Pois bem, quando eu já era mocinha, minha mãe adoeceu e, apesar de todos os esforços do meu pai junto aos médicos, ela veio a falecer. Nesse momento, o meu pai, que era muito apegado a ela, se sentiu muito desamparado e tomou a decisão de voltar para a França, e obviamente eu segui com ele. Caso queira perguntar algo, se sinta à vontade.

— Por favor, pode continuar.

— Fomos para a cidade natal de meu pai, Toulouse, ao sul da França. Ficamos juntos por poucos anos, pois a tristeza em seu coração acabou lhe atraindo uma doença e não demorou muito e o perdi também. Fiquei então morando com a parte da família francesa, mas não me sentia acolhida. Fisicamente eu era muito diferente deles e nossos corações não se encontravam. Até que um dia senti algo que nunca havia sentido antes, o explodir de uma paixão.

As expressões de Venâncio não escondiam sua admiração pelo relato que estava presenciando.

— Nossa cidade era rota das caravanas de ciganos e eventualmente eles montavam acampamento por lá. Há muito me senti atraída por aquele povo, o colorido, os cheiros e as danças sempre me fascinaram. Um belo dia, tomei coragem e me aproximei do acampamento, justo no dia da festa de despedida deles daquele local. Estava entretida com as danças, quando senti uma mão tocar o meu ombro, me virei rapidamente e cruzei o olhar com Igor, nesse momento senti o meu corpo estremecer. Foi amor à primeira vista. Não retornei mais para a casa dos meus parentes, no dia seguinte já estava na estrada, sendo acolhida por aquele povo, que parecia fazer parte de minha vida sempre. A sua presença aqui se deve a isso, por essa razão estou fazendo toda essa narrativa.

— Agora, Rainha, você me deixou ainda mais confuso. O que eu posso ter a ver com isso?

— Se tiver paciência, ao final entenderá tudo. Posso continuar?

— Claro, mas lhe confesso que a cada minuto fico mais tenso.

— Relaxe, é apenas a minha vida. Continuando, como lhe falei, fui acolhida por esse povo e iniciada dentro dos conhecimentos de certos mistérios, que eles trazem da ancestralidade. Apesar de não ter nascido deles, me falaram que eu trazia na minha essência o seu povo. Foram anos felizes e de muito aprendizado e amor ao lado do homem pelo qual me apaixonei. Mas os próprios dons que fui adquirindo, através da prática dos mistérios, e o contato com a espiritualidade foram aos poucos me mostrando que aquele momento era transitório. Culminou com o compromisso de casamento com Igor.

— Você já foi casada? — perguntou Venâncio, num rompante.

Uma forte gargalhada assustou Venâncio, que estava totalmente envolto com a história que ouvia.

— Vejo que realmente é ansioso. Respire, que a história ainda está longe de terminar. Aproveite a *champagne*, é bom para relaxar.

Atendendo à sugestão da Rainha, esvaziou o seu copo, que rapidamente foi completado pelo garçom que atendeu a um sinal de sua anfitriã.

— Para eles, o casamento é sagrado e muito respeitado, é um laço quase que indissolúvel e não muito diferente de como é na sua cultura, coloca a mulher numa posição de submissão. Eu tinha os requisitos, pois a noiva precisa ser virgem, contudo, comecei a sentir em meu coração que não era o que eu queria para a minha vida. Igor, por sua vez, estava preso àquelas tradições, ao seu povo, e jamais renunciaria a tudo aquilo por mim, então eu tinha duas opções, ou eu me casava e passava o resto de minha vida com a segurança de um marido que eu amava, mas sem a minha liberdade, ou eu iria buscar a minha vida, livre, mas como todos os riscos e consequências que a decisão acarretaria. Liberdade, você tem ideia do que é isso?

A pergunta pegou Venâncio de surpresa, que ficou sem resposta.

— Me perdoe, não costumo ter esse embate com nenhum fazendeiro, que possui centenas de pessoas escravizadas, gerando riquezas para seus senhores, sem ao menos receber o mínimo de respeito em troca. Mas pela amizade que pretendo ter com você não poderia deixar de me posicionar em relação a isso.

Venâncio fez menção de levantar-se e a Rainha rapidamente o dissuadiu da decisão.

— Por favor, não se ofenda, não estou aqui para julgá-lo por nada. Quem sou eu, com todos os meus erros para fazê-lo? Apenas preciso ter a possibilidade de falar o que penso a um amigo, assim como lhe permito também fazer suas considerações. Tudo bem, assim?

— Não estou acostumado com esse tipo de enfrentamento, peço que respeite a minha posição. Você tem ideia de quão difícil é para mim estar conversando assim com uma mulher? Sabe quantas vezes isso já aconteceu em minha vida?

— Acredito que seja a primeira vez, mas, por favor, não entenda como desrespeito, eu chamo isso de liberdade de expressão. É o mínimo que posso esperar de um amigo, poder falar o que penso.

O magnetismo que a figura da Rainha exerce sobre Venâncio, aliada à sua vontade de conhecer o restante da história e entender o que aquilo tudo tinha a ver com ele, fez que ele retomasse a conversa.

— Posso lhe pedir uma coisa?

— Claro, o que quiser.

— Seu champagne está ótimo, mas preciso de algo mais forte. Pode me dar um whisky?

— Já deveria ter pedido antes, se não se importar, continuarei com a minha taça.

Sorrindo de forma cativante para ele, acenou para o garçom, que lhe trouxe uma garrafa, copo e gelo para que se servisse à vontade. Sem perder tempo, serviu a primeira dose e bebeu instantaneamente.

— Agora acho que podemos continuar.

— Assim, renunciei ao meu amor, para preservar o que tenho de mais valioso e sagrado, a minha liberdade. Bem, toda e qualquer decisão gera consequências e fui obrigada a arcar com todas elas, mas acho que valeu a pena, pois hoje estamos aqui bebendo e relembrando de tudo isso. Obviamente, já deve ter presumido que optei pela minha liberdade. Caso eu fosse uma cigana de nascimento, eu seria perseguida e provavelmente capturada para retornar ao acampamento, mas, no meu caso, consegui fugir e segui a minha vida. Tinha muita vontade de conhecer Paris e foi lá o meu próximo destino. Minhas roupas eram de cigana e, no caminho, fui exercendo os mistérios que aprendi, na leitura das cartas e da quiromancia.

— Quiromancia?

— A quiromancia é a arte divinatória de predizer o futuro segundo as linhas e os sinais da mão, assim como o jogo de cartas. Ambas são magias que fascinam as pessoas, pois aguçam a curiosidade, pelo desejo de saber o que ainda irá acontecer. As cartas dão respostas mais abrangentes, mas a leitura de mãos é mais rápida, e a utilização dessas magias me renderam dinheiro para que alcançasse o meu destino: Paris.

— As pessoas pagam por isso?

A gargalhada da Rainha ressoou pelo cabaré ainda vazio.

— Você não tem ideia do quanto. Tenho certeza de que neste momento está pensando que gostaria de experimentar. Quanto vale saber o futuro?

— Tem razão, desconhecia isso.

— Que bom que é jovem e tem uma vida pela frente para conhecer muitas coisas. Creia que nosso maior tesouro é o nosso conhecimento.

— Bem, e em Paris, continuou lendo a sorte das pessoas.

— O povo cigano sempre foi muito discriminado. Uma coisa é estar nas estradas, onde poucos veem o que está fazendo, mas, na capital, em uma cidade cosmopolita como é Paris, eu certamente teria problemas se assim eu quisesse ganhar a vida. Tive que buscar outros meios, e foi assim que eu conheci o meu primeiro cabaré.

— Você então foi vender o seu corpo?

Ela olhou de uma forma séria, como ele ainda não tinha visto e lhe respondeu:

— Não farei como você, que ao ofender-se pensou em interromper a conversa. Você não é o primeiro e tampouco será o último a se referir dessa forma ao nosso trabalho. Mas vou lhe explicar, o que é a primeira coisa que falo com cada menina que pretende trabalhar aqui. Nossos corpos, assim como a nossa liberdade, não estão à venda. O que fazemos é prestar um serviço, para aqueles que sentem necessidade de buscar experiências diferentes das que conseguem em sua vida cotidiana. Nosso papel vai muito além do sexo, ele talvez seja o meio, mas nunca o final. Para alguns, talvez seja difícil ver desta forma, mas você que é um homem inteligente e principalmente sensível, tenho certeza de que, após uma boa reflexão, entenderá a que estou me referindo.

Silenciou-se por alguns instantes, como se estivesse dando tempo para que Venâncio entendesse que havia sido um pouco grosseiro, e para que assimilasse a sua resposta.

— Os homens que procuram um cabaré têm o sexo como uma boa desculpa, mas o que, na verdade, procuram é suprir suas carências. Carências sexuais, sim, mas principalmente suas carências afetivas, sua solidão interna, aqui eles podem ser o que são, não precisam representar, pois o que acontece aqui fica aqui. Você não faz ideia de quantos vêm apenas para conversar.

Introspectivamente, Venâncio conversava com si próprio e sentia-se encaixado na breve descrição que sua interlocutora acabara de fazer, e não imaginava o quanto era carente. Por um instante, abaixou a cabeça, como se confessasse sua situação. Após alguns instantes de silêncio, a Rainha questionou:

— Posso continuar?

— Claro que sim, estava apenas arrumando meus pensamentos.

— Esse cabaré era muito bem frequentado e tive muita sorte de ter sido aceita. Em pouco tempo, descobri que parte da nobreza francesa ali buscava seus momentos de diversão. Aprendi muito do que emprego hoje aqui, no tempo que estive lá. Até que o destino acabou por colocar em meu caminho um nobre, idoso e muito distinto, que havia ficado viúvo há pouco. Este homem se afeiçoou por mim e passou a ser meu cliente constante, contudo, em um cabaré não existe exclusividade, então ele me fez uma proposta de sair de lá e tornar-me sua mulher. Conversamos muito antes de eu aceitar a proposta, até confiar nele a ponto de entender que não perderia minha liberdade, mas, sim, ganharia um aliado para continuar a seguir a minha missão. É claro que as cartas confirmaram para mim que essa seria a melhor opção.

— Então já foi casada?

— Depende do ponto de vista, ele continuou com a sua casa e montou uma só para mim. Às vezes, ele ficava lá, às vezes voltava para sua casa. Tínhamos uma relação de afeto e respeito, ele confiou em mim e eu fui fiel a ele, até o fim.

— Fim? Então se separaram?

— Sim, fomos separados, pela morte. Mais uma vez, uma pessoa que nutria por mim um lindo sentimento me deixou, a diferença foi que desta vez não fiquei desamparada. Como ele era um homem de muitas posses, deixou para mim uma boa parte de sua fortuna, a qual daria para seguir o resto da minha vida na França sem precisar me preocupar, mas não era esse o meu destino. Em meu íntimo, eu sabia que precisava voltar ao Brasil e usar o que ganhei, para ajudar as pessoas.

— Mas aqui você não faz caridade.

— Não faço aquilo que você entende por caridade. Não saio por aí doando o meu dinheiro, mas sim o multiplico, para poder ajudar ainda mais. A caridade vai muito além de um prato de comida, caridade tem a ver com o amor que doamos. Trouxe da França comigo o lema da revolução francesa:

Liberdade, Igualdade e Fraternidade, e é sob essa bandeira que faço a minha luta. Há muitas coisas que desconhece, mas que, na hora certa, irá entender sobre o que estou falando neste momento. Posso continuar, amigo?

— Desculpe minhas interrupções, mas sou impulsivo mesmo. Vou tentar ficar quieto.

— Não se preocupe, aqui quero que você seja você mesmo, afinal estamos construindo uma bonita e, espero, longa amizade. Bem, a Europa vivia momentos de instabilidade, com a guerra, invasões e tudo que já deve ter tido notícias, com a vinda da família real portuguesa para o Brasil, não tive dúvida de que seria o melhor momento para meu retorno a minha terra, até porque quem iria divertir os homens da corte? — deu uma bela gargalhada antes de continuar.

— Posso lhe afirmar que não foi fácil para uma mulher, sozinha e que não era branca, conseguir fazer essa viagem de volta. Gastei boa parte de meus recursos, mas o que me restou foi suficiente para chegar aqui, comprar esse belo prédio e iniciar a construção de meu sonho, que era de fazer um cabaré, no estilo francês, na cidade do Rio de Janeiro. E assim como você, tive uma grande sorte de conhecer o Madrugada e sou muito grata a ele pela ajuda que me deu.

— Tenho dois questionamentos: por que tive a sorte de conhecer o Madrugada? E apenas por curiosidade, vocês são amantes?

— Sabe que quanto mais conversamos, mais eu gosto de você?

Venâncio sorriu meio sem jeito, não conseguindo esconder o seu agrado pelo que ouvia.

— Tivemos sorte, pois o Madrugada, apesar de seu jeito irreverente e sua aparência de um boa-vida, namorador e que ganha a vida no jogo, ele é um grande homem, verdadeiro e com enorme amor em seu coração. Se me permite, vou abrir um parêntese, para lhe falar sobre ele, sei que ele não gosta que saibam de sua vida, mas ele irá entender o motivo que me levou a falar sobre ele.

Respirou profundamente, tomou a sua champagne e continuou:

— Ele poderia, se quisesse, morar aqui no cabaré, mas não abre mão de morar no morro, junto com o seu povo, como ele mesmo diz, o povo negro. A eles dedica grande parte do seu tempo, ensinando as crianças negras e mestiças da comunidade, na escola que ele mesmo criou, a qual ele chama de Escola da Vida. Lá, além de professor, e diretor, é principalmente patrocinador, pois grande parte do dinheiro que ganha, aplica no desenvolvimento intelectual das crianças e daqueles que querem aprender, independentemente da idade. A educação é para ele a arma que usa na sua luta contra a discriminação racial, religiosa e sexual. Com seu poder de persuasão, já convenceu vários senhores da corte a permitir que os filhos de seus escravos frequentem a escola. E assim vai dando a sua contribuição para um mundo melhor.

— Quanto a sua segunda pergunta, não vou negar que já tivemos alguns flertes, afinal, é um homem bonito, mas o que nos une de verdade é a luta pelo respeito ao ser humano, pela busca da felicidade para todos, e o nosso olhar ao próximo com compaixão, com amor, acolhendo sem julgamentos, doando sem interesse. Tudo isso, confesso que venho aprendendo com ele, pois seu coração é muito maior que o meu. Isso é apenas um breve resumo, mas o suficiente para nos achar sortudos, por conviver com ele. Entendeu?

— Confesso que a cada minuto você me surpreende com a sua exposição. A sua descrição deste outro lado do Madrugada em nada bate com a primeira impressão que ele deixa, mas, ao mesmo tempo, tem tudo a ver, pois desde o primeiro momento que estive com ele, por alguma razão que desconheço, confiei nele plenamente.

— A razão chama-se sensibilidade, isso você tem à flor da pele. Com o tempo irá se habituando a usar essa faculdade a seu favor.

— Será que é essa sensibilidade que faz as minhas mãos suarem e meu coração bater fora de ritmo quando estou com você?

— Talvez não, mais provável que seja uma reação por estar conversando com uma mulher, mestiça, bonita e de igual para igual. Mas sei que rapidamente irá se acostumar, pois temos muito a falar.

— Temos? — perguntou Venâncio, fazendo uma cara incrédula.

— Sua história é muito interessante e estou lisonjeado por dividi-la comigo, mas não entendi por que acha que seremos amigos.

— Se puder esperar para me fazer essa pergunta novamente ao final de meu relato, terei prazer em respondê-lo.

Mais uma vez Venâncio assentiu apenas com a cabeça.

— Então, comprei o prédio, reformamos e o mobiliamos. Começamos a escolher as meninas e depois de tudo pronto, levamos mais de um mês para abrirmos as portas, para dar tempo de passar para as meninas e demais funcionários toda a minha filosofia de trabalho. Treinamento, disciplina e respeito são importantes em qualquer negócio, mas em nosso específico, a discrição também é fundamental. Só se alcança o nível que pretendo com um trabalho árduo, e a confiança dos clientes se conquista dia a dia. Hoje somos respeitados na cidade, ganhamos dinheiro e, ao mesmo tempo, fazemos um grande trabalho social, trazendo prazer e felicidade aos nossos clientes, geramos empregos, acolhendo aqueles que precisam, e ainda nos sobra tempo e dinheiro para atuarmos em prol de nossos ideais.

Encheu pela última vez a sua taça, olhou nos olhos de seu convidado e continuou:

— Agradeço muito a sua paciência para ouvir minha história de vida, porém agora vou tentar explicar o porquê de todo esse rodeio.

Deu um sorriso espontâneo para Venâncio, que se deliciou com aquela visão de uma mulher tão atraente.

— Quando se é cigana, nunca mais deixa de ser cigana, mesmo estando longe de seu povo. Você até sai da caravana, mas ela nunca sai de você e comigo não foi diferente. Toda a magia que aquele povo me ensinou me acompanhará para todo sempre. E a magia é interessante, que quanto mais a usa, mais ela aflora para você. Costumo dizer que é como um sapato, que quando novo, aperta, incomoda, mas, depois de algum tempo de uso, se encaixa, como se sempre estivesse ali.

Agora já mais relaxado, depois de algumas doses de whisky, Venâncio começou a perceber o ambiente, desfocando um pouco de sua anfitriã, foi se dando conta que, na mesa da Rainha, alguns objetos denunciavam a sua origem. Fitas coloridas, cristais e um baralho, algumas conchas diferentes, um punhal, um belo leque, um pequeno pandeiro, algumas velas coloridas, mas o que mais chamou a atenção dele foi uma coruja empalhada.

— Acho que realmente nunca deixou de ser cigana, aqui há vários objetos enigmáticos, mas o que mais me chamou a atenção foi a sua coruja branca.

— A Alba? Fique tranquilo que ela é bem quietinha. Para nós, ciganos, elas têm uma simbologia de segurança, equilíbrio, principalmente no plano financeiro.

Olhou para a sua coruja com carinho, suspirou e continuou:

— E por não deixar de ser cigana, quando o Madrugada chegou aqui empolgado, relatando que havia encontrado um novo amigo, senti uma intuição de que precisávamos saber um pouco mais desse personagem. Foi então que resolvi abrir uma mesa e jogar, para buscar nas cartas as respostas que eu procurava. E é por isso que está aqui.

— Sendo assim, já estou grato a essas cartas, pois me deram a oportunidade de conhecê-la — comentou Venâncio, em tom zombeteiro.

— Nossos caminhos se cruzariam de uma forma ou de outra, as cartas apenas me trouxeram as explicações que eu buscava.

— E que explicações foram essas?

— Bem, essa é a parte mais árdua de nossa conversa, pois é a de mais difícil explicação, por se valer de conceitos filosóficos, que estão intrínsecos em nós pela nossa formação, principalmente a religiosa. Como não poderia ser diferente, seus dogmas católicos conflitam com a minha vivência como cigana e, agora, através do convívio com o Madrugada, com crenças africanas.

— Rainha, desde a minha vinda, em criança, para o Brasil, me deparo com acontecimentos com os quais tenho dificuldade de explicar com o que aprendi na Igreja. Lembre-se que convivo dia a dia com o povo africano e, por mais que nós brancos tentemos sufocar a cultura dos negros, ela acaba por sobreviver de um jeito ou de outro. Sendo assim, qualquer absurdo que falar, não me surpreenderá, pois já vi muita coisa nessa vida.

— Assim fico mais à vontade. Vamos lá, no meu entendimento, existe uma rede cósmica, espiritual, sagrada, seja lá o nome que quiser colocar, que une as pessoas e faz com que elas se encontrem. Uns chamam até de destino, mas prefiro chamar de missão. Esses encontros sempre têm um propósito, que frequentemente desconhecemos, às vezes dá tudo certo, outras vezes não, e então outros encontros, no futuro, se fazem necessários. No nosso caso em especial, as cartas nos mostraram que fazemos, eu e o Madrugada, parte de sua família espiritual e temos o dever de lhe apoiar na sua missão de vida. Você tem uma enorme proteção espiritual, mas também terá grandes e desafiadores obstáculos e, para chegar ao objetivo, precisará contar com os amigos.

Por alguns instantes, Venâncio ficou pensativo sobre as palavras que acabara de ouvir e, ao mesmo tempo, a Rainha na expectativa de como absorveria essas informações.

— Quanto me custará esse apoio e essa amizade quase familiar?

A Rainha abaixou a cabeça, para que ele não pudesse ver, vertendo de seus olhos suas lágrimas, mas não conseguiu seu intento. Ao vê-la chorando, Venâncio percebeu que talvez tivesse cometido um erro ao se posicionar daquela forma. Antes que ele pudesse tentar desfazer o malfeito, ela falou:

— Amizade é um tesouro tão valioso, mas tão valioso, que nem todo o dinheiro do mundo poderia comprá-la. Eu sinto muito o fato de não ter conseguido tocar o seu coração. Lamento que não conheça o amor incondicional que há em uma amizade, talvez um dia possa ter esse privilégio.

Respirou, secou as lágrimas e se refez, como uma verdadeira Rainha, e voltou a falar:

— Meu amigo, acho que nossa conversa se encerra aqui. Me desculpe pelas lágrimas, não sei como isso aconteceu, pois não deixo nenhum homem ter o prazer de me ver chorar, mas, enfim, aconteceu. Peço a gentileza de se retirar agora, quem sabe outra hora, outro dia, possamos voltar a conversar novamente. Os encontros às vezes não dão certo, como lhe falei.

O VERSO DA ESCRAVIDÃO

Levantou-se e apontou na direção da porta do cabaré, imediatamente um negro de estatura elevada pôs-se ao lado dele, para conduzi-lo para fora. Sem dizer uma só palavra, Venâncio saiu, levando consigo um enorme peso, por ter cometido, possivelmente, um grande erro.

Caminhando pelas ruas mal iluminadas da cidade, como suas lamparinas de óleo de baleia, Venâncio estava envolto em seus pensamentos e tudo passava em sua cabeça, como uma história que não teve um final feliz. Tinha a sensação de que havia estado no céu e, em menos de 24 horas, depois estava no inferno. Como tudo aquilo poderia estar acontecendo na sua vida? Lembrou-se de certa vez que o Velho João havia comparado para ele as palavras como sendo pedras que, depois de atiradas, não têm mais volta. Por que não pensava antes de falar?

Em meio as suas lamúrias e sem se dar conta, em sua caminhada acabou por chegar à beira da praia. A escuridão que já se fazia presente era um chamado para esconder o ressentimento que sentia de si próprio. Retirou os sapatos, arregaçou as barras da calça e foi em direção à beira do mar. Deixou as ondas lamberem as suas pernas e, olhando a vastidão do mar que se abria a sua frente, desabou em um choro profundo.

Nesse momento em sua mente, os piores pensamentos começaram a se fazer presentes. Começou a questionar, como nunca havia feito antes, toda a sua vida. Naquele momento, sentia-se o ser humano mais desprezível da face da Terra, pois ninguém o amava de verdade, não tinha amigos, sua esposa o odiava, o restante da família não se importava com a sua felicidade, apenas queriam que ele cumprisse suas obrigações. Seus escravos, se pudessem, tirariam a sua vida, como ficou claro no episódio da fazenda de café, suas escravas o serviam por medo, por interesse, nunca por vontade própria. Crescia em sua mente o descontentamento com sua vida, e uma estranha força o puxava para dentro das águas, como se quisesse aliviar a sua dor pela sua morte. Lutou mentalmente contra essa energia negativa, que a cada instante torna-se mais convincente, e suas forças para resistir começavam a se esvair. Deu o primeiro passo em direção à imensidão do oceano.

No instante seguinte, escutou uma gargalhada estridente, que fez o seu corpo tremer de cima a baixo. Como se houvesse levado um choque, despertou daquele pesadelo, se dando conta de que já estava com a água na altura de sua cintura. Olhou para os lados para tentar identificar se havia mais alguém ali e rapidamente retornou para a beira da praia. Ao chegar à areia, em um sobressalto se deparou com uma figura assustadora a sua frente. Um homem muito alto, sem camisa e com uma capa nas costas, empunhando um tridente em uma de suas mãos, se postou a sua frente e o olhou profundamente, como se sua alma estivesse vendo. Antes que pudesse esboçar qualquer reação, o homem lhe falou:

— Boa noite, moço! Então é assim que acha que irá resolver os seus problemas? Pois lhe falo que tem uma das maiores oportunidades de resolver grande parte de seus problemas nessa vida, mas parece que não está querendo aproveitar, não é isso?

— Boa noite, quem é o senhor?

Após mais uma gargalhada arrepiante, ele falou:

— Eu sou o guardião deste lugar e você está dentro do meu ponto de força, e te falo que não foi à toa que chegou até aqui, eu só não esperava que se deixaria abrir-se para as forças negativas, a ponto de quase sucumbir a elas. Esperei para ver até onde iria a sua covardia e tive que intervir, para evitar o pior.

— Como é o seu nome?

— Venâncio, por que se apega a coisas banais, ao invés de tentar absorver o que realmente lhe interessa? Eu sou o Exu do Mar e estou aqui para lhe dar um ultimato em sua vida. Você sabe que tem uma missão, várias pessoas e seres já lhe falaram isso, mas você insiste em desprezar essa importante informação. Agora chega! – falou o senhor Exu, elevando bastante o seu tom de voz e cravando o seu tridente no chão.

— Ou nos acertamos aqui e agora, ou terá que arcar sozinho com todo o ódio que impera contra você. Seus negócios, família, sua vida, ficarão à mercê desses seus algozes que querem fortemente lhe destruir e certamente conseguirão, visto a sua experiência de hoje.

— Mas o que quer de mim?

— Eu? Nada, absolutamente nada. Mas o que precisa entender é que não está aqui a passeio, por exemplo, essa capacidade que tens de estar conversando comigo, que não faço parte de seu mundo, é dada a poucos e serve para lhe ajudar a atingir seu o objetivo, nesta sua passagem por este mundo.

— Mas como posso atingir um objetivo, se nem ao menos sei qual é?

— Vou lhe responder, fazendo uma outra pergunta. A quem você deve tudo que tem e conquistou até hoje?

— A mim mesmo, pelo meu trabalho, meu esforço e dedicação.

— Vou lhe perguntar mais uma vez, a quem você deve tudo que tem e conquistou até hoje?

— Tudo bem, se não fosse pelo meu pai...

O senhor Exu o interrompe bruscamente e, de uma forma ríspida, fala:

– Vou perguntar pela última vez, a quem você deve tudo que tem e conquistou até hoje? Mas, agora, antes de responder, pense, pense bem, pois é a sua última chance.

Venâncio se silencia e o senhor Exu, pela sua capacidade, começa a despertar nele o entendimento que desejava. Nesse momento, algumas imagens começam a passar em sua tela mental, ele vislumbra a fazenda de cana-de-açúcar com os escravos trabalhando, assim como a fazenda de café, onde também os escravos são a força da lavoura. E, enfim, num súbito estalo em sua mente, ele vê a resposta, e sem perceber, grita:

– Aos negros.

O senhor Exu solta outra gargalhada, mas, agora, com ar de aprovação.

– É a eles que deve e é a eles que precisa pagar.

Os olhos do Exu, cravados em seus olhos, penetravam em sua mente, e Venâncio já não conseguia mais esconder seus pensamentos. Daí para frente, a comunicação passou a ser mental e os pensamentos de Venâncio não contribuíam em seu favor.

– Não devo nada aos negros, são escravos e eu os comprei, pagando um bom valor por cada um deles.

– Talvez eu não seja o melhor para ter essa conversa, pois não costumo ter muita paciência com pessoas como você. Minha vontade agora é fazer você beber cada gota deste oceano, até vir para o meu lado espiritual. Mas se isso acontecer, você vai me dar muito mais trabalho, pois existem seres sedentos pelo seu desencarne, e no momento não conseguiríamos impedi-los de levar você com eles. Talvez fosse uma experiência interessante, ser escravizado pelas forças negativas – gargalhou o Senhor Exu.

Nesse momento, na mente de Venâncio, imagens horrendas iam se sucedendo e o pavor tomou conta dele. Ajoelhou-se aos pés de Exu e implorou pela sua proteção.

– Eu sou um executor da Lei Divina, proteção você teve até aqui, mas daqui para frente ou você muda o seu caminhar ou, como já lhe falei, terá que seguir sozinho. Em primeiro lugar, precisa aprender de uma vez que a cor da pele não define o ser humano, você e nenhum outro branco é melhor do que um negro escravo apenas por ter a pele clara. Sendo assim, a lição número um é respeito.

– Mas não sou o único branco a ter escravos e explorá-los.

– Realmente, não é. Mas a você foi dada a missão de lutar pelo povo negro. Por isso está se tornando um dos maiores e mais bem-sucedidos fazendeiros, pois desta forma a sua palavra passa a ter um peso maior. A espiritualidade vem agindo para facilitar essa caminhada, ou ainda continua se achando aquele homem sensacional? Nada aqui acontece por acaso.

— Mas como vou fazer isso?

— Cabe a você traçar seus caminhos, o que posso lhe garantir é que nunca estará sozinho.

— Só não entendo o porquê de não agirem e resolverem o problema. Se são tão poderosos, por que precisam de mim?

— Há muita coisa que não entende, uma delas é uma Lei sagrada que se chama "Livre-Arbítrio". O Criador, em sua infinita bondade, concedeu ao homem a capacidade de definir o seu destino e ninguém, nem os orixás, nem seus santos, pode interferir na decisão do ser. Se depois de toda essa conversa você simplesmente quiser ignorá-la, será a sua decisão. Mas o Livre-Arbítrio não o livra das consequências de suas decisões.

— Mas o que me pedem é algo muito difícil.

— Não se forja uma espada com uma única martelada. Se realmente estiver disposto a seguir com a sua missão, achará os caminhos, para isso foi cercado por pessoas que podem lhe ajudar. A propósito, precisa aprender rapidamente quem são aqueles que estão no mesmo barco que você. Não vire nunca as costas para aqueles que lhe estendem as mãos. Espero que tenha entendido o que falei. Vamos caminhar um pouco, pois um adepto acabou de deixar um marafo aqui na praia para mim e preciso tomar uma boa dose, essa conversa me deixou seco.

Beirando a praia, caminharam um pouco e o Sr. Exu continuou.

— Faz-se necessário que melhore a sua vibração energética, então sugiro que controle seu desejo sexual. Nada contra o sexo, até sou bem favorável — deu uma bela gargalhada. — Mas estuprar as negras, como você vem fazendo ao longo de sua vida, é um grande erro e só lhe atrai as energias negativas, que teve o desprazer de ter uma pequena amostra hoje. O sexo consentido tem outra energia, e se um dia tiver a oportunidade de experimentar um sexo com amor, aí verás a força de uma energia divina.

Venâncio permaneceu em silêncio, tentando absorver todas as informações que o abarcavam sem pedir licença.

— Acho que já falei demais. Talvez não se lembre totalmente de nossa conversa, mas no seu inconsciente ficará registrado e, eventualmente, terás alguns lampejos que irão lhe ajudar a conduzir sua vida, se assim o desejar. Boa noite, moço!

Em um giro, desapareceu da visão de Venâncio, que permaneceu estático, sem reação.

37

O INÍCIO DE UM NOVO CAMINHAR

O sol batendo no rosto de Venâncio o fez acordar, na beira da praia, com o corpo todo sujo de areia, olhou ao redor e notou uma garrafa de cachaça vazia, próximo de onde dormia. Sentia dores em todos os lugares do corpo, mas a sua cabeça parecia que iria estourar. Tentou se levantar, mas em um primeiro momento não conseguiu. Tomou a decisão de ficar sentado por alguns instantes, tentando colocar os pensamentos em ordem. Não se lembrava como foi parar ali, sua última lembrança era a figura da Rainha pedindo para ele se retirar do cabaré. Aquilo ainda doía profundamente em seu peito, mas parecia que havia mais coisas, tinha a sensação de ter tido um sonho, ou melhor, um pesadelo muito estranho. Alguns *flashes* passam em sua cabeça e só a fazia doer ainda mais. Sabia que precisava voltar para o hotel, pois seu pai deveria estar por chegar, mas continuava juntando forças.

Passado algum tempo, resolveu se levantar, ainda com dificuldades, pôs-se de pé e só então percebeu que havia perdido os seus sapatos. Sua figura era deplorável naquele momento, sujo, pés descalços, e sem ao menos conseguir abrir totalmente os olhos, pois a claridade ampliava a sua dor de cabeça, saiu ainda trôpego em direção ao seu hotel.

José Couto, aflito, tomava café no hotel, sem ter notícias de Venâncio. Já sabia que ele não havia dormido lá e estava estranhando, pois nunca acontecera isso antes. Estava pronto para ir ao distrito policial pedir ajuda para encontrá-lo, quando viu aquela figura ignóbil chegar à recepção.

— Venâncio, o que aconteceu? Onde estava? Estou aqui preocupado com você, à sua espera desde ontem à noite.

— Pai, sem muitas perguntas, estou bem, só preciso tomar um banho e dormir um pouco. Depois nos falamos.

– Depois? Mas temos tantas coisas para resolver, pois quero partir para a Nossa Senhora da Conceição ainda hoje.
– Acho que terá que resolver tudo sozinho.
Enfiou a mão no bolso e retirou um papel amassado, entregando a seu pai.
– Esses são os escravos que precisamos levar para a fazenda, hoje fica por sua conta. Após um bom sono, espero estar melhor e, se for de sua vontade, partimos para a fazenda, já não tenho mais o que fazer aqui. Agora, se me der licença, estou indo para o meu quarto.
José Couto, enfurecido, enfiou o papel em seu bolso e saiu para negociar suas sacas de café, em seguida iria comprar os escravos necessários.
Após um banho reconfortante, Venâncio caiu em seu travesseiro e dormiu, entretanto, aquele sonho não saía de sua mente, voltou a ter estranhas sensações. Via seres horripilantes rondando o seu corpo e uma frase repetida em sua mente: "É a eles que deve e a eles que precisa pagar. Respeito é o primeiro passo".
Algumas horas depois, acordou com batidas na porta de seu quarto e seu nome sendo gritado.
– Acorde Venâncio, já estamos nos aprontando para partir.
Percebeu que era seu pai, levantou-se lentamente, caminhou até a porta e, após abri-la, falou:
– Tudo bem, pai, vou arrumar minhas coisas e partimos em seguida. Só preciso comer alguma coisa antes.
Algum tempo depois, a comitiva seguia com os novos escravos e a escolta de capatazes em direção à fazenda, para finalmente reunir toda a família novamente. Durante o percurso, Venâncio relatou para o pai a situação que encontrou a fazenda e as atitudes que teve que tomar, para conter o ímpeto de Amália, que havia se apossado indevidamente das obrigações e decisões que a eles cabiam.
– Conseguiu comprar os escravos, conforme estava recomendado no papel que lhe passei?
– Agora está querendo ensinar o padre a rezar a missa?
– Não é isso, é que cada um desses será encaixado em um devido lugar. A propósito, vou lhe pagar do meu dinheiro a negrinha que substituirá a Rosinha, já recebi a parte do Velho João e a minha parte já está comigo também. Tão logo cheguemos lá, eu acerto com você.
– Não estou preocupado com isso, mas sim com essa postura de Amália.
– Vou precisar que fique uns tempos na fazenda, para colocar as coisas em ordem com Rufino. Pretendo, em seguida a minha chegada, partir para

a Fazenda Santa Maria, não acho bom ficarem sem nenhum de nós dois por lá. O Velho João, mais uma vez, irá comigo, e mais algumas escravas, que levarei para tirar das garras de Amália. Estou com algumas ideias na cabeça e espero que me dê carta branca para tomar as decisões por lá. Podemos combinar assim?

— Venâncio, confesso que me preocupo demais com essas suas "ideias", mas não tenho muito alternativa, estou ficando velho e cabe a você tocar a fazenda, não foi isso que combinamos? Mas estou achando você diferente, não sei bem o que é, mas sua forma de falar, sei lá. O que aconteceu no Rio naquela noite?

— Deixe isso para lá, coisas minhas. Agradeço a confiança e tenho certeza de que não irei decepcioná-lo. E, então, conseguiu encontrar a mulher de Akin?

— Sim, ela está na fazenda do senhor Afonso, que fica no caminho que irá passar. Apenas aguardando para ser entregue a você na sua passagem.

— Muito bom, pai, isso será o meu trunfo.

Após a primeira refeição de toda a família junta, os novos escravos foram perfilados diante da casa grande, para que Amália pudesse escolher aqueles que iriam servir a casa grande. José Couto transferiu para Venâncio a tarefa de acompanhá-la, para que pudesse ficar brincando como os netos, que não via já há algum tempo. E rapidamente Amália escolheu a negrinha, algumas escravas e o negro mais viril do lote.

— Mas Amália, esse negro, por ser forte, nos será muito mais útil no canavial, não faz sentido ele ficar na casa grande.

— Tínhamos um acordo e eu estipulei mucamas e um amo para me servir na casa grande. Preciso de proteção e não vou renunciar a isso.

— Ok, que seja assim então. Amanhã partirei para a Santa Maria e levarei comigo as mucamas que colocou no canavial, que serão substituídas pelas que lá trabalhavam e você retirou para a casa grande. Você acabou de escolher suas novas mucamas.

Feitas as escolhas, sinalizou para que os capatazes fizessem a separação dos negros e lhes encaminhassem para suas funções. Deu ordens para que Rufino, pessoalmente, organizasse a nova comitiva, para partida na primeira hora da manhã seguinte, e avisasse ao Velho João, que o acompanharia em mais essa jornada.

Antes de partirem na manhã seguinte, José Couto questionou seu filho quanto a presença de um negro dentro da casa grande.

— Pai, essa foi uma escolha de Amália, tentei dissuadi-la, mas não consegui. Infelizmente, faz parte de um acordo que fiz com ela para devolver as mucamas que estavam na casa grande para o canavial e trocar pelos novos. E, em sua lista, colocou um escravo homem, questionei, mas ela falou que era para a segurança pessoal dela, pois se sentia ameaçada.

— Mas segurança é dada pelos capatazes.

— Eu sei, mas ela quer formar um escravo leal a ela e acha que um homem lhe será mais útil e fiel que uma mulher. Já fiz de tudo, mas ela não abriu mão.

— Isso me parece muito estranho, vou ficar de olho, mais um problema para administrar aqui. Essa sua mulher realmente é muito estranha.

E assim partiram para a fazenda de café, onde Venâncio estava disposto a colocar em prática algumas de suas novas ideias. No caminho, pegaram Maria Mamba e seguiram destino, mas a cabeça de Venâncio estava em polvorosa, com os *flashes* que eventualmente apareciam, fazendo-o lembrar de seu sonho na praia. Alinhou seu cavalo com a carroça que levava o velho João, para com ele conversar um pouco.

— Salve, Nêgo Velho!

— Salve, fiô! Como suncê está? Sua energia está agitada.

— Sim, Nêgo Velho, pensando em muitas coisas ao mesmo tempo. Posso lhe fazer uma pergunta? Você acha que um dia os negros serão como os brancos?

— Não.

— Não? — retrucou Venâncio, surpreso com a resposta.

— Fiô, os negros já são como os brancos. Não existe nenhuma diferença entre nós, salvo a cor da pele. Hoje os negros estão subjugados ao poder dos brancos, mas isso, sim, um dia irá acabar. Há de se ter muita luta e principalmente muita resistência para que nossa cultura não seja apagada. Para isso, nós contamos com pessoas como suncê, que podem mudar essa situação.

— Talvez eu não tenha feito a pergunta corretamente. Mas era exatamente sobre isso que estava me referindo.

Seguiram e não demorou muito para chegar à Fazenda Santa Maria. A primeira atitude de Venâncio foi chamar Catarina para se juntar a ele e ao Velho João, para lhe apresentar as escravas que estava trazendo, para trabalhar na casa grande.

— Catarina, como andam as coisas por aqui?

— Salve, sinhozinho! Salve suas forças, Velho João! Bom tê-lo de volta. Bem, confesso que as coisas estão um pouco mais tranquilas do que quando chegou aqui antes. O sinhô seu pai conseguiu demonstrar um pouco mais de dignidade para com os negros e isso foi bom.

— Fico feliz em ouvir isso, mas saiba que isso é só o começo. Pretendo transformar a Fazenda Santa Maria em um exemplo para não só a colônia, mas também para nossos parceiros na Europa. Bem, vamos ao que interessa neste momento, estou trazendo algumas escravas da Fazenda Nossa Senhora da Conceição para trabalharem aqui com você na casa grande, peço que cuide delas da melhor forma.

— Sim, sinhozinho.

— Outra coisa, me fale de Akin.

— Tudo aquilo que aconteceu fez com que ele abrandasse o seu ímpeto, mas é algo que está dentro dele e não sei se conseguirá um dia mudar.

— Pois darei a ele a chance que precisa. É uma aposta arriscada, mas aprendi com um amigo que, quando se joga, reduzir as probabilidades do adversário é o primeiro passo para vencer. Já mandei os capatazes o trazer até aqui, para conversarmos.

Quieto em seu canto, o Velho João observava, com orgulho, o amadurecimento de seu amigo.

Não demorou muito para o negro Akin chegar até eles, de cabeça baixa se aproximou sem dizer uma palavra sequer.

— Salve, Akin! Gostaria que me passasse a sua impressão desses primeiros meses da fazenda sob a nossa direção.

— Não tenho o que falar não, sinhozinho.

— Bem, se não tem o que falar eu tenho. Nesse período, mandei fazer melhorias na senzala, melhoramos a alimentação de vocês, negros, reduzimos os castigos, mas podemos ainda melhorar isso. É uma pena que não tenha percebido.

O negro Akin continuava em silêncio e com a cabeça abaixada, o que intrigava Venâncio, se aquilo era uma atitude de respeito ou ressentimento. Venâncio continuou:

— Eu quero fazer uma experiência aqui na fazenda e, se der certo, vamos aos poucos ampliando e, para tanto, gostaria de contar com o seu apoio. Vou criar uma vila para os negros e a primeira casa será a sua. A ideia é que cada casa tenha um pedacinho de terra para que possam plantar e colher os seus próprios alimentos. Pretendo lhe dar uma pequena remuneração pelo seu trabalho, para que possa comprar conosco as sementes e, eventualmente, alguns animais para o consumo. Obviamente, não tenho como trancá-lo nessa casa, como fazemos com a senzala, sendo assim a sua fuga será muito facilitada, mas se o fizer sepultará essa ideia, que pode trazer para todos os seus irmãos negros uma vida melhor.

Akin levantou a cabeça e olhou incrédulo para Venâncio. Este, por sua vez, fez um gesto para o capataz que estava à porta, para trazer Maria Mamba, como estava combinado.

– E para que possa administrar essa casa, como eu lhe havia prometido, trouxe de volta uma pessoa importante, sua esposa.

Nesse momento, entra Mamba, que escutava toda a conversa e estava tão perplexa quanto seu marido. Os dois trocam olhares e as lágrimas desabaram dos olhos dela.

– Mamba, não vai abraçar seu marido? – falou Venâncio.

A cena comoveu os Velhos Catarina e João, que não conseguiram conter as lágrimas. Depois de tantas mazelas que passaram na vida, agradeciam ao Criador por lhes permitirem viver aquele momento. O casal abraçado trouxe a Venâncio a certeza que começara a trilhar no caminho certo.

– E então, Akin, não vai me responder a minha proposta?

Ainda com a Mamba em seus braços, ele olhou para Venâncio e perguntou:

– Por que está fazendo isso?

– Para que você aprenda que nem todo branco é ruim, e para que eu aprenda que existem negros bons, assim como o contrário também é verdadeiro, cabe a nós escolhermos em que lado queremos estar. Posso contar com você?

Mamba olhou para o marido e fez com a cabeça um sinal de positivo, pois sabia que jamais nessa vida teriam uma outra chance como aquela.

– Bem, sinhozinho, o senhor me aprisiona do mesmo jeito, me concedendo essa suposta liberdade que, se não exercida do tamanho do meu desejo, fará com que eu carregue o peso da culpa por tirar essa oportunidade dos meus irmãos de cor. Esse fardo será muito mais pesado do que qualquer outro que já tive, aliado ainda à ingratidão que demonstrarei diante do único branco que, em algum momento, se importou por mim.

Fez um breve silêncio e, após uma nova troca de olhares entre o casal, ele respondeu:

– Eu aceito, e aproveito para agradecer por ter trazido minha esposa de volta.

– Muito bom. Que fique claro que, para conseguirmos dar sequência ao projeto da Vila dos Negros, precisamos que os recursos saiam da produtividade da fazenda, e conto cada vez mais com você, não só no trabalho, mas para incentivar os outros negros. Vou tomar as providências para amanhã mesmo começarmos a construção de sua casa. Agora estão dispensados, pois preciso descansar.

Antes de todos saírem, Venâncio falou ao Velho João.

— Nêgo Velho, se quiser pode ficar aqui na casa grande.

— Não carece não, fiô, vou me juntar à Catarina e aos irmãos na senzala. Quem sabe no futuro eu fique hospedado na casa dela – deu um risinho e saiu com ela em sua companhia.

Na cozinha, após Catarina passar um bom cafezinho e servir um bolo ao Velho João, Catarina comentou:

— O que houve com esse menino, estou achando-o diferente da primeira vez que esteve aqui.

— A espiritualidade está trabalhando fortemente para que possa cumprir a missão que foi acordada com ele antes de encarnar. Suncê sabe o quanto é difícil e por quantos obstáculos terá que passar, mas ele tem bastante proteção.

— Ah, isso ele tem mesmo. Depois que eu vi Akin com a faca em seu pescoço, achei que estava tudo acabado. Agora ele volta e concede ao seu algoz todas essas benevolências. Não consigo entender, esperava que ele o vendesse, por ser um bom homem.

— O bom homem é aquele que sabe perdoar e aproveita as dificuldades para torná-las oportunidades. Fico muito orgulhoso dele, pois parece que está adentrando no caminho certo.

— E essas novas mucamas? O que tem a dizer?

— São boas pessoas, às quais ele se envolveu sexualmente, e para preservá-las do ciúme de sua esposa, as trouxe para cá. Estavam correndo risco se lá continuassem.

— Transferiu o seu harém para cá? Pelo menos não irá importunar mais as mucamas daqui.

— Vamos ver. Só o futuro irá nos mostrar.

Na manhã seguinte, Venâncio procurou o jovem feitor Frederico e com ele percorreu todo o cafezal e os demais pontos da fazenda, e notou uma real melhora, principalmente na plantação, à qual foram atribuídas algumas mudanças sugeridas pelo negro etíope Armin.

— Sinhozinho, esse negro é muito estranho, ele não age como um escravo e realmente entende do que ele está fazendo. Para nós foi muito bom tê-lo aqui na fazenda, talvez sem ele aqui levaríamos alguns anos para alcançar o que já teremos na próxima safra.

— Pois bem, Frederico, se ele tem nos ajudado tanto, merece ser ajudado também. Vou conversar com ele, para que ele seja o supervisor do cafezal, e se ele aceitar continuar trabalhando conosco, com afinco, ao final de três anos já terá passado seu conhecimento para nossos escravos e não precisaremos mais dele.

— Não entendi, vai dar cabo dele?
Venâncio, depois de dar uma boa risada, falou:
— Claro que não. Vou libertá-lo e ajudá-lo a voltar para a sua terra.
— Está falando sério?
— Como nunca falei antes. Ele já está entendendo a nossa língua?
— Muito pouco, mas aquele negro Akin é quem melhor se comunica com ele.
— Pois bem, trate de no final do dia de hoje reunir os dois no pátio da casa grande, para eu falar com ele, com a ajuda de Akin.
— Assim será feito, sinhozinho.

Após o encontro dos três, com a presença de Frederico e mais dois capatazes, o negro Armin era só felicidade. Já nem tinha esperanças de retornar para a sua terra natal, mas a promessa do senhor Venâncio despertou nele um enorme desejo de continuar vivendo. Ficou combinado que Akin e seu filho seriam os seus assistentes, e para quem ele deveria passar todo o conhecimento que tinha sobre o cultivo e manuseio do café.

Ao retornar à casa grande, pediu a Catarina para, após o jantar, reunir todas as mucamas que havia trazido da Fazenda Nossa Senhora da Conceição para lá, porque queria ter com elas uma conversa.

— Mas, sinhozinho, todas de uma vez? E após o jantar? O sinhô tem certeza disso? –perguntou Catarina, com um ar incrédulo, imaginando que ele queria fazer com todas, ao mesmo tempo. Venâncio sorriu para ela e falou:

— Acho que realmente não deixei uma boa impressão em minha primeira vinda aqui, mas como diz o Nêgo Velho, não posso mudar o que já foi, somente o que ainda será. A propósito, está cuidando bem do Velho João?

— Sim, ele é um bom amigo e está fazendo um belo trabalho na senzala, tratando fisicamente os adoentados e espiritualmente os atormentados.

— Isso é muito bom e ele sabe fazer isso, melhor que ninguém. Vou me recolher e venho para o jantar.

A experiência que havia vivido no Rio de Janeiro não saía de sua cabeça. Não conseguia se perdoar pelo que havia feito à Rainha e consequentemente ao seu amigo Madrugada, e aquele sonho estava cada vez mais presente em sua mente – respeito, essa palavra martelava em sua mente, sem que ele entendesse direito o que significava, mas estava agindo da forma que seu coração mandava naquele momento.

Após o jantar, as negras trazidas da outra fazenda estavam à disposição dele, sem saber por que, todas estavam juntas. Catarina, em um cantinho, observava tudo.

— Mandei reuni-las para que eu falasse de uma única vez e não precisasse me repetir a cada uma. O objetivo de trazê-las para cá é um só, para que tenham uma nova vida aqui. Sei que praticamente todas que estão aqui têm um V em sua mão esquerda e confesso que hoje me envergonho disso, mas o que passou, passou. Daqui para frente, estão liberadas para construir as suas vidas, ainda dentro da limitação de uma fazenda, mas com boas possibilidades de serem felizes. Há bons negros trabalhando conosco aqui e espero que façam boas escolhas, se assim o desejarem.

Fez uma pequena pausa em sua fala, mas o silêncio ecoava mais alto que as palavras de Venâncio, e as lágrimas se fartavam no rosto de várias de suas escravas.

— Talvez já tenham escutado que farei uma vila para os negros aqui e minha ideia é que cada casa abrigue uma família. Ainda é apenas um projeto, mas com o sucesso que tenho certeza de que essa fazenda alcançará nos negócios, tem tudo para se tornar uma realidade.

Abaixou a cabeça, respirou para se recompor da emoção, que ele também sentia naquele momento, pois estava renunciando a algo que ele aprazia muito. Fez um sinal para que Catarina se aproximasse e continuou:

— Agradeço a cada uma de vocês. Peço que sejam fiéis à Catarina, que é a nossa Maria daqui, só é uma pena que não tenhamos dois Velhos João. Agora vão, que amanhã temos muito trabalho.

As negras foram saindo em silêncio e Catarina estava mais que admirada com a atitude do sinhozinho, e não se conteve.

— O sinhozinho está bem? Tem certeza do que fez? Ou amanhã se arrependerá e começará tudo de novo?

— Eu estou bem, Catarina, tentando me encontrar. Não é porque eu não consigo ser feliz que vou impedir a felicidade de ninguém. Conto com você para me ajudar, ao invés de ficar me alfinetando a todo momento.

— Desculpa, sinhozinho. É que estou tentando lhe encontrar também, um dia se apresenta de um jeito, some uns meses e volta de outro. Também estou perdida. Com a sua licença.

Somente após a saída de Catarina que Venâncio percebeu que uma das escravas ainda estava presente, era Dandara.

— O que faz aí parada, Dandara?

— Sinhozinho não precisa fazer isso, ficarei sempre a sua disposição, como sempre estive, ainda mais aqui, longe de Amália.

— Não, Dandara, não quero que fique à minha disposição. Quero que trabalhe e viva a sua vida.

– O sinhozinho sabe que nunca me obrigou a nada, me entreguei porque lhe gosto e não quero perdê-lo.
– Não se perde o que nunca se teve. Você, de todas, foi a que me proporcionou os melhores momentos, mas, agora, não quero mais isso. Fico grato pelo seu sentimento, mas tenho certeza de que encontrará alguém que realmente a mereça. Agora vá que preciso ficar sozinho.

38

AS AVENTURAS DE AMÁLIA

Na Fazenda Nossa Senhora da Conceição, José Couto se desdobrava para colocar a produtividade em alta novamente e estudava com Rufino meios de implantar o manejo do plantio, para buscar tirar da terra uma cana-de-açúcar mais saudável e produtiva.

Na casa grande, a escrava Joaquina, que comandava agora todas as mucamas, ensinava às novatas suas tarefas e como lidar com a sinhá, apenas o negro de nome Erasto era comandado diretamente por Amália, que se mostrava mais irritada do que nunca.

Dias depois, na hora da refeição principal, com todos à mesa, José Couto informou sua intenção de retornar ao Rio para comprar mais alguns escravos, para ampliar a área da plantação, e que ainda iria procurar ajuda na corte, com os entendidos no assunto, uma forma para minimizar o problema na queda de produtividade da cana. Essa notícia agradou muito à Amália, que ansiava ficar mais uma vez na fazenda sem a presença dos dois, para colocar em prática seus planos.

A sua vingança haveria de começar o quanto antes, pagaria as traições do marido na mesma moeda, assim, além de vingar-se, aplacaria o seu desejo sexual que, estando na flor da idade, era intenso. Desde que pediu um escravo para a casa grande, tinha essa intenção, e depois de ver Erasto pela primeira vez, não teve dúvidas sobre a sua decisão e de que era ele o escolhido. Era tudo que imaginava em suas fantasias, um negro forte, com físico privilegiado, de pouca idade, tímido, tudo isso mexeu com sua libido, desde o primeiro momento que ela o viu.

No dia seguinte à partida de seu sogro, começou a agir. Após a primeira refeição da manhã, pediu à sua cunhada que levasse as crianças para dar um passeio ao ar livre, junto com duas mucamas. Assim, a casa ficaria mais vazia, foi à cozinha e exigiu que Joaquina fizesse um almoço mais sofisticado que o habitual, colocando as outras mucamas na cozinha para ajudá-la. Pediu ao capataz da casa para comprar alguns ingredientes que faltavam, para o tal almoço e, assim, tomando todos os cuidados, estaria com o caminho livre para agir. Sabia que a primeira vez seria a mais difícil e nada poderia dar errado, todo esse movimento a deixava ainda mais excitada. Retornou à sala e, encontrando Erasto a varrer a casa, ordenou que ele fosse imediatamente limpar o quarto dela. Minutos depois, ela entra no quarto e tranca a porta.

– A sinhá quer eu saia? – perguntou o escravo, já se dirigindo para a porta.

– Pode ficar exatamente onde está, foi até a sua mesinha de cabeceira, com uma chave, abriu a gaveta e retirou uma arma, apontando diretamente para o rosto de Erasto.

O escravo se desesperou e, ajoelhado, implorava por sua vida.

– Sabe que posso acabar com você agora se eu quiser?

– Mas sinhá, o que eu fiz? Peço perdão, faço qualquer coisa que mandar, mas não me mate, por favor.

O negro, tremendo, buscava em sua mente o que poderia ter feito para desagradar tanto a sua senhora.

– Acho que estamos começando a nos entender. Você é meu escravo e a sua vida me pertence, assim como tudo que é seu, inclusive seu corpo. Para começar, a partir de hoje você só fala quando eu lhe permitir, tudo que acontecerá aqui ficará aqui. Entendeu?

– Sim.

Amália se aproximou dele e deu uma bofetada em seu rosto.

– Se tivesse entendido, não teria falado. Você não fala mais, só não corto a sua língua porque tenho outros planos para ela. Entendeu agora?

O escravo, cada vez mais assustado, balançou a cabeça.

– Muito bom. Vou guardar esta arma, pois agora já sabe do que sou capaz. Se for obediente, terá um grande futuro nesta casa e tenho certeza de que não irá se arrepender. Vamos começar o nosso jogo hoje e quero que preste muita atenção nas regras, isso será fundamental para continuar vivo. Como imagino que não seja burro, já deve imaginar que o quero para saciar o meu desejo sexual, isso o torna um felizardo e um condenado à morte ao mesmo tempo. O quanto durará a sua vida irá depender de você. Levante-se e tire sua roupa.

O negro, trêmulo, obedeceu a sua senhora e ficou a sua frente. Ela, por sua vez, o admirava com olhos sedentos.

— Vamos às regras, você só fará o que eu mandar e jamais colocará as mãos em mim, a não ser que eu mande. Outra coisa, não quero, em hipótese alguma, o seu sêmen dentro de mim, então controle-se, pois se isso acontecer, digo que me tomou à força e sua morte será terrível na mão dos capatazes, que já estão de olho em você.

Nesse momento, arrancou o vestido e ficou nua na frente do negro.

— Acho que não será tão ruim assim para você, pelo menos não é a reação que estou vendo. Venha, pois não temos o dia inteiro.

Algum tempo depois, Amália, molhada de suor, seu misturado ao do negro, se condizia com o seu prazer, satisfeita, ordenou ao negro:

— Saia agora e vá se aliviar em algum lugar longe daqui, e lembre-se de tudo que lhe falei, de hoje em diante você não fala. Fique atento, que a qualquer momento posso querer usá-lo de novo. Saia, saia – gritou Amália.

O negro vestiu-se correndo e saiu do quarto desesperado, ela, por sua vez, estava extasiada em sua cama. Com um sorriso no rosto, provava o doce sabor da vingança. Sabia do risco que corria, mas não se arrependerá em momento algum, pelo contrário, se surpreendeu com o resultado de sua leviandade e, certamente, repetiria aquela delinquência.

Os dias foram se sucedendo e, a cada oportunidade, Amália aproveitava para usar seu escravo, o que estava tornando-se um vício. Sabia que precisava se controlar, principalmente quando seu marido estivesse na casa, pois o risco era enorme e não poderia colocar tudo a perder. Em sua cabeça, o que fazia não era nada diferente do que os homens faziam com suas escravas, mas perante a sociedade vigente seria execrada.

Na fazenda de café, as coisas iam correndo bem, com a construção da vila iniciando-se com a casa de Akin, conforme prometido. Os progressos no cafezal também podiam ser vistos e a certeza de uma safra melhor era fato.

A pedido do Velho João, foi liberada por Venâncio uma área para a construção do Cemitério dos Negros na fazenda. Catarina, por ser a negra mais velha da fazenda, ficou encarregada de fazer sempre o simples cerimonial, e Dandara, que já tinha experiência no sepultamento dos negros na sua fazenda de origem, ficaria responsável pelo cemitério. Aos poucos, o Velho João ia conquistando junto ao sinhozinho uma vida com um pouco mais de dignidade para seus irmãos, e a isso todos os negros lhe eram gratos.

Numa bela tarde de sol, Venâncio procurou Velho João para lhe falar sobre o retorno à Fazenda Nossa Senhora da Conceição e foi cobrado sobre um assunto que ficou pendente entre eles.

— Salve, Nêgo Velho!

– Salve suas forças, fiô. E então, satisfeito com o caminhar da fazenda?

– Sim, estamos evoluindo e tenho convicção de que faremos daqui uma das maiores fazendas da colônia. Mas meu assunto é sobre nosso retorno, já estamos aqui há bastante tempo e acho que estou deixando tudo bem encaminhado, já é hora de retornarmos. Estou saudoso de meus filhos e talvez meu pai esteja precisando de mim, além disso, tenho negócios a resolver no Rio e prometi à Amália que a levaria, junto com as crianças, desta vez.

– Como suncê havia programado, chegaremos antes da festa de Santo Antônio. E por falar nisso, tenho uma resposta pendente sobre o que havíamos conversado.

Encerrou a sua frase e olhou nos olhos de Venâncio, o obrigando a lhe responder sem lhe deixar evasiva.

– Pois bem, Nêgo Velho, que seja. Mas sem excessos.

– O sinhozinho autoriza que aqui também seja feita uma salva a esse grande Orixá? Tenho certeza de que trará prosperidade para a fazenda.

– Mas não poderá estar aqui e lá ao mesmo tempo.

– Realmente, nesse corpo de carne não será possível, mas aqui temos Catarina, que poderá fazer e abençoar o pão, que representará o alimento para o espírito e a prosperidade, enquanto Dandara se encarregará da salva a Exu. Se preferir, todo o ritual poderá ser realizado no interior da senzala, pois faz-se necessário que seja à noite. Na outra fazenda, faremos o mesmo, eu e Maria. Peço apenas que nos libere um pouco de cachaça e fumo, para os rituais.

Antes mesmo da autorização de Venâncio, o Velho João já havia conversado com Catarina e Dandara, as orientando como deveriam proceder aquela louvação ao Orixá Exu, aproveitando a data do santo católico, Santo Antônio. Sua intenção era que, ao mesmo tempo, ele e Maria estejam realizando o mesmo ritual na outra fazenda, gerando uma egrégora a partir da soma de energias coletivas, fortalecendo o espiritual do grupo, amenizando as mazelas e preparando todos os envolvidos para os desafios dos novos tempos.

– Pois bem, que seja! – respondeu Venâncio.

Poucos dias depois, retornava ao canavial, levando as boas novas para seu pai, sobre o desempenho da lavoura de café e as mudanças que começava a implantar na fazenda. A ideia da vila dos escravos certamente não seria aceita de bom grado, mas a decisão já havia sido tomada e não se poderia ter volta. O desempenho dos escravos teria que compensar tal liberalidade e Venâncio sabia do risco que estava assumindo, mas intuitivamente confiava que daria certo.

Na casa grande, a novidade maior era o temperamento de Amália, que estava bem mais tranquila, enquanto as crianças ansiavam pelo retorno do pai, para que ele cumprisse a promessa de levá-las ao mar do Rio de Janeiro. Sua chegada, como sempre, muito festejada pelas crianças, e desta vez a recepção de sua esposa também o surpreendeu.

Já na cabana de Pai João, Maria e Rosinha ficaram muito felizes com o retorno do Velho. A maior novidade é que, durante a sua ausência, mais dois irmãos negros haviam morrido e foram enterrados no Cemitério dos Negros, que, mais do que nunca, estava sob os cuidados de Rosinha.

Em conversa com seu pai, o interesse era maior no comportamento de Amália do que no desempenho da fazenda.

— Bem, pai, você teve oportunidade de conviver aqui com a família, durante esse tempo que fiquei longe. Como anda Amália?

— Durante esse tempo, tive que ir ao Rio de Janeiro para comprar mais escravos, mas, ao retornar, a encontrei mais calma e lhe diria até mais agradável. Tirando uma ou outra bofetada nas mucamas, tudo correu bem.

— E o negro que está trabalhando aqui na casa?

— Esse é como um fantasma, não fala uma palavra e às vezes some fazendo suas atividades. A casa está realmente mais limpa, depois que começou a trabalhar aqui. Não tem atrapalhado.

— Que bom, fiquei muito preocupado de colocar um negro dentro da casa, mas Amália quando cisma com alguma coisa, ninguém consegue tirar da cabeça dela. Mas ela não se envolvendo com os negócios, já é muito bom.

A viagem para o Rio de Janeiro com a família estava marcada para logo depois da Festa de Santo Antônio, e essa foi das melhores, pois tinham muito a comemorar, agora tinham duas fazendas e as perspectivas para a produção do café eram das melhores.

Em ambas as senzalas, os pãezinhos feitos por Catarina e Maria, após serem abençoados, foram distribuídos para todos, inclusive levados para as respectivas casas grandes, para que os brancos pudessem também receber as bênçãos do santo. Mas o auge da festa ficou por conta da louvação ao orixá Exu, que se fez presente nas senzalas, enchendo os corações dos negros de esperanças de dias melhores.

Enfim, a família partiu para o Rio de Janeiro e Venâncio sabia que, para manter as aparências, precisaria ficar no quarto com a esposa. As crianças ficariam com Maria de Fátima, que foi junto para justamente ajudar a cuidar delas e ainda duas mucamas.

A viagem foi bastante cansativa, principalmente para as crianças, que chegaram e, após uma boa refeição, se recolheram aos aposentos para dormirem.

Amália também foi para o quarto do casal e, ao se retirar, falou com o marido:
— Aguardarei o senhor, não demore muito, pois deve estar cansado também.

Venâncio se limitou a concordar, balançando a cabeça em sinal positivo. Ficou mais um tempo no saguão do hotel, pensando sobre a vida. Ele se julgava entre a cruz e a espada, pois se saísse para algum bar, poderia encontrar seu amigo Madrugada e ainda não se sentia preparado para esse encontro, muito menos para ir ao Cabaré da Rainha. Ir para o quarto significaria encontrar Amália a sós e possivelmente teria que enfrentar a sua insinuação para ele, e como há algum tempo deixou de usar suas escravas, talvez não tivesse forças para cumprir sua promessa de não mais tocá-la. Hesitou, mas acabou indo para o quarto.

Bateu na porta e a abriu lentamente, na intenção de não acordar Amália caso ela já estivesse dormindo, mas, para a sua surpresa, ela estava nua sobre a cama.

— Que cara de assustado é essa, nunca viu uma branca nua antes? – falou sorrindo para ele, e se mexendo de forma sensual na cama.

Diante do silêncio de Venâncio, ela continuou conduzindo a conversa.

— Quando cheguei, eu estava com muito calor, agora estou com frio. Não quer vir aquecer um pouco uma pobre esposa?

— Na verdade, essa não é uma postura de uma esposa – retrucou Venâncio.

— Não, essa é a postura de uma mulher que deseja e quer ser amada por seu marido. Que mal tem isso? Se eu não estivesse vendo o desejo em seus olhos, eu juro que me vestia agora, mas o que vejo é um homem desesperado, lutando consigo mesmo para não ceder ao seu desejo. Vamos fazer um jogo, esqueça que sou Amália e venha amar uma mulher carente, amanhã prometo não lembrar de nada que aconteceu neste quarto.

O argumento dela foi forte demais para ele suportar e acabou sucumbindo ao desejo mútuo de sexo. Em pouco tempo, ela já dominava totalmente as ações, o que fez com que Venâncio estranhasse o comportamento dela.

— Nossa, você está muito diferente hoje.

— Sim, em nosso jogo não combinamos que eu seria outra pessoa? Então aproveite.

Como já estava envolvido naquele "jogo", resolveu aproveitar, ou melhor, deixar ser aproveitado por aquela mulher, que não mais parecia a sua esposa, com a qual concebeu duas filhas.

Depois de um bom tempo, derrotado e exausto, virou-se na cama e dormiu. Amália vibrava, pois aquilo para ela fazia parte de sua vingança. Dominou Venâncio, assim como faz com seu escravo, e, pelo menos, naqueles momentos teve um real controle sobre ele. Talvez agora tivesse descoberto seu ponto fraco e empurraria o dedo nessa ferida, para não a deixar cicatrizar.

Na manhã seguinte, Venâncio saiu bem cedo para resolver seus negócios e recomendou que preparassem as crianças para irem à praia, assim que ele voltasse. Foi difícil para Amália e Maria de Fátima conter a ansiedade das crianças, mas, assim que conseguiu se desvencilhar de seus afazeres, Venâncio retornou para, finalmente, cumprir a sua promessa.

A alegria das crianças era contagiante e quando se depararam com o mar, foi para elas um momento de grande emoção. O pai, apontando para o horizonte, mostrava a sua terra natal, Portugal, que com a imaginação aguçada das crianças, logo foi visualizada. Ele aproveitou para contar sobre a sua travessia do Atlântico quando criança e a emoção do encontro com seu pai ao aportar no Rio de Janeiro. As crianças estavam encantadas e a areia da praia era um atrativo a mais, e não demorou muito, estavam sentadas brincando com ela.

Venâncio afastou-se um pouco caminhando sozinho à beira-mar, mas quando voltou a olhar, identificou uma outra criança a brincar com seus filhos. Parecia um rostinho familiar, se aproximou um pouco mais para tentar identificar e, puxando por sua memória, pareceu conhecê-la.

Nesse instante, a criança deixou seus filhos e caminhou em sua direção, como se quisesse falar-lhe, mas a sua ansiedade não deu tempo ao menininho.

— Você não é aquela criança que estava com uma menina, brincando no jardim da fazenda? – perguntou Venâncio, um pouco aflito e incrédulo.

— Sim, tiozinho, tive a permissão de ir até lá visitar a minha amiga Ritinha, que mora naquele jardim.

— Mas onde estão seus pais?

— Tiozinho, eu só tenho o vovô e a vovó, eles estão em uma missão importante no seu plano no momento, mas não se preocupe que a mamãe Sereia cuida de mim.

— Sereia?

— Sim, e ela cuida de você também.

Nesse momento, a criança rabisca na areia uma estrela de cinco pontas e atua mentalmente sobre Venâncio, ativando a lembrança de sua viagem ao Brasil. Ao olhar aquela estrela na areia, ele imediatamente é tomado por uma forte e inexplicável emoção e não consegue conter uma lágrima, que teimosamente insiste em escorrer pelo seu rosto. Depois de alguns instantes de silêncio, Venâncio faz uma nova pergunta, tentando mudar o rumo da conversa.

— Onde você mora?

– Eu moro no mar, com a mamãe sereia.
– Mas como você pode morar no mar?
– Tiozinho, eu não sou uma criança como elas, na verdade, elas nem estão me vendo. Sou uma criança encantada e só estou aqui para lhe passar uma mensagem.
– Mensagem? Que mensagem?
– Preserve em seu coração a criança que ainda existe aí. Nunca a deixe morrer, pois irá precisar muito dela, e toda vez que acionar essa criança eu estarei junto com vocês. O tiozinho já passou por muitas coisas difíceis na vida e ainda passará por muitas outras, nessas horas busque essa criança dentro de você. Nunca deixe de sonhar e, principalmente, nunca tenha medo de mudar, não tenha medo de mudar de opinião, de se reinventar, de ser diferente da maioria.

Venâncio não conseguia entender como uma criança estava ali a lhe dar conselhos.

– Veja as crianças como são, elas não têm dificuldades em mudar. Aquele brinquedo que hoje ela adora, amanhã, após descobrir outro, que lhe chama mais atenção, muda seu foco. Essa flexibilidade, à medida que vocês vão crescendo, deixam de lado, e isso só dificulta a vida.

– Tiozinho, se vocês observassem a natureza, aprenderiam muito. Sobre isso que estou falando, flexibilidade, pode aprender com as plantas, por exemplo. Uma vara de bambu, envergada, não se quebra, mas um galho rígido se rompe ao tentarmos envergá-lo. O que você foi ontem, o que pensava, não precisa ser o mesmo que pensa hoje, muito menos amanhã. Só mais uma coisa, busque sempre a alegria das crianças para a sua vida. Assim, tudo fica mais fácil.

Antes que Venâncio pudesse falar, ele continuou:
– Quanto à Ritinha, aquela menina do seu jardim, ela me pediu para lhe dizer que lhe trará um grande presente para você, que mudará a sua vida definitivamente.

Neste instante, Beatriz dá um grito que desvia a sua atenção.
– Pai, vem aqui!
– Já estou indo, um minuto.

Quando se vira para continuar a conversa, a criança do mar já não estava mais lá. Ele se levanta em desespero, olha ao redor, olha para o mar, mas ela se foi. Ainda tentando absorver tudo aquilo que lhe foi falado e em tão pouco tempo, Venâncio em seus pensamentos se culpa por não ter ao menos perguntado o seu nome. Como num *flash*, o nome vem em sua mente: Cosminho.

— Pai, você vai ficar aí falando sozinho? Venha brincar com a gente.

Ao sentar-se perto dos filhos novamente, eles resolveram abraçá-lo de uma única vez, fazendo com que ele caísse na areia. Todos riram e aquele momento complementou para ele tudo que havia escutado daquela criança encantada.

A alegria das crianças, no primeiro contato com o mar, foi um momento muito marcante para Venâncio, que, nem de longe, esperava que tal envolvimento pudesse acontecer. A isso, juntando-se a experiência mental que teve, tornou, para ele, aquele dia inesquecível.

Até Fátima, que desde sua gravidez não demonstrava um momento de felicidade, se soltou a gargalhadas com as brincadeiras das crianças, que atiravam água para todos os lados.

— Que pena que Amália preferiu ir às compras do que acompanhar os filhos aqui na praia, posso assegurar que ela perdeu uma experiência incrível — falou Fátima a Venâncio.

— Em se tratando de Amália, eu não esperava nada diferente.

Depois de alguns dias de estada no Rio de Janeiro, o casal ainda tinha um último compromisso antes de retornarem à fazenda, um sarau na corte. Para o evento, Amália se preparou com todo esmero, para acompanhar o futuro barão do café.

— Hoje eu preciso confessar que está especialmente bonita, Amália.

— Fico lisonjeada, meu marido. Acho até que é a primeira vez que recebo um elogio de sua parte. Não deve desperdiçar a minha juventude, pois lá na frente não sei se estarei ainda assim.

— Vamos deixar disso, você sabe que politicamente essas reuniões são importantes para nossos negócios, e é para isso que estamos indo como uma família "perfeita". Nosso casamento foi um arranjo político, representamos um casal feliz, mas não passará disso, aliás, estamos longe de sermos felizes, estamos apenas seguindo o protocolo, nada mais que isso.

— Pensei que, depois de nosso joguinho, as coisas estavam mudando.

— Não é o momento para discutirmos o que já falamos, mas, por favor, não crie coisas em sua cabeça. Vamos, que eu não quero me atrasar para o evento.

— Em breve, poderemos levar nossas filhas, aí terei companhia mais agradável.

39

O TEMPO PASSA

As estações do ano se sucedem e a efervescência da política na colônia é uma tônica. O Brasil passa a ser parte do Reino Unido a Portugal e Algarves, alguns meses após, a rainha D. Maria, mãe do príncipe regente D. João, morre no Convento do Carmo, na cidade do Rio de Janeiro, tornando-o sucessor ao trono português.

No ano seguinte, o príncipe D. Pedro se casaria com a arquiduquesa da Áustria, Maria Leopoldina, e obviamente a cerimônia festiva dessa união na cidade do Rio de Janeiro foi um grande marco para Amália, que praticamente obrigou Venâncio a participar, já que como grandes latifundiários de cana-de-açúcar e café, haviam sido convidados pela realeza. Para ela, foi o seu momento máximo, onde desfilou sua beleza, ornada das joias mais caras e do vestido mais luxuoso do salão. Essa era a forma que Venâncio tinha de se distanciar de sua esposa, sem se comprometer, fazendo os seus caprichos e a obrigando a atuar como a mulher mais feliz da corte.

Durante esse tempo que se sucedeu, a fazenda de café se mostrava com grande evolução, enquanto, com grande esforço de José Couto, a fazenda de cana se recuperava de seu pior momento.

Venâncio, vivendo um outro momento de sua vida, se dedicava arduamente ao trabalho e firme em sua abstinência sexual para com as suas escravas. Pensava em retornar ao cabaré, mas faltava coragem para encarar a Rainha e o Madrugada, depois da desfaçatez que havia cometido.

Amália, por sua vez, se entregava cada vez mais ao seu prazer, usando seu escravo em todas as oportunidades que tinha. Mas já não se contentava apenas com o sexo e descontava nele toda a sua ira e frustração, o agredindo com bofetadas e arranhões, que lhe tiravam sangue de sua pele. Para Erasto, era melhor ser chicoteado no tronco do que passar por isso, mas sabia que ou era isso ou a sua morte, que lhe era anunciada por Amália a todo momento, para controlá-lo. Seu ódio por ela só aumentava e a sede de vingança crescia em seu coração.

Na cabana de Pai João, ele e Maria continuavam vivendo para ajudar os irmãos de cor e todos aqueles que lhes procuravam em busca de auxílio para suas dores físicas, mentais e espirituais. Todos eram atendidos, e aqueles que tinham mais posses contribuíam com eles para a sua subsistência. Rosinha, que a essa altura já era uma moça, não queria mais ser chamada dessa forma e, cada vez mais, ajudava os velhos sobremaneira, principalmente cuidando do cemitério, já que eles já não tinham tanta força física para fazê-lo. Por conta de um episódio ocorrido, passou a ser conhecida não como Rosa, como gostaria, mas como Rosa Caveira. Tal fato chegou aos ouvidos de Venâncio, que logo procurou o Velho João para entender o caso.

— Salve suas forças, fiô, eu estava mesmo saudoso de sua presença. Onde suncê tem andado?

— Salve, Nêgo Velho! Estou trabalhando muito e entre uma fazenda e outra e a capital, não tem sobrado muito tempo, mas também sinto muita falta de nossas conversas e da comida da Vó Maria. Mas como curioso que sou, estou aqui porque ouvi dizer que a Rosinha agora é conhecida como Rosa Caveira, me conte essa história.

O Velho João, que estava em seu banquinho, pitando o seu cachimbo, deu uma bela risada, tirou o seu chapéu e falou:

— Mas essa história já foi longe. Bem, suncê sabe que Rosa cuida do cemitério e ela tomou o hábito de toda noite, exatamente à meia-noite, ir até o cruzeiro das almas e acender uma vela, para louvar seus protetores. Bem, uma noite dessas ela estava fazendo o seu ritual, quando de repente ouvimos um grito de horror. Eu e Maria saímos o mais rápido que conseguimos, para ver o que estava acontecendo, foi quando encontramos, caído em uma cova, um negro fujão de outra fazenda daqui de perto, que resolveu se esconder em nosso cemitério. Rosa estava tentando o retirar de lá, mas quanto mais ela se aproximava dele, mais ele gritava, até que desmaiou. Foi um grande esforço retirá-lo da cova e arrastá-lo até aqui. Quando ele recobrou a consciência, relatou que, ao olhar para Rosa, via um de seus lados do rosto como uma caveira, e o outro lado como uma mulher. Depois da experiência traumática, ele resolver voltar para a sua fazenda, mas a história correu todas as senzalas da região e vejo que as casas grandes também, senão, não estaria aqui.

— Daí começaram a chamá-la de Rosa Caveira?

— Isso mesmo. No início ela ficou incomodada, mas, agora, já não a perturba mais. Com isso, ganhou um enorme respeito perante os irmãos de cor e tornou-se, mais que nunca, a grande guardiã do cemitério.

— Que história incrível, contudo ainda não consigo ver Rosinha como Rosa Caveira.

— Nem queira ver, fiô – falou, dando uma sonora gargalhada. – Mas me conte, como anda a Fazenda Santa Maria?

— Estamos evoluindo muito. Armin está fazendo um grande trabalho, e Akin e seu filho têm aproveitado bastante os ensinamentos dele. Sentirei sua falta, mas, em breve, conforme prometi a ele, patrocinarei o seu retorno à sua terra natal.

— É uma grande atitude, fiô. Outra coisa que esse velho queria falar-lhe é que estou muito orgulhoso de sua conduta atual. Tinha certeza de que mais cedo ou mais tarde pararia de molestar as negras.

— Pois é, tem sido um grande aprendizado para mim, mas sigo o conselho de um "sonho" que tive. E se quer saber, comecei a dormir até melhor e as coisas estão fluindo bem, mas confesso que preciso voltar urgentemente ao cabaré no Rio, para aliviar essa tensão.

Os dois sorriram e continuaram a conversa animadamente.

— A vila dos escravos também vai bem e, até hoje, nenhum negro da vila tentou fugir.

— E Catarina, como tem passado?

— Bem, Nêgo Velho, Catarina é um capítulo à parte. Ela é sempre muito dura comigo, nem parece ser minha escrava. Eu acho que, na verdade, ela não é, ela fica lá porque quer, pois se ela pedisse para ir embora, eu não teria como impedi-la – falou, rindo de si mesmo.

— Suncê sabe que esse velho aqui quer muito bem a ela? É um ser de muita luz e sou muito grato por tê-la conhecido nessa vida.

— Sim, eu sei. Estamos aprendendo a convivermos melhor, eu até acho que as coisas que ela me fala são coisas que eu preciso ouvir e só ela tem coragem de falar. Ela é uma preta velha abusada, mas também gosto dela. Ela sempre esquece que eu sou o patrão, mas, no fundo, eu gosto disso.

— Suncê pode ter certeza de que tudo que ela lhe falar será para o bem. No fundo, ela também lhe gosta muito, mas é uma velha durona, diferente de Maria, que não sabe negar nada a ninguém.

— Bem, Nêgo Velho, sabe que se pudesse ficava aqui de prosa até cair a noite, mas tenho que ir preparar minha ida ao Rio de Janeiro. Preciso, finalmente, consertar uma besteira que fiz há um tempo e venho postergando, mas sinto que isso está me empacando, tirando meu sossego.

— Fiô, os problemas, por piores que possam parecer, se não forem enfrentados, tornam-se verdadeiros dragões invencíveis em nossa mente, mas, por outro lado, se os encaramos de frente, por mais difíceis que sejam, a solução se avizinha e vai brotando, até que eles percam a importância e sejam enterrados no passado.

Depois de abaixar a cabeça e fazer seu tradicional silêncio, deu umas boas baforadas em seu cachimbo e falou:

— Que Oxalá o abençoe! Siga a sua intuição que tudo vai dar certo. Agora vem aqui e dê um abraço nesse velho.

Aquele abraço encheu Venâncio de forças e, mais do que nunca, desta vez, depois de alguns anos, ele aproveitaria sua estada na capital para procurar seus amigos. Era hora de encarar aquele "dragão" que tanto o perturbava.

Dias depois, partiu rumo à corte com o carregamento de açúcar de sua fazenda e programado para encontrar seu pessoal com as sacas de café, oriundas da Fazenda Santa Maria. Em seu coração, entretanto, essa viagem era muito mais importante do que simplesmente mais uma negociação de produtos para envio à Europa, pois estava imbuído em encontrar seu amigo Madrugada e retornar ao cabaré para se redimir com a Rainha.

Depois de resolver todos seus compromissos comerciais, Venâncio tentou colocar em prática aquilo que vinha programando há anos. Estava um pouco afastado do centro e começou a perguntar às pessoas a sua volta se sabiam onde ficava uma escola no morro, a Escola da Vida, e depois de receber algumas negativas, perguntou a uma mestiça vendedora de quitutes, que lhe respondeu afirmativamente.

— Caso o senhor possa me pagar, posso até levá-lo lá.

Acertada a quantia irrisória para Venâncio, mas que, para a escrava, tornaria o seu dia muito proveitoso, foram juntos até a escola.

— Bem, moço, é ali.

— Fico muito grato por sua ajuda, aqui está o que combinamos e um pouquinho a mais para compensar a sua boa vontade.

— O sinhô não vai precisar de mim para mais nada não, moço?

— Não, muito obrigado, a sua ajuda já foi de boa valia.

Livrando-se da mestiça oferecida, Venâncio partiu em direção à escola, onde pretendia entender, ou melhor, comprovar o que acontecia ali. Adentrando o pequeno imóvel, porém muito bem cuidado, encontrou uma mulher negra que prontamente o abordou.

— Boa tarde, sinhô! Precisa de algo, posso ajudá-lo?
— Sim, claro. Essa escola é do Madrugada? Ele está?
— Infelizmente ele saiu há pouco, depois de terminar suas aulas da tarde. Mas seria só com ele? Pela sua aparência, não está atrás de aulas.
— Não, não estou querendo aulas. O que eu realmente gostaria é de entender como a escola funciona, quem são os alunos etc.
— Bem, se o senhor veio aqui fiscalizar, seria somente com ele mesmo. Já vamos fechar daqui a pouco.
— Não, você não está entendendo. Eu só quero conhecer o trabalho e quem sabe ajudar de alguma forma.
— Ufa! Fico mais aliviada. Quer ser patrocinador? Estamos precisando muito, pois estamos passando por muitas dificuldades financeiras. A realeza em nada nos ajuda e ainda está sempre ameaçando fechar a nossa escola, pois aqui trabalhamos mais com nossos irmãos negros, que são os mais necessitados. O lema da escola, segundo o Madrugada, é que a melhor arma para combater a desigualdade, a discriminação e invisibilidade de nosso povo é a educação.
— Mas quem são os alunos aqui na escola? Eles pagam?

A moça dá uma risada e continua.

— Acho que não está entendendo, aqui ninguém paga nada. O Madrugada é que sustenta toda a escola e conta com a ajuda de alguns poucos patrocinadores, que eventualmente contribuem. Atendemos nos turnos da manhã e tarde, as crianças negras e mestiças, e até brancas, que quiserem aprender. A noite reservamos para os adultos e aí sim o público fica bem diferenciado, e a mistura é bem maior. Muitos portugueses que vieram para o Brasil acabam por se juntar a mestiços e até negros que conseguem autorização para estudar, e formam uma turma bastante heterogênea. Eu mesmo me formei aqui e devo tudo que tenho ao Madrugada.
— Mas qual o objetivo de tudo isso? Por que trabalhar sem ganhar nada?
— Quem disse que é sem ganhar nada? Quando vemos uma criança negra lendo, quando vemos um mestiço galgando uma posição melhor, por não ser um analfabeto, quando vemos um escravo se qualificando e lutando por sua alforria, já estamos regiamente recompensados. Talvez seja difícil para o sinhô, branco e de posses, entender isso, mas para nós, que muitas vezes lutamos por um prato de comida, isso é muito importante.

Venâncio silenciou-se e lembrou de seu encontro com Exu na praia: "É a eles que deve e é a eles que precisa pagar."

— Moça, eu estou realmente comovido pelo trabalho que fazem aqui. Gostaria de ser um patrocinador dessa escola, mas com uma condição, que o Madrugada nunca saiba que sou eu que estou por trás disso. Posso confiar em você?

— Se for para ajudar a escola, claro que sim. Na verdade, nem sei quem é o senhor.

— Que fique assim, apenas entre nós. A partir de amanhã e por todo o tempo que eu estiver vivo, um de meus homens virá aqui e entregará uma contribuição mensalmente. E que essa escola possa crescer e cuidar das crianças negras e de todos aqueles que quiserem se beneficiar da educação. Espero que o valor contribuído seja suficiente para além de alimentar as mentes, possa também matar a fome daqueles que aqui vierem em busca de conhecimentos.

Como o dia havia sido muito cansativo, resolveu retornar ao hotel e deixou para ir ao encontro dos amigos no dia seguinte.

Na manhã seguinte, logo cedo um homem chegou à Escola da Vida com um envelope em mãos escrito por fora: "Esta contribuição é para ajudar a matar a fome física e de conhecimentos de todos aqueles que a esta escola procurar". Madrugada recebeu o envelope e de pronto perguntou a sua ajudante se sabia do que se tratava, essa, por sua vez, limitou-se a balançar a cabeça em negativa.

Ao abrir o envelope e identificar a generosa quantia ofertada, não conseguiu se conter, e aos berros agradecia aos seus orixás por aquilo estar acontecendo em sua vida.

— Raquel, não sei se consegue alcançar o que está acontecendo, esse dinheiro é suficiente para manter a escola por meses. Poderemos fazer muito por nossos alunos, inclusive aumentar a nossa capacidade de formação.

— Bem, Madrugada, parece que o nosso benfeitor misterioso quer também que alimentemos as crianças, os alunos que aqui vierem. E, pelo que entendi, essa contribuição será mensal.

— Como assim pelo que entendi?

— Bem, esse benfeitor mandou um homem aqui ontem e confirmou que enquanto estiver vivo fará essa contribuição, mas, além das aulas, ele gostaria que os alunos fossem também alimentados.

— Depois de tanta luta, não contava com essa ajuda abençoada. Bem, vamos ter que nos preparar, montar rapidamente uma cozinha e um refeitório. Isso será o maior atrativo para que os alunos venham estudar. Assim, os alimentamos e ainda levam o conhecimento como bônus.

Nesse momento, Madrugada, que em seus pensamentos começa a vislumbrar dias melhores para aqueles que tanto têm sofrido, não conseguiu conter suas lágrimas, eram, na verdade, lágrimas de felicidade e gratidão por todo seu esforço até ali.

– Raquel, vou precisar mais do que nunca de sua ajuda. Cada centavo deste dinheiro será aplicado exclusivamente na escola e faremos um livro contábil, com essas entradas e com todos os gastos que faremos. Se lá na frente esse patrocinador quiser, estaremos aptos a prestar conta de todos os gastos que foram feitos com a sua doação.

O dia transcorreu de forma muito produtiva para Venâncio, que conseguiu negociar rapidamente a sua produção, obtendo até um ganho acima de sua expectativa, principalmente na saca do café, que a cada dia se valorizava. Ao cair da noite, já em seu hotel, se preparava para o esperado reencontro, mandou seus homens à procura de Madrugada, e quem o achasse primeiro, deveria pedir para que ele o encontrasse na taberna, onde estiveram quando se conheceram. Ele estaria o esperando lá para tomar uma.

Convicto de que angariaria êxito em seu intento, partiu para a taberna, onde esperaria seu amigo.

– Boa noite, amigo! Posso servir-lhe alguma coisa? – perguntou o dono da taberna.

– Claro que sim, senhor. Me traga uma bebida por enquanto, pois estou à espera de um amigo.

– O senhor não me é estranho, desculpe perguntar, mas já esteve aqui antes?

– Sim, vejo que o senhor é bom fisionomista. Estive aqui justamente, com o meu amigo, Madrugada.

– Eu dificilmente esqueço um rosto de um freguês. Fique à vontade, vou preparar um quitute, enquanto o espera.

Diante de tantas recomendações dadas, não tardou encontrarem Madrugada, que flertava com uma rapariga em uma praça, não muito distante dali.

– Meu amigo Venâncio está a minha espera? Sendo assim, terei de abandonar essa bela dama, para ir a seu encontro. Poderia acompanhar essa dama até a sua casa?

Despediu-se rapidamente da moça desapontada e partiu. Logo, adentrava a taberna com um largo sorriso e de braços abertos na direção de Venâncio. O encontro tão esperado por ambos, finalmente, acontecera. Depois de se abraçarem efusivamente, Madrugada falou:

— Meu amigo, não teria dia melhor para você aparecer. Hoje especialmente estou muito feliz com algo que aconteceu, e agora com a sua presença essa felicidade só aumenta.

— Que bom encontrá-lo com essa energia. Mas antes de qualquer coisa, eu preciso me desculpar com você pelo nosso último encontro, e não só com você, mas principalmente com a Rainha, com quem eu fui extremamente desagradável. Como eu gostaria de poder voltar o tempo, para agir de outra forma.

— Quanto a mim, não se preocupe, pois nem ao menos lembro de nada. A única reclamação que tenho a fazer é que demorou muito para voltar a nos procurar. E espero que agora sigamos juntos, como tem que ser. Amigos?

— Claro que sim. Aliás, você é uma das poucas pessoas que posso considerar assim.

— Bem, então vamos tomar uma bebida para comemorar o seu retorno e partirmos para o cabaré, pois a Rainha nos espera.

— Como assim nos espera? Ela nem sabe que estou aqui.

— Claro que sabe, já mandei um negrinho avisar lá no cabaré, enquanto estava vindo para cá. Na verdade, há muito ela sabe que viria, só não sabia quando. E que bom que está aqui.

— Confesso que estou muito constrangido. Você faz tudo parecer mais fácil, mas, diante dela, não sei nem como me comportar.

— Quer um conselho? Seja sincero. Deixe o coração falar por você, saiba que só falta você se perdoar, pois ela já o fez há muito.

— Aquele dia mudou a minha vida. Se tem algo bom que posso tirar deste meu infortúnio, foi a transformação que se deu dentro de mim. Acho que cresci muito como homem e devo isso a vocês.

— A nós não deve nada. O que nos faz crescer são as reflexões que fazemos durante a nossa caminhada. É conversando com a nossa essência que inconscientemente trazemos à consciência as verdades e aprendemos a viver a vida. Todas as respostas que buscamos estão dentro de nós mesmos, só nos resta ter olhos para ver.

Venâncio ficou em silêncio, absorvendo aquelas palavras, que lhe pareciam ensinamentos.

— Bem, agora chega de filosofar e vamos fazer um brinde à vida e ao seu retorno ao nosso convívio. Saúde!

Algum tempo depois, saíram da taberna em direção ao cabaré, onde esperava a reconciliação com a Rainha e, se tudo desse certo, encontrar alguém, para colocar em dia sua vida sexual.

Ao chegarem, a mesa de Madrugada já estava reservada, e nela, além da garrafa de whisky que ele gostava, estava a Menina, mais linda do que nunca, a sua espera.

– Sinta-se em casa, amigo. Assim que puder, a Rainha virá falar-lhe – falou Madrugada, deixando-o na mesa em boa companhia.

Venâncio se perguntava por que demorou tanto a retornar ali, pois era um local em que se sentia bem. Sua consciência lhe respondia que o tempo foi a sua autopunição.

– Boa noite, moço! – o cumprimentou a Menina, levantando-se da mesa em sua chegada.

– Boa noite, Menina, você hoje está mais bonita que da última vez que a vi.

– Fico lisonjeada.

– Se for possível, gostaria de repetir nossa última noite.

– Repetir não será possível, pois cada noite é uma noite, mas, certamente, teremos momentos muito agradáveis se quiser. Só que hoje não é mais convidado.

– Isso não é problema, será regiamente recompensada. Preciso apenas de um pouco de carinho, estou bastante carente.

Venâncio, ao ver a garrafa de whisky na mesa, serve para si uma dose dupla e a bebe de uma única vez. A Menina se assusta com a atitude dele e o pergunta:

– O que é isso?

– Sede. – responde ele.

– Já ouviu falar em água? – pergunta ela, ironicamente.

– Água mata a sede física, minha sede é emocional.

– Sendo assim, vou providenciar um pouco de água para diluir um pouco esse whisky, pois do contrário quem ficará com sede no final da noite sou eu, sede de sexo. – saiu da mesa em gargalhadas.

Sozinho na mesa, começou a explorar o ambiente com os olhos à procura de quem já estava mais próxima dele do que poderia imaginar. Atrás dele, ouviu aquela voz familiar, que era inesquecível aos seus ouvidos.

– Boa noite moço, posso me sentar?

Ao virar-se, cruzou o seu olhar com o da Rainha. Naquele momento, lhe faltou o ar e as palavras não saíam de sua boca. Ela estava estonteante, com um lindo vestido todo vermelho, com detalhes dourados em um decote, que somente nela caberia.

Venâncio simplesmente levantou-se e fez um gesto para que ela se sentasse. Apesar de ter ensaiado mentalmente aquele momento várias vezes, não sabia como começar o diálogo, mas, com a generosidade feminina, a Rainha abriu a conversa, facilitando as coisas para ele.

— Que bom vê-lo novamente. Cheguei a pensar em ir a seu encontro, mas não queria constrangê-lo. Sabia que uma hora iria retornar e resolvi esperar, só não imaginava que perderia tanto tempo assim.

— Cara Rainha, tenho convicção que não imagina quanto o nosso último encontro me custou. Se demorei, foi para que o tempo, o qual se referiu, fosse suficiente para cicatrizar as feridas que foram abertas em meu coração, depois da atitude deplorável que tive diante de sua demonstração de amizade. Mas, por outro lado, posso dizer que aquele dia marcou profundamente a minha vida e de lá para cá muita coisa aconteceu, principalmente no meu interior. Continuo sendo um branco desprezível, que não consegue reverter o que o sistema o obriga a fazer, mas tenho tentado muito me colocar de uma outra forma perante a vida e naquilo que depende exclusivamente de mim, tenho buscado melhorar.

Calou-se por um instante, desviando o olhar de sua ouvinte, e depois de respirar profundamente, continuou.

— Não sei se um dia eu fui feliz, mas estive próximo disso diante de vocês e não soube aproveitar. Hoje sou um homem muito mais triste que no dia que cheguei aqui pela primeira vez, mas, por outro lado, muito mais consciente. Minha tristeza não é pelo que sou, mas por não conseguir ser aquilo que poderia ser. Me perdoe, mas eu não conheço a amizade, não conheço o amor, não conheço a liberdade. Esse é o meu detestável mundo.

— Venâncio, todos nós temos as nossas dificuldades, pois a vida sempre nos coloca em situações desafiadoras, que aparecem justamente para nos fazer crescer. A forma de mudar o mundo é, primeiramente, mudarmos a nós mesmos, e isso, pelo que você colocou, está tentando fazer.

Olhou profundamente nos olhos dele e, com um sorriso sincero, que juntamente com a sua beleza o envolvia totalmente, voltou a falar:

— Quem precisa se perdoar é você mesmo, quanto a mim, você pode estar tranquilo. A maior demonstração de amizade você acabou de me dar, abrindo o seu coração. Quanto ao amor, pode ter certeza de que, uma hora, quando menos esperar, ele baterá em sua porta, ou melhor, em seu coração. Já a liberdade, aí é uma questão mais profunda e nada tem a ver com correntes e grilhões, como você mesmo está constatando. Mas, certamente, terá sabedoria para conduzir a sua vida da melhor forma, exercendo a sua liberdade dentro dos limites e buscando sempre alargar as suas fronteiras.

Nesse momento, a Menina retornava à mesa com uma jarra de água e alguns quitutes para Venâncio, e diante de sua aproximação, a Rainha se levanta.

— Amigo, aproveite a sua companhia e divirta-se hoje, pois você merece. Estarei aqui sempre que precisar. A casa é sua, ou melhor, nossa! – saiu dando boas risadas e deixando o ambiente bem mais leve de que quando chegou.

Venâncio, seguindo o conselho da Rainha, buscou a diversão e não demorou muito para subir com a Menina para momentos íntimos que tanto ansiava. Ao final da noite, muito satisfeito com os momentos vivenciados, recompensou regiamente a Menina pela sua atuação e retornou ao seu hotel, com uma sensação de ter se reencontrado.

Desse dia em diante, em todas as vindas de Venâncio à capital, ele dava um jeito de encontrar com Madrugada para beberem juntos e jogar um bocado de conversas fora, e obviamente ir ao cabaré, para longas conversas com a Rainha e diversões com as meninas, que sempre estavam dispostas a agradá-lo. Mesmo quando era obrigado a trazer a esposa para algum evento, ele sempre fugia.

Dessa forma, a amizade entre eles só crescia.

40

O CAFÉ DANDO FRUTOS

Depois de seis anos da compra da fazenda e muito trabalho na Santa Maria, aplicando inclusive as técnicas que Armin trouxe de seus conhecimentos da África Oriental e com as mudas que Venâncio buscou com muito afinco, para melhorar a produtividade e a qualidade de seu café, a fazenda se preparava para colher a sua primeira grande safra de café, que os colocaria definitivamente como um dos maiores produtores do grão no cenário mundial.

A vila dos escravos já abrigava quase 30% dos escravos trabalhadores, que iam conquistando o direito de saírem da senzala, à medida que se destacavam no trabalho e ganhavam a confiança dos senhores, do feitor e dos capatazes. Além disso, era preciso que as casas fossem ocupadas por casais, com isso os casamentos entre os negros aumentaram. O único que morava sozinho era o negro Armin, responsável pela plantação do café.

Durante esses anos iniciais, houve apenas uma tentativa de fuga da fazenda, pois uns poucos negros se revoltavam pelo privilégio que os que moravam na vila tinham sobre aqueles que ficavam na senzala da fazenda. A pseudo-rebelião foi rechaçada pelos próprios negros, sob o comando de Akin, que foi fundamental para resolver a questão.

— Você está do lado deles, pois usufrui da "boa vida" na vila com sua mulher — falou o negro que liderava o grupo para a fuga.

— Isso não é verdade, não estou do lado de branco nenhum, pelo contrário, estou zelando por nossos irmãos negros. Se alguns foram para lá é que estão merecendo, mas até quem ficou na senzala hoje tem melhores condições de vida, ou vocês já se esqueceram de como éramos tratados aqui? — retrucou Akin a seu opositor.

— Mas não é justo.

— A vida dos negros nunca foi justa e nem sei se um dia será, mas temos que agradecer por estarmos vivendo em melhores condições. Precisamos lutar pela nossa liberdade, mas não é com violência que iremos conseguir. Nunca conseguimos antes e agora que estamos tentando trilhar outro caminho, vamos colocar tudo a perder?

— Você pode ficar com o seu sinhozinho, mas eu vou fugir com o meu povo.

Essa conversa se dava dentro da senzala no final de mais um dia exaustivo de trabalho, a assistência, que ao início do embate estava dividida, contudo aos poucos ia se curvando aos argumentos de Akin, e não demorou muito para que o negro revoltado estivesse quase sozinho em seu intento.

Catarina, que chegara no auge da discussão, com a comida para os negros, como a mais velha dos escravos não se omitiu diante do impasse e se dirigiu aos seus irmãos de cor.

— Suncês sabem muito bem que nunca fui de colocar panos quentes no que diz respeito a esses brancos, mas o sinhô Venâncio me surpreendeu, cumprindo tudo que nos prometeu até então. Minha primeira impressão foi a pior possível, mas, aos poucos, ele vem demonstrando suas boas intenções. Olhem esta senzala, vejam a comida que acabei de trazer, foi feita para vocês, não comemos mais restos, como antes. Nós negros, se ficamos doentes, somos tratados e ainda podemos eventualmente louvar os nossos Orixás da Mãe África. Se não podemos ter tudo que queremos, vamos valorizar e agradecer o que conquistamos.

Nesse momento, enfiou a mão no bolso de sua saia e retirou o seu pito. Acendeu e deu umas boas baforadas, como se quisesse limpar o ambiente. O silêncio ecoava na senzala, em respeito a mais velha, todos se calaram esperando-a finalizar a sua fala.

— Uma fuga agora seria cuspir no prato que comemos. Além disso, estaríamos dando oportunidade aos opositores do sinhô Venâncio de fortalecer suas críticas, ou suncês acham que os outros fazendeiros estão contentes com a forma como ele vem administrando a fazenda? Suncês que estão aqui reclamam, mas não sabem quantos e quantos negros gostariam de estar no lugar de suncês. Até ameaças ele já recebeu, por nos estar tratando com o mínimo de dignidade, e vocês querem se rebelar?

Agora se dirigindo ao negro rebelde, falou:

— Suncê, com sua inveja, está sendo egoísta e colocando em risco a harmonia da fazenda.

O negro abaixou a cabeça diante das palavras de Catarina.

— Alguém aqui ainda quer fugir, ou podemos comer na paz de Oxalá?

Aos poucos, os negros foram pegando seus utensílios, sentando-se no chão e iniciando a sua última refeição do dia. Akin sabia que a fala de Catarina havia sido fundamental para apaziguar os ânimos, e a paz voltou a reinar.

Dias depois, Venâncio chega à Fazenda Santa Maria com a sua comitiva para acompanhar de perto a colheita do café, daquela que prometia ser a melhor safra desde que assumiram a fazenda. Em seu coração, o afligia manter ainda o negro Armin na fazenda e foi determinado a alforriá-lo e ajudá-lo a ir de volta para sua terra natal na África, conforme havia prometido.

No dia seguinte a sua chegada, após descansar, mandou que Armin e Akin fossem trazidos ao seu escritório na casa grande para uma conversa.

— Vocês sabem por que estão aqui? — perguntou Venâncio aos dois escravos, que se limitaram a balançar a cabeça com um ar de preocupação.

— Pois bem, vou esclarecer. Estou muito feliz com o progresso de nossa produção, com os cafezais e com a bela colheita que iniciaremos. E, como prometido, vou alforriar Armin e fazer com que volte a sua terra na África. Quanto a você, Akin, quero que assuma a responsabilidade dos cafezais. Sei que aprendeu rapidamente a função e quero que assuma em definitivo o trabalho. Estou estudando uma forma de recompensá-lo, caso consiga manter os resultados que estamos tendo hoje. O que acham?

Sem hesitar, Akin se manifestou:

— Fico grato pela confiança que vem depositando em mim, e estamos aqui para ajudar no que for preciso.

— E você, Armin, não vai falar nada?

Depois de um instante de silêncio e com um semblante fechado, ele finalmente falou, já havia aprendido o português, suficiente para manter um diálogo.

— Sinhô, minha terra agora é aqui. Não quero ir embora. Me apeguei a este cafezal e, mais que isso, encontrei a mulher da minha vida. Se o sinhô quer fazer algo por mim, me deixe ficar e casar nas suas terras.

— Estou surpreso e feliz ao mesmo tempo com a sua decisão. Você, como liberto, pode escolher o que quer fazer e ficar aqui será muito bom, pois sei que ainda tem muito a contribuir. Mas estou curioso para saber quem é a felizarda.

Armin hesitou um pouco para responder, pois temia a reação de Venâncio ao descobrir quem era a sua paixão.

— Vamos lá, homem, desembucha.

— Dandara — respondeu Armin.

Nesse instante, memórias passaram pela cabeça de Venâncio, lembrando dos bons momentos que passara junto a Dandara, na beira do rio, do sentimento que ela sempre nutriu por ele e como homem não tinha como não ficar triste, mas como senhor da fazenda não poderia se deixar abater. Ele mesmo havia incentivado ela a buscar alguém e parece que encontrou.

– Acho que não teria melhor companheira para você, mas ela é escrava da fazenda e muito importante para Catarina aqui na casa grande, por isso não posso renunciar ao trabalho dela, mas isso não impede que casem e que ela vá morar com você na vila dos escravos, e que continue trabalhando aqui.

– Mas é exatamente isso que pensamos.

– Vamos organizar esse casamento para após a colheita. Tenho certeza de que o Velho João gostará de participar, porque Dandara morou com ele um tempo e a tem como uma filha. Assim, dará tempo de ele vir para participar. Focaremos na colheita e ao final o casamento será como uma comemoração para o povo negro da fazenda, pelo bom resultado.

– Meu sinhô, posso falar? – perguntou Akin, surpreendendo Venâncio.

– Se está preocupado com a permanência de Armin na fazenda, pode ficar tranquilo, pois manterei o seu papel e ele estará certamente nos ajudando ainda mais.

– Não é isso, sinhô, quero falar sobre o meu filho. Sem querer abusar de sua generosidade, peço, em nome dele, permissão para que ele se case também com uma mucama da fazenda, e se o sinhô permitir, que possam morar na vila conosco.

– Vejo que não é só o cafezal que está dando bons frutos. Sei que ele, ao seu lado, está se dedicando bastante ao trabalho e vocês merecem. Tem a minha permissão e que os casamentos sejam feitos em conjunto, então.

– Meu sinhô, não tem ideia do quanto ele e Francisca ficarão felizes com o seu consentimento. Muito obrigado.

– Vejo que minhas mucamas que trouxe da Fazenda Nossa Senhora da Conceição estão se adaptando bem aqui. Deve ser o clima mais ameno.

Deu uma boa gargalhada e fez sinal para que saíssem, dando por encerrada a conversa.

Trancou-se no escritório para não ser importunado, foi ao armário onde sabia que uma boa garrafa de cachaça o esperava e poderia ser a melhor companhia para aquele momento. Sentou-se em sua mesa, serviu o copo e, após uma boa talagada, pôs-se a pensar na vida.

Sozinho com sua consciência, foi acometido por um sentimento de tristeza, desânimo e cansaço, que o abateu profundamente. Vivia um grande paradoxo nesse momento, conseguira tudo que sempre quis, muito dinheiro, sucesso e poder, certamente receberia até o título de Barão do Café, mas, por outro lado, não conhecia a felicidade.

Como era difícil para ele entender que seus escravos, com vidas miseráveis, conseguiam sorrir, conseguiam se amar, conseguiam ser felizes, e ele não. As horas foram passando e ali ele ficou, suplicando a companhia de um de seus poucos amigos, certamente o Nêgo Velho lhe traria palavras que o ajudaria a superar esse momento, ou até mesmo o Madrugada com sua irreverência pela vida ou a Rainha com toda a sabedoria feminina, mas ele estava mais uma vez sozinho, sem forças para reagir, vulnerável, paralisado.

As horas corriam e a noite já se aproximava, quando ele escutou fortes batidas na porta. A princípio, resolveu ignorar, mas as batidas aumentavam de intensidade e pareciam ecoar dentro de sua cabeça. Era Catarina.

– Vá embora! Não quero ver ninguém.

– O sinhozinho está trancado aí o dia inteiro sem comer, abra essa porta.

Persistindo o silêncio, Catarina voltou a esmurrar a porta.

– Suncê está passando bem?

– Vá embora! Eu já falei.

– Não, sinhozinho, eu não saio daqui por nada desse mundo sem antes ver suncê.

Sei que alguma coisa está acontecendo, abra a porta.

A negra era tinhosa e estava mais que determinada a resolver aquela situação, pois, intuitivamente, sabia que o seu senhor passava por um momento difícil, que poderia levar a consequências desastrosas. Por algum motivo que até mesmo ela desconhecia, sentia-se ligada a ele naquele momento e precisava agir. Voltou a bater fortemente na porta.

– Se suncê não tem coragem de abrir essa porta para encarar uma negra velha, eu lhe digo que eu tenho para arrombá-la. E então, como vai ser? – esbravejou Catarina, já perdendo a paciência e já arquitetando a forma para entrar forçosamente.

Venâncio por sua vez percebeu que a escrava abusada não lhe daria trégua, a não ser que ele abrisse a maldita porta. Levantou-se trôpego e foi em direção à porta para abri-la.

– Já chega, estou indo.

Ao abrir a porta, Catarina não conteve as lágrimas e, em um repente, agarrou Venâncio, o abraçando fortemente. A princípio, o susto que levou o tornou mais sóbrio e, imediatamente, seu corpo enrijeceu, mas no instante seguinte a energia sincera e amorosa daquele abraço foi fazendo-o relaxar e ele foi se entregando, e pouco tempo depois os dois choravam juntos.

— Fiô, perdoe o atrevimento dessa velha, mas foi preciso acontecer isso para essa negra, que está na sua frente, descobrir o quanto gosta de suncê e o quanto é importante para ela.

Aquelas palavras foram um verdadeiro bálsamo para Venâncio, que naquela altura não via nenhum sentido em sua vida. Até o efeito do álcool foi amenizando e aqueles braços negros que o envolviam lhe traziam uma paz que ele não experimentava há tempos.

Como se o tempo houvesse parado naquele instante, sua mente buscava algo comparável àquela emoção e somente encontrou na sua infância em Portugal, nos braços de sua vó, que tanto amava e que abandonou, com a sua vinda para o Brasil. Doravante, a associação daquela negra velha com a sua vó portuguesa seria inevitável. Depois de instantes, Venâncio, tentando controlar as suas emoções, quebrou aquele ensurdecedor silêncio.

— Não tenho que lhe perdoar, mas sim agradecer por se importar comigo, mesmo sendo eu quem sou.

— Fiô, talvez esteja se referindo a quem você representa e não a realmente quem você é. Para essa velha, são coisas bem distintas e aí está a incoerência, que lhe faz tão especial.

Enxugando as lágrimas que teimavam em descer pela sua face, já marcada pelo tempo e pela vida difícil que a trouxe até aquele momento, Catarina continuou.

— Em todos esses anos vividos, nunca vi um branco se preocupar sinceramente com um negro, assim como tem feito. É certo que a primeira impressão que tive de suncê não foi das melhores, mas a cada dia vejo que está se esforçando para tornar-se um ser humano melhor.

— Infelizmente tenho muitas limitações.

— A vida é um exercício constante de busca e superação de nossos limites, que estão muito mais em nossa consciência que no externo. O que nos limita é a falta de autoconfiança, é a crença de que não somos capazes, é o comodismo. Mas, sinhozinho, o que aconteceu para ficar assim nesse estado? Quer falar sobre isso com essa velha?

— Não sei se quero falar, mas talvez seja positivo.

Abaixando a cabeça e fugindo do olhar de Catarina, continuou:

— As vezes que paro para analisar a minha vida, vejo que não consegui o equilíbrio que seria o ideal para qualquer ser vivo. Fui criado para ser senhor, para administrar, gerar riquezas, e isso fiz muito bem, mas me esqueci de viver. Praticamente não tive infância, no início a falta de meu pai gerou um enorme vazio em meu peito, depois que cheguei aqui comecei de imediato a trabalhar com ele. Expulsei o meu irmão de nossa família por ele não se enquadrar na moral que aprendi, mas que moral eu tinha para fazer isso? Não fiz amigos, não criei laços, não escolhi a mulher que seria a mãe de meus filhos, um casamento arranjado com uma pessoa que não me completa em nenhum sentido e que, ao invés de me amar, me odeia. Minha irmã se perdeu e tive de assumir seu filho como se fosse meu, para salvar a honra de nossa família, que honra? Minha mãe morreu odiando as únicas pessoas que se importavam com ela, as suas mucamas. Não conheço o amor e nem ao menos acho que serei merecedor um dia de experimentar esse sentimento. Sou malquisto pelos outros fazendeiros pela forma que administro as fazendas, e no trato com os negros. Enfim, me sinto sozinho nesse mundo e cada vez menos vejo sentido na minha vida.

Debruçou-se sobre a mesa, e pôs-se a chorar baixo, com enorme dor em seu coração. Catarina respeitou aquele momento, se ateve a pegar seu pito, pediu permissão para acendê-lo e somente depois de dar umas boas baforadas, falou:

— Fiô, segure a mão dessa Velha e venha comigo fazer uma viagem dentro dessa fumaça, e vai entender que nunca esteve sozinho.

Intuída pela força do Sr. Exu, que já se fazia presente, pediu que Venâncio fechasse os olhos, e segurando fortemente a sua mão, foram conduzidos pelo tempo. Sem dizer uma palavra, na tela mental de ambos a vida de Venâncio se desenrolava, visualizaram o seu encontro com a Rainha do Mar na sua infância, depois o trabalho do caboclo, por meio do negro João, salvando a sua vida após receber uma mordida fatal de uma coral, viu as crianças em seu jardim no seu noivado, voltou à beira do rio onde vivenciou o amor da Orixá Oxum, reviveu, agora de uma forma completa, o encontro quase fatal com Akin, onde Exu o livrou, e ainda reviveu o encontro com o Exu do Mar, momento que o fez olhar para os negros de outra forma, e agora se via novamente nos braços de Catarina, há instantes atrás.

A fumaça foi se dissipando e a viagem fechou ao fim, os trazendo para o agora. Venâncio abriu seus olhos, mas ainda estava em choque com a experiência que viveu naquele momento, até porque estava com Catarina a seu lado.

— Viu só, fiô, nos momentos mais difíceis de sua vida, você nunca esteve sozinho e sabe por quê? Porque a sua vida é muito importante. Cabe a você a responsabilidade de iniciar, nessa terra, um movimento que culminará com a libertação de nosso povo, reduzindo gradativamente todo o abuso que os negros vêm sofrendo há muitos e muitos anos. Nós precisamos muito de suncê, mais que isso, nós contamos com suncê para que nossos netos, ou até mesmo os netos de nossos netos, tenham uma vida melhor que a nossa. Essa é a missão que você abraçou, mesmo antes de estar aqui entre nós.

– Não sei se consigo.

– Se foi escolhido, é porque é a pessoa certa. Agora, levante essa cabeça e sinta-se amado por mim e pelo meu povo. Siga a sua intuição e as coisas irão fluir da melhor forma. Esse amor que procura, espalhe pelo seu caminho, semeando como um jardineiro, que, certamente, uma bela flor irá brotar em sua vida. Agora, vamos lá para a cozinha, pois preparei um bom caldo que irá lhe dar a força que está precisando nesse momento, e depois de uma boa cama, estará novinho em folha amanhã.

E assim, como se tivesse retirado de suas costas um gigantesco peso, acompanhou a Velha para fazer a refeição tão necessária. Conversaram um pouco mais sobre a vida da fazenda e, em seguida, se retirou para seus aposentos, deixando Catarina com a sensação de realização.

Antes de se recolher, Catarina pôs-se de joelhos ante uma tronqueira improvisada nos fundos da senzala e agradeceu ao Guardião Exu por tê-la ajudado naquele momento tão difícil, e principalmente por ter permitido a ela entender a real missão de seu senhor diante de seus escravos.

E, assim como previsto, a safra foi um grande sucesso e a colheita colocou a Fazenda Santa Maria como um expoente do Vale do Paraíba, transformando-a definitivamente como um modelo de sucesso, ao mesmo tempo criticado e questionado pelos fazendeiros vizinhos.

Depois de algumas idas ao Rio de Janeiro, para negociar a safra, onde aproveitava para ter boas conversas com Madrugada e visitar a Rainha e seu cabaré, com suas meninas, Venâncio sai da Fazenda Nossa Senhora da Conceição com o Velho João, para participarem dos casamentos dos escravos na Fazenda Santa Marta.

Com a permissão de Venâncio, que se limitou a participar apenas da cerimônia de casamento, celebrada por Pai João, uma festa foi realizada para os escravos em retribuição, principalmente pela grande safra que conseguiram obter. Os atabaques ressoaram por boa parte da madrugada. Venâncio, em seu leito, orgulhava-se em ter podido de alguma forma retribuir a todo trabalho árduo que seus escravos tiveram, para que conseguissem alcançar o seu objetivo.

41

DE VOLTA A PORTUGAL

Dois anos de muita luta se sucederam para manter a produção de café no auge e com os lucros que a família havia programado, entretanto, apesar do sucesso, não foram anos fáceis, e o futuro era ainda mais incerto.
Na Fazenda Nossa Senhora da Conceição, José Couto esperava Venâncio para uma conversa das mais difíceis que já tiveram, mas que determinaria definitivamente o futuro de ambos.

— Meu filho, eu venho há muito adiando essa conversa, mas o momento que vivemos a torna inadiável.

— Nossa, Pai, estou até nervoso com a sua forma de falar, o que está acontecendo, afinal?

— Bem, acredito que tem acompanhado o burburinho na corte sobre as questões políticas, e por mais que sejamos fazendeiros, não podemos deixar de estar próximos dos governantes, até para defender nossos interesses. Principalmente agora que recebeu o título de barão, você não pode se isentar de uma posição.

— Esse título era para ser seu, como o rei queria e como o senhor merecia. Não sei por que fez questão de renunciar a ele em prol de me tornar algo que nunca almejei.

— Porque você é mais jovem e terá mais tempo de usufruir desse título. Mas se você nunca almejou, não podemos dizer o mesmo de sua esposa, que ficou deslumbrada por se tornar baronesa.

— Deslumbrada ela já era, agora se acha mais poderosa e certamente irá continuar me atrapalhando, pois pensamos de forma muito diferente.

— Pois bem, deixando os problemas familiares de lado, o fato é que a vinda do rei para o Brasil foi excepcional para nós, principalmente com a abertura de nossos portos ao comércio das nações amigas, mas, por outro lado, levou Portugal a uma grande crise econômica, que se agrava a cada dia. A ausência do rei em terras lusitanas e o comando sendo feito pela Inglaterra facilitaram o surgimento de uma revolução liberal que quer mudar o regime de uma monarquia absolutista para uma monarquia constitucional.

— Aonde você quer chegar, com toda essa conversa?

— Primeiro, ainda no campo da política, Dom João está sendo pressionado e retornará para Portugal, deixando aqui Pedro Alcântara como Príncipe Regente, conforme já me confidenciou. Se isso será bom ou não para o Brasil, somente o futuro irá dizer. Mas, em segundo lugar, e até mais importante para nós, é que tomei a decisão de acompanhar a comitiva do rei e retornar a Portugal.

— Você só pode estar brincando comigo. Me deixar sozinho novamente?

— Filho, eu não tomei essa decisão hoje, há muito venho pensando nisso e hoje não tenho a menor sombra de dúvida de que você é capaz de gerir os nossos negócios, sozinho. Além disso, tenho coisas a resolver em Portugal, já estou aqui há quase 27 anos e preciso assumir parte de minha herança lá, e o mais importante, e que você não sabe, pois não lhe falei para não o preocupar, é que não estou bem de saúde.

— Mais um motivo para não ir e ser tratado aqui.

— A questão é que já procurei tratamento e fui aconselhado a fazê-lo na Europa, pois os recursos aqui são escassos e terei maiores chances por lá.

— Então a sua doença é séria? Está correndo risco de morte? — perguntou Venâncio, já esboçando um ar de desespero misturado com tristeza em sua voz.

— Risco de morrer temos todos, desde o dia que nascemos. Você mesmo já passou por bons bocados. Eu diria a você que em Portugal eu correrei risco de me curar.

Venâncio, em silêncio, tentava absorver o impacto daquelas palavras, em sua mente a imagem de seu pai no porto de Lisboa vindo para o Brasil – e a sensação de não saber se o veria novamente – o envolvia novamente.

— Se tudo der certo, fico um período por lá, resolvo tudo que preciso, inclusive a minha saúde, e retorno. Mas preciso lhe pedir uma coisa, para todos os efeitos, minha viagem será apenas de negócios. Não comente com ninguém, nem mesmo com a sua irmã, essa questão de saúde. Confio em você. Agora venha cá e dê um abraço no seu pai, coisa que você não faz há tempos.

Com a sua sensibilidade a cada dia mais aflorada, aquele abraço levou Venâncio às lágrimas, pois, por mais que estivesse tentando acreditar que seu pai voltaria, em seu íntimo algo dizia que aquilo era uma despedida.

A notícia da viagem de Couto pegou toda a família de surpresa e gerou sentimentos variados em cada um de seus membros, as crianças ficaram muito tristes, pois perderiam a convivência daquele que mais lhes dava atenção, enquanto Maria de Fátima experimentava um sentimento de órfã misturado com o temor de ficar ainda mais nas mãos de Amália. Esta, por sua vez, comemorava a partida do sogro, como se houvesse vencido uma batalha.

– Josefina, minhas preces finalmente estão sendo atendidas. Estou me livrando de mais um estorvo em minha vida, agora só falta um – verbalizou Amália a sua assecla na cozinha.

– O que é isso, sinhá? O sinhô Couto até que não era ruim.

– Ruim ou não, sempre me atrapalhou e agora estou mais perto do que nunca de assumir tudo por aqui. Outra coisa, já falei que agora não sou mais sinhá, sou baronesa, entendeu?

– Sim, senhora baronesa.

O tempo passou rapidamente e não tardou o dia do retorno de José Couto a Portugal, acompanhando a esquadra de navios que levaria o Rei D. João VI para Lisboa, após a permanência em terras brasileiras por 13 anos. A partir desse momento, o príncipe D. Pedro de Alcântara assume a regência do Brasil.

A partida de Couto e de toda a comitiva real foi acompanhada por boa parte da população da capital, e obviamente por toda sua família, que foi para o Rio de Janeiro para se despedir dele. Mais uma vez, Venâncio via o oceano separá-lo daquele que mais amava.

Ainda no porto, Madrugada encontra Venâncio e leva consigo seu apoio ao amigo. O encontro dos dois diante de Amália causou de imediato um repúdio de sua parte.

– Veja você, Fátima, aquele homem ali com Venâncio, vê-se logo que o sujeitinho não tem classe nenhuma, é um qualquer. Apesar de ser bem bonito, não é uma boa companhia. Ele tem que entender que agora é um barão – falou Amália, com aspereza.

Maria de Fátima se limitou a ouvir, sem tecer nenhum comentário. Por sua vez, Venâncio sentia a sua dor amenizada pela presença do amigo e desconsiderou todos os comentários que recebeu de sua esposa, mais tarde.

Os meses vão passando e a instabilidade política do momento acaba por abalar os negócios dos produtores brasileiros. A insatisfação com as ações do reino português e a decisão do príncipe em ficar no país trazem um sentimento de nacionalismo que agradou à elite colonial e acabara por desencadear o processo de independência do Brasil.

Em meio a todos esses fatos, chega uma carta de Portugal relatando a piora da saúde de José Couto e solicitando o apoio da família no Brasil para cuidar dele. Diante da situação, Venâncio não teve alternativa a não ser revelar para toda a família o que realmente estava acontecendo. Em um primeiro momento, foi um choque para sua irmã, que sequer imaginava que seu pai estava doente, mas depois de refletir um pouco mais, viu a situação como uma grande oportunidade.

— Venâncio, podemos conversar em particular em seu escritório? – perguntou Fátima ao irmão.

— Fátima, eu ainda estou atordoado com essa notícia. Poderia ser outra hora?

— Não, Venâncio, meu assunto é mais que urgente, temos que tomar uma decisão rápida.

E, assim, pressionado pela irmã, foram para o escritório para ter a conversa que sua irmã tanto desejava.

— Bem Venâncio, nesse momento nosso pai precisa de nós e, por motivos óbvios entre nós dois, eu seria a melhor pessoa para cuidar dele. Se eu soubesse de sua doença, como você sabia, eu já teria ido com ele, no primeiro momento.

— Pois bem, eu concordo com você.

— Só que para eu ir eu tenho uma condição.

— E que condição é essa?

— Levar o Domingos comigo, afinal, ele é o meu filho.

— Você enlouqueceu, ele não é mais o seu filho, você apenas o pariu.

— Ledo engano, eu o pari e cuidei dele como um filho durante esses 10 anos de sua vida. Você, envolvido com os negócios, nunca teve tempo para as suas filhas, que dirá para ele. À exceção de Beatriz, muito eventualmente, você sequer os levou consigo, como nosso pai fazia com você. A sua esposa nunca deu atenção a ele, e não fosse eu ao lado dele, seria uma criança excluída. Mesmo não podendo assumir, sempre fui a sua mãe e ele certamente percebe isso.

— E você acha que Amália concordaria com isso?

— Isso não é um problema meu, mas sim seu. A decisão está tomada e vou revelar a Domingos todo esse segredo que está engasgado na minha garganta há anos. Eu nunca deveria ter aceitado essa situação e viver como uma escrava branca de sua esposa, por conta do "favor" que ela me fez. Agora chega! Preciso lembrar a você que, apesar de ter renunciado a minha herança, a condição é que vocês custeiem todas as minhas despesas, pelo resto de minha vida, e Domingos como seu "filho" é herdeiro natural dessa fazenda, assim como a Santa Maria também lhe pertence, portanto, estou indo para Portugal por sua conta e você irá nos mandar recursos mensais para que possamos nos estabelecer em Lisboa.

Venâncio sabia que nas palavras de Fátima havia muita verdade e não tinha como contestar, mas o que mais o preocupava era a reação de Amália, não por afinidade a Domingos, mas conhecendo o temperamento de sua esposa, ela não o deixaria ir com facilidade, pois não gostava de perder.

— Eu exijo que tome as providências imediatas para minha viagem, pois pretendo amanhã mesmo ir para o Rio de Janeiro e embarcar no próximo navio para Portugal. Quanto a Domingos, eu converso com ele e tenho certeza de que irá entender. Faça a sua parte com Amália. Agora me dê licença que estou indo preparar as nossas malas.

Maria de Fátima saiu do escritório, deixando Venâncio envolto em seus pensamentos. Diante da firmeza de sua irmã, seria impossível dissuadi-la de sua decisão. Sabia que, como "pai" de Domingos, poderia autorizá-lo a viajar com a sua tia sem precisar de autorização da "mãe", mas isso seria um transtorno. Em dado momento, esqueceu do problema maior, que era a saúde de seu pai, que poderia vir a morrer, refletiu um pouco mais e lembrou do Velho João, que sempre o aconselhava a enfrentar os problemas antes que esses crescessem ainda mais, e assim o fez. Saiu em busca de Amália para lhe posicionar quanto à decisão de sua irmã e buscar a sua anuência, ao mesmo tempo Fátima levava Domingos para um passeio nos jardins externos, para poder conversar com ele e finalmente revelar a sua verdadeira origem.

Venâncio encontrou Amália na cozinha, reclamando do tempero da comida que acabara de provar.

— Isso aqui está horrível. Joaquina, acho melhor você dar um jeito nessas suas ajudantes, pois senão terei de deixar vocês sem comida por uns dias, para aprender a valorizar a comida que será servida para sua senhora.

— Desculpe, baronesa, já vou dar um jeito nisso.

— Acho muito bom.

Ao se virar, deu de cara com Venâncio, que a espreitava na entrada da cozinha.

— O que é isso, Venâncio? Agora deu para espionar a cozinha também?

— Amália, precisamos conversar — respondeu o marido.

— Mas agora? Que cara é essa? Seu pai morreu?

— Não, mas é sobre a doença dele que quero lhe falar. Poderia me acompanhar ao escritório?

Virou-se e caminhou para o escritório, ela hesitou por uns instantes, mas ele não deu espaço para que ela adiasse a conversa. Lentamente foi seguindo-o, para dar tempo de imaginar o assunto e já preparar a sua contra-ofensiva. Ao entrarem no recinto e Venâncio fechar a porta, ela falou:

— Mas você já não nos colocou a par da situação de saúde de seu pai? O que ainda tem a falar?

— Se houvesse prestado mais atenção no meu relato, saberia que, além de comunicar o agravamento da doença que ele já tinha aqui no Brasil, ele precisa de alguém para cuidar dele lá em Portugal.

Com um sorriso irônico, ela respondeu:

— Você não está insinuando que uma baronesa brasileira saia daqui para cuidar de um velho em Portugal? Que a sua irmã vá.

— Não estou insinuando nada e, além do mais, a última pessoa que eu gostaria que cuidasse dele era você. Ele precisa de amor e esse sentimento parece que não existe dentro de você. É claro que quem irá cuidar dele é Maria de Fátima.

— Bem, então está tudo resolvido, menos uma mosca morta aqui dentro desta casa. Foi para me dizer isso que me chamou aqui com tanta pompa e circunstância?

— Não só isso, ela levará consigo o Domingos.

— Você só pode estar brincando comigo, o meu filho não sai desta casa por nada desse mundo, só se eu estiver morta.

— Em primeiro lugar, ele não é seu filho, e você nunca passou a ele um sentimento de uma verdadeira mãe, como ela sempre o fez, em segundo lugar, tenho certeza de que ela não pouparia qualquer esforço para fazê-lo, se é que isso seria um esforço para ela.

— Você ou ela está me ameaçando?

— Ninguém está lhe ameaçando, eu estou apenas lhe comunicando a decisão que ela tomou e que não tenho como me opor a ela nesse momento. A propósito, neste exato momento ela deve estar contando a ele toda a verdade sobre sua origem.

— Então é essa a gratidão que se tem a mim, depois de ter assumido aquele menino e desistido de ter o meu próprio filho? Praticamente perdi o meu marido e agora simplesmente ela quer levar o menino embora? E as meninas que são bastante apegadas a ele?

— As meninas já estão umas mocinhas e irão entender. Eu também estou triste, mas ela me cobrou uma atenção, que em função das minhas responsabilidades, não pude dar a ele. Talvez até menos a ele que às meninas, eu confesso.

— Se é para confessar, o mínimo de atenção que deu foi apenas para Beatriz.

— Talvez, por uma questão de afinidade, mas não é isso que estamos discutindo aqui e sim a ida deles para Portugal.

— Não, Venâncio, você não pode permitir que isso aconteça.

— Os argumentos dela são fortes para levá-lo, e os seus?

— Ele é meu filho, eu o criei e é irmão de nossas filhas.

— Amália, tudo isso foi uma invenção de minha mãe e você mais do que ninguém sabe disso. Um dia isso poderia acontecer e esse dia é hoje. Coloque a mão na consciência, você nunca fez nada por essa criança, sempre a deixou aos cuidados da "tia", e como você dizia: "quem pariu Matheus que o embale". Agora, ele irá embora com quem sempre o embalou, sua mãe de verdade, em todos os sentidos.

— Bem, vamos à parte prática. Se eu autorizar, o que eu ganho com isso?

— Preciso deixar claro para você que não estou aqui pedindo a sua autorização para nada, apenas tentando evitar que você faça um escândalo desnecessário, por uma decisão irrevogável.

— Então, para que eu não faça o seu temido escândalo, o que eu ganho?

— Não estou lhe entendendo.

— Então vou tentar ser mais clara, pois me ocorreu aqui uma proposta para lhe fazer.

— Pois bem, qual é a sua proposta?

— Como voltaremos a ser apenas os quatro, quero recuperar a minha família. Minha proposta é reatarmos o nosso casamento, que você volte a dormir comigo e que possamos tentar ter mais um filho. Ainda somos jovens e é possível. Quero lhe mostrar que existe amor dentro de mim.

— Mas isso é um absurdo.

— Não, Venâncio, não é absurdo. Você quer que eu facilite a sua vida e a de sua irmãzinha, para que ela possa ir em paz, com o seu rebento, cuidar de seu paizinho em Portugal, eu quero apenas mais uma chance, a oportunidade de ter o meu filho verdadeiro, e isso tem que ser agora. Se me der a sua palavra, sairei por aquela porta e serei doce como nunca fui com sua irmã e ainda ajudarei com o menino, para que ele não se sinta traumatizado pela situação. É pegar ou largar, então, o que irá resolver?

— Amália, você sempre me surpreende com a sua astúcia. Você sabe que não tenho sentimento em relação a você, mesmo assim, quer que volte aos compromissos de marido?

— Sim, tenho certeza de que podemos ter mais um filho, algo que eu não deveria ter aberto mão lá no passado. E então, tenho a sua palavra?

Naquele momento, sob uma forte pressão, preocupado com o pai, com as fazendas, com a irmã e até com o menino Domingos, Venâncio estava sem opções e aceitou a proposta de Amália, estendendo a sua mão para selar um acordo que, em sua cabeça, sabia que mais tarde iria se arrepender.

Além de apertar a sua mão, ela se aproximou e beijou seus lábios com lascívia e saiu do escritório para ter com Maria de Fátima. Venâncio era naquele momento um misto de alívio, por ter resolvido o problema da melhor forma possível, e apreensão, pelo futuro de seu relacionamento com Amália. Respirou por uns momentos e depois se colocou a cuidar das providências para a viagem da irmã com seu filho.

Ao encontrar sua cunhada retornando com Domingos para a casa, Amália foi ao encontro dos dois e, ao se aproximar, abriu os braços para seu filho, fazendo com que ele viesse ao seu encontro, sob os olhos atentos de Fátima.

— Você não é minha mãe? — perguntou o menino.

— Claro que sou. Você é um menino tão especial que tem duas mães, eu e a Maria de Fátima, e eu nunca vou deixar de ser a sua mãe. Só que agora, como já é um rapazinho, precisa acompanhar sua outra mãe numa viagem para cuidar do vovô lá em Portugal. Tenho certeza de que irá cuidar direitinho de sua outra mãe.

— Mas eu não sei se quero ir, tem as minhas irmãs, vou sentir muita saudade.

— Meu bem, é só por um tempo. Assim que o vovô ficar bom, vocês voltarão para cá e ficaremos bem como antes, além do mais, quem cuidará de sua outra mãe na viagem? Aqui eu tenho suas irmãs e o papai para cuidar de mim.

— Bem, então eu acho que vou com ela. Também estou com saudades do vovô.

Maria de Fátima estava incrédula com a cena que se desenrolava em sua frente, nem em suas expectativas mais otimistas, não podia imaginar o que estava acontecendo e se perguntava a cada instante o que diabos Venâncio fez para essa mulher ficar assim.

Essa dúvida, ela levaria consigo para a Europa, pois Venâncio apenas revelou a ela que pagaria um preço bem alto, mas a satisfação de vê-la feliz indo cuidar de seu pai, e com o seu verdadeiro filho junto, valia qualquer sacrifício.

Antes de embarcarem no navio, Venâncio abraçou longamente seu filho e se emocionou muito lembrando de sua despedida com seu pai em Lisboa.

— Cuide muito bem do nosso filho — falou Venâncio para sua irmã.

— Cuidarei, pode ter certeza, dele e de nosso pai.

Eles se abraçaram fortemente e as lágrimas desciam no rosto de Fátima ininterruptamente, mas ainda conseguiu fôlego para falar-lhe.

— Venâncio, você é um bom homem. Muito obrigado por ter cuidado tão bem de nós, durante todos esses anos. Continue tocando nossas fazendas do seu jeito, pois assim conquistou o respeito de todos, inclusive dos negros. Só lhe peço para ter cuidado com Amália, nunca confie nela. Fique com Deus, irmão.

E com essas últimas palavras, subiu no navio, que não demorou a zarpar rumo à Europa. Por decisão de Venâncio, somente ele veio para o Rio de Janeiro para o embarque da irmã com seu filho, pois não queria expor as meninas a mais uma despedida, e a sua estada seria rápida. Caso Amália tivesse vindo com ele, certamente se estenderiam os dias de permanência para que ela pudesse ir à corte e aos eventos sociais. Mas sabia que não tardaria a ter que trazê-la e cumprir essa agenda social na corte.

Aproveitando o tempo que teria, antes de seu retorno no dia seguinte para a fazenda, resolveu procurar a Rainha no cabaré para desabafar um pouco sobre o momento difícil que vinha passando. Sabia que estaria fechado, mas, de certa forma, seria até melhor, para uma conversa mais reservada.

— Boa tarde, Sr. Venâncio! Vou comunicar à Rainha que está aqui e verificar se ela poderá lhe atender, fique à vontade — falou-lhe o recepcionista do cabaré.

Não demorou muito tempo, ele retornou, pedindo que ele entrasse e se sentasse na mesa da Rainha, que ela estava se arrumando para vir ter com ele. Serviu-lhe uma bebida e deixou Venâncio absorto em seus pensamentos.

A demora da chegada da Rainha, depois de um certo tempo de espera, começou a deixá-lo ansioso e questionando se deveria ter vindo. Resolveu pedir mais uma bebida e tentou relaxar, mas não conseguiu deixar de fazer um comentário com o rapaz que lhe servia.

— Ela sempre demora assim mesmo?

Depois de uma boa gargalhada, respondeu-lhe.

— As mulheres sempre demoram para se arrumarem, agora imagine uma Rainha? Fique tranquilo, quando ela chegar não se lembrará mais do tempo que ficou esperando.

E assim foi, depois de esperar ainda por um bom tempo, quando menos esperava avistou, no topo da escadaria do casarão que abrigava o cabaré, aquela mulher extremamente elegante e de uma beleza estonteante. Trajava um vestido rodado em tom bordô, trabalhado em detalhes dourados, com corpete sem alças, com os mesmos detalhes da saia e sob seu colo um lindo colar, que combinava com os brincos e a tiara, que lhe conferia uma realeza indiscutível. Como em todos os encontros que tiveram, a presença da Rainha mexia muito com Venâncio, e apesar da amizade que existia entre eles, era impossível ficar à vontade diante de uma mulher com aquela força.

– Desculpe, meu amigo, se lhe fiz esperar um pouco, mas espero que tenham lhe tratado bem na minha ausência.

– Rainha, posso lhe garantir que cada minuto de espera foi regiamente compensado pela sua magnífica presença.

– Deixe de galanteios, Venâncio, vamos ao que interessa. Fiquei sabendo, pelo Madrugada, do problema de saúde de seu pai. Tem notícias dele? Como ele está?

Depois de se recompor, mas sem conseguir desviar seu olhar de sua interlocutora, Venâncio passou a descrever todos os acontecimentos, desde a conversa com seu pai até aquele momento, tendo a Rainha como atenta ouvinte.

– É isso, imagina como estou me sentindo? Meu pai me faz muita falta e meu filho também fará, além de eu ter que me relacionar com Amália, para cumprir a minha palavra.

– Imagino, a vida nos traz desafios a cada instante. Amigo, acho que o momento pede uma consulta às forças místicas do povo que pertenci e que trago comigo a sua inspiração. Você me permite consultar as cartas ciganas, para buscar um entendimento maior sobre sua vida?

– Mas é claro que sim, Rainha. Na verdade, não sei se acredito nisso, mas sempre quis lhe pedir isso, estou com o meu coração tão doído, que pode ser um lenitivo para mim.

– Não se engane que as cartas não mentem e não revelam aquilo que queremos ouvir, mas sim o que está em seu destino. Coloque as suas duas mãos sobre a mesa.

E, assim, ela iniciou o seu ritual, colocando suas mãos sobre a de Venâncio e iniciando uma oração interna, depois borrifou um perfume no ambiente e, sobre as cartas que já estavam na mesa, as embaralhou, pediu para que ele cortasse o monte e, em seguida, começou a sua leitura.

– Meu amigo, realmente existe a possibilidade de mais uma gravidez na sua vida, mas o que me chamou mais atenção em sua jogada foi essa carta do Coração, que pode anunciar que um novo amor está chegando.

– Um filho com Amália é possível, pois terei que cumprir a minha parte em nosso acordo, mas daí a ter algum sentimento a mais por ela, acho difícil. A não ser que seja você, esse novo amor.

A Rainha deu uma gargalhada espontânea e logo retrucou:
— Deixe disso, homem, estou aqui falando sério, já lhe disse que nossa amizade não pode ser confundida. Bem mais também vejo algumas dificuldades e aconselho a ter bastante cuidado com essa cobra aqui.
— Agora, podemos estar falando de Amália – falou, soltando um sorriso.
— Mas você tem a proteção divina, essa cruz na posição que se encontra mostra isso.
Depois de mais algumas considerações, fechou a mesa concluindo:
— Enfim, abra o seu coração, mas, ao mesmo tempo, fique bastante atento, pois dificuldades apareceram em seu caminho e poderão mudar o rumo de sua vida.
Pediu que, mais uma vez, repousasse suas mãos sobre a mesa, colocou as suas sobre ela e, agradecendo ao povo cigano, encerrou a leitura com um belo sorriso para o amigo, que parecia enfeitiçado pelo seu encanto.
— Meu caro, daqui a pouco o cabaré estará aberto, peço que fique conosco e aproveite a noite. Daqui a pouco Madrugada estará por aqui e poderemos desfrutar da companhia dele.

42
TOMANDO AS RÉDEAS DA VIDA

Assim como acordado, Venâncio retomou o seu casamento com Amália, mesmo a contragosto, contudo a vontade de ter um filho homem, com o seu sangue, o fazia superar o sacrifício, que era para ele se relacionar sexualmente com sua esposa. Esta, por sua vez, mesmo com o retorno ao marido, não se saciava e continuava a usar o escravo Erasto nas idas dele para a fazenda de café.

O Brasil passava, nesse momento, por um período de estabilidade política. Com o retorno do rei a Portugal, a corte portuguesa em Lisboa temia que a presença do príncipe no Brasil pudesse ser um perigo para a unidade do Reino Unido, e logo se mobilizou para levar D. Pedro para a Europa. Nesse contexto, Venâncio e outros grandes fazendeiros apoiaram a decisão do príncipe em ficar no Brasil, o que culminou no mesmo ano na declaração de independência da ex-colônia.

Em meio a todo esse burburinho, as notícias que chegaram de Portugal preocupavam ainda mais Venâncio, pois Maria de Fátima relatava que, apesar de todos os esforços no tratamento de saúde de seu pai, ele só piorava.

Amália, se aproveitando da situação, viu a oportunidade de assumir de vez o controle das fazendas e começou a fazer uma enorme campanha para que Venâncio fosse para Portugal para ter com seu pai ainda em vida.

— Você precisa ir para Portugal imediatamente, enquanto o seu pai ainda está vivo.

— Amália, eu não posso deixar as fazendas, quem cuidará dos negócios?

— Obviamente, eu. Posso pedir ajuda a meu pai e, com o que já aprendi, posso muito bem controlar as fazendas. Você precisa ir de imediato, pois, pela carta de Fátima, ele não está nada bem.

— Eu adoraria poder abraçar o meu pai.

Ela insistia veementemente na ideia de que ele deveria partir e deixar tudo sob a tutela dela, usando a doença do sogro como pretexto para se livrar de seu marido. Assim ela teria tempo para, junto com seu pai, assumir todo o negócio e tirá-lo definitivamente de Venâncio.

Mas a insistência veemente fez com que Venâncio atinasse para a estratégia que ela estava montando para se livrar dele. Em momento nenhum, ela se preocupava com a saúde de seu pai, e com o que ele estava sentindo, apenas queria se livrar do marido.

— É desta forma que você diz me amar?

— Sim, meu marido. É por lhe amar que não quero que fique o resto de sua vida lamentando o fato de ter deixado seu pai morrer em Portugal, sem ir a seu encontro no leito de morte.

— Pois bem, Amália, o seu discurso não bate em nada com o sentimento que está me passando neste momento. O que você quer é a oportunidade de ser a poderosa baronesa do café e jogar fora tudo que construí ao longo destes anos, com a sua sede de poder.

— Você, como sempre, está sendo injusto comigo.

— Eu estou é farto de você, dessa sua ganância, desse seu mau-caratismo. Tenho me esforçado para tentar lhe engravidar, mas não consigo ter o mínimo de desejo por você, e sabe por quê? Porque você é pior que a pior negra que já esteve debaixo de mim. Chega!

Saiu sentindo sua dor e de certa forma arrependido pelo fato de ter sido tão verdadeiro com sua esposa, mas aquela situação já estava insuportável para ele, e se Venâncio não explodisse, certamente teria uma síncope.

Com o coração batendo em descompasso, só se lembrou do velho amigo negro, que sempre o aconselhou nos momentos mais críticos de sua vida, e foi diretamente em busca do Velho João.

Amália, mais uma vez, via seus planos ruírem, e pela comparação com uma negra, jamais perdoaria seu marido. Seu ódio só aumentava e, definitivamente, ela teria que dar um jeito de se livrar dele.

Sentado em seu banquinho na entrada de sua choupana, o Velho João pitava seu cachimbo quando avistou a aproximação de Venâncio em seu cavalo. Ele nem precisou falar, para que o velho percebesse que estava totalmente desequilibrado.

— Salve suas forças, fiô! Há quanto tempo que não vem aqui tomar um café com esse velho.

— Salve, Nêgo Velho! Pois é, a vida tem andado muito corrida para mim e agora, então, sozinho com as duas fazendas...

Doravante, acompanhado por um bom cafezinho feito por Maria, a conversa se desenrolou com Venâncio passando os últimos acontecimentos para o Velho João, que durante a conversa ia trabalhando, pela fumaça de seu cachimbo, o emocional de seu consulente e, em pouco tempo, esse já se sentia muito mais calmo.

— Resumindo, Nêgo Velho, acho que não verei mais o meu pai e terei que definitivamente assumir tudo e ainda lidar com a sua ausência. Não sei se terei forças.

— Fiô, a vida na Terra é apenas um estágio que passamos em busca de aprendizagem e crescimento espiritual. Só o corpo padece, o espírito é imortal. Seu pai sempre estará vivo em seu coração. Quanto à continuidade, perceberá que é mais forte que imagina.

E assim Venâncio, mais do que nunca, dividia seu tempo entre as duas fazendas e vindas e idas ao Rio de Janeiro para negociar a venda e embarque de suas mercadorias. O casamento com Amália estava novamente rompido, mas, para manter as aparências, frequentemente a levava em suas viagens à corte. Para que ela não fosse aos saraus sozinha, passou a levar Isaura com ela nessas viagens, que a essa altura já era uma moça bonita e já chamava a atenção daqueles jovens em busca de um bom casamento. A outra filha, Beatriz, não gostava da cidade e preferia ficar na fazenda aprendendo a lida.

Ao fim do segundo mês do novo ano, chegou para Venâncio a carta que ele já esperava, mas a que mais temia. Nesta, Maria de Fátima relata os últimos momentos de José Couto e confirma a sua morte. Também se desculpa pelo fato de ter tomado a decisão de ficar um pouco mais em Portugal com Domingos, que segundo ela estava se adaptando muito bem à vida na Europa.

Ao ler a carta, sozinho em seu escritório, não conseguiu conter suas lágrimas. Uma dor tomou conta de seu ser, e em sua mente reviu todos os momentos com seu pai em sua vida. Depois que conseguiu se controlar, reuniu todos da casa grande para dar a fúnebre notícia.

— É com muito pesar que comunico a todos o falecimento de meu pai, José Couto.

Nesse momento, Beatriz, chorando, foi ao encontro do pai, abraçando-o, enquanto Isaura hesitava ao lado da mãe.

— Como não pude me despedir dele e preciso fazer esse fechamento, dentro de meu coração, vou mandar providenciar um funeral simbólico, para que todos nós, que convivemos com ele tantos anos, possamos nos despedir.

Conforme determinado por Venâncio, foram colocados, dentro de um caixão, roupas e objetos pessoais de seu pai, e simbolicamente José Couto foi velado dentro da capela da fazenda, construída por ele. Após uma missa do padre local, o cortejo fúnebre seguiu para o cemitério da família, para que simbolicamente ficasse ali enterrado ao lado de sua mãe.

Como última homenagem a seu pai, ele mandou que fosse colocada uma lápide sobre o mausoléu, e ali despediu-se daquele que foi a pessoa mais importante de sua vida até aquele momento.

> AQUI JAZ UM HOMEM QUE AJUDOU A CONSTRUIR ESTA NAÇÃO E DEIXOU FRUTOS PARA CONTINUAR O SEU LEGADO.
> **JOSÉ COUTO**
> † 1765   † 1823

43

UM PRESENTE INUSITADO

O tempo passava rapidamente, naquele que era o primeiro ano após a independência do Brasil, e apesar de Venâncio não gostar de política, com a ausência de seu pai, que fazia esse papel, não lhe restou alternativa a não ser se aproximar do segmento político. Foi exatamente nesse contexto que conheceu o então primeiro-ministro de D. Pedro I, José Bonifácio, personalidade que lhe causou grande admiração.

Seus ideais abolicionistas em muito impressionaram Venâncio, que apesar de ser um latifundiário que se beneficiava fortemente da mão de obra escrava, tinha em seu âmago o desejo de reverter gradativamente aquela situação, mesmo que lhe trouxesse perdas financeiras. Passou a lhe conceder o seu apoio para as ideias, que seriam apresentadas na Assembleia Constituinte e que vislumbravam benefícios econômicos e sociais para o país, se progressivamente os negros fossem libertados e inseridos em um sistema de trabalho livre.

Em boa parte, ele já vinha aplicando na prática algumas de suas ideias, pois, praticamente, já não comprava escravos da África, aboliu os castigos brutais em suas fazendas e já criara a vila dos negros na Fazenda Santa Maria, concedendo o direito de os negros produzirem seus alimentos. Contudo, eram sementes jogadas em campo árido, onde dificilmente brotariam. A postura de Venâncio lhe trazia mais desafetos que qualquer outro proveito e, em pouco tempo, passou a não ser bem-visto pela aristocracia que frequentava a corte, o que deixava Amália possessa e, na medida do possível, em suas oportunidades, contestava o próprio marido para ficar bem com aqueles que ela julgava de seu interesse.

Foram tempos difíceis para Venâncio que, além de muito trabalho, tinha que conviver com a falta que seu pai lhe fazia. A constituinte que ele punha suas esperanças não prosperou e foi fechada pelo imperador, tendo como uma das consequências o exílio de seu amigo Bonifácio na França. Parecia que tudo que ele se aproximava acabava por ruir de alguma forma.

A aproximação de um novo ano trazia consigo uma expectativa de novos tempos, e a esperança de que as coisas começariam, finalmente, a fluir melhor em sua vida.

Até que em belo dia um portador chegou com uma carta e um presente de um desconhecido na Fazenda Nossa Senhora da Conceição, e com a determinação de ser entregue em mãos a ele. Não costumava receber ninguém pessoalmente, ainda mais sem um aviso prévio, mas a insistência do homem foi tanta, que fez com que fosse levado ao encontro de Venâncio.

– Boa tarde, senhor! Venho de muito longe lhe trazendo esta carta e um presente de meu senhor, e com a determinação de não entregar a ninguém, senão em suas mãos.

– Mas quem é esse seu senhor?

– Por favor, leia a carta e terá todas as suas respostas.

Estendeu as mãos, nas quais continha um envelope lacrado com cera e um selo, o que tornava aquela carta ainda mais intrigante. O portador ficou estático à frente de Venâncio, aguardando que ele lesse a carta, como se algo ainda tivesse que revelar após a leitura. Ele, por sua vez, abriu o envelope com todo cuidado, retirou o conteúdo e, com uma ansiedade acima do normal, pôs-se a ler aquela mensagem misteriosa.

"Caríssimo Venâncio Couto,
Aqui quem lhe escreve é Amadeu Vasconcellos, compatrício, contemporâneo e grande amigo de seu pai, José Couto.

Em primeiro lugar, gostaria de externar os meus mais sinceros pesares pela morte deste grande homem. Infelizmente a notícia chegou a mim já muito tempo após o seu falecimento, entretanto, não poderia deixar de me manifestar a você.

Para que tenha um parâmetro de minha amizade e gratidão a seu pai, preciso relatar um pouco do que esse homem fez por mim. Cheguei ao Brasil, mais especificamente ao Rio de Janeiro, sem nenhuma perspectiva, e graças à ajuda política e até financeira de seu pai, consegui me estabelecer no Estado da Bahia e hoje sou proprietário de uma grande propriedade, produtora de cana-de-açúcar, sendo um dos engenhos mais produtivos da região.

Durante todos esses anos, ele sempre me apoiou de todas as formas, e nas cartas que trocávamos com bastante frequência, ele sempre se mostrou muito orgulhoso de você, pelo trabalho que fazia e a forma que se dedicava às fazendas. Apesar da distância, as cartas nos aproximavam e permitiram, através de nossas confidências, participar das vidas um do outro.

Neste momento de dor pela perda, resolvi lhe enviar um presente, um dos meus maiores tesouros, em agradecimento ao meu irmão de vida, sem o qual não teria o que tenho hoje.

Em seus relatos, ele sempre se referia a um dos lugares que você mais gostava, que era a margem do rio que corta a propriedade, próximo à cachoeira, e será lá que você receberá seu presente.

Um forte abraço e conte comigo para o que precisar, daqui para frente.

Amadeu Vasconcellos"

Venâncio, ao terminar de ler a carta, percebeu que o homem estava com outro envelope em mãos, e antes mesmo que questionasse qualquer coisa, o portador lhe falou.

— Senhor Venâncio, o seu presente já está nas margens do rio à sua espera. Esse outro envelope, peço que somente abra depois de ter recebido o seu referido presente. Agora, por favor, para que minha missão seja completada, vá buscar seu presente.

Venâncio pegou o envelope, guardou em sua gaveta e, tomado por uma grande curiosidade, partiu para a cachoeira, lembrando de tantos bons momentos que passou por lá e, ao mesmo tempo, surpreso pela sensibilidade de seu pai, ao descrever a um amigo esse lugar como representativo para ele.

O homem o acompanhou até bem próximo ao rio, e quando estava certo de que ele chegaria ao destino indicado, foi ficando para trás, reduzindo o compasso de seu galope, deixando que Venâncio se afastasse em direção à cachoeira. Sem perceber a ausência de sua companhia, seguiu em frente.

O sol se fazia forte naquele momento e, ao se aproximar, Venâncio vislumbrou um vulto, envolto em um tecido branco. Apeou de seu cavalo e completou os últimos metros a pé em direção àquela singular visão. Nesse momento, seu coração já batia descompassado, e ao descobrir que era uma mulher negra, sua surpresa foi maior ainda.

— Salve, senhor Venâncio! Meu nome é Izabel e sou o seu presente.

Antes que ele pudesse falar ou ter qualquer reação, ela soltou o pano branco que a cobria, ficando completamente nua na sua frente, revelando um corpo escultural. Seguiu em direção ao rio e falou:

— Se o senhor me permite, vou me banhar nessas águas sagradas, pois está muito quente.

O VERSO DA ESCRAVIDÃO

E foi entrando lentamente no rio, deixando Venâncio estupefato com a cena que se desenhava a sua frente. O sol, tocando aquela pele negra molhada, a tornava dourada, em instantes tudo a seu redor estava dourado, a cachoeira, o rio e a negra Izabel. Como se hipnotizado estivesse, atendeu ao chamado de Izabel, entrando no rio a seu encontro. Ao se aproximar, sentiu que ela exalava uma fragrância de flores e, por mais que tentasse racionalizar aquele momento, não conseguia segurar suas emoções.

Pela primeira vez em sua vida, se sentiu tão atraído por uma mulher que não se conteve e a beijou na boca com toda a intensidade de seu ser. Correspondendo à emoção que se fazia presente, se amaram nas águas daquele rio e Venâncio experimentou uma sensação que nunca havia tido antes. Nesse momento, se recordou de sua conversa com o Exu do Mar – "se um dia tiver a oportunidade de experimentar um sexo com amor, aí verás a força de uma energia divina".

Ficaram na água por bastante tempo, se pudesse, ele faria com que o tempo parasse naquele momento. Não conseguia entender como conseguiu atingir aquela intimidade com uma pessoa que estava vendo pela primeira vez. O sol já dava demonstração de que, em pouco tempo, se recolheria e já era hora de saírem das águas.

— Não sei o que fazer com você – falou Venâncio a Izabel.

— Faça o que quiser, és o meu senhor, agora. Imagino que, com a carta que recebeu, deva estar a minha transferência de propriedade.

Imediatamente se lembrou do outro envelope que recebeu. Não podia chegar à casa grande com uma escrava que havia ganho de um amigo distante. Tampouco a levaria para a senzala, pois, por mais que aquilo tudo fosse uma situação muito estranha, havia sentido algo diferente dentro de si e precisava preservar aquela mulher.

— Onde estão as suas roupas?

— Não tenho roupas, senhor, apenas aquele pano branco, que eu havia deixado aqui, mas parece que o vento o levou.

Olhava para ela e sentia algo que nunca havia sentido antes, não queria deixar de estar a seu lado, mas, ao mesmo tempo, sabia que precisava resolver aquela situação, aquela circunstância deixara Venâncio perdido.

— Bem, vamos esperar a noite cair para que eu possa lhe levar para um lugar seguro. A escuridão há de esconder a sua nudez.

— Senhor Venâncio, eu estou com frio.

Aqueles olhos negros, aquela pele macia, o corpo torneado, seu jeito doce de falar e um olhar que penetrava em seu ser a tornava irresistível e, mais uma vez, Venâncio a tomou em seus braços, a beijou ardentemente e se amaram na relva, na beira do rio, ao som das águas.

Ficaram por um bom tempo em silêncio, abraçados, apenas absorvendo o calor de seus corpos e olhando para o céu, que nesse momento já estava enfeitado pelo brilho das estrelas e com uma bonita lua que, com sua luz, quebrava a escuridão.

– Por mim, eu ficaria aqui, para sempre neste momento. Mas precisamos ir agora.

Levantou-se, pegou a sua camisa e deu para que Izabel vestisse. Depois, se recompôs, pegou o seu cavalo, colocou-a em sua garupa e retornou, cortando a escuridão com a ajuda dos raios da lua. Conhecia bem os caminhos de suas terras e não teve dificuldades em chegar à cabana do Velho João.

Por sua sorte, encontrou Rosa do lado de fora da cabana e imediatamente entregou Izabel a ela para que arrumasse uma roupa para que se vestisse.

– Fique com sua camisa, ela não irá mais precisar dela. – falou Rosa, pegando Izabel pelas mãos e dando a volta para o fundo da cabana.

Àquela hora, os velhos já haviam se recolhido, mas a movimentação incomum do lado de fora da cabana chamou a atenção e, em pouco tempo, Maria e João estavam na porta.

– Salve suas forças, fiô! Aconteceu alguma coisa para estar aqui a essa hora? – falou o Velho João, surpreso com a visita fora de hora.

– Salve, Nêgo Velho! Aconteceu sim, meu amigo, e vou precisar mais uma vez de você.

A discrição de Rosa foi fundamental para que os velhos não conhecessem sua hóspede da mesma forma que ela chegou ao mundo. Já vestida com as roupas de Rosa, as duas voltaram para a frente da cabana.

Olhando para Izabel, Venâncio falou:

– Queria apresentar a Izabel a você, Nêgo Velho, e à Vó Maria. Vou precisar que a acolham aqui por uns dias.

– Fiô, sabe que minha humilde cabana é sua, então pode contar conosco, é pequena, mas para quem já dormiu em senzalas, é até bem boa – soltou uma risada, enfiando a mão no bolso para pegar o cachimbo.

Dirigindo-se à Maria, pediu que fosse passar um café, e à Rosa, para ver algo para que a moça comesse, tendo a oportunidade de ficar a sós com Venâncio. Já sentado em seu banquinho, acendendo seu pito, perguntou a Venâncio.

– O fiô tem alguma coisa a mais para falar com esse velho?

Antes de responder, sentou-se em um outro banquinho, colocou as mãos no rosto e abaixou a cabeça, como se buscasse a melhor forma de descrever tudo que estava acontecendo. Manteve o silêncio por algum tempo e, sentindo a hesitação do amigo, João se adiantou a responder:

— Fique tranquilo que cuidaremos da moça pelo tempo que precisar, aqui ela estará segura.

Abaixou a cabeça em silêncio, soltou várias baforadas de seu cachimbo, balançou a cabeça e completou:

— As respostas que precisa estão dentro de suncê mesmo. Busque ouvir a sua voz interior e saberá o caminho a tomar.

Nesse momento, Maria retornou com o café, serviu os dois e falou:

— Parece que a moça estava com fome mesmo, está batendo um prato lá dentro.

— Fiô, tome seu café e vá para a casa grande, pois já está tarde. Depois, com seus pensamentos mais ordenados, voltamos a conversar.

E assim Venâncio fez, tomou o seu café, despediu-se dos velhos e montou em seu cavalo rumando para a casa.

Aquela noite, não conseguiu dormir, os acontecimentos daquele dia não saíam de sua cabeça e, muito menos, aquela mulher. Sua vontade era ir correndo até a cabana do Velho João, para ver Izabel, mas sabia que estava devendo explicações ao amigo e talvez ainda não tivesse como fazê-las. Pelo menos, a história da vinda dela, a própria Izabel poderia contar, mas o que estava acontecendo com ele, nem ele mesmo conseguia explicar.

Em seu escritório, conferiu o outro envelope e constatou que se tratava da transferência da escrava para a sua propriedade. Aproveitou e releu a carta algumas vezes e lhe chamou a atenção o trecho que Amadeu dizia que estava lhe enviando um de seus maiores tesouros.

Como já havia programado, no dia seguinte, estaria indo à capital para resolver questões comerciais e, mais uma vez, levaria Amália e Isaura com ele. Iria aproveitar para estar com a Rainha, que talvez o ajudasse a fazê-lo entender tudo aquilo. Não poderia ir sem antes rever Izabel e falar com o Velho.

O dia correu rápido e o tempo está exíguo para resolver tudo que precisa, então chamou o seu capataz de maior confiança e o incumbiu de levar comida e roupas femininas à cabana do Velho João. Teria que ir sem ver a sua escrava.

Já no Rio de Janeiro, depois de seus afazeres de trabalho, Venâncio deixou Amália com sua filha no sarau da corte e foi para o cabaré.

— Venâncio, que bom vê-lo novamente, e pelo seu ar, me parece feliz. E, então, o casamento está dando certo? – perguntou a Rainha a seu amigo.

— Casamento? Esse nunca existiu e nem irá existir. Confesso que até tentei, para não desmentir as suas cartas, mas acho que elas erraram feio.

— Me perdoe, amigo, mas as cartas, se me lembro bem, falaram da chegada de um novo amor e uma possível gravidez. Nunca falaram que seria Amália, isso foi você que interpretou.

Ao ouvir isso, rapidamente veio a sua mente Izabel, e nesse momento as feições de Venâncio mudaram completamente, e não foi difícil para a Rainha, com toda a sua experiência, perceber que algo diferente estava acontecendo.

— Seu corpo já me respondeu, agora quero ouvir de você, quem é ela?
— Como assim, quem é ela?

Depois de dar uma boa gargalhada, o que deixou Venâncio ainda mais constrangido, falou:

— Eu não nasci ontem e conheço muito bem isso, então, trate-me de contar tudo.

Sem conseguir fugir da pressão da Rainha e querendo compartilhar com alguém tudo que estava passando, falou.

— Eu ganhei um presente.
— Quer dizer que ganhou uma mulher de presente, não posso crer.

A partir daí, passou a relatar todos os acontecimentos da chegada da carta, até aquele momento.

— O pior é que não consigo pensar em mais nada a não ser nela. Não sei o que está acontecendo.
— É simples, está apaixonado.
— Mas ela é uma escrava.
— Não, ela é uma mulher que tocou o seu coração como nenhuma outra. Não importa a posição social dela, a cor de sua pele, ou qualquer outra coisa. Isso é o amor. Sinto lhe informar que, mais uma vez, as cartas estavam certas.

Quase que em desespero, Venâncio respondeu:

— Isso não pode ser verdade. Como posso estar amando uma escrava?
— Essa é uma boa pergunta, a qual somente você pode responder, mas posso lhe garantir que esse tipo de sentimento não tem como simplesmente ignorar. Me responde rapidamente, onde queria estar agora?
— Na beira do rio, com ela em meus braços.

Depois de ter respondido é que foi refletir sobre a armadilha que a Rainha havia feito para ele.

— Acho que não preciso falar mais nada. Como sua amiga, só peço para que tome cuidado para não se machucar. Você não sabe o que se passa no coração dessa moça. Como você bem falou, ela é uma escrava e traz consigo todo o sofrimento que essa condição social lhe impõe. Antes de qualquer coisa, procure saber o que ela sente, pois para ela é muito fácil fingir um sentimento, para lhe usar. O amor nos fragiliza no início, para nos fortalecer no final.

— Obrigado pelos conselhos, realmente tudo isso é muito novo para mim. Vou embora, não tenho cabeça para nenhuma companhia hoje. Retornando ao Rio, venho vê-la, não vou esperar pelo nosso amigo Madrugada, mas deixe um forte abraço para ele.

Saindo do cabaré, pouco tempo depois de ter chegado, resolveu ir ao sarau buscar sua filha e Amália. Ao chegar, viu sua filha dançando com um rapaz, mais velho que ela, e foi ao encontro de Amália para entender a situação.

— Venâncio, esse rapaz é muito distinto, filho de um dos maiores comerciantes da corte, dono de vários armazéns, e considero um bom partido para nossa filha. Ele iria mesmo procurá-lo para pedir autorização para cortejar nossa filha, há muito eles já trocam olhares e hoje permiti que fizessem essa dança juntos.

— Não acha que ela está muito nova para isso?

— Claro que não.

A cabeça de Venâncio estava longe de tudo aquilo que estava acontecendo, e quando o rapaz retornou com Isaura e pediu permissão para cortejá-la, ele apenas assentiu com a cabeça. Em seguida, convidou a esposa e a filha a irem embora.

Amália comemorava internamente aquela permissão, pois há muito vinha trabalhando para que Afonso Vieira Filho pudesse vir a ser seu genro. Ela via no rapaz a ambição, que a ajudaria a contrapor o marido.

Na manhã seguinte, Venâncio se apressou a preparar o seu retorno para a fazenda e, ainda no final do dia, já estavam na casa grande.

— Venâncio, não sei o porquê dessa correria de voltar à fazenda. Eu ainda tinha muitas coisas a fazer na capital — falou Amália, cansada, se jogando em uma cadeira.

— Bem, Amália, da próxima vez vou só, daí não tenho que ficar ouvindo reclamações. Na verdade, eu não pedi para ir comigo, foi você que fez questão.

— Está bem, é melhor ficar cansada do que enterrada aqui neste fim de mundo.

Ele balançou a cabeça em sinal de desaprovação, mas não quis dar continuidade àquela discussão, e foi para seu escritório. Precisava colocar suas ideias em ordem, para saber como lidar com aquela situação, que a princípio fugia inteiramente de seu controle.

Pegou no armário uma das cachaças que seu pai mais gostava, sentou-se e buscou o envelope com a transferência da escrava, e começou a ponderar sobre a situação. Depois da conversa com a Rainha, seu desespero aumentou muito. Estava apavorado com a possibilidade de realmente estar apaixonado por uma escrava, não podia ser, mas por que não conseguia pensar em outra coisa a não ser nela? Pior ainda, se esse sentimento fosse unilateral, um senhor pode obrigar a sua escrava a fazer tudo que queira, mas jamais poderá controlar seus pensamentos e, principalmente, seus sentimentos.

A única certeza que tinha no momento é que precisava encontrar novamente aquela mulher, para realmente entender o que estava sentindo e descobrir mais sobre ela. Mais uma noite sem conseguir dormir direito e com a sua ansiedade no limite máximo. Mal os primeiros raios de sol cruzaram a janela de seu quarto, ele já estava pronto para ir até a cabana do Velho João.

Sentado em seu banquinho, na entrada da cabana, tomando seu cafezinho e pitando o seu primeiro cachimbo do dia, avistou ao longe a figura de Venâncio se aproximando com seu cavalo-branco. Contudo, não fez como de hábito e nem desceu do cavalo, aproximando-se em sua montaria.

— Salve suas forças, fiô! Não vai descer do cavalo?

— Hoje não, Nêgo Velho, preciso apenas falar com a moça que deixei aqui.

Nesse momento, Rosa e Izabel vêm para o lado de fora e encontram o cavaleiro, que, com um sinal, ordena que a escrava vá ao seu encontro e suba em sua garupa. Com um aceno de cabeça, se despede e sai em galope levando consigo Izabel.

— Mas o sinhozinho nem desceu do cavalo. O que está acontecendo com ele? – perguntou Maria, indignada com a atitude de Venâncio.

— Minha Velha, há razões que somente o coração pode explicar. Imagine uma terra fértil que nunca recebeu uma só semente, quando semeada, a planta quer romper a terra com rapidez, crescer, desabrochar e dar frutos. Assim é a natureza, assim também é a natureza humana.

Maria olhou para João, com uma cara de quem não havia entendido nada, enquanto Rosa sorria por ter captado a mensagem que o velho havia passado. Depois de ter conversado bastante com Izabel, ficou fácil para Rosa entender ser ela a semente a qual Pai João se referia.

Já distante dali, o cavalo galopava fortemente, mas, certamente, o coração de Venâncio batia em um ritmo mais acelerado que o dele. Sem dar uma palavra, mas sentindo o corpo de Izabel encostado ao seu, a energia que ele sentia o fazia ter certeza de que o que estava acontecendo com ele não era algo normal. Em instantes, estavam na beira do rio, próximos à cachoeira, onde haviam se encontrado pela primeira vez, local que para ele era muito especial e, agora, mais ainda.

Desceu de seu cavalo e, em seguida, ajudou Izabel a fazê-lo, nesse instante seus olhares se cruzaram, e com um impulso incontrolável, tornou a beijá-la com toda a intensidade de seu ser. Em pouco tempo, estavam se amando, pois para Venâncio aquilo não era mais sexo. A sensação que sentia era inexplicável, e em dado momento, de seus olhos brotaram lágrimas, que foram caindo sobre o corpo de Izabel, que, surpresa, apenas usufruía daquele momento que nunca imaginou que poderia acontecer com ela. O sol, o som das águas que caíam da cachoeira e corriam rio abaixo, os respingos das águas sobre eles, o canto dos pássaros, todo o cenário somente corroborava para que o amor se fizesse presente.

– Eu nunca imaginei que minha mãe Oxum pudesse me dar um presente tão grande como esse. Nunca em minha vida senti tanto a presença dela como neste lugar e em seus braços. A deusa do amor nos abençoa aqui e agora. Me perdoe, meu senhor, por estar falando desse sentimento, mas se eu morresse agora eu estaria realizada, pois vivi esse momento.

– Para mim, é muito difícil externar com palavras, mas já deve ter percebido que essa sensação que está sentindo não é só sua. Sinto que a sua deusa lhe fez a mulher mais linda que já conheci, para tomar meu coração.

– O senhor não precisa falar nada, eu sinto o seu amor. Amor que sempre sonhei e nunca poderia imaginar que um dia eu pudesse experimentar, ainda mais de um branco, do meu senhor. Isso não está acontecendo, eu acho que a qualquer momento vou acordar.

Segurando o rosto de Izabel com as duas mãos e olhando diretamente em olhos negros, Venâncio falou:

– Você não está sonhando e nem eu, o que estou sentindo agora é muito real e nem em meus sonhos imaginei que pudesse acontecer, até porque não conhecia e nem sabia que existia esse sentimento. Por mim, o mundo poderia parar agora, comigo olhando para seus olhos.

Izabel se pôs a chorar, ao ouvir seu senhor falar com tanto sentimento, mas sabendo que existia um abismo entre eles que os separavam, antes mesmo de os unir.

– Isso jamais poderá ser real, senhor.

– Não me chame mais de senhor, pois já não sei mais quem é escravo aqui, se você de mim ou se eu desse sentimento, que me faz só querer ficar perto de você.

Abraçaram-se fortemente e ficaram na relva, ouvindo os sons da natureza que os rodeavam, até resolverem se banhar e se amar novamente nas águas sagradas daquele rio.

Ao saírem das águas do rio, se sentaram frente a frente, olhos nos olhos, e começaram a primeira conversa real entre o casal.

— Izabel, antes de mais nada, eu preciso lhe conhecer. Saber as suas origens, saber sobre Amadeu e por que ele a considera "um de seus maiores tesouros".

— Sou uma escrava qualquer, como tantas outras que, certamente, conheceu. Vou lhe passar o que minha mãe me contou, sendo que ela falava pouco sobre isso, pois lhe era muito doloroso. Assim como boa parte do povo negro que habita este país, minha família foi arrancada da África e trazida para cá, bem, pelo menos parte dela. O que posso lhe dizer é que dentro da tribo em que viviam, meus pais eram como um rei e uma rainha. Até que um dia nossa aldeia foi invadida por outra tribo inimiga e meu pai foi morto tentando defender seu povo e principalmente minha mãe. Os sobreviventes foram feitos escravos e depois negociados com mercadores e trazidos para o Brasil, mas especificamente a minha mãe, por ser a rainha da aldeia, foi negociada separadamente. Logo se descobriu que ela estava grávida e, quando chegou aqui, fez-se um grande leilão para vendê-la.

Venâncio ouvia a sua história com muita atenção.

— Então, o senhor Amadeu, ao saber da história e vislumbrar a possibilidade de ter uma rainha como sua escrava, não poupou esforços e nem ouro para tê-la para si. Ele imaginava que possuir uma rainha africana lhe traria algum tipo de poder extraordinário. Assim, ela passou a ser a sua principal concubina negra. Nasci aqui, e sendo eu, filha de uma rainha, princesa seria, e seu desejo era que eu fosse preservada para servir ao seu filho, que ainda almejava ter, mas quis o destino que ele tivesse quatro filhas mulheres. Talvez por isso me considerasse "um tesouro".

Venâncio se pôs a rir, lembrando de sua própria situação.

— Ao saber da morte de seu pai, amigo que tinha por grande estima, ficou muito triste e queria de alguma forma retribuir tudo que o amigo tinha feito por ele. Sabendo através de seu pai que gostava de se relacionar com as negras, e como filho não havia conseguido ter, resolveu me dar de presente ao filho de seu grande amigo, para que ele usufruísse do poder de uma princesa africana. Princesa essa, escravizada.

— Mas você nunca havia sido usada? — perguntou, com estranheza.

— Se realmente tem sentimentos por mim, peço que não me pergunte mais nada sobre o meu passado. O que precisava saber, já lhe falei.

— Me perdoe, a mim em nada me interessa o seu passado e sim o seu futuro. E a princesa escravizada está liberta a partir deste momento. Em minha sela, já está a sua carta de alforria devidamente assinada por mim. Deste momento em diante, você está livre para fazer o que quiser, somente assim poderei vê-la como uma mulher e nunca mais como uma escrava.

As lágrimas desceram do rosto de Izabel, tal qual a cachoeira que alimentava aquele rio. Ela o abraçou e depois falou:

— Não será uma carta que irá me libertar do amor que estou sentindo pelo senhor, nenhum papel me afastará, a não ser que essa seja a sua vontade. Sou escrava deste sentimento e não quero que isso acabe nunca.

Naquele momento, ele percebeu que era correspondido em seus sentimentos, estava feliz, mas, ao mesmo tempo, sabia que teria uma montanha a sua frente para ser escalada. Ele podia lhe dar a liberdade, mas nunca mudaria a cor de sua pele, e isso seria o maior de todos os obstáculos que teria que enfrentar.

Venâncio passou o restante do tempo contando sobre sua vida, como conheceu o Velho João, sobre seu indesejado casamento, suas filhas e "filho", seus amigos do Rio de Janeiro, Madrugada e a Rainha do cabaré, quem ele gostaria que ela conhecesse.

— Preciso pensar muito bem como iremos conduzir essa situação. Gostaria que entendesse o quanto é difícil para mim, mas saiba também que não vou renunciar ao que estamos sentindo.

— Não seria mais fácil eu continuar como sua escrava?

— Mais fácil seria, mas quero que o que lhe prenda a mim seja somente o seu amor e não correntes. Você merece que eu a veja como uma mulher e não com minha escrava, disso não posso abrir mão.

— Pois o que resolver, estarei ao seu lado, inclusive se achar que o fardo é muito pesado e quiser desistir a qualquer momento, eu irei entender e continuarei lhe amando até o meu último suspiro, e entenderei que só o que vivemos até aqui já me bastou para me tornar a pessoa mais feliz deste mundo.

Em um impulso, o abraçou fortemente, como se estivesse se despedindo dele naquele momento.

— Vou deixá-la com o Nêgo Velho por uns dias, pois preciso ir até a Fazenda Santa Maria e possivelmente ao Rio de Janeiro. Ficarei uns bons dias fora, mas, com certeza, o meu pensamento estará em você. Assim, também terei tempo de pensar como iremos nortear nossas vidas daqui para frente.

Dois dias depois, já se punha na estrada rumo aos seus cafezais, que há muito não via. Precisava tomar pé da situação da fazenda, e provavelmente ficar por lá um período maior que costumava, mesmo ansioso para rever Izabel. Se o que sentia fosse apenas uma empolgação, com o trabalho diário, acabaria por esfriar seus sentimentos. No fundo, queria testar se o que estava vivenciando era realmente real ou apenas uma ilusão.

Os dias foram se sucedendo e, na Fazenda Nossa Senhora da Conceição, a presença de uma escrava nova, bonita e fora da senzala ou da casa grande não poderia passar impercebível aos olhos dos negros, e logo chegou aos ouvidos de Amália o caso. Sua fiel escudeira e responsável pela cozinha e pelas mucamas da casa grande, Joaquina, não tardou de levar o assunto para a sua senhora.

— Baronesa, desculpe incomodá-la com assuntos de negros, mas acho que a senhora precisa estar a par das coisas da fazenda.

— Que assuntos são esses, Joaquina, me fale logo, negra fofoqueira.

— É que tem uma negra, segundo fiquei sabendo, muito bonita até, morando lá na cabana do Velho.

— E que negra é essa e por que não está na senzala?

— Bom, não quero preocupá-la, mas me sinto na obrigação de alertá-la.

Já aos berros e demonstrando ter perdido a paciência, Amália agarrou sua escrava pelo braço e, com muita violência, a fez sentar.

— Negra desgraçada, fale logo tudo que sabe e deixe de enrolação.

Joaquina, que sempre odiou Venâncio, desde que foi abusada por ele e maltratada, se divertia por dentro ao fazer um inferno nesse casamento, que, na verdade, nunca esteve próximo do céu.

— Fiquei sabendo que foi um presente que o barão ganhou e parece que está caidinho pela tal negra.

— Como pode saber de tudo isso, negra maldita?

— A senzala tem muitos olhos. Parece até que o barão andou pela fazenda com a tal negra na garupa de seu cavalo. Se eu fosse a baronesa, pensava em fazer alguma coisa com essa tal.

— Preciso, sim, fazer alguma coisa, mas, com meu marido, pois se não for essa, amanhã será outra.

Saiu enfurecida, deixando Joaquina com a sensação de que finalmente o dia de sua vingança poderia estar se aproximando.

Na fazenda de café, sem ter a menor ideia do risco que Izabel corria, Venâncio se dedicava ao trabalho, buscando melhorar sempre a qualidade de sua produção. Entretanto, quanto mais o tempo passava, a vontade de estar com ela nos braços, de contar para ela sobre suas ideias, só aumentava, e a crença de que seu sentimento era real só aumentava.

Percebendo a mudança de comportamento de seu senhor, Catarina estava desassossegada, por não saber o que estava acontecendo com ele. Já se passava um mês que estava na fazenda e em nenhuma vez o viu sem um sorriso no rosto, o que era algo impensado desde que lhe conheceu. Aproveitando a presença dele naquele dia no escritório, resolveu dar vazão a sua curiosidade, preparou um bolo de fubá e fez o melhor café que pôde e foi levar pessoalmente para ele.

— Pode entrar – falou Venâncio, ao ouvir as batidas na porta.

— Salve suas forças, fiô. A Velha aqui preparou um bom cafezinho e trouxe também um bolo fresquinho para suncê.

— Salve, Catarina! Que boa surpresa. Confesso que sua saudação me fez lembrar meu amigo Nêgo Velho. Fico agradecido.

Colocou a bandeja sobre a mesa para que ele pudesse se servir e ficou ali na expectativa que ele desse abertura para que ela pudesse puxar uma conversa e indagá-lo sobre seu comportamento. Mas ele começou a comer o bolo e tomar o café e nada falou.

Percebendo que ela queria algo a mais, que simplesmente lhe fazer um agrado, deu um largo sorriso e perguntou:

— Catarina, o bolo e o café estão ótimos, mas você não veio aqui somente para me servir, vamos lá, o que quer?

— Sinhozinho, assim eu fico até envergonhada. Eu só queria dizer que estou satisfeita por ver que suncê está bem mais feliz que antes. Tenho percebido isso, desde sua chegada.

— Sim, realmente estou vivendo um momento feliz, apesar das dificuldades.

— Que bom! Sem querer ser enxerida, se quiser compartilhar com esta velha, o que lhe trouxe essa felicidade repentina?

— Catarina, você realmente me surpreende sempre. Acho que é esse seu jeito direto que me faz gostar tanto de você. Quer se sentar?

— Não carece, não, sinhozinho. Se me contar, já ficarei agradecida.

— Bem, é que eu ganhei um presente que eu gostei muito, aliás me apaixonei.

— Um presente? Mas que presente foi esse que lhe trouxe tanta felicidade?

— Uma mulher.

— Uma mulher? Peraí, se ganhou uma mulher de presente, só pode ser uma negra escrava. Agora, eu acho que vou precisar me sentar porque estou um pouco tonta.

A reação de Catarina tirou umas boas gargalhadas de Venâncio, que pela primeira vez falava com alguém e, com tanta franqueza, de seus sentimentos. Ele se levantou, foi até a porta, a fechou e voltou para continuar a conversa com Catarina.

— Catarina, posso estar enganado, mas você é uma das poucas pessoas em minha vida que eu posso confiar, e é por confiar em você e por estar precisando colocar isso que está me consumindo para fora, que vou compartilhar com você o que está se passando comigo.

Respirou profundamente para começar a relatar suas experiências, enquanto sua ouvinte se mostrava perplexa.

— Há anos, eu estava na beira do rio próximo à cachoeira, dentro da minha propriedade, e tive uma experiência que muito me marcou. Eu vi uma mulher negra e dourada ao mesmo tempo, dançando sobre as águas do rio, e daquele ser emanavam ondas de amor, que me arrebataram. Mais tarde, o Velho João me falou sobre uma de suas deusas, a deusa do amor, Oxum, e foi ela que me trouxe Izabel. Você acertou, ela é uma princesa negra, mas não mais escrava.

— Ora, iê iê ô! Salve a minha mãe Oxum! – saldou Catarina, ao ouvir o relato.

A partir daí, ele passou a contar toda a história, desde a chegada da carta até a sua vinda para a fazenda.

— Então, se queria saber, agora já sabe mais que qualquer outra pessoa. Eu precisava ficar um tempo aqui para descobrir que o que eu estava sentindo não era uma sandice minha. E agora, contando para você, tive a confirmação.

— Eu estou tão surpresa, que nem sei o que lhe falar. Mas sendo o senhor casado e dono de muitos escravos, só posso considerar tudo isso muito estranho.

— Uma amiga me disse que o amor é inexplicável e agora eu concordo com ela. Quanto a ser casado, na verdade, esse casamento foi um arranjo e, na verdade, não existiu realmente, pois nunca nutri o mínimo de sentimento por Amália. Sei que são muitos obstáculos, mas estou realmente disposto a enfrentar todos pela minha felicidade, e para isso eu conto com você.

— Comigo?

— Sim. Não poderei assumir esse amor até resolver a questão do fim formal do meu casamento, para isso preciso trazer Izabel para cá para preservá-la, até podermos ficar juntos para sempre. Ela ficará aqui na casa grande, como uma convidada, e preciso de seu apoio, para que não chame muita a atenção.

— O sinhozinho acha realmente que uma negra morando na casa grande, como "convidada", não irá chamar a atenção?

— Não posso deixá-la onde está e preciso dela próxima a mim. Catarina, não tenho alternativa.

— Quando eu penso que já vivi de tudo nesse mundo, me surpreendo. Se suncê não tem alternativa, que alternativa tenho eu?

44

UM FINAL INESPERADO

Na cabana do Velho João, se desenvolvia uma conversa entre Izabel e seu anfitrião, ela, por ter um temperamento muito introvertido, demorou para que se sentisse segura em se abrir, mas a sabedoria do Velho, o fazia entender que isso ocorreria somente no momento certo.

— Sua bênção, Pai João! — falou Izabel, se ajoelhando à frente do Velho, que estava sentado em seu banquinho, pitando o seu cachimbo. Segurou as suas mãos e as beijou.

— Oxalá a abençoa, fia! Salve suas forças!

— Pai João, eu peço perdão, pois já deveria ter vindo me aconselhar com o senhor há muito, mas meu jeito é assim mesmo. Em primeiro lugar, preciso lhe agradecer pelo acolhimento que estou tendo aqui. Vocês fizeram eu me sentir em casa, como se fossem a minha família.

— Fia, não carece agradecimento nenhum. Você aqui é bem-vinda, assim como qualquer um que precisar de nós. Quanto à família que mencionou, gostaria de lhe falar que nós, pretos, somos todos da mesma família, simplesmente porque não temos família. A escravidão nunca nos deu esse direito.

A partir desse momento, como se houvesse relaxado, Izabel começa a discorrer sobre sua vida, desde a saída da África na barriga da mãe, até a chegada à beira daquele rio.

— Confesso, Pai João, que fiquei muito abalada com o meu afastamento de minha querida mãe, com a qual tive o privilégio de conviver até aqui. Eu não tinha a menor ideia do que iria me acontecer, e sabendo que seria deixada na beira de um rio, para que o meu novo senhor viesse me buscar, pedi forças a minha mãe Oxum para que eu tivesse coragem de entrar naquelas águas e ali me despedir desta vida, ingrata e inútil, que tive até aqui. Se estou aqui lhe contando essa história é porque Ela, em sua infinita sabedoria, não me deu coragem para morrer, mas sim para viver esse amor, que me envolveu desde o momento que cruzei com os olhos do meu novo senhor.

— Fia, é uma história bonita, mas prepare o seu coração, pois esse amor para ele será um enorme desafio.

— Eu sei, Pai João, mas só o que vivi até aqui já valeu toda a minha existência. Eu estou tão preenchida com esse amor que, às vezes, parece que meu coração vai saltar pela boca.

Nesse momento, Maria vem com um cafezinho e um cheiroso bolo de milho que acabara de fazer, para servir os dois, contudo a reação de Izabel foi inusitada, saiu correndo como se fosse vomitar.

— Mas que diacho aconteceu com essa menina? — perguntou Maria.

O Velho João, dando umas boas risadas, respondeu.

— Realmente parece que ela está preenchida com o amor do sinhozinho.

A partir daí, os enjoos de Izabel passaram a ser constantes, e por mais que os velhos tentassem esconder o fato, as pessoas que passavam pela cabana de Pai João em busca de ajuda e curas acabaram por presenciar cenas semelhantes, e logo o boato se espalhou pela fazenda.

Na casa grande, rapidamente Joaquina preparava sua última cartada para sua vingança contra o seu senhor. Procurou a sua senhora, para tramar com ela o fim do barão.

— Sua negra fedorenta, eu espero que o que irá me falar seja realmente importante, pois do contrário eu mesma irei aplicar uma punição em você.

Joaquina já nem se importava mais com as agressões verbais que sofria de sua ama, tratou de ir logo ao assunto, que sabia ser do maior interesse dela.

— A baronesa falou que precisava fazer alguma coisa com seu marido, agora acho que terá que ser mais rápido do que esperava. Parece que a tal negra está grávida do barão, e se for um menino, aí a senhora estará perdida. Vai perder tudo, a fazenda, o casamento, suas joias.

— Mas isso não pode ser verdade.

— Eu não esperaria para ver, a baronesa hoje corre grande risco.

— Mas o que eu vou fazer? Só matando esse miserável, desgraçado, que quer me trocar por uma negra suja.

— Foi exatamente isso que eu pensei.

— Como assim?

— Se ele morre, todas as fazendas, os escravos, os bens, enfim, tudo passa a ser seu. A irmã não deve voltar de Portugal e, se voltar, quando chegar a baronesa já se assenhorou de tudo. Depois é fácil dar cabo da negra e retirar do seu ventre o bastardo.

– Mas como posso fazer isso sem levantar suspeitas?
– Eu tenho pensado muito, em como posso ajudar-lhe, e acho que tenho a solução.
Continuou ali, arquitetando o seu plano diabólico com a sua senhora.
Na fazenda de café, Venâncio recebe o convite do imperador D. Pedro I para participar da cerimônia solene de outorga da Constituição Brasileira a ser realizada na corte, e apesar de ter ideias contrárias àquele documento, não poderia, como grande latifundiário, deixar de participar de tal evento. Isso atrasaria o seu retorno, mais do que gostaria, à Fazenda Nossa Senhora da Conceição, mas não tinha solução. O pior é que deveria estar acompanhado de sua esposa, então resolveu mandar uma ordem para que Amália seguisse em comitiva para a corte e o encontrasse lá para o tal evento. Ele, por sua vez, agilizaria as últimas providências e partiria também para o Rio de Janeiro.
Ao receber a notícia, Amália ficou entusiasmada, era a chance que precisava para ir ao Rio de Janeiro e dar o primeiro passo do plano traçado, com o auxílio de Joaquina. Chegando antes de Venâncio, teve tempo de procurar seu pretenso genro, para seduzi-lo com a promessa de um casamento lucrativo para ele, onde supostamente assumira os negócios da família, sob sua tutela e seu comando. O ganancioso rapaz, vendo a oportunidade de virar rico de um dia para outro, tornou-se rapidamente cúmplice de seu plano.
Com a morte de Venâncio, ela precisaria de um homem para ficar à frente dos negócios, mas quem, na verdade, tomaria as decisões seria ela e isso deixou bem claro para Afonso, que não se importava em nada em ser comandado por Amália, desde que tivesse dinheiro para gastar com o que quisesse.
Ao final da cerimônia, Venâncio foi procurado por Afonso Filho, que lhe relatou todo o amor que sentia por sua filha Isaura e que gostaria verdadeiramente de formar núpcias com a menina. Sabendo que ela ainda era nova, pediu a permissão para ir à fazenda, para um jantar de compromisso com a filha, e futuramente poderiam pensar em noivado.
Como Venâncio estava tocado pela presença de Izabel em sua vida, ouvir o sentimento do rapaz por sua filha o comoveu, e como não imaginava o que aconteceria no futuro, ter um bom rapaz para ajudá-lo com as fazendas poderia ser de grande proveito, sendo assim, aceitou o pedido e o referido jantar ficou para o mês seguinte. Amália rapidamente se meteu na conversa, se mostrando muito feliz e reforçando que pessoalmente cuidaria desse jantar, que seria um marco para a família Couto.

O mais rápido que pôde, se retirou do evento para o hotel, em companhia da esposa, que se surpreendeu ao saber que ele havia ocupado outro quarto, que não o dela. Sem querer discutir, ele falou:

— Não faz sentido ficarmos no mesmo quarto se, em casa, mal nos falamos. Nosso teatro é daquela porta para fora, não suportaria respirar o mesmo ar que você.

O ódio de Amália se potencializava, e a partir daquele momento ela contava os dias para ver o seu plano ser concluído.

O que precisava ser resolvido na capital foi feito, e em poucos dias já estavam de volta à fazenda, e o coração de Venâncio batia forte, tal era a expectativa de reencontrar Izabel. Amália fez de tudo para prender o marido na casa grande, mas tão logo conseguiu, pegou seu cavalo e saiu. Seu destino era sabido, inclusive por Amália, que somente confirmou sua desconfiança.

Ao ver seu amado se aproximando, a vontade de Izabel era correr em sua direção e abraçá-lo com todas as suas forças, mas sabia que precisava se conter e deixar por conta dele a iniciativa. Por sua vez, Venâncio respeitava os velhos e sabia que, mesmo contra sua vontade, era um homem casado e não queria se expor, tampouco a Izabel, e controlou seus impulsos. A noite já estava por cair e Venâncio precisava conversar com ela fora daquele ambiente, e tratou de conversar rapidamente com seu amigo, antes de levar Izabel consigo.

— Salve, Nêgo Velho!

— Salve suas forças, fiô! Suncê demorou mais do que eu esperava.

— Muita coisa para resolver na outra fazenda e, para pior, o imperador me convidou para uma cerimônia, que eu não poderia deixar de comparecer. Desculpe se deixei Izabel aqui por mais tempo que esperava.

— Se assossegue, fiô, a moça aqui é uma bênção para nós, que ela fique aqui por quanto mais tempo precisar.

— Vou realmente precisar que ela fique aqui mais um tempinho, no mês que vem haverá um jantar de compromisso com um moço da capital com minha filha mais nova, Isaura, depois disso volto para a Fazenda Santa Maria e levo Izabel comigo.

Ao ouvir aquilo, o coração de Izabel parecia que iria pular de seu peito. Então ele estava realmente disposto a ficar com ela, mas sua principal preocupação era saber como seria a reação dele à gravidez inesperada dela. Ela precisava contar para ele, antes que soubesse por terceiros, o que fatalmente o deixaria muito triste.

— Fiô, se quiser ficar aqui ou levar Izabel para dar uma volta pela fazenda, fique à vontade, mas ela precisa conversar com suncê.

Fez um grande esforço, se levantou de seu banquinho e se encaminhou para o interior da cabana.

— Até mais ver, fiô – concluiu a conversa, deixando Venâncio à vontade para ficar com Izabel.

Então ele pegou o seu cavalo, a colocou na garupa e rumou para seu refúgio à beira do rio, próximo à cachoeira da fazenda. Ao se sentar, Izabel, no cavalo, o abraçou por trás, o apertando como se pudesse transferir todo o amor que sentia por ele pelo seu corpo.

Ao chegarem a seu destino, Venâncio a tirou do cavalo, beijando-a loucamente e, quando começou a tentar despi-la, ela reagiu.

— Espere, amor, eu também estou louca por você, mas temos que conversar primeiro. Há coisas que precisa saber e eu também de você.

— Me perdoe, é que ficamos tanto tempo distantes que eu não via a hora de tê-la em meus braços.

— Tenho uma notícia para lhe dar, mas confesso que estou com muito medo.

— Contanto que não me diga que não me ama, qualquer coisa eu suporto – falou, em tom de brincadeira.

— Não é brincadeira, pelo contrário, é muito sério. Vamos ter um filho, estou grávida.

Por alguns instantes, Venâncio sentiu o tempo parar, era como se seu coração não batesse e se o ar não enchesse mais os seus pulmões. Sentiu o chão faltar nos seus pés e, para não cair, se sentou na relva.

— Não vai falar nada?

— Talvez seja difícil para você imaginar o quanto sonhei em ter um filho com uma mulher que eu realmente amasse e você acabou de dizer que meu sonho virou realidade. Não tenho palavras, acho que vou explodir de alegria.

Ela se ajoelhou na frente dele e se abraçaram. Venâncio não aguentou e chorou copiosamente como uma criança. Agradecia a Deus e a Nossa Senhora da Conceição por aquele momento, enquanto Izabel olhava para o rio e acionava a força de sua mãe Oxum, a agradecendo por todas aquelas bênçãos que estava recebendo, depois de tantos anos de sofrimento. Passaram toda a noite abraçados na relva, contemplando as estrelas no céu e fazendo juras de amor, um para o outro.

Pressupondo o risco que era deixar Izabel grávida, na mesma fazenda com Amália, tomou providências para partir em comitiva com ela para a Fazenda Santa Maria, apenas dois dias após a sua chegada. Retornaria para o jantar de compromisso entre Afonso e Isaura.

— Mas, Venâncio, você acabou de chegar e já vai voltar para Santa Maria? — perguntou Amália, com ares de indignação.

— É que surgiram alguns problemas, que precisam serem resolvidos diretamente por mim, contudo, pode ficar tranquila que estarei aqui para o jantar de compromisso de Isaura.

— Nem pense em não estar aqui.

— Estarei, e após esse compromisso, precisamos conversar sobre nosso casamento, pois quero definir isso, de uma vez por todas.

— Vamos resolver o casamento de Isaura, depois pensamos no nosso.

Venâncio saiu sem querer discutir o assunto, mas aquela ameaça velada do marido deixou Amália na certeza de que executar seu plano naquele momento era a melhor decisão.

Dias depois, a comitiva chegava aos cafezais, para surpresa de todos. Izabel não conseguia esconder seu desconforto de adentrar a casa grande como uma "convidada", a ideia de ser uma negra livre ainda não lhe cabia e Catarina, por sua vez, não ajudava muito, até porque não concordava com a situação que estava sendo obrigada a presenciar.

— Salve, Catarina! — falou Venâncio.

— Salve suas forças, sinhozinho, não esperava vê-lo tão cedo.

— É que alguns acontecimentos apressaram a minha volta. Quero lhe apresentar Izabel, essa é a mulher que passará a viver aqui conosco, conforme lhe havia comentado.

— Salve, moça! És realmente muito bonita.

— Obrigado, Dona Catarina! Espero que tenhamos um bom convívio.

— Pode me chamar de Vovó Catarina, pois não sou dona de nada, nem mesmo de mim, não é sinhozinho? Fiquem à vontade, tenho que voltar para a cozinha, pois não esperava ter tanta gente para almoçar.

Saiu balançando seus ombros, como fazia quando estava contrariada. Venâncio fez um sinal para que Izabel relevasse o comportamento da Velha e foram se instalar na casa. Ele preferiu omitir, nesse primeiro momento, a gravidez de sua amada, pois seria muita coisa para que Catarina absorvesse em um primeiro momento. Aqueles dias que se sucederam certamente foram os mais felizes que Venâncio havia experimentado em toda a sua vida.

O fato de ele estar amando uma negra potencializava a vontade de mudar definitivamente a relação com seus trabalhadores, que ainda davam sua vida no trabalho apenas por um prato de comida e um chão para dormir, de forma a garantir a sua sobrevivência. A vila dos escravos já era um grande avanço, mas ele sabia que faltava muito a ser feito em prol daqueles, os quais ele devia todo o sucesso de sua fazenda. Sua cabeça estava fervilhando com ideias, mas sabia que o processo não poderia ser feito sem um planejamento, pois envolvia toda a estrutura do país e não somente a sua fazenda.

No dia anterior ao fatídico jantar de compromisso de seu futuro genro com sua filha mais nova, ele chegou à fazenda, avistando ao longe o canavial e seus escravos trabalhando duro no sol a pique. Aproveitou o resto do dia para descansar da viagem e conversou bastante com Beatriz, que fez questão de deixá-lo informado sobre os acontecimentos da fazenda, demonstrando seu interesse em ser realmente seu braço direito em sua ausência.

– Fico realmente muito feliz, minha filha, em ver que está se envolvendo na administração da fazenda, e espero que, assim como fiz com seu avô, me traga novas ideias, para sempre melhorarmos nossa produtividade.

– Faço porque realmente gosto. Não tenho medo do trabalho e aprendi, mesmo sendo mulher, a impor respeito.

– E ai daquele que não lhe respeitar – falou, dando uma boa gargalhada.

No dia seguinte, Amália estava muito mais agitada que o normal e justificava sua ansiedade pela chegada do moço da capital e pela importância daquele jantar, onde nada poderia dar errado. Acompanhava todos os afazeres da cozinha e, na primeira oportunidade que teve, chamou Joaquina no canto para lhe falar, bem baixinho.

– Está tudo certo? Nada pode dar errado, tenha muito cuidado.

– Vai dar certo. Terei todo o cuidado do mundo e depois eu conto com a baronesa para cumprir a sua parte de nosso acordo.

Venâncio, durante o dia, foi à cabana do Velho João, para lhe dar notícias de Izabel, e o encontrou um pouco irrequieto, o que não era comum no comportamento do amigo.

– Nêgo Velho, estou lhe achando estranho.

– É que o dia de hoje não está nada auspicioso. Não sei o que é, mas tenha muito cuidado, fiô, as energias não estão nada positivas hoje.

Durante todo o dia, Amália comentou com as pessoas da casa, e até mesmo com o padre local, que também estaria presente no jantar, que estava preocupada com a saúde de Venâncio, pois ele vinha se queixando de dores no peito e coisas assim, mas pediu a todos que não comentassem com o marido, pois ele havia pedido sigilo a ela sobre essa situação.

Já de volta à casa grande, recebe Afonso. Que era esperado com os pais, mas acabou por chegar sozinho, pedindo desculpas em nome da família, justificando que tiveram um infortúnio e não puderam vir com ele. Esse fato já fazia parte do plano de Amália, que rapidamente tratou de minimizar a ausência dos pais do rapaz.

Enfim, com todos à mesa, o banquete preparado com todo esmero pelos serviçais de Amália começou a ser servido. Os pratos foram aos poucos sendo colocados na mesa, pelas mucamas e por Erasto, que também ajudava nessas ocasiões. Venâncio estranhou a falta das garrafas de vinho e taças sobre a mesa, mas Amália rapidamente justificou.

– Já estão vindo as taças de vinho. Da última vez, deixei abrirem a garrafa aqui e passei vergonha, pois derramaram vinho na minha toalha. Hoje quero que tudo seja perfeito. Mandei abrirem aquele vinho português antigo que seu pai tanto gostava.

Nesse instante, surge Erasto com uma bandeja com as taças de vinho a ser servido para todos da mesa, mas Joaquina trazia em separado as duas taças de seus senhores. Como era esperado, o pretendente se levanta, pede a palavra se dirigindo aos anfitriões, colocando a sua intenção de cortejar a jovem Isaura, para um futuro compromisso de noivado e, em seguida, casamento, pede autorização oficialmente aos pais.

Venâncio também se levanta para dar a autorização solicitada, fala algumas palavras de incentivo ao jovem e de sua satisfação de ter um genro, possivelmente a ajudá-lo no futuro. Mas antes de propor o brinde, pede licença para provar antes que todos bebessem, para verificar se a qualidade dele está boa, já que não o fez quando a garrafa foi aberta.

– Venâncio, eu mesma provei o vinho na cozinha, está ótimo – falou Amália, demonstrando um certo nervosismo em sua voz.

– Não está ruim, mas senti um gosto um pouco estranho.

– Bobagem sua. Vamos brindar e proponho virarmos essa taça para marcar esse momento tão especial, onde nossa família volta a crescer.

Venâncio assente com a cabeça e todos erguem suas taças, desejando saúde e bebem o vinho.

Todos comem e conversam animadamente, à exceção dos anfitriões, e alguns minutos depois o burburinho das conversas é quebrado pelo grito do padre:

– Chamem um médico rápido!

A sineta da mesa é acionada e rapidamente dois capatazes que faziam a segurança, do lado de fora da casa grande, adentram o recinto e, ao ver aquele corpo agonizando no chão, saem em disparada, à procura de ajuda.

Um tiro é disparado para o alto, para sinalizar que se tratava de uma emergência e rapidamente toda a rede de proteção da fazenda estava acionada. Instantes depois, Rufino e seus homens já estavam a postos.

Na sala, todos tentavam ajudar de alguma forma, inclusive as mucamas, o único que estava imóvel, atônito e branco como uma cera era Afonso, que, quase aos prantos, e em um impulso inconsciente, gritou:

— Era para ele e não para ela.

Venâncio, ao ouvir o que ele havia dito, rapidamente fez sinal para que Rufino detivesse o rapaz.

Alguns minutos mais tarde, o médico chegou, entretanto já não havia muito o que pudesse ser feito. Aplicou os primeiros socorros, mas a vida já estava se esvaindo e não demorou para que ele atestasse o óbito de Amália.

As filhas em pranto se agarravam ao corpo já inerte da mãe, e Venâncio, que também não se sentia bem, tentava entender o que estava acontecendo.

— Doutor, o que ela teve? — perguntou Venâncio.

— Pelo quadro apresentado e os sintomas, posso garantir que ela foi envenenada. Recomendo que ninguém saia da casa até a autoridade policial chegar.

Nesse mesmo instante, Erasto se dirige a Venâncio.

— Sr. Barão, preciso falar em particular com o senhor. Por favor, é muito importante.

— Vamos ao meu escritório.

— Preciso lhe relatar o que sei. A baronesa queria atentar contra a sua vida já há muito tempo, contudo, quando descobriu que se afeiçoou por uma negra e que esta está grávida de um filho seu, ela não se conteve. Traçou um plano, onde seu futuro genro assumiria o controle das fazendas, mas quem, na verdade, mandaria seria ela. Após a sua morte, ela pessoalmente mataria a negra e seu rebento. Joaquina a incentivou e, em troca de sua liberdade e por uma vingança pessoal contra o senhor, teve a ideia de envená-lo com um pó de ervas, que havia recebido de um ancestral seu, que o mataria em minutos, após ingerir o vinho. Marcaram as taças para que não houvesse a possibilidade de erro, mas eu, instantes antes de serem servidos, troquei o líquido das taças. Por essa razão, achou o gosto estranho, eu tive que ser rápido e joguei o conteúdo de sua taça em um copo, passei o conteúdo da taça da baronesa para sua e devolvi o líquido envenenado na taça dela, com isso ficou algum resquício de veneno em sua taça.

— Por isso estou me sentindo tão mal. Mas por que fez isso? Por que simplesmente não me avisou? Teríamos poupado a minha e a vida dela.

— Mas não a minha vida, pois seria a minha palavra contra a dela. O barão pode mandar matar-me se quiser, mas eu também tinha a minha vingança e queria muito vê-la morta. Desde que cheguei nesta fazenda, nunca mais tive sossego. Ela me usava, me torturava e me ameaçava de morte quase que diariamente. Eu não aguentava mais. Minha vida já havia acabado e meu único objetivo era me vingar. Agora que consegui, estou em suas mãos, se sua sentença for a morte, eu entenderei e morrerei feliz, por ter alcançado meu objetivo.

— Afonso sabia desse plano?

— Perfeitamente, ele mesmo se entregou há pouco na sala.

— Eu percebi, eu só queria a sua confirmação. Você salvou a minha vida, sou grato e, portanto, não posso mandar matá-lo, mas, ao mesmo tempo, você matou uma pessoa e, por isso, não posso inocentá-lo. Vou lhe dar uma chance, tenho uma passagem aqui que leva para o fundo da casa, saia agora e fuja, se embrenhando pela mata adentro até encontrar um quilombo, bem depois, de cruzar o rio. Vou retardar meus homens para lhe dar uma boa dianteira. Se o pegarem, não será mais minha responsabilidade, mas estou lhe dando a chance de sobreviver. Agora vá.

Enquanto o negro corria em fuga, para buscar não a liberdade, mas a sua sobrevivência, Venâncio se sentou em sua mesa e, com um pouco de tonteiras, se debruçou sobre a mesa e ali ficou.

Algum tempo depois, percebendo uma excessiva demora no retorno de Venâncio, Rufino resolveu ir até o escritório. Bateu na porta e não houve resposta, já angustiado, resolveu entrar e, ao abrir a porta, encontrou o barão caído sobre a mesa. Imediatamente, acionou o médico, que veio a seu socorro.

Aos poucos, Venâncio foi retomando a sua consciência e relatou ao médico a possibilidade de também ter ingerido uma pequena quantidade do veneno que matou sua esposa. Imediatamente, o levaram para seus aposentos e se iniciou o tratamento, mas, antes, ele teve tempo de relatar rapidamente a Rufino o que havia acontecido para suas providências.

Já em seu quarto, ainda um pouco tonto e sob os cuidados do médico, recebeu a visita de sua filha Isaura, totalmente transtornada e gritando:

— Você matou a minha mãe, por causa daquela negra, e agora mandou prender meu futuro noivo. Eu te odeio.

Saiu do quarto batendo a porta, com o mesmo ímpeto que entrou.

A essa altura, os homens de Rufino já estavam na busca do negro fujão, mas, na verdade, quem foi encontrada foi a negra Joaquina, que se evadiu no primeiro instante que percebeu que os copos haviam sido trocados. Mais do que ninguém, tinha muito a explicar, mas ela gritava aos quatro ventos que o barão a obrigou a envenenar a sua sinhá, contudo, o depoimento de Afonso às autoridades, que já estavam na fazenda, jogava abaixo toda e qualquer tentativa de incriminá-lo e só piorava a sua própria situação, e como deveria ser, ambos saíram presos da casa grande.

O corpo foi velado na capela da fazenda e o sepultamento se deu logo na tarde do dia seguinte ao jantar, no cemitério da família. Venâncio, ainda se convalescendo fisicamente e totalmente arrasado emocionalmente, acompanhou tudo abraçado com sua filha Beatriz, enquanto Isaura evitava até olhar para ele.

Ele estava exausto emocionalmente, tinha uma enorme responsabilidade de cuidar de duas fazendas com centenas de escravos sob sua tutela, duas filhas sem mãe, uma mulher negra que ela amava e que estava grávida, mas que teria que enfrentar o mundo para assumir esse relacionamento, pois contrariava tudo que a sociedade em que viviam ditava como regra, e ainda precisava reverter a situação econômica de seus negócios, para prosperar. A ele parecia ser uma tarefa hercúlea.

No fundo, ele só queria era ser feliz. Se pudesse, sumia do mundo com Izabel, mas sabia que isso não era possível. Tinha que tomar decisões importantes, mas sabia que precisava acalmar a sua mente, sair do olho do furacão, para aí, sim, começar a se organizar para resolver suas questões.

45

UM PREÇO ALTO A SE PAGAR

Os acontecimentos inusitados vividos por Venâncio nos últimos dias tiraram um pouco de seu vigor, apesar de ter escapado quase ileso do atentado a sua vida, sentia como se houvesse morrido um pouco também.
O que mais lhe machucava era sua filha Isaura, que vivia a dizer que seu pretendente voltaria para lhe tirar daquele inferno, que era viver naquela fazenda sem a sua mãe. Por várias vezes, ele tentou conversar com ela, mas todas as tentativas foram em vão. Ela o chamava de diabo e continuava lhe acusando da morte de sua mãe.

Ao saber da sentença do juiz, em relação aos presos envolvidos na morte de Amália, tratou de acelerar sua decisão. Joaquina foi condenada à forca pela morte de sua sinhá, entretanto, o rapaz, filho de um comerciante abastado, teria sua reclusão revogada após 30 dias. Ele seria solto, pois foi envolvido na trama pela negra assassina. Como um homem branco, teve o seu julgamento muito amenizado.

Dessa forma, para proteger a sua filha, tomou a difícil decisão de fazer Isaura reclusa no Convento Feminino de Santa Tereza, na capital, onde ficaria por, pelo menos, os próximos sete anos. A posição de seu pai, como barão do café, facilitou muito que ela fosse aceita, juntamente com uma boa doação anual feita para as benfeitorias da instituição.

Já Beatriz foi levada para a Fazenda Santa Maria, onde Catarina, que ainda tinha bastante energia física, ajudaria a cuidar dela. Mas, ao mesmo tempo, nesse primeiro momento, ainda muito próximo à perda de sua mãe, não queria confrontá-la com a sua amada e, assim, providenciou que Izabel fosse trazida de volta para a Fazenda Nossa Senhora da Conceição, antes que sua filha chegasse. Mandou uma carta com muita emoção, contando tudo que havia acontecido com ele e pedindo perdão a Izabel, por tê-la que tirá-la de lá dessa forma. Assim que pudesse, retornaria para encontrá-la para aproveitarem juntos os últimos meses de espera do fruto daquele infinito amor.

Deixou tudo pronto para que ela se instalasse na casa grande, mas, quando de sua chegada, se recusou a ir para lá e exigiu que fosse levada para a cabana do Velho João, mesmo contrariando as ordens do barão, não houve jeito de não atender a moça.

A despedida de pai e filha no convento foi uma das situações mais difíceis que Venâncio experimentou na vida, ele a amava, mas ela dizia o odiar com todas as suas forças. Ele acreditava que aquele ambiente religioso e de orações pudesse amolecer o seu coração e que, depois desses anos, ela pudesse aceitá-lo novamente como seu pai.

Seus amigos Madrugada e Rainha o consolaram no cabaré.

— Venâncio, quem morreu foi a sua esposa e não você. Precisa reagir, pois agora tem um amor e, mais que isso, terá o filho que sempre quis e que levará o seu legado — falou a Rainha.

— Meu legado? Desde que cheguei nesta terra eu só esbarro com a morte. Ela não conseguiu tirar a minha vida, mas, certamente, conseguiu tirar um pouco do seu brilho, quando pensei que poderia finalmente ser feliz, passo por isso. Deixar a minha filha naquele convento cortou meu coração, mas não sei o que ela seria capaz de fazer, se lá não estivesse.

— Meu amigo, decisões são difíceis e as fazemos dentro do contexto que estamos vivendo no momento, não se culpe, pois para você, hoje isso é o melhor para ela. Se mais tarde quiser reavaliar, você poderá fazê-lo — completou Madrugada.

— É hora de você retornar à sua fazenda e reiniciar uma nova vida, ao lado de Izabel e, futuramente, cuidar do seu filho. Vire a página de sua vida até aqui e reinicie, mas, agora, com muito mais experiência.

— É, minha amiga Rainha, acho que tem razão. Só peço a Deus que me dê forças e a oportunidade para ainda ser feliz.

E assim retornou a sua fazenda, para tentar, junto com Izabel, construir a felicidade, que nunca teve até então. Ao chegar, descobriu que ela estava instalada na cabana do Velho João, o que o deixou muito contrariado. Imediatamente, foi ao seu encontro para trazê-la para casa.

Ao ver o cavalo de Venâncio se aproximar, Izabel correu a seu encontro e, logo que ele apeou, o abraçou com todo amor de seu ser e, aos prantos, lhe pedia perdão.

— Por que eu haveria de lhe perdoar? Você nada fez.

— Minha presença em sua vida lhe trouxe todo esse desgosto que está passando.

— Deixe de bobagem, estou realmente triste, mas disposto a construir uma nova vida com a mulher que eu escolhi, que eu amo e que me ama. Posso contar com você?

— É claro que pode contar comigo sempre, meu amor.

— Então vamos voltar para a casa grande, que a partir de agora será a sua casa.

— Eu estou muito receosa de entrar naquela casa.

— Não posso viver com você aqui na cabana do Nêgo Velho. Lá é a minha casa e é lá que devemos viver, pelo menos neste primeiro momento, até o nosso filho nascer e eu poder fazer com que Beatriz a aceite. Ela é bem mais acessível que Isaura. Não me abandone agora.

— Não vou abandoná-lo nunca, mas eu preferia ser sua escrava a fazer com que tenha que enfrentar tanto preconceito neste momento.

Retornaram para a cabana para que pudesse agradecer por terem, mais uma vez, cuidado de Izabel para ele. Enquanto caminhava, Venâncio acariciava carinhosamente a barriga dela, onde estava sendo gestado seu rebento.

Os primeiros dias na casa grande foram realmente muito incômodos para Izabel, mas Venâncio estava sempre por perto para lhe dar suporte. A mucama mais experiente, de nome Rita, assumiu a cozinha e a responsabilidade da casa, que passou a ter mais paz que antes, agora com a sinhá negra, como Izabel era chamada pelos escravos.

Sempre que tinham oportunidade, eles voltavam à cachoeira, se sentavam na beira do rio e colocavam seus pés na água corrente. Conversavam muito e aquilo trazia tanta felicidade a Izabel que ela não deixava de agradecer à deusa Oxum por tudo que estava passando.

Venâncio não se cansava de fazer planos para o futuro que teriam juntos, sabia que teriam que enfrentar muitos desafios, mas tinha muita esperança de que um dia o amor prevalecesse à cor da pele. Quando assumiu para si o seu amor por uma negra, sabia que definitivamente estava reconhecendo o negro como um ser humano, com as mesmas potencialidades de qualquer um, e que teria que rever as relações com aqueles que produziam em suas fazendas.

Ele, de certa forma, já estava iniciando um processo de mudança, principalmente na Fazenda Santa Maria, mas muito ainda precisava ser feito e essas ações estavam todas em seus planos.

Para ele, o seu filho seria o símbolo dessa mudança, e aproveitando um desses dias que estavam no rio, aproveitou o momento para sugerir para Izabel o nome que gostaria de dar ao seu filho.

— Minha princesa, eu tenho pensado muito sobre o nosso filho, o qual já assumi para mim mesmo, que será um menininho. E, assim sendo, o primeiro passo seria escolher o nome dele.

— Tenho certeza de que realmente será um menino, pois confio plenamente no Pai João e, por falar nele, poderíamos homenageá-lo dando seu nome a nosso filho, o que acha?

— Seria perfeito, mas vou acrescentar algo que irá simbolizar a nossa união e o encontro de seu povo africano com o meu povo português: Brasil. Isso mesmo, João Brasil Couto.

Pelas contas de Maria, faltavam poucos meses para o parto, a barriga de Izabel já despontava, mas seria tempo suficiente para Venâncio ir à Fazenda Santa Maria verificar como as coisas estavam caminhando e, principalmente, ficar um pouco com a sua filha, e retornar antes do nascimento do bebê. E, assim, depois de deixar inúmeras recomendações com as mucamas que cuidariam da casa e de Izabel, além de pedir à Maria para ir com frequência à casa grande acompanhar esse final de gestação, tomou em comitiva e partiu para a outra fazenda.

A sua chegada foi muito festejada por Beatriz, que o aguardava ansiosamente, e por Catarina, que se sentia aliviada com a presença do pai para dividir a responsabilidade com a menina.

— Pai, estou muito feliz de estar aqui comigo, mas por que demorou tanto para vir me ver? Pensei que não viria nunca.

— Minha filha, você não imagina o quanto pensei em você neste período, porém tenho que me dividir para dar conta de tudo que preciso fazer. Mas o importante é que estou aqui agora e vamos passar um tempo juntos, tempo suficiente para que eu mostre tudo da fazenda e para conversarmos sobre alguns assuntos sérios, que sei que terá maturidade para entender. Mas, agora, vamos comer que estou morrendo de fome, viajei direto para conseguir chegar a tempo de fazer a última refeição do dia com você.

Os dias subsequentes serviriam para que ele verificasse junto com feitor Frederico, que já dominava plenamente os afazeres da fazenda, todas as etapas da produção do café, desde as mudas até os grãos já ensacados para a exportação para a Europa. Beatriz acompanhava o pai em quase todas as etapas, visitando inclusive a vila dos negros e absorvendo a forma com que seu pai estava conduzindo a relação com os escravos, bem diferente de como era na fazenda de onde veio.

— Pai, por que aqui os escravos são tratados de forma diferente?

— Esse é um dos assuntos que preciso conversar com você e imagino que os últimos acontecimentos lhe tenham trazido amadurecimento para que entenda o seu pai.

Respirou profundamente, abraçou a sua filha e a conduziu para o escritório, pois aquela conversa era muito importante para ele, e mentalmente já a havia feito dezenas de vezes.

— Filha, em primeiro lugar preciso lhe falar que eu lhe amo. Assim como eu tinha certeza disso em relação ao seu avô para comigo, sei que também sabe disso, entretanto eu nunca ouvi o seu avô externar isso, assim como estou fazendo com você, e isso para mim fez uma grande diferença, quando eu o perdi.

— Saiba que é muito bom ouvir isso de você, pai.

— Estou começando nossa conversa assim, pois pretendo abrir o meu coração com você e espero que me entenda. Não quero cometer com você os erros que meu pai cometeu comigo.

Depois de um suspiro e refletindo para colocar as melhores palavras, continuou:

— Eu não tive oportunidade de escolher a mulher que eu me casaria, uma pessoa que eu amasse de verdade. Meu casamento com sua mãe foi um jogo de interesses de nossos pais, que acabou resultando no fim que você bem sabe e que tanto nos faz sofrer hoje. Esse é um dos erros que não cometerei com você, quero que se case, se assim o desejar um dia, com uma pessoa que você ame e que lhe ame da mesma forma.

— Obrigado, pai, eu sempre esperei isso de você.

— Quanto à administração da fazenda, gostaria que soubesse que, desde criança, por uma razão que não sei explicar, nunca vi os negros da mesma forma que o seu avô, por exemplo, e outros fazendeiros. Isso não me tira a responsabilidade por vários erros que cometi no passado, mas quando tivemos a chance de comprar essa fazenda, vislumbrei a possibilidade de fazer com que os negros produzissem mais, não pela violência, mas por se sentirem mais respeitados e, com uma certa dificuldade, convenci seu avô a me deixar implantar as minhas ideias. Como as coisas foram acontecendo de forma positiva, ele foi me dando mais autonomia.

Parou por um instante, como em sua mente buscasse reviver o passado.

— Alguns acontecimentos extraordinários aconteceram comigo e me fizeram ver que dependemos muito mais dos negros do que eles de nós, e aos poucos fui implantando tudo isso que viu na fazenda. Não pense que é fácil, pois outros fazendeiros nos julgam inimigos por conta disso, e por essa razão, vinha fazendo as coisas que gostaria de uma forma mais lenta do que eu deveria. Só que agora tudo mudou.

— Está se referindo à morte de minha mãe?

— Não, minha filha, estou me referindo ao assunto principal de nossa conversa. Talvez já tenha escutado algum boato, mas quero que ouça a verdade de seu próprio pai. Eu, pela primeira vez em toda a minha vida, me apaixonei por uma mulher e essa mulher é uma negra.

— Uma escrava?

— Não, minha filha, uma princesa africana que tive a sorte de conhecer, e desta relação de muito amor, nascerá um irmãozinho seu. E agora, mais do que nunca, irei modificar a nossa relação com o povo negro, que não pode ser explorado eternamente.

Dos olhos de Beatriz, uma lágrima verteu.

— Filha, nossa família no momento se restringiu a nós dois, eu preciso demais de seu apoio. Peço, em nome de Deus, que não me julgue. Eu espero que um dia sinta essa força arrebatadora que é o amor por outra pessoa. Nunca senti nada parecido e não quero e não vou desistir de ser feliz. Tenho uma enorme responsabilidade com você, com essas centenas de negros que vivem em nossas terras, ainda não sei como vou resolver essa questão, mas tenho rezado a Deus que me ilumine. Que os orixás dos negros também estejam do meu lado, para que eu consiga chegar a uma solução, mas sem poder contar com você, tudo ficará mais difícil.

Nesse momento, Beatriz se levanta, vai até seu pai e o abraça de uma forma muito amorosa, e ambos não conseguem segurar o choro. Por tudo que passaram juntos, estavam mais unidos que nunca. Soluçando, ela fala:

— Pai, eu sou muito grata por ter você comigo e por você ter confiado em mim, para me falar essas coisas tão íntimas. Conte sempre com sua filha, aconteça o que acontecer, estarei sempre a seu lado para tocarmos essas fazendas.

Aquilo era tudo que Venâncio precisava para acalmar seu coração e lhe dar forças para começar a colocar em prática as ideias que estavam em sua mente.

Ainda faltando em torno de uma semana para o retorno de Venâncio, na Fazenda Nossa Senhora da Conceição um negrinho chega esbaforido à cabana de Pai João aos gritos por Maria.

— Vó Maria, Vó Maria, precisa vir correndo, parece que a sinhá negra está por parir.

O mais rápido que pôde, Maria foi para a casa grande e, ao chegar, encontrou as mucamas apavoradas com a situação que se apresentava. Procurou com a sua experiência acalmar Izabel e a todos que acompanhava. Pediu que providenciasse bacias de água quente e muitos panos para serem utilizados durante o processo do parto. Lembrou de pedir que solicitassem a Rufino para que mandasse um mensageiro imediatamente à Fazenda Santa Maria, para avisar Venâncio de que seu filho estava por nascer.

Com o passar das horas, as contrações aumentavam e as dores que Izabel sentia eram dilacerantes, fazendo com que ela gritasse tão forte que, fora da casa grande, ouviam seus gritos de desespero. Maria, com sua experiência, tentava conduzir a gestante da melhor forma, mas sentia que algo não estava normal e começou a se preocupar. Pediu que mandasse Rosa vir para ajudá-la e pediu para que Pai João entrasse em oração, pedindo aos orixás que a ajudassem nessa que parecia ser uma das mais difíceis missões.

A noite já havia chegado e Izabel, em sofrimento, se contorcia de dor. O suor brotava em todo o seu corpo e ela já estava sem força para ajudar para que o filho nascesse. Em desespero, pedia a Maria:

– Vó Maria, eu só lhe peço uma coisa, salve o meu filho, salve o meu filho!

Diante da gravidade da situação, Maria tomou a decisão de chamar o doutor para ajudá-la e dividir com ele a responsabilidade daquele parto. Uma hora depois, o doutor chegou para, junto com Maria, tentar fazer com que aquele nascimento se realizasse.

Izabel já estava exausta e sem forças para reagir, quando o médico resolveu improvisar uma cirurgia ali mesmo, para tentar salvar a vida do bebê e, nos primeiros raios da manhã, com a graça de Deus, João Brasil veio ao mundo. Ao ouvir o choro do bebê, Maria desabou em lágrimas por terem conseguido salvar aquela vida, mas, por outro lado, Izabel sentia a sua vida se esvair lentamente. Menos de uma hora após o nascimento de seu filho, ela se foi.

46

O DESESPERO DE VENÂNCIO O LEVA AO FUNDO DO POÇO

Algumas horas depois do desfecho trágico, Venâncio chega à casa grande e encontra o Velho João sentado na escadaria de acesso à casa, com seu chapéu e de cabeça baixa em sinal de respeito pelo ocorrido.

– Salve, Nêgo Velho! Onde está a minha princesa e o meu filho? – falou, já entrando na casa.

Mas ao perceber a expressão do Velho João, se ateve para ouvir a sua resposta.

– Salve suas forças, fiô! Seu filho finalmente chegou, mas você terá que ser muito forte, pois Izabel plantou a sua semente, cumpriu a sua missão e se foi.

Aquelas palavras entraram como se fossem uma lâmina cortando todo o seu ser, não era possível que depois de encontrar o seu amor, a razão da sua vida, ela tivesse partido assim sem que ao menos ele estivesse ao seu lado.

Entrou correndo, subiu as escadas e, ao entrar no quarto, encontrou o corpo já inerte de sua amada, que já estava sendo preparado na tradição dos negros para ser sepultado. Num gesto enlouquecido, se agarrou àquele corpo, o abraçando fortemente e pedindo a Deus em pensamento para que aquilo fosse um pesadelo. Seu choro compulsivo demonstrava o quanto ele amava aquela mulher.

– Vó Maria, isso não pode estar acontecendo.

– Fiô, eu e o doutor fizemos tudo que podíamos. Ela lutou até o final para dar à luz ao seu filho. Perdoe essa velha, que tanto lhe quer bem – falou, se ajoelhando diante dele.

Sem praticamente ouvir o que Maria lhe falava, tentou pegar o corpo de Izabel para levá-lo até o Velho, mas foi impedido.

– O Velho João é feiticeiro, ele vai trazê-la de volta.
– Não, filho, ninguém mais pode trazê-la de volta. Ela cumpriu o seu tempo aqui na Terra e agora irá lhe esperar na espiritualidade.

Sem forças para lutar contra aquela dura realidade, soltou o corpo de Izabel, beijou a sua testa como se aquela fosse a sua melhor despedida e saiu. Passou pelo Velho na escadaria da casa, pegou o seu cavalo e partiu em galope, sem destino.

Maria e Rosa continuaram o ritual do banho de ervas, fazendo a limpeza espiritual daquele ser que desencarnou, o envolveu em um lençol branco e o deixou preparado para o sepultamento.

Com o sumiço de Venâncio, o Velho João pediu a Rufino a autorização para que o corpo fosse colocado na varanda, que era o local intermediário entre a casa grande e o chão da fazenda, para que os negros, ao voltarem de seu trabalho, pudessem render a última homenagem à primeira e única sinhá negra.

Ao final da tarde, com todos os escravos ajoelhados em frente à casa grande, Pai João proferiu uma oração na língua africana, pois sabia que, ali, jazia o corpo de uma princesa. Pediu a seu pai Omolu que a recebesse e a conduzisse novamente para a luz. Agradeceu aos céus pela oportunidade e pediu que a semente que ela estava deixando germinasse, tornando-se uma frondosa árvore, que daria frutos em prol do seu povo.

Diante da ausência de Venâncio, Rufino autorizou que o corpo de Izabel fosse enterrado no Cemitério dos Negros, dentro de suas tradições, o que foi feito, com Rosa colocando-a em uma cova, bem próxima à entrada do lado esquerdo do portão.

Mas, a partir daquele momento, as atenções de todos estavam voltadas para descobrir onde estava Venâncio e se ele estava bem. Rufino preparou os seus melhores homens e, nos primeiros raios da manhã do dia seguinte, os fez partir em busca do barão.

A sua partida da Fazenda Nossa Senhora da Conceição acontecera quase um dia antes dos homens saírem em sua busca, isso lhe dava uma enorme dianteira, até porque ele e seu cavalo estavam acostumados a percorrer grandes distâncias para se deslocar entre as fazendas e até mesmo para a capital, e assim ele seguia no ritmo mais acelerado que conseguia, em uma viagem sem destino. Apenas não queria parar para pensar, seu objetivo era se afastar o máximo que conseguisse e, enquanto tivesse forças, estaria seguindo em frente.

Parava apenas para que o animal bebesse água e se alimentasse, dormia o mínimo possível, apenas quando a exaustão tomava conta de seu cavalo. Seus suprimentos eram escassos e cada vez ele se alimentava menos.

No terceiro dia de sua jornada insana, começou a perceber que seu amigo, que sempre o levou para todos os lugares, começava a demonstrar que não conseguiria continuar o acompanhando por muito tempo, e como para ele não existia a possibilidade de descansar para se recuperar, no dia seguinte tomou a difícil decisão de abandonar seu amigo e continuar sua viagem a pé, enquanto tivesse forças em suas pernas.

Caminhou, caminhou e continuou caminhando, mas a vegetação começou a se apresentar de uma forma diferente, a umidade do solo aumentou muito e se viu pisando em algo como uma lama, o que exigia dele uma energia que não tinha mais, e algum tempo depois de estar nesse terreno pantanoso, caiu inconsciente.

As buscas se intensificavam, mas não havia nem pistas de para onde ele poderia ter ido, homens foram para a Fazenda Santa Maria, outros para a corte e até no cabaré ele foi procurado. Com isso, a notícia de seu sumiço foi se espalhando pelo Rio de Janeiro. Os melhores capitães do mato foram contratados para tentar seguir seu rastro e nada.

Em dado momento, foi retomando a consciência, tal como estivesse acordando, e já não se sentia tão cansado. Olhou a seu redor e sentiu medo do lugar sombrio onde estava, sentia um cheiro fétido, seus pés estavam enterrados naquela lama e em seus pensamentos se perguntava que lugar era aquele e como foi parar ali.. Foi quando sentiu uma presença atrás dele e, antes que virasse para ver do que se tratava, ouviu uma voz.

— Não se vire agora, pois não quero assustá-lo mais do que já está, apenas me ouça. Temos muito para conversar.

Talvez assustado fosse uma forma suave de traduzir o pavor que tomava conta dele naquele momento. Seu corpo parecia inerte e não conseguia sequer falar, pois gostaria de perguntar quem era seu interlocutor e onde ele estava.

— Aqui você não precisa falar, pois estou em contato com você e os seus pensamentos me são tão claros quanto seriam suas palavras.

Respondeu o ser, que se apresentava para ele naquele momento.

— Se quer saber quem está falando com você, posso lhe revelar. Eu sou Exu do Lodo e você está dentro do meu ponto de força, em um pântano. Satisfeito?

Petrificado pelo medo que tomava conta de seu ser, apenas acenou positivamente com a cabeça, ignorando que seus pensamentos falavam bem mais do que qualquer gesto.

— Não sou o primeiro Exu que se comunica com você, mas, certamente, serei o último. Apesar de todos os esforços que foram feitos durante toda a sua encarnação terrestre, lhe mostrando a importância de sua missão, você falhou.

— Eu simplesmente não suportei o fardo de perder o amor que esperei ter, por toda a minha vida.

— Você chama isso de fardo? — falou o Sr. Exu, aumentando bastante o seu tom de voz, e continuou.

— O que está fazendo nesse momento chama-se suicídio e se isso se concluir, aí sim verá o que é um fardo, ser atormentado eternamente por seres das trevas. É isso que você quer?

— Claro que não, senhor Exu. Mas a minha vida perdeu o sentido com a partida da minha amada.

— Não fale bobagem. A vida é muito maior que uma simples existência aqui na Terra, são milhares de idas e vindas em busca de aperfeiçoamento, e a você foi dada uma oportunidade única nesta sua vida e está prestes a desperdiçá-la. Agora precisa tomar uma decisão definitiva, de concluir ou não a sua missão, que é de ajudar a libertar seus irmãos negros das garras desta suposta "supremacia branca". O seu amor é prova de que a cor da pele não tem a menor importância e você, como um branco colonizador e convenientemente responsável por todas as atrocidades praticadas, não só contra o povo negro, mas também contra os povos originários, tem a obrigação de lutar para reparar essas atrocidades cometidas. E aí, como será?

— Não sei se tenho forças.

— No momento, realmente não tem mesmo. Se olhar para a sua direita, verá o seu corpo moribundo caído na lama, e esse cordão de prata que liga você a ele está prestes a ser cortado, só depende de você. Apenas gostaria de lhe lembrar que o fruto desse seu amor, e que você ignorou, pelo seu egoísmo, está a sua espera, para lutar ao seu lado pelo povo de sua mãe.

Ao ver a cena descrita pelo Sr. Exu e ao ouvir a referência ao seu filho, imediatamente se arrependeu do que havia feito e temia não ter volta, pois como poderia sair daquela situação?

— Enquanto esse cordão estiver brilhando, há sempre uma esperança. Agora, essa decisão tem que ser definitiva, não há mais tempo para dúvidas. Não estou falando que será fácil, por muitos e muitos anos o povo negro ainda irá sofrer consequências, por essas centenas de anos de dominação, mas o primeiro passo precisa ser dado e é para isso que está aqui. Sua posição social lhe dá respaldo para influenciar pessoas, mas a influência se dá pelo exemplo e não pelas palavras. Espero que entenda e se lembre disso.

– Pela memória de minha amada, se for me dada mais uma oportunidade, vou cuidar de nosso filho e lutar pelo povo da minha princesa.

– Que assim seja, então. Só mais uma coisa, mais à frente, você e sua amada terão muito tempo para usufruírem desse amor e inspirar outras pessoas. Faça a sua parte e será recompensado. E não queira me ver no momento, pois não entenderia a minha aparência real. Quem sabe um dia, quando estiver preparado, me apresento frente a frente a você.

Em um estalar de dedos do Sr. Exu, tudo se apagou, como se ele houvesse perdido a sua consciência novamente.

Depois de mais de um mês de buscas, as esperanças de encontrarem Venâncio com vida iam diminuindo, principalmente depois de terem encontrado seu cavalo agonizando em um local remoto, bem distante da fazenda.

Somente sua filha Beatriz e os Velhos das fazendas acreditavam no retorno de Venâncio, mas, enquanto isso não se dava, as coisas continuavam acontecendo, mesmo com a sua ausência.

O bebê João Brasil permaneceu na fazenda onde nasceu, sendo cuidado pelas mucamas da casa grande e pela Vó Maria, que fazia um grande esforço para vir vê-lo diariamente. Rufino tocava a fazenda normalmente, como se seu patrão fosse chegar a qualquer momento, mas, no fundo de seu coração, sabia que isso seria quase impossível. Os negócios não iam bem e a falta do dono, associado à idade já avançada de Rufino, fazia com que a fazenda mergulhasse em problemas.

Na fazenda de café, Beatriz, com seus 16 anos, foi obrigada a tomar as decisões, as quais fazia, pensando como seu pai agiria diante do problema. Sempre observou muito a forma com que o pai conduzia as fazendas e como ele lidava com as pessoas, e isso moldou a sua personalidade e a inspirou para esse momento difícil. Catarina passou a ser uma conselheira e, diferente de sua mãe, ela respeitava os negros e os tinha até com uma certa estima.

* * *

Como se despertasse de um sono profundo, Venâncio abriu os olhos em um sobressalto e não fazia a menor ideia de onde estava, na verdade, nem ao menos sabia se permanecia vivo ou não. Tentou se levantar, mas seu corpo não respondeu nesse primeiro momento, estava muito fraco, mas trazia em sua mente suas últimas lembranças no pântano.

– Você finalmente acordou?

Ao ouvir aquela voz feminina, tentou se virar, mas ela veio ao seu encontro.

— Não tente se mover, precisa se fortalecer ainda.

Ao ver a figura de uma linda moça de pele morena, com o rosto pintado e com um lindo cocar de penas na cabeça, com poucas partes de seu corpo coberto, ficou ainda mais confuso.

— Meu nome é Jupira, você está entre amigos, pode ficar tranquilo. Vou avisar ao meu pai que você acordou.

Saiu e o deixou, por alguns instantes, tempo suficiente para que em sua mente jorrasse uma série de questionamentos: como chegou até ali? Onde estava? Quem eram e por que estavam cuidando dele? Há quanto tempo estava ali? Não demorou muito e logo alguém adentrava na "cabana" (termo que Venâncio usou para definir aquele ambiente onde se encontrava).

— Salve, meu amigo! — cumprimentou o índio que retornara com a moça.

— Salve! — respondeu Venâncio.

— Imagino que tenha vários questionamentos, mas como precisa economizar suas forças, até estar totalmente recuperado, vou lhe pedir a gentileza de escutar mais do que falar. Espero lhe trazer as explicações que precisa, mas se ao final ainda precisar de alguma resposta, estarei pronto para lhe responder.

O índio se sentou no chão ao lado da esteira onde ele estava deitado, cruzou as pernas, com sua filha fazendo o mesmo movimento, e se preparou para falar.

— Primeiro precisamos nos apresentar, somos tupinambás e você está em nossa sobrevivente aldeia, onde tentamos manter nossas tradições, livres da dominação dos brancos. Eu sou o Caçador das Matas e essa é a minha filha Jupira, e para que entenda como o encontramos, preciso primeiro lhe contar uma lenda de nossa cultura.

— Entendemos que o bem e o mal coexistem, e para nós são representados por Tupã e Anhangá, respectivamente. Em uma luta entre eles, Tupã, ao vencer, aprisionou seu oponente em uma caverna, mas Jururá-açu, a deusa das águas, das chuvas e das correntezas, uma divindade feminina de infinita beleza, ao encontrar essa caverna, libertou Anhangá. Esse, por sua vez, concedeu a ela o direito de acessar o mundo inferior, conhecer seus segredos e transitar entre os dois mundos livremente, entretanto Tupã, ao saber do ocorrido, rogou-lhe uma maldição, a transformando em uma tartaruga. E foi justamente a deusa tartaruga que o encontrou e nos levou até você.

— Quer dizer que fui salvo por uma tartaruga?

— Não, você foi salvo pela divindade Jururá-açu, manifestada como uma tartaruga, que apareceu para nós e definiu a direção que deveríamos tomar, para encontrá-lo. Temos muito respeito pelos animais, mas esse em especial, quando se apresenta, é para nos dar alguma informação importante. Nosso pajé, em suas comunicações, nos passou que você foi trazido do mundo dos mortos para a vida e precisávamos cuidar para que pudesse continuar sua jornada.

— Talvez, um tempo atrás, eu não conseguisse agradecer a ajuda, até porque eu não queria mais viver, mas, agora, tenho plena consciência que a vocês devo a minha vida, serei eternamente grato e prometo honrar essa nova oportunidade.

— Fique tranquilo, filho, teremos ainda bastante tempo para conversarmos.

— Eu preciso voltar, tenho muitas coisas pendentes que preciso resolver — falou, e fez menção de levantar-se, mas foi contido pelas mãos de Jupira.

— Acalme-se, moço, ainda levará um tempo para se recuperar — falou a moça.

— Eu sugiro que aproveite esse tempo que terá conosco para conhecer nossos costumes e, quem sabe, levar algum aprendizado daqui — falou o Caçador das Matas.

— Há quanto tempo estou aqui?

— Há umas oito luas — respondeu Jupira.

— Isso é muito tempo. Como as fazendas estarão sem mim? E os meus filhos?

— A vida continua com ou sem a nossa presença. Para quem fica, o vazio vai sendo preenchido com o tempo, que lentamente vai apagando o passado. Por isso, precisamos nos colocar sempre no presente, pois o que passou não tem volta, e o que está por vir poderá não acontecer — falou o Caçador das Matas, e concluiu:

— Agora, descanse, pois precisa recuperar suas forças.

Durante todo esse tempo que esteve na aldeia, Jupira cuidou de Venâncio, o alimentando e o banhando com as ervas que eram prescritas pelo pajé. A partir daquele momento, poucos dias foram suficientes para que estivesse caminhando com algum esforço.

Aproveitou o conselho do Caçador das Matas e tentou conhecer um pouco daqueles costumes tão diferentes dos seus. Percebeu o respeito que aqueles homens tinham à natureza, à terra, às águas, aos animais, mesmo os que eram mortos, tinham o propósito de alimentar a tribo e nunca por maldade. Observou suas danças e a reverência que era destinada aos mais velhos, que eram os sábios e que passavam conhecimento aos mais novos. Em suas conversas, ficou sabendo que o pajé o recebeu como um pedido da deusa Jururá-açu para que cuidassem dele e que eles seriam recompensados em graças, por atenderem a esse pedido.

Para Venâncio, foi muito impactante essa estada junto aos tupinambás, e ele se lembrou de uma pergunta feita pela Rainha do cabaré e que somente agora poderia responder, pois finalmente conheceu o que era liberdade, vendo a forma com que aquele povo vivia dentro da mata, sem recursos, mas com todos os recursos que a floresta lhes proporcionava, os quais eram suficientes para a sua sobrevivência e principalmente para torná-los felizes.

Depois de mais algumas luas, já se sentia completamente recuperado e sabia que precisava retornar a sua vida, então foi falar com o Caçador das Matas.

– Amigo, eu sou e serei eternamente grato ao seu povo por tudo que fizeram por mim e, principalmente, à Deusa Tartaruga por ter salvado a minha vida, e a você e à Jupira, que cuidaram pessoalmente de mim, mas é chegada a hora de minha partida. Preciso voltar para tentar restaurar muitas coisas erradas que acontecem a minha volta.

– Se já se sente bem o suficiente para retornar, que assim seja.

– Quero que saiba que aprendi muito com o seu povo e vou levar comigo essa lição.

– Só lamento que seus ancestrais não nos viram com os mesmos olhos que você nos vê agora e, ao invés disso, nos sobrepujaram com a força de suas armas, nos mataram, abusaram de nossas mulheres, desrespeitaram nossos velhos e nossas crianças, tentaram nos escravizar, tentaram nos impor a sua cultura e a sua crença, anulando a nossa. Me perdoe estar lhe falando tudo isso, mas, se quer realmente sair daqui com um aprendizado, eu não poderia deixar de lhe falar que hoje somos uma resistência e temos que viver à espreita dos homens brancos, pois seus objetivos sempre são de usurpar tudo que é nosso.

Aquelas palavras cortaram o coração de Venâncio, pois relatavam a realidade absoluta e não era muito diferente do que continuavam fazendo com os negros.

– Não tenho palavras, a não ser me desculpar. Gostaria de fazer mais um pedido, eu poderia me despedir do pajé para agradecê-lo?

– Ele não fala a língua do branco, mas Jupira o conduzirá a ele e ajudará a se comunicarem. Só mais uma coisa, para nossa segurança, dois guerreiros da tribo o levarão até um ponto do qual poderá seguir seu caminho, mas até chegar lá você estará vendado para que não saiba retornar.

Ao chegarem diante do pajé, Venâncio se ajoelhou e levou a sua cabeça ao chão em sinal de respeito e reverência, ela havia pedido à Jupira que pedisse perdão a ele em nome de seu povo, pelas atrocidades cometidas contra os povos originários do Brasil. O feiticeiro, por sua vez, proferiu um canto em sua língua e o cobriu com uma fumaça de algumas ervas secas que queimavam, como se abençoasse a sua partida.

E, assim, no dia seguinte, nos primeiros raios da manhã, Venâncio se despedia de seus amigos Caçador da Mata e de sua filha Jupira, e voltava, para retomar a sua vida. Sem ver o caminho que estava tomando, seguiu acompanhado pelos dois guerreiros por dois dias e duas noites, até que os guerreiros o orientaram para seguir em uma determinada direção, que, em breve, encontraria homens brancos, e o abandonaram.

Ele não fazia a menor ideia de onde estava, mas seguiu as orientações dos tupinambás e tomou a direção por eles instruída. Caminhou durante todo o dia e, ao cair da noite, observou ao longe uma claridade, oriunda possivelmente de uma fogueira, e a luz distante o guiou em meio à escuridão a sua volta.

Ao chegar, encontrou um acampamento de tropeiros que estavam a caminho da capital, contou-lhes que estava perdido há algum tempo na mata e pediu para acompanhá-los, pois não conhecia aquela região, estava perdido e sem dinheiro. Evitou revelar sua posição social e até mesmo seu nome, nem ao menos falou de onde estava vindo, para não se expor e não expor aqueles que o salvaram. Venâncio se propôs a trabalhar para eles durante a viagem em troca apenas de guarida e comida e alguma roupa para se recompor, e foi assim que, depois de alguns dias de viagem, chegou ao Rio de Janeiro.

47

O REGRESSO

Ao encontrar seu amigo, Madrugada sentiu um misto de emoções, uma enorme felicidade por descobrir que ele estava vivo, mas, ao mesmo tempo, um susto com a sua aparência. Meses de afastamento, sendo boa parte deste em convalescência, mudou muito a sua aparência, lhe conferindo a impressão de ter dez anos a mais que sua real idade.

Sentindo a fragilidade de Venâncio, o convenceu a ir com ele para o cabaré, onde a Rainha poderia cuidar dele, de forma que ele posteriormente tivesse a possibilidade de retomar a sua vida nas fazendas.

– O que são uns dias a mais, para quem ficou tanto tempo desaparecido? – falou Madrugada.

Depois de um pouco de resistência, acabou cedendo à insistência do amigo e, pouco depois, estava diante da Rainha, perplexa.

– Venâncio, você não imagina a alegria que estou sentindo em meu coração com a sua presença. Quero que saiba que, em momento nenhum, tínhamos dúvidas de que estaria vivo e que retornaria ao nosso convívio. Sei que temos muito a conversar, mas, agora, precisa se alimentar e dormir para descansar de sua viagem.

Imediatamente, mandou preparar comida para ele e a Menina, que nutria por ele um carinho especial, prontificou-se a cuidar dele, sendo dispensada de seus afazeres enquanto ele ali estivesse. Foi lhe dado o quarto mais reservado, para que ele pudesse descansar sem ser incomodado pelo funcionamento do cabaré.

Há muito sem saber o que era dormir em uma cama confortável, depois da refeição, apagou, dormindo por horas e horas ininterruptamente. Neste ínterim, Madrugada providenciou roupas dignas de um barão e lhe comprou um presente, que se tornou a sua marca, um bom chapéu Borsalino, feito com pelo de coelho, com abas largas, levemente voltadas para cima e com uma concavidade na copa.

Ao acordar, somente no dia seguinte percebeu a presença da Menina em seu quarto e descobriu que ela o velou durante todo o seu sono.

— Bom dia, moço! Espero que tenha descansado bastante, não posso dizer que seu sono foi tranquilo, pois a percepção que tive era que estava tendo pesadelos sucessivos. Confesso que fiquei com um pouco de inveja dessa tal Izabel, que você chamava a noite toda, deve ser alguém muito especial.

— Bom dia, Menina! Agradeço ter ficado comigo, não era necessário. Mas você disse que chamei por Izabel?

— Isso mesmo, moço.

— Bem, eu ainda estou me recuperando da perda dela. Era a minha amada, que se foi ao dar à luz ao nosso filho. Uma princesa negra de infinita beleza e amor. E é por isso que estou aqui, para me preparar para voltar para a fazenda e encontrar apenas o meu filho, sem a sua presença. Você sabe o que é o amor?

— Moço, o amor é como o sol. Quando chega, ilumina a nossa vida, mas quando se vai, nos deixa na escuridão.

— Que linda definição. Confesso que me surpreendeu, se já tinha um afeto por você, agora você conquistou definitivamente o meu respeito.

— Bem, se prepare para descer, que um bom café da manhã o aguarda, juntamente com seus amigos. A propósito, após o seu asseio, pode vestir as roupas que Madrugada trouxe para você e que estão naquela cadeira – falou, apontando na direção dela. – Aquele chapéu cinza também é um presente especial dele para você.

Sem palavras para agradecer, pela forma carinhosa que ele estava sendo recepcionado, apenas assentiu com a cabeça, observando-a sair e deixá-lo a sós.

Pouco depois, estava na companhia da Rainha e de Madrugada, em uma mesa de café, preparada especialmente para ele. Era a oportunidade de desabafar, contando aos seus amigos desde sua emoção ao encontrar o verdadeiro amor de sua vida, até seu último encontro com ela já desencarnada, e sua jornada até o lodo. Depois seu salvamento pelos tupinambás até a chegada ao Rio de Janeiro novamente.

— Eu já havia escutado pessoas referindo-se a esses núcleos de povos das matas, em meio à floresta. Acredito ter sido uma experiência muito interessante, poder conviver com eles e sua cultura por todo esse tempo – falou Madrugada.

— Sem dúvida, amigo, foi de grande aprendizado. Desde que cheguei a este país, que agora considero como meu também, venho tendo muitas experiências que agregam novos conhecimentos, conceitos e emoções, que foram me transformando, me moldando e posso lhes garantir que esse homem que está diante de vocês nesse momento em nada tem a ver com o jovem e, nem ao menos, com aquele que conheceram um tempo atrás. Hoje sinto vontade de mudar o mundo, mas entendo que a grande mudança é interna e essa está consolidada, agora pretendo fazer aquilo que for possível para melhorar a vida daqueles que posso ajudar.

— Que orgulho que estou de você, amigo, esse é o Venâncio que sempre enxerguei em você — completou a Rainha.

Depois de um pouco mais de conversa, Venâncio se despede dos amigos e se prepara para regressar à Fazenda Nossa Senhora da Conceição para enfrentar a realidade, com as lembranças, e principalmente ver seu filho, que é a herança que sua amada o deixou.

Tomou as devidas providências para a viagem, após ter passado pelo banco e retirado a verba que teria necessidade para preparar a sua viagem de volta. Comprou um belo alazão, que lembrava o seu companheiro de jornada, e ainda contratou alguns homens para escoltar o seu regresso, e partiu ainda com a luz do dia, para que chegasse o mais breve possível.

Ao se aproximar da porteira da fazenda, sentiu seu coração disparar, um filme passava em sua cabeça, desde menino, foram tantas idas e vindas por essa porteira, mas nunca havia sentido a emoção daquele momento. Mais uma vez, renascia e sabia que agora não podia mais errar.

Sua chegada causou uma enorme comoção, ao verem aquele cavalo-branco se aproximando, a alegria tomou conta de todos. Vó Maria, que estava na varanda com João Brasil em seu colo, foi a primeira a avistar e começou a gritar para todos que o sinhozinho Venâncio estava vivo e de volta.

Ao subir as escadas da varanda, todos os serviçais da casa já estavam ali para recebê-lo. Maria já não conseguia conter as lágrimas e, em um gesto espontâneo, estendeu seus braços com seu filho, entregando a ele aquele tesouro, que todos estavam guardando, esperando com fé o retorno do pai.

Venâncio pegou a criança e o trouxe para junto de seu peito, acolhendo seu filho. Fechou os olhos e em pensamento agradeceu a seu Deus por poder estar ali naquele momento, lembrou de sua amada e agradeceu o fruto que ela havia deixado para ele, pois sabia que, cada vez que olhasse para seu filho, veria um pouquinho de Izabel ali presente.

Após Maria fazer um breve resumo de tudo que aconteceu desde sua partida, Venâncio mandou que colhesse um buquê de rosas do jardim e que preparassem uma carroça, para ir junto com Maria e seu filho visitar o cemitério, onde Izabel fora enterrada.

Recepcionados por Rosa, na chegada ao Cemitério dos Negros, Venâncio foi conduzido à cova de Izabel, bem próximo à entrada, à esquerda do portão principal. Neste momento de grande emoção, para ele e para todos que estavam presentes, ele colocou o buquê de rosas, pegou seu filho no colo e, em uma bela homenagem a sua amada, prometeu honrar a sua memória e lutar ao lado de seu filho pelo seu povo.

Ao retornar, aceitou tomar um café, depois de muita insistência de Vó Maria, na cabana do Pai João. Lá, Venâncio teve a oportunidade de agradecer a todos por tudo que fizeram em sua ausência, desde o enterro de Izabel, até cuidarem de João Brasil.

– Cuidar dessa criança foi uma grande bênção para mim, parece que Oxalá, junto com essa missão, me concedeu as forças que estavam começando a me faltar. Suncê pode ter certeza de que esse bitelo de menino ainda lhe dará muito orgulho – falou Vó Maria.

– Eu espero ter forças para acompanhar o seu desenvolvimento e lhe passar, daqui para frente, todas as coisas que venho aprendendo nesta jornada.

Pai João, que pitava o seu cachimbo, olhou para Venâncio com ar de contentamento, balançou a cabeça e sorriu com aprovação em seu olhar.

Após uma noite longa, na qual teve enorme dificuldade de conseguir dormir, pois o seu pensamento viajava por sua história, considerando hipóteses que não aconteceram e que agora tornaram-se impossíveis, foi encontrar Rufino, para tomar ciência da real situação da fazenda.

– Sinhozinho Venâncio, o senhor não tem ideia do quanto eu estou feliz com a sua volta. Nós o procuramos por todos esses arredores e até além, e nada, imaginávamos que não voltaria mais.

Venâncio fez um breve resumo dos últimos acontecimentos, agradeceu a preocupação e por ter tomado conta da fazenda, mas foi direto ao ponto, precisava saber a real condição dos negócios. Titubeando um pouco para começar a falar, Rufino foi direto ao ponto.

– Infelizmente não tenho boas notícias. Com a prioridade de lhe procurar, acabamos relaxando um pouco o foco nos negócios da fazenda, perdemos alguns escravos e a produtividade caiu muito. A terra já não está produzindo como antes, os escravos que temos já são velhos e não trabalham com o mesmo afinco, o mercado de açúcar já não é o mesmo, perante a entrada do café no Brasil, enfim, estamos com vários problemas financeiros, e se não voltasse, em mais três meses a fazenda estaria totalmente quebrada.

Venâncio leva as mãos à cabeça, como se não acreditasse nas palavras que ouvia. Sabia o quanto que seu pai e depois ele mesmo haviam investido tempo e dinheiro naquela fazenda, e tudo pode estar perdido em função de sua atitude.

— Podemos, com muito trabalho, tentar recuperar o tempo perdido, certamente terá que investir bastante para tentar retomar o que a fazenda já foi, mas será sempre um risco.

— Rufino, não estou vendo uma solução de curto prazo para resolver essa situação.

— Bem, dizem que quando Deus fecha uma porta, ele no mínimo abre uma janela e eu tenho uma alternativa para lhe apresentar, mas realmente não sei se é a melhor ou se irá aceitar, mas é a única que temos no momento.

— Me diga logo, homem, o que é?

— Então, durante a sua ausência, onde até julgávamos que já não estivesse entre nós, recebi a visita de um grupo de portugueses que têm interesse em comprar a fazenda, para transformá-la em um loteamento. Querem comprar somente a terra, não se interessam pelos escravos, tampouco pela plantação ou pelos maquinários, querem apenas a terra, e, por isso, o que oferecem não paga o que vale a Nossa Senhora da Conceição.

O silêncio se apresentou naquele instante, com Venâncio de olhos fechados e em profunda introspecção, os minutos se sucederam e Rufino, desconfortável, sem saber o que fazer. Depois do tempo que julgou necessário para refletir a respeito, ele falou:

— Marque uma reunião com eles, diga que eu retornei e quero ouvir pessoalmente a proposta deles. Vamos vender a fazenda.

Rufino não conseguiu se conter e deu um bom sorriso, demonstrando ter aprovado a decisão de seu patrão. Percebendo a satisfação do feitor, Venâncio o perguntou:

— Era isso que faria caso eu não tivesse retornado?

— Na verdade, eu não poderia fazê-lo, mas tentaria convencer os seus herdeiros a tomar essa decisão, que, sem dúvida, é a melhor. Assim como o senhor, eu também estou cansado e quero retornar a Portugal com minha esposa, enquanto ainda tenho um pouco de saúde, a minha contribuição com este país eu já dei.

— Então, eu peço que continue cuidando da fazenda, por mais um tempo. Marque uma reunião com esse grupo para daqui a um mês, nesse tempo tomarei algumas providências e, diante deles, demonstre que não quero vender, para conseguirmos ter alguma vantagem na negociação. Que essa nossa reunião fique em sigilo absoluto, pois um vazamento pode destruir a minha estratégia.

– Combinado, patrão.

Antes de partir para a Fazenda Santa Maria, onde sua filha o esperava ansiosamente, pois já havia sido avisada do retorno de seu pai, Venâncio procedeu um levantamento minucioso de todos os pertences da fazenda, desde maquinários, quantidade detalhada de escravos, mobílias e peças de cunho pessoal da casa grande.

Como o comprador estava interessado somente na terra, ele precisava conseguir vender toda a fábrica de açúcar, alambique e demais equipamentos, para reduzir ao máximo a perda que teria na negociação, além do mais queria preservar as peças de sua família que estavam dentro da casa grande.

Tomadas as providências que ele achava primordial, partiu para a Fazenda Santa Maria deixando a propriedade da forma que estava funcionando em sua ausência. Antes, pegou seu filho no colo e o abraçou profundamente com muito carinho, e falou:

– Essa será a última vez que nos afastamos, daqui para frente estaremos sempre juntos.

Enquanto isso, na fazenda de café, a sua chegada era aguardada com muito entusiasmo, principalmente por sua filha, Catarina, e os escravos mais chegados à casa grande.

Ao ver seu pai, Beatriz se desmanchou em um choro profundo e, em seus braços, não conseguia expressar as emoções que sentia no momento.

– Tive muito medo de nunca mais ver você, pai. Estou muito feliz de ter você aqui de volta, nós precisamos muito de sua presença. Ainda tem muito a me ensinar, mas, com o pouco que eu sabia, tentei tocar a fazenda da melhor forma.

– Essa menina foi uma grata surpresa para todos nós, uma verdadeira mulher de negócios, e enfrentou todas as adversidades como se tivesse o dobro de sua idade – falou Catarina.

– Eu estou muito orgulhoso de você, filha, e só tenho a agradecer por ter cuidado de nossa propriedade e de nossos negócios. Peço perdão por minha ausência, mas...

Beatriz o interrompeu, completando:

– Mas o importante é que está aqui e daqui para frente não vou me desgrudar de você. Com relação ao que Catarina falou, preciso falar que não fiz nada sozinha, todos me ajudaram muito, e até os escravos deram tudo de si para que nossa produção não fosse afetada.

— Temos muito que conversar, Beatriz, mas antes quero saber se tem alguma coisa para comermos nesta casa.

Catarina abriu um largo sorriso e respondeu:

— O sinhô Venâncio já saiu dessa mesa sem estar satisfeito? Fizemos tudo aquilo que mais gosta e Beatriz ainda separou um bom vinho português para acompanhar a refeição.

Após a refeição, Venâncio já queria visitar todos os pontos da fazenda, mas sua filha o convenceu a descansar e deixar a lida para o dia seguinte. Ele sabia que o mais importante naquele momento era passar para a sua principal herdeira os planos que tinha em mente e as mudanças que afetariam os negócios dali em diante.

— Beatriz, vou seguir o seu conselho. Vou descansar e colocar as minhas ideias em ordem, pois amanhã temos muito a conversar e pretendo lhe apresentar o que estou esperando para o futuro.

No dia seguinte, após o pequeno almoço, pai e filha se recolheram no escritório para a conversa, que marcaria o início das mudanças que Venâncio iria implantar em sua vida e consequentemente nas fazendas e em seus negócios.

— Minha filha, vejo que o meu afastamento a obrigou a amadurecer para a vida, mesmo ainda com a sua pouca idade, você demonstrou maturidade para suprir a minha ausência e isso me deixa muito à vontade para que eu abra o meu coração com você. Eu quero fazer mudanças radicais, na verdade, eu tenho esse compromisso e preciso prepará-la para que você consiga atravessar esse mar revolto comigo.

— Nossa, pai, você falando assim eu fico até nervosa.

— Não fique, é que aprendi que, quando passamos por alguns momentos difíceis na vida, temos dois caminhos, reclamar da sorte ou agradecer e tentar entender a mensagem que o universo, ou Deus, ou como diz o Velho João, os Orixás, estão nos mandando. E, depois de muitos recados, mal interpretados por mim, não tenho mais o direito de errar.

Com a atenção de Beatriz totalmente focada nele, Venâncio fez um breve rico de sua vida e de suas quase mortes, desde a travessia do Atlântico, a sua queda no mar na chegada ao Rio de Janeiro, o acidente com a cobra-coral, o escravo com a faca em seu pescoço, sua profunda tristeza, que quase o levou ao suicídio no mar do Rio, a tentativa de envenenamento de Amália e, por fim, o seu desespero com a morte de sua amada.

— Todos esses episódios me trouxeram aprendizado, me fazendo entender que o legado que posso deixar não tem a ver com os bens que ficarão, quando da minha partida, mas sim com o bem que eu possa ter feito. Talvez a minha vida tenha um sentido maior que enriquecer a mim e minha família a qualquer custo.

Respirou profundamente e continuou:

— Amei profundamente uma princesa negra, que estava escravizada, e mesmo assim, essa mulher me ensinou, no pouco tempo que tivemos juntos, o poder do amor, sentimento que eu nunca havia experimentado. Mas não aquele amor possessivo que conhecemos, e sim o amor incondicional, que é aquele que ama sem querer absolutamente nada em troca, aquele que é capaz de renunciar a sua própria felicidade para ver a de seu amado se realizar. Infelizmente só me dei conta de toda essa sabedoria que ela carregava quando eu já a havia perdido. Ela me fez olhar o seu povo como ele realmente é, um povo forte, que construiu esse país, sendo explorado por nós, e isso hoje me envergonha muito.

— Mas, pai, por que está me falando tudo isso?

— Porque preciso passar esse ensinamento para vocês, meus filhos, que ainda terão muitos anos pela frente para experimentar a vida, principalmente para João Brasil. Hoje eu só tenho próximo a mim você, uma moça, mas já bem amadurecida, e o seu irmão, praticamente um bebê. Vocês serão o futuro desta família e não quero que cometam os mesmos erros que cometi.

Venâncio passou então a detalhar para Beatriz todas as decisões, que apesar de já estarem tomadas por ele, ainda seriam colocadas em prática em breve.

— Pai, quando estive sozinha aqui, todas as vezes que tomei uma decisão importante eu pensei em como você agiria naquela situação, antes de decidir. E eu lhe pergunto, caso meu avô estivesse aqui, ele agiria desta forma?

— É exatamente isso que acabei de falar com você, se eu agir como ele, vou cometer os mesmos erros que ele cometeu e preciso tentar fazer melhor. Não vou errar, mas, se eu errar, serei feliz, pois tentei acertar. É assim que eu quero que toquem as suas vidas, tentando sempre não errar, e se por acaso errarem, tenham a consciência tranquila de que deram o seu melhor e buscaram a felicidade.

— Tenho medo, pai, pois, por muito menos, você já não é bem-visto pelos outros fazendeiros.

— Sim, eu sei que tenho que me cuidar, pois vou desagradar muitos senhores poderosos, mas é o sentido da minha vida. Ficar paralisado seria para mim uma morte antecipada. Venha cá e me dê um abraço, vai dar tudo certo, como lhe contei no início de nossa conversa, já sobrevivi a muitas coisas.

– Antes de encerrarmos, eu gostaria de conversar um pouquinho sobre mim.

– Claro, minha filha, pode falar.

– Lembra que lhe falei que muitas pessoas me ajudaram, então, dentre essas pessoas, há um rapaz, o Paulo, ele é filho de um comerciante da vila próxima à fazenda, e ele nos ajudou com os suprimentos, tanto para a fazenda como para despachar o café para o porto do Rio de Janeiro, além disso, foi muito importante nesses momentos de solidão que senti aqui. Bem, enfim, eu acho que estou gostando dele e ele de mim. Como sempre lhe falei, se um dia eu me casasse, seria por amor, ainda é muito cedo, mas já gostaria de ter o seu apoio. Caso não se oponha, ele em breve virá conversar com o senhor, para pedir autorização para flertarmos.

– Nossa, a minha menina já está se tornando uma mulher. Bem, em primeiro lugar, preciso conhecer o rapaz, se for uma pessoa de bem e tiver boas intenções com você, não irei me opor, mas peço que espere um pouco mais, pelo menos para eu estar em definitivo aqui na fazenda.

– Claro, pai, só queria logo lhe colocar a par desse meu sentimento, que nem ao menos sei se seguirá, mas, se sim, queria ter seu apoio desde agora.

Nos dias que se sucederam, Venâncio acompanhou todos os setores da fazenda, retomando para si as rédeas de seu negócio, mas o seu principal foco foi no crescimento da vila dos negros, onde ordenou que o maior número de casas fosse construído no menor tempo possível, disponibilizando bastante recurso para isso.

Ainda com um tempo de folga para o retorno a sua fazenda de cana, para a reunião com os portugueses interessados em sua compra, Venâncio partiu para o Rio de Janeiro, para alinhavar algumas providências que facilitariam a venda de sua fazenda.

Aproveitou um encontro com fazendeiros da Bahia e Pernambuco, que estavam na corte para reivindicar maior atenção a suas províncias, e fez contato com vários deles, oferecendo a venda de toda a estrutura produtiva de sua fazenda de cana-de-açúcar. Sua ideia era se desfazer de todo o seu maquinário a um preço bem atrativo, desde que eles fossem retirados pelos compradores. Não tardou a encontrar um interessado, que já queria fechar negócio de imediato, mas sabendo que precisava ganhar um tempo, fechou negócio, recebendo 10% de adiantamento, com um prazo de um mês para liberação dos equipamentos. O contrato previa que, em caso de desistência, tanto de Venâncio como do comprador, uma multa rescisória de três vezes o valor ora pago, para a outra parte. Assim, ele amarrava seu comprador, pois para que ele desistisse teria que gastar um bom dinheiro.

Tendo sua meta para aquela viagem já assegurada, foi procurar o amigo Madrugada, para alinhavar uma outra situação. Desta vez foi a sua escola e conseguiu o encontrar lá, mas tomou todo o cuidado para não ser reconhecido pela sua assistente, usando o seu chapéu para esconder-lhe o rosto e disfarçar a sua identidade.

— Mas que honra receber aqui na minha humilde escola criatura tão icônica — falou Madrugada, ovacionando o amigo.

— Deixa disso, Madrugada, venho aqui porque preciso conversar sobre algumas decisões que tomei e vou colocá-las em prática, e preciso contar com a sua ajuda.

Passou daí por diante a descrever o que faria nos próximos dias e de que forma ele esperava que o amigo pudesse ajudá-lo.

— Acha possível, ou estou sonhando?

— Claro que é possível, só estou surpreso com tudo isso que me passou, mas pode contar comigo.

— Mas o principal eu ainda não lhe falei.

— Pois fale.

— Tudo isso que acabei de te falar irá desagradar muita gente. Nunca fui benquisto pelos outros barões e fazendeiros daqui na corte, como meu pai era, por exemplo. Enfim, sei que daí para frente terei que me cuidar em dobro, pois serei alvo de muita gente e aí que conto com você, mais uma vez.

— Como assim, quer que eu seja seu segurança? — perguntou, soltando uma ruidosa gargalhada em seguida.

— Não, quero que seja o tutor de meu filho João Brasil. Quero que o eduque, que ele tenha a melhor educação possível para que ele seja um grande homem e defenda o povo de sua mãe, que, consequentemente, é o seu povo também.

— Fico muito honrado com essa missão que está me dando, mas amigo, tenho certeza de que estaremos juntos acompanhando a educação de João Brasil.

— Preciso sair daqui com a sua promessa.

Madrugada ficou sério, como Venâncio nunca tinha visto antes, e lhe respondeu:

— Eu lhe prometo que cuidarei dele, como se meu filho fosse. Vou lhe ensinar não só as letras e os números, mas sobre a vida, os caminhos e atalhos, e ainda vou mostrar-lhe a cultura de nosso povo africano, que hoje tentamos manter num esforço de resistência, para que não seja apagada.

– Era isso que eu queria ouvir. Agora, vamos tomar uma lá naquela taberna que estivemos quando nos conhecemos, antes de irmos ver nossa Rainha no cabaré.

Os amigos se abraçaram emocionados e seguiram para compartilhar momentos mais amenos na noite da capital.

48

A VENDA DA FAZENDA NOSSA SENHORA DA CONCEIÇÃO

Os dias correram rápido e chegou o dia da reunião com o grupo de portugueses. Durante esse tempo, eles assediaram Rufino a lhes ajudar a convencer Venâncio a vender a fazenda, mas como instruído pelo seu chefe, a todo tempo ele falava que essa reunião seria perda de tempo, pois dificilmente eles conseguiriam convencer o barão a vender a propriedade. Chegaram a oferecer até uma comissão para Rufino, em caso de fechamento do negócio, mas o que ele passava para o grupo é que, se realmente quisessem a fazenda, teriam que aumentar bastante a oferta inicial.

No início da tarde do dia marcado, os portugueses se apresentaram para a reunião e foram recebidos por Rufino, ainda na varanda da casa grande. Era um grupo de três homens, sendo um deles mais velho e os outros dois com idade parecida com a de Venâncio. Antes de entrarem, abordaram novamente Rufino para saber como estavam as chances de saírem com o negócio fechado.

— A única chance que terão é se estiverem dispostos a aumentar a oferta inicial.

— Vamos sair daqui com esse negócio fechado.

Essa resposta era exatamente o que Rufino queria ouvir, e após entrarem para encontrar o barão, apenas com um olhar conseguiu passar para ele que a estratégia que haviam planejado estava dando certo.

Venâncio, após cumprimentar seus visitantes, os conduziu para o escritório, para que pudessem conversar com mais tranquilidade. Antes de falarem de negócios propriamente dito, fez um rico sobre a vinda de seu pai para o Brasil e todo o esforço que ele fez para desbravar aquela terra e construir a grande fazenda que é a Nossa Senhora da Conceição. Discorreu sobre todo o seu trabalho, desde criança ao lado de seu pai, e todo o carinho que tem sobre cada pedaço da fazenda.

— Não sei se os senhores têm uma ideia da verdadeira dimensão de nossa fazenda, mas eu acredito que, durante esses mais de trinta anos, Rufino que esteve desde o início pode atestar isso, não conseguimos explorar a metade de nossa propriedade. Portanto, o que estão querendo adquirir é muito mais do que estão vendo aqui, trata-se de uma terra maior que a própria capital e com um grande potencial para se tornar uma grande cidade.

— Sim, é exatamente isso que queremos fazer, fundar aqui a maior cidade da província do Rio de Janeiro. Lotear essas terras e trazer o desenvolvimento para cá. Tenha certeza de que, ao nos vender a fazenda, ajudará o Brasil a crescer — falou o homem mais velho.

— Não só o Brasil, mas também o bolso de cada um de vocês. Então, portanto, vamos direto ao assunto, ou vocês apresentam uma proposta decente para adquirir nossa fazenda, ou ficamos por aqui.

— Bem, barão...

Interrompendo a fala de seu interlocutor, ele falou:

— Pode me chamar de Venâncio, esse título não me representa.

— Bem, Sr. Venâncio, nós realmente estamos muito interessados em comprar a sua fazenda. Porque não fazemos o contrário, diz quanto quer e podemos avaliar a sua oferta.

Percebendo a artimanha, daquele que falava em nome do grupo, sabia que o valor que ele colocasse seria jogado para baixo, até que achassem que teriam tirado tudo que podiam, além disso, perderia o controle da negociação e da última palavra, sendo assim, respondeu.

— Senhores, acho que estão invertendo os papéis aqui. Eu não quero vender a fazenda, são vocês que querem comprá-la, eu simplesmente estou disposto a ouvir a sua proposta.

— Está bem, Sr. Venâncio, temos consciência de que nossa oferta inicial realmente está abaixo do que sua fazenda vale, mas considere que queremos somente a terra, tudo que está aqui dentro, inclusive seus escravos, poderá levar consigo. Sendo assim, estamos dispostos a aumentar a oferta inicial em 50%.

Nesse momento, as pupilas de Rufino pularam, ele sabia que esse valor já seria bem razoável para aceitar a proposta e quase se desesperou quando Venâncio sorriu em negativa.

— Senhores, gostaria que apreciassem a melhor cachaça do Rio de Janeiro, que fabricamos aqui em nosso alambique e que meu pai levava sempre para que D. João degustasse como aperitivo em seus jantares na corte. Rufino, por favor, faça as honras.

O seu feitor, sem entender bem aonde o patrão queria chegar, fez exatamente o que ele pediu e serviu a todos.

— Vamos fazer um brinde, mas eu gostaria que cada um de vocês imaginasse essa bebida como sendo o sangue desta terra que querem comprar. Terra que alimentou a cana, que se transformou em caldo, que passa por vários processos até termos a cachaça, que depois fica armazenada em carvalho, para somente depois podermos ter essa maravilha, que está na mão dos senhores. E eu sinceramente espero que a terra, através deste líquido, encontre no coração de vocês um local fértil para germinar a real vontade de se tornarem donos desta fazenda. Vou deixá-los por um instante, para que possam conversar entre vocês, neste ínterim, vou pedir às mucamas para preparem alguma iguaria para comermos. Na minha volta, escutarei a última proposta dos senhores e avaliarei se realmente querem esta terra, ou se são apenas aventureiros em busca de uma boa pechincha.

Saiu do escritório, fazendo sinal para que Rufino o acompanhasse. Já na cozinha da casa grande, após Venâncio ordenar para que preparassem uns quitutes para os visitantes, Rufino não se conteve e falou.

— Desculpe, sinhozinho, mas acho que não está sendo razoável. Estamos quase quebrados e não aceita uma oferta 50% maior que a inicial, que já seria a nossa salvação.

— Calma, Rufino, aumentaram na primeira rodada a oferta deste monte, isso significa que podem chegar ao dobro da oferta inicial, e será nesse patamar que fecharemos o negócio.

— E se desistirem?

— Não há essa hipótese, eles não têm uma alternativa para o projeto deles. Fique tranquilo que fazia isso com meu pai, desde criança, nessas horas precisamos ter frieza. Relaxe, que hoje fecharemos um grande negócio e, de mais a mais, eu preciso de recursos para colocar em prática os meus projetos, e a sua ida para Portugal está entre eles.

Rufino sorriu, contente ao saber que seu patrão havia aceitado bem a sua proposta. Enquanto isso, no escritório, os três tentavam chegar a um consenso sobre a última oferta, que seria decisiva para que o barão fechasse com eles o negócio. Fizeram mais uma horinha e retornaram ao escritório.

— E então, amigos, gostaram da cachaça? Espero que ela tenha trazido coragem e sabedoria para que possam fazer a coisa certa.

Pegou a garrafa, que a essa altura já estava abaixo da metade, se serviu, sentou-se em sua cadeira atrás de sua mesa e perguntou:

– E então, o que vocês têm a dizer?

Dessa vez, o mais jovem dos homens, que aparentava ser mais novo que Venâncio, falou:

– Por mim, eu teria desistido de sua fazenda, mas fui voto vencido e então estamos chegando a um patamar que não esperávamos quando viemos negociar, agora esperamos a sua contrapartida para sairmos daqui com o negócio fechado.

– Pois bem, sou todo ouvidos.

O mais velho tomou a palavra.

– Sr. Venâncio, entendemos todo seu apego a esta terra, que faz parte de sua história, mas sabemos também que tem outra fazenda, de café, e que essa está dando-lhe um resultado melhor que aqui. Bem, queremos a terra e sei que, no fundo, também quer vender, então vamos chegar a um ponto bom para todos nós. Vamos dobrar a nossa oferta inicial e nem um centavo a mais.

– Tenho algumas condições antes de fecharmos.

– Pois fale.

– Sei que não têm interesse nas benfeitorias da fazenda e que provavelmente demolirão tudo, mas gostaria que preservassem a capela com o cemitério, onde está enterrada minha mãe e minha esposa, e o Cemitério dos Negros, do outro lado da fazenda. Posso contar com vocês?

– Claro.

– Outra coisa é que vou precisar de um tempo para entregar o controle a vocês. Preciso fazer essa última colheita e depois retirar o maquinário. Eu estimo entre três e seis meses para concluir todo o processo.

– E o que irá fazer com toda essa negrada?

– Libertá-los e dar-lhes a oportunidade de viver, afinal, essa fazenda foi construída por eles.

– Está brincando?

– Isso não importa, vamos aos negócios. Vou mandar preparar o nosso contrato de venda, onde precisarei receber de sinal 30% do valor da compra, 40% com 90 dias da compra e o restante de 30% ao final de 180 dias, onde assumirão em definitivo a posse da terra. Estamos fechados assim?

Os três se entreolharam e, com um aceno de cabeça, concordaram. Apertaram as mãos e selaram o acordo, que seria redigido e formalizado na capital, onde seriam efetuados os pagamentos.

– Agora, sim, faremos um último brinde aos proprietários desta Nova Terra.

Após os compradores saírem, Rufino elogiou efusivamente seu patrão, pois conseguiu vender uma fazenda falida por um preço de uma produtiva.

— Sinhozinho, ainda poderá ganhar com a venda de todos os ativos da fazenda.

— Sim, inclusive todo o maquinário já está vendido para um fazendeiro baiano que irá retirá-los daqui a 90 dias, inclusive já recebi até o adiantamento.

— Como assim? E se não conseguíssemos vender a fazenda?

— Eu sabia que conseguiria – sorriu Venâncio, ao responder Rufino.

— Só está esquecendo dos escravos, irá levá-los para a fazenda de café ou fará um leilão?

— Nem uma coisa, nem outra, não ouviu o que eu disse aos compradores? Tudo isso que venho conseguindo a mais é justamente para compensar o custo que terei em alforriar todos os escravos e indenizá-los.

— Como assim, Venâncio? Não pode fazer isso.

— Não posso? Infelizmente, sou o único que pode fazer isso e farei. E não será nenhuma benfeitoria, apenas estou tentando amenizar um pouco todo o mal que fizemos a esse povo.

— E os escravos da outra fazenda?

— Assim que concluir o processo aqui, farei o mesmo lá.

— E quem fará o trabalho pesado?

— Qualquer um que quiser trabalhar e receber por esse trabalho. O Brasil somente será um país quando não tivermos mais a subjugação de uma raça sobre outra. Não pretendo resolver a questão da escravidão, apenas farei a minha parte.

— O sinhozinho tem noção do tamanho da encrenca que está prestes a arrumar?

Venâncio encerrou a conversa, saindo e deixando seu feitor sem resposta. No dia seguinte, foi procurar o Velho João, para lhe contar as suas resoluções e convidá-los para ir com ele para a Fazenda Santa Maria.

Sentado em seu tradicional banquinho, próximo à entrada de sua choupana, o Velho pitava o seu cachimbo quando avistou a chegada de Venâncio, o que alegrou o seu coração.

— Salve suas forças, fiô, que bom vê-lo novamente.

— Salve, Nêgo Velho! Hoje venho aqui para lhe trazer boas novas.

Desse momento em diante, ele descreveu com detalhes suas últimas vivências, desde seu encontro com o Sr. Exu do Lodo, sua estada com os tupinambás, seu retorno e as mudanças interiores que sofreu após toda essa experiência, que o levaram a tomar decisões radicais, como a venda da fazenda de cana-de-açúcar e a alforria de todos os escravos.

O velho ouviu tudo com muita atenção, pitando o seu cachimbo e eventualmente baforando sobre seu interlocutor, como se estivesse o limpando naquele momento de todas as mazelas e o abençoando, para que pudesse enfrentar as consequências, com proteção da sua espiritualidade.

– Fiô, em todo o tempo, esse velho acreditou que os negros um dia deixarão essa condição de subjugados, apenas por terem a pele mais escura. Uma injustiça não pode durar para sempre, entretanto, nós teremos que percorrer um longo caminho, pois não se desfaz em um dia o que se construiu ao longo de séculos, porém todo caminho, por mais longo que seja, se inicia com um primeiro passo, e vejo que é isso que está fazendo agora. Finalmente, está a cumprir a sua missão.

– Estou apenas fazendo aquilo que minha consciência está me pedindo e posso lhe garantir que isso não me traz nenhum orgulho, pois se o faço é para tentar amenizar em minha mente todo o mal que eu e meus antepassados fizemos ao seu povo.

O velho abaixou a cabeça e a balançou, entendendo o que seu protegido estava tentando expressar e sentindo a verdade em suas palavras.

– Mas Nêgo Velho, vamos agora à parte prática. Você e Maria são como se da minha família fossem e não tenho como deixar de conviver com vocês, portanto, vim aqui para convidá-los para virem comigo para a Fazenda Santa Maria. Já mandei preparar uma casinha especial para vocês na vila dos negros, se bem que eu gostaria mesmo que morassem comigo na casa grande. Claro que o convite é extensivo à Rosinha, ou melhor, Rosa, pois eu teria prazer em tê-la conosco. O que acha?

– Fiô, não posso tomar essa decisão sozinho, vamos consultá-las para ver o que elas acham.

Minutos depois, as duas se juntaram a eles e, perplexa com a notícia da venda da fazenda, Rosa só queria saber sobre o Cemitério dos Negros que ela tanto cuidava.

– Pode ficar tranquila, Rosa, os compradores da fazenda vão lotear as terras e vendê-las em pedacinhos, com o intuito de transformar tudo isso aqui em uma cidade, num futuro próximo, contudo, nas cláusulas de venda, os obriguei a manterem o Cemitério dos Negros preservado, até porque minha amada jaz aqui.

– Sendo assim, minha decisão está tomada, eu ficarei aqui para cuidar do cemitério e impedir que destruam esta terra sagrada para nós. Vocês, meus amados "pais", podem seguir com o Sr. Venâncio, que eu ficarei bem aqui. Esse é o meu propósito de vida e não vou abrir mão – falou Rosa, com determinação.

O Velho João dirigiu seu olhar para Maria, aguardando sua fala.

— Bem, sinhozinho, durante todo esse período que esteve fora, eu cuidei do menino João e acabei por me afeiçoar muito a ele, e sendo muito sincera, eu gostaria muito de passar o pouco tempo de vida que ainda me resta convivendo com aquela criança maravilhosa. Rosa já é uma mulher e tenho certeza de que irá se virar bem sozinha.

Venâncio não conteve um largo sorriso e olhou em direção ao Velho João, buscando apoio nas palavras de Maria. O Velho, como sempre, fez um pouco de silêncio, pitou seu cachimbo como se buscasse a melhor decisão para aquele momento e, finalmente, falou:

— Como bem lembrou Maria, com sua sabedoria, não temos mais muito tempo de vida aqui nesta terra, portanto, precisamos escolher aquilo que realmente nos importa, e se ela quer ir, para ficar ao lado do menino João, o Velho João quer passar seus últimos dias ao lado dela, então aceitamos o convite, com muito pesar por não estarmos indo com a família completa. Rosa, não tenho palavras para agradecer tudo que fizeste por este Velho, desde que era uma menininha. Você estará em minhas rezas sempre e, principalmente, em meu coração, e rogo a meu pai Omulu que esteja junto com você, cuidando dessa calunga pequena, a qual firmamos com muita fé e dedicação.

Sem conseguir conter a sua alegria, Venâncio levantou e abraçou Maria com entusiasmo, enquanto o Velho João sorria satisfeito com o desfecho da conversa.

Os dias vindouros foram para colocar em prática tudo que estava planejado na cabeça de Venâncio, mas ainda havia preocupações que importunavam a sua cabeça. Em uma de suas idas ao Rio de Janeiro, procurou o amigo Madrugada, para compartilhar suas aflições.

— Meu amigo Madrugada, as coisas estão caminhando bem, entretanto, eu estou muito preocupado com o futuro dos negros, após serem alforriados. Pretendo dar algum dinheiro para cada um, como uma forma indenizatória a eles, mas precisamos fazer alguma coisa, para que eles possam se sustentar e viver suas vidas, livres.

— Livre é uma palavra que ainda, por muito tempo, não fará parte do vocabulário deles, pois, apesar de alforriados, ainda serão estigmatizados principalmente pela cor de sua pele, mas também pela falta de educação, no sentido mais abrangente da palavra.

— Mas o que podemos fazer?

— Por estarem "livres", cada um seguirá o caminho que achar mais conveniente, mas aqueles que optarem por vir para a capital, peça que me procurem.

Tenho planos de montar uma comunidade negra aqui, posso ajudá-los a conseguir afazeres que lhes renderam o seu sustento. Lembre-se de que os ricos da corte são os grandes frequentadores do cabaré, e a Rainha tem grande influência sobre eles. Além do mais, a cidade cresce a cada dia e a demanda de mão de obra não consegue ser suprida apenas pelos escravizados.

Venâncio sorriu, sentindo-se extremamente aliviado com as ideias que seu amigo lhe expunha.

– E todos que se interessarem, poderão estudar à noite na escola. A verba que temos recebido de nosso principal e misterioso benemérito tem sido e será suficiente para que os professores, que também são negros e partidários da causa, possam abraçar mais esse desafio e receber esses novos alunos.

– Você não imagina o peso que está retirando de minhas costas. Muito, mas muito obrigado mesmo, amigo.

– Eu que preciso lhe agradecer, por nos dar a oportunidade de ajudar o nosso povo. Agora, vamos tomar uma, pois já estou com a garganta seca.

Apesar da tentativa de Madrugada de tentar fazer com que Venâncio relaxasse e aproveitasse um pouco mais a vida na capital, ele acabava sempre voltando à questão das fazendas. Já na taberna, onde costumavam ir, entre um gole e outro, ele falou:

– Pensando agora na Fazenda Santa Maria, vou precisar de uma nova mão de obra para trabalhar, pois sei que, apesar de oferecer trabalho aos negros libertos, poucos ficarão comigo. Pois bem, tive informações de que tem bastante gente chegando aqui ao porto, muitos da Europa, com vontade de se estabelecer e que logicamente precisam de trabalho. Amigo, sei que tem muitos contatos, então lhe peço que me ajude a formar um contingente que queira trabalhar no interior, pois o café vai precisar deles.

– Amigo, pode contar comigo. A sua boa-fé fará com que o universo conspire a seu favor e as coisas irão se encaixar. Vou pedir aos meus contatos que fiquem de olho nos imigrantes e, em pouco tempo, terá os trabalhadores que irá precisar na sua fazenda. Agora, pelo amor de Deus, relaxe – falou e, em seguida, soltou uma boa gargalhada.

O tempo foi passando e o trabalho foi intenso, para cumprir os prazos acertados com os envolvidos na negociação da fazenda, desde os compradores da terra, quanto aqueles que adquiriram os maquinários. Dias antes de desmobilizar todo o engenho, Venâncio, acompanhado sempre do Velho João e de Rufino, reuniu os escravos na frente da casa grande para falar com eles.

– Todos já devem estar sabendo por que estão aqui, mas eu não poderia deixar esse momento passar sem me dirigir a vocês, evitando ser minimamente hipócrita. Antes de mais nada, preciso que entendam que não fui eu que criei a escravidão.

Abaixou a cabeça, respirou fundo, como se buscasse forças para continuar seu discurso.

– Quando cheguei neste país, já encontrei vocês aqui e, realmente, naquele momento, não fiz nada para mudar, pelo contrário, usei e abusei da situação em meu benefício, o que muito me envergonha hoje. Contudo, sempre tentei humanizar a relação da casa grande com a senzala, sempre influenciado por Pai João, o qual eu agradeço imensamente pelos conselhos, sem os quais minhas dívidas para com vocês seriam maiores ainda. Mas o amor quebrou todas as barreiras e, ao me apaixonar por uma irmã de vocês, eu percebi que não existia nenhuma diferença entre nós, senão o pigmento de nossas peles.

Fez uma nova pausa, buscando se centrar e não deixar a emoção dominá-lo, e continuou.

– Daria tudo na vida para tê-la aqui ao meu lado neste momento, mas isso não foi possível e espero que lá onde ela estiver, que ela possa estar compartilhando este momento, que, certamente, a faria muito feliz, uma princesa realizando o sonho de liberdade para seu povo.

Pegou o seu filho, João Brasil, do colo da Vó Maria e o ergueu diante dos negros.

– Esse aqui é o fruto desse amor e veio para dar continuidade a essa luta de liberdade, não só para os negros de nossas fazendas, mas para todo o povo de origem africana que chegou a essas terras. Eu já estou ficando velho e fazendo muitos inimigos nessa minha jornada, principalmente meus irmãos brancos, que não aceitam essa minha atitude, portanto, não sei quanto tempo mais estarei aqui, mas não me acovardarei diante das ameaças, o que tem que ser feito será feito, e depois da minha ida ao encontro da minha amada, deixo alguém para continuar essa luta que, infelizmente, não se encerrará aqui. A partir deste momento, estarão livres para fazerem o que bem entenderem, mas eu quero que compreendam que essa liberdade vem com um grande apelo de gratidão, e aproveito para pedir perdão a cada um, por eu ter demorado tanto para entender que essa era a minha missão aqui na Terra.

Visivelmente emocionado, continuou:

– Desejo a vocês toda a sorte do mundo em sua nova jornada e para que não fiquem totalmente desamparados, cada um receberá, junto com a sua carta de alforria, uma soma em dinheiro, que poderá custear a sua sobrevivência por um período. Aqueles que decidirem ir para a capital, peço que procurem o meu amigo Madrugada, que ajudará vocês a sobreviverem na cidade. Só peço que deixem a fazenda nos próximos dois dias, pois os novos donos não querem encontrar ninguém por aqui. Mais uma vez, obrigado por terem feito desta fazenda um dos maiores engenhos do Rio de Janeiro.

Encerrou o seu discurso, devolvendo seu filho à Maria e dando um forte abraço no Velho João.

A reação dos negros foi de uma euforia contida, na verdade, sempre escravizados, não sabiam o que fazer com a liberdade.

– Fiô, não estou surpreso. Às vezes, quando desejamos muito uma coisa difícil de ser alcançada, a conquista nos traz dúvidas. O que fazer com isso agora?

– Pois é, Nêgo Velho.

– Para eles é como se estivessem nascendo nesse momento, deixando o conforto do ventre da mãe, que era desconfortável, mas seguro. Mas eles vão sobreviver.

– Assim espero, fiz o que pude. Aqui é bem mais difícil do que será na Fazenda Santa Maria, lá a fazenda continuará e haverá oferta de emprego para aqueles que quiserem permanecer por lá, aqui estão sendo despejados.

Daí para frente, Rufino foi concedendo a alforria a cada escravo e os indenizando, um a um. Sendo que a grande maioria voltava para a senzala, para traçar o seu futuro a partir dali. O Velho João fez questão de estar junto aos negros, para aconselhá-los nesse momento de difíceis decisões.

Duas mucamas da casa grande pediram à Vó Maria para ir com ela para a outra fazenda, o que foi aprovado por Venâncio, desde que elas trabalhassem na casa grande como funcionárias. Mas a grande maioria das mulheres tinha seus companheiros e seguiu com eles.

Os próximos dias foram de separação das coisas da família, que seriam levadas para a outra fazenda, foi montada uma enorme comitiva, com a segurança reforçada, pois havia no ar um risco, fora as duas mucamas e duas famílias de ex-escravos que pediram trabalho e seguiram com eles para a Santa Maria.

Rufino, depois de uma despedida emocionada de Venâncio, lembrando dele como um menininho que chegou à fazenda, louco para ajudar o pai, teve como última incumbência, antes de retornar a Portugal, ficar na fazenda e supervisionar a retirada dos maquinários e a chegada dos novos proprietários, dando posse definitiva aos mesmos.

Os portugueses tomaram a casa grande como sede do novo empreendimento e mandaram demolir de imediato a senzala e todos os resquícios que lembrassem dos negros por ali. Logo se depararam com a antiga cabana do Velho João, bem próxima ao cemitério, que supostamente seria preservado, contudo não era essa a real intenção dos novos donos, e ao perceber que havia ainda uma negra morando por lá, deram ordem para que ela deixasse imediatamente o local.

– Não posso sair daqui, sou a guardiã dessa calunga pequena – falou Rosa, com tom de voz bastante elevado, demonstrando todo seu nervosismo.

– Pois fique sabendo, negrinha abusada, que os homens já estão a caminho e em breve essa choupana e esse seu cemiteriozinho de negros não existirão mais. É melhor sair enquanto pode, pois sairá por bem ou por mal.

– Só saio daqui morta, moço.

Falou e saiu correndo em direção à porta do cemitério.

– Já que é assim que prefere.

O capanga que estava com um dos proprietários, ao receber o sinal de seu chefe, pegou a espingarda e atirou em Rosa pelas costas. Foi um tiro fatal e ela caiu, se esvaindo em sangue exatamente no portão do cemitério.

– Arraste o corpo dessa negra e jogue na primeira vala que estiver aberta, amanhã arrume alguém para lhe ajudar e dê um jeito de cobrir esse corpo com areia, para não feder aqui. De qualquer forma, vamos passar por cima disso tudo e nem haverá vestígios de que um dia existiu um cemitério aqui. Isso desvaloriza a terra – finalizou o português.

Na manhã seguinte, o capanga retorna com o pessoal e maquinário, para limpar a área, e iniciam a demolição da antiga choupana do Velho João. Enquanto trabalhavam, o capanga pegou dois de seus funcionários de confiança e foi enterrar o corpo de Rosa.

Ao chegarem à porta do cemitério, estranhou, pois já não havia vestígios de sangue no chão, mas imaginou que poderia ter chovido à noite e dissipado o mesmo. Enquanto ele examinava a área tentando entender o que estava acontecendo, fez sinal para que os homens entrassem e cobrissem o corpo, apontando para a vala, onde jogou Rosa.

– Senhor! Não tem nenhum corpo aqui não – gritou um de seus funcionários.

– Como não, seu estúpido, eu mesmo a joguei aí – falou, e foi na direção onde estavam os dois homens.

Ao passar pelo portão do cemitério, sentiu um calafrio, que o fez estremecer, mas demonstrando coragem, seguiu até a cova, entretanto, para sua imensa surpresa, ela estava vazia e sem nenhum vestígio.

– Não pode ser! – bradou em tom de surpresa, mas já não conseguindo controlar suas emoções.

— Será que o senhor não se enganou na cova, vamos olhar aqui em volta.
— Como me enganei, o chefe mandou eu jogar na primeira cova aberta e era exatamente essa aqui, mas nem sangue tem na areia.

Ali, ele ficou olhando para dentro da cova, buscando uma explicação, sem conseguir chegar a uma conclusão, e o silêncio foi quebrado quando seu funcionário falou.

— Já olhamos em todas as covas abertas e não achamos nada. O senhor tem certeza de que matou a negra?

— Se eu tenho certeza? Claro que sim, eu a arrastei, com o corpo se esvaindo em sangue, a joguei aqui dentro.

— Está tudo muito estranho, nem sangue vimos pelo chão.

Do nada um vento forte começou a soprar, levantando uma enorme poeira, e a sensação de um vulto passando próximo a eles fez com que deixassem o cemitério muito rapidamente.

Abalado com o que havia presenciado, suspendeu os trabalhos e retornou à sede para relatar o acontecido ao dono da terra.

— Você está ficando maluco. Aquela negrinha era tão ruim que a terra deve ter comido aquele corpo. Agora volte lá e acabe o serviço.

Muito a contragosto, mas pensando no emprego que precisava manter, retornou.

Acabaram de demolir a choupana e, em seguida, se dirigiram para o cemitério com a engenhoca que estavam utilizando, mas antes de alcançar os muros, ela parou.

— O que houve? — perguntou o encarregado.

— Não sei, chefe, parece que o eixo quebrou e a roda travou, mas vou tentar consertar.

— Acho bom, pois tenho ordens de acabar esse trabalho ainda hoje.

O tempo foi passando e a tarde caindo, e nada de se conseguir encaixar a roda. Até que um dos funcionários chegou para o chefe e falou:

— Eu não sei vocês, mas eu não fico aqui à noite de jeito nenhum. Essa tal negra, a Rosa, já era conhecida como Rosa Caveira e ela guarda esse cemitério dos negros e aparece aqui para assombrar quem está por perto.

— Pois eu só saio daqui quando destruirmos esse cemitério, e quem não ficar comigo, pode pegar suas coisas e sumir no mundo, pois aqui não trabalha mais — falou o encarregado.

O funcionário, que tinha família e filhos para criar, não teve alternativa, mas o início da noite escura, que era iluminada apenas por dois lampiões, trouxe um medo incontrolável e seu corpo tremia, e por mais que ele fizesse força, não conseguia conter as lágrimas descendo por sua face. O medo foi tomando conta de todos que ali estavam, até atingir o auge, quando ouviram o portão do cemitério abrir. Em seguida, uma nova rajada de vento apagou os lampiões e a escuridão tomou conta, até que um vulto apareceu ao longe caminhando em direção a eles.

Por mais que pensassem em correr, não conseguiam, pois parecia que seus corpos estavam presos ao chão. O chefe, assassino de Rosa, pegou a mesma espingarda que a matou e armou em direção ao vulto, e gritava, em vão, para que se afastasse, mas assim como os outros, estava paralisado, sem ao menos conseguir apertar o gatilho de sua arma. Ao chegar bem perto dele, ela parou de lado, para que ele percebesse quem estava ali.

– Não pode ser, você morreu – gritava o sujeito.

– Sim, morri, e vim te buscar – falou, mostrando a sua outra face, que era uma caveira em puro osso.

O susto do homem foi tão grande que seu coração acelerou a tal ponto de ele infartar fulminantemente e cair ao chão.

Nesse momento, os outros que estavam assistindo a essa cena, horrorizados, escutaram a gargalhada de Rosa Caveira, e como se houvessem sido libertos, passaram a correr o mais que puderam, para sair dali.

Essa história correu por todo o Rio de Janeiro, e até na capital se ouvia falar do Cemitério dos Negros, guardado por Rosa Caveira, o que fez com que os proprietários da terra isolassem aquela área, mantendo o cemitério intacto.

49

A FAZENDA SANTA MARIA RENOVADA

A chegada da comitiva de Venâncio com seu filho João Brasil, o Velho João e Vó Maria, além dos demais negros alforriados, foi de muita alegria para todos na Fazenda Santa Maria, principalmente para Beatriz, que logo se encantou por seu irmão, e para Catarina, que reviu seu amigo João e finalmente teve a oportunidade de conhecer Maria.

Como já havia sido programado por Venâncio, após alojarem os novos moradores da fazenda, deu-se início aos preparativos, para que, da mesma forma que aconteceu na Nossa Senhora da Conceição, na próxima manhã houvesse a reunião de libertação dos escravos.

Dessa vez, em seu discurso, ressaltou que ao comprarem a fazenda, onde muito sofrimento estava incrustado em cada grão de areia daquele lugar, procurou sempre agir de forma a tentar, de alguma maneira, amenizar aquela situação.

— Gostaria principalmente de agradecer a Akin, que, como líder de seu povo, confiou em mim e em minhas ideias, para que em futuro próximo possível pudéssemos conviver com mais harmonia com todos os seus irmãos, que também assim o fizeram, confiando principalmente em seu líder. A vila dos negros, que para muitos era uma loucura, pois se perderia o controle dos escravos, se mostrou um sucesso e poucos abusaram da pequena liberdade que tinham para fugir. Esses pequenos passos, culminando com a chegada de Izabel em minha vida, foram me fazendo enxergar que é possível acabar com esse desatino de subjugar todo um povo, através da força, apenas por eles não terem a cor da pele como a minha, por exemplo. Apenas por eles terem uma cultura diferente da europeia, apenas por louvarem outros deuses.

Após um minuto de emoção e com a voz um pouco embargada, continuou:

— Infelizmente, ainda são bem poucos que pensam como eu, mas temos que dar esse importante passo, que esse exemplo sirva para mostrar que é possível, para mostrar que não somos melhores nem piores pela cor de nossas peles, mas sim pelo nosso caráter. Hoje estou concedendo a liberdade física para vocês, mas vocês sempre foram livres em seus corações. Que vocês saibam usar sempre essa liberdade da melhor forma possível. Limpem os seus corações de todo o rancor, de todo sofrimento do passado e sigam na busca da felicidade. Um novo mundo se abre para cada um de vocês neste momento, ou aqui ou em qualquer outro lugar, honrem o povo negro, levem consigo a resistência que tiveram até aqui e nunca deixem de sonhar por dias melhores para seus filhos, pois mais cedo ou mais tarde eles virão.

Trocou um olhar com o Velho João, que estava todo o tempo ao seu lado, recebendo um aceno de cabeça, como uma aprovação por suas palavras, e finalizou:

— Aqueles que assim quiserem, teremos prazer de tê-los conosco nesse enorme desafio que será manter essa fazenda, assumindo os custos de pagarmos aos trabalhadores pelos serviços prestados, aqueles que desejarem seguir suas vidas, eu vos agradeço pelo trabalho até aqui, e a todos eu peço perdão por todos esses erros e os anos de cativeiro. A vila dos negros, que daqui para frente será conhecida como vila dos trabalhadores, irá abrigar aquelas famílias que ficarão, bem como outras, de qualquer raça ou crença, que estejam dispostas a trabalhar conosco e que, certamente, virão.

Ao final do discurso de Venâncio, Pai João lhe pede licença e desce da varanda da casa grande para ficar diante de seu povo. Coloca um dos joelhos no chão e invoca um canto suave, de súplica ao seu Orixá maior, Òsàlá (Oxalá).

Oní sé a àwúre a nlá jé	— "Senhor que faz com que tenhamos boa sorte"
Oni sé a àwuré o bèrí omon	— "E com que sejamos grandes"
Oní sé a àwuré	— "Senhor que nos dá o encantamento da boa sorte"
A Nlá jé Bàbá	— "Cumprimenta os filhos"

No mesmo instante, todos os negros se ajoelharam e entoaram de forma uníssona a mesma canção, pedindo bênçãos para a sua nova jornada. E ali ficaram por alguns minutos, repetindo aquele mantra, até que Pai João se levanta e olha para o céu, em um agradecimento silencioso ao divino. Um profundo silêncio se fez, enquanto se via das faces de vários negros as lágrimas brotando, num misto de alegria e pesar por tudo que já haviam passado, pelas perdas, pelas humilhações, pela dor, pelo afastamento de seus entes queridos, enfim, pela miserável vida à qual foram sujeitados.

Não havia como não se emocionar diante daquela cena, e o coração de Venâncio doía profundamente, pois sabia que nada poderia apagar o passado que haviam vivenciado, mas, ao menos, havia um pouco de esperança para o futuro.

Passada a comoção do momento e todos os trâmites para que as alforrias fossem concedidas a todos os negros, iniciou-se a debandada da fazenda. Apenas algumas famílias resolveram ficar como trabalhadores, a grande maioria, cerca de 70% dos ex-escravos, foi aos poucos deixando a fazenda e tomando um novo rumo, apesar da decisão de seu líder Akin de ficar.

Além de Akin e sua esposa, Armin, que já era livre, também resolveu ficar com sua esposa Dandara, que estava muito feliz com a presença de Pai João e Vó Maria na vila dos trabalhadores. Contudo, o próprio filho de Akin e sua esposa Francisca optaram por tentar ganhar a vida no Rio de Janeiro, onde procurariam Madrugada para ajudá-los.

De todos, Beatriz era a que se mostrava mais preocupada e aflita com a situação.

— Pai, como vamos conseguir manter a fazenda somente com esses poucos escravos que ficaram?

— Beatriz, em primeiro lugar, não são mais escravos, e se escolheram ficar é porque estão dispostos a trabalhar. Todos nós agora teremos que dar o nosso suor para manter a fazenda, amanhã mesmo eu vou para a lavoura e todos que aqui chegarem para trabalhar também serão bem-vindos. Inclusive, acho que agora é um bom momento para eu conhecer o seu pretendente, pois se ele vier a casar com você, também será dono da fazenda e nada melhor que começar trabalhando em prol dela.

— Mas pai, como vamos conseguir sobreviver se vamos produzir menos e ainda teremos um elevado custo, pois agora iremos pagar a mão de obra?

— Fico feliz por estar questionando a minha decisão, que como sabe é irreversível. Realmente teremos um custo de produção maior, mas não esqueça que as casas da vila dos trabalhadores vão gerar uma receita para nós, pois agora irão pagar por elas, nossas despesas também diminuirão, pois não precisaremos alimentar os trabalhadores, eles se autossustentarão. Enfim, precisaremos nos ajustar a essa nova realidade, que é muito mais saudável.

— Ok, mas pelo que já ouvi, os outros fazendeiros, que não estão gostando nada do que você está fazendo, irão se juntar para que não consigamos vender nosso café.
— Eles até podem fazer isso, mas lá atrás, quando iniciei esse processo em minha cabeça, essas coisas já foram pensadas, e antes de tudo eu me reuni com alguns importadores ingleses, que como você bem sabe, pressionam o Brasil contra a escravidão, e apresentei o meu projeto para eles. O resultado foi que adoraram a ideia e fecharam comigo a compra de toda a produção da Fazenda Santa Maria, por ser produzida por trabalhadores livres e remunerados, a preço fixo, do dia em que assinamos o contrato, que tem validade de dez anos, podendo ser estendido para mais dez.
Vendo as feições de espanto estampadas no rosto de sua filha, continuou:
— Além disso, sabendo que nossa produção não será tão grande quanto era, importei algumas mudas de um café especial, diferente das que todo mundo produz. Se essas mudas se adaptarem ao nosso clima, e acredito que sim, poderemos vender um café "especial" e mais caro que os demais. Armin está me auxiliando nessa questão, pois as mudas estão vindo de seu país de origem, a Etiópia. Fora tudo isso, a venda de nossa outra fazenda, apesar dos custos das alforrias, nos rendeu um bom lucro que nos dá a possibilidade de ficarmos um bom tempo sem precisar vender um grão de café e sem passarmos aperto. Sendo assim, não é hora de preocupação, mas sim de trabalho, e eu conto demais com você.
— Confesso, pai, que estou surpresa, e acho que eu nunca terei essa capacidade sua. Mas estou feliz por estar aqui comigo.
— Claro que terá, filha. A vida é feita de observação, procure olhar para o que está dando certo, pois é de lá que vêm os ensinamentos que precisamos. Muitos amigos me ajudaram, não fiz nada sozinho. Essa causa, da libertação dos escravos, ainda crescerá muito e hoje, veladamente, muitos já a apoiam, mas alguém precisava dar a cara e, depois de muito tempo, entendi que essa era a minha missão, que espero ser continuada por você e pelo seu irmão. Agora, vamos trabalhar.
Os dias foram se sucedendo e todos tentando se adaptar àquela nova situação, mas o trabalho estava pesado. Algumas semanas depois, foram surpreendidos com a chegada de três famílias de imigrantes, que vieram em busca de trabalho na roça e abrigo, e foram muito bem recebidas por Venâncio. Eles haviam chegado ao Brasil da Europa e estavam sem rumo no Rio de Janeiro, quando Madrugada os encaminhou para a fazenda.

Aos poucos, as coisas foram se encaixando, mas a principal dificuldade era dos próprios negros, que não conseguiam se entender como pessoas livres. Venâncio resolveu dar uma passada pela vila dos trabalhadores para verificar como estavam e aproveitou para procurar o Velho João, que já havia colocado seu antigo banquinho em sua entrada, e ali, pitava calmamente o seu cachimbo, como que meditando sobre a vida e observando o movimento a sua volta.

— Salve, Nêgo Velho!

— Salve suas forças, fiô!

— Sinto a sua falta lá na casa grande, por que não acompanha Maria, que vai diariamente ficar com João Brasil? Ela realmente parece ser a vó dele, acho que ela de alguma forma adotou Izabel como filha e agora é literalmente a vó dele.

— Esse velho já não está na idade de ficar zanzando por aí, mas fico feliz em receber sua visita. Além do mais, eventualmente passa alguém por aqui, pedindo um conselho ou uma erva para combater algum mal físico, e assim me sinto mais útil. Enquanto Olorum me permitir, sigo esse meu caminho, mesmo que sentado aqui – deu uma boa risada e pitou seu cachimbo, jogando bastante fumaça.

— Se está bem assim, é o que importa. Veja como são as coisas, há tempo me ajudava a controlar a senzala, agora os negros vivem livres. A propósito, estou pensando em demolir a senzala, não quero nada que nos lembre esse passado.

— Na verdade, o que o velho fazia era trazer esperança aos corações de meus irmãos de cor, fortalecendo a fé de que dias melhores iriam chegar. A suncê a minha ajuda era para que entendesse a sua missão e parece que tive sucesso.

— Mas como demorei.

— As coisas só acontecem quando têm que acontecer. A sua jornada lhe trouxe até aqui e é isso que importa. Quanto à senzala, esse velho gostaria de lhe fazer um último pedido.

— Pode falar, Nêgo Velho!

— Nós fomos retirados de nossa terra natal, a Mãe África, e aqui fomos obrigados a renunciar a nossa vida, nossa cultura, a nossa crença. Aquele espaço que antes era chamado senzala, local de dor, de sofrimento, de morte, jamais será esquecido por quem viveu essa experiência, então, demolir fisicamente não apagará as lembranças. O que gostaria de lhe sugerir é a transformação da energia ali impregnada, em um local sagrado para nós.

— Pois bem, mas como fazer isso? Quer que eu construa uma Igreja ali?

Essa observação arrancou boas risadas do velho.

– Venâncio, o que gosto em suncê é a sua inocência, às vezes acho que converso com uma criança, mas é quase isso que entendeu. Uma Igreja para nós, negros, seria um terreiro, um barracão, um local onde pudéssemos louvar os nossos Orixás. Se permitir, essa será a última contribuição deste velho aqui na Terra. Farei pessoalmente os assentamentos, conforme nossa tradição africana, que ainda trago na lembrança e fincaremos um ponto de resistência, de nossa cultura. Aí sim, me sentirei pronto para seguir para o outro plano.

– Por tudo que já fez por mim e minha família, não posso lhe negar. Que a senzala seja transformada e lá os negros possam praticar as crenças.

E assim foi feito, já no dia seguinte, Pai João já começou a tomar as suas providências, e os negros, que trabalhavam na fazenda durante o dia, à noite se reuniam para juntos transformarem aquele local de padecimento em um lugar sagrado.

Atendendo ao desejo de sua filha, Venâncio recebeu seu pretendente Paulo, autorizando o mesmo a cortejar Beatriz. Com o passar do tempo, observando o rapaz, Venâncio foi identificando o seu bom caráter e ganhando confiança na sua pessoa. Começou a vislumbrar nele um bom companheiro para a sua filha e para gerir os negócios da família, em sua ausência.

Sentindo-se cada vez mais ameaçado, pelos rumores de que haveria represália à atitude de libertação de seus escravos, Venâncio, além de reforçar sua segurança pessoal e a da fazenda, decide apressar o casamento de Beatriz, pois sabe que precisará de alguém junto a sua filha, para tocar a fazenda e o negócio do café, caso ele falte. Assim sendo, o noivado foi marcado, com uma festa íntima para as famílias e pouquíssimos amigos, o compromisso foi firmado e a data do casamento já marcada para dois meses à frente.

Já com Paulo como seu futuro genro, o convidou para acompanhá-lo em uma visita ao Rio de Janeiro, para que conhecesse todo o processo da exportação de café e principalmente seus parceiros comerciais, além de seus dois amigos, Madrugada e Rainha do Cabaré, que, certamente, poderiam ser de grande valia no futuro.

No cabaré, Paulo não conseguia esconder o seu constrangimento em estar ali com o seu futuro sogro, mas Madrugada, com sua conversa envolvente, procurava deixá-lo o mais à vontade possível, enquanto os três aguardavam a chegada da Rainha.

Passado algum tempo, que para Paulo foi uma eternidade, ela se apresentou aos amigos.

— Sejam bem-vindos à minha casa! – exclamou a Rainha em sua chegada.

— Parece que cada vez que a vejo, está mais linda, como se isso fosse possível – elogiou Venâncio.

— Deixe de galanteios, meu amigo, e venha me dar um abraço, pois estou muito saudosa da sua pessoa.

Após os cumprimentos e apresentações, subiram para o mezanino para tomarem um drinque com a Rainha.

— Paulo, quero lhe dizer que, apesar de não conhecer a nubente, se ela herdou um pouquinho da grandiosidade de seu pai, você se casará com uma pessoa maravilhosa – falou a Rainha, retribuindo o elogio a Venâncio.

— Pois então, gostaria de convidá-los para o casamento. Será um enorme prazer tê-los conosco e quero aproveitar para fazer o batizado de João Brasil, e vocês dois serão seus padrinhos – falou Venâncio, empolgado.

Madrugada e a Rainha se entreolharam e ela tomou a palavra:

— Amigo, ficaremos extremamente felizes em batizar o pequeno João Brasil, mas que esse batizado se dê aqui na capital. Não tenho como sair e deixar o cabaré, para que o reino funcione a rainha precisa estar governando. Desejamos muitas felicidades aos nubentes e que seja uma cerimônia linda!

— Eu entendo, mas adoraria tê-los conosco – respondeu Venâncio, demonstrando um certo desânimo.

— Então, eu sugiro que o batizado se dê na Igreja da Glória – falou Madrugada, de forma animada.

— Você ficou louco, Madrugada, como conseguiremos batizar um filho bastardo de uma negra na mesma Igreja que foram batizados todos os filhos da família real?

— Não se preocupe com isso, o filho do Barão Venâncio merece todo o respeito, e além do mais, terá padrinhos "ilustres". Nessa corte, muitos nos devem favores, às vezes eu acho que esquece que está diante de uma rainha e que ela possui forte influência naqueles que aqui frequentam, principalmente aqueles mais poderosos. Aqui, dentro de seu castelo, muitas coisas acontecem e ficam guardadas atrás destas paredes, e essa discrição tem um valor inestimável. Sendo assim, o batizado fica por nossa conta, apenas traga nosso afilhado que cuidamos do resto.

Depois de estenderem a conversa por mais algum tempo, Venâncio se despediu dos amigos e se retirou, com Paulo, pois no dia seguinte já retornariam à fazenda. Seu futuro genro demonstrava um enorme contentamento em ter conhecido os seus melhores amigos e não cansava de tecer elogios à beleza da Rainha e à camaradagem de Madrugada.

Os dias se sucederam rapidamente e em breve chegou o dia do casamento de Beatriz, que se deu em uma cerimônia simples na própria capelinha da fazenda e com a ausência da maioria dos fazendeiros vizinhos, que se recusavam a compartilhar a presença com os negros forros. Mas a alegria da noiva se sobressaía a tudo, a realização de um sonho de menina, de se casar com um homem que ela escolheu e que realmente a amasse, fazia toda a diferença para ela. Venâncio, por sua vez, se via mais tranquilo, com a possibilidade de ver a sucessão de seus negócios e de sua família.

Diante da necessidade de todos estarem envolvidos com o processo produtivo da fazenda, a lua de mel do casal ficou adiada para um pouco mais à frente, mas como presente, Venâncio prometeu uma viagem a sua terra natal, para que Beatriz pudesse conhecer sua família portuguesa e rever seu irmão Domingos e a tia Maria de Fátima. Contudo, o batizado de João Brasil não deixava de ser uma oportunidade de uma viagem do casal ao Rio de Janeiro e uns dias na corte já seriam suficientes para marcar o enlace.

E assim se sucedeu, dias após o casamento, a família seguiu em comitiva para o Rio de Janeiro, com o pequeno João Brasil para o seu batismo. Conforme planejado pelos padrinhos, o batizado se deu na Igreja da Glória, contudo em um horário alternativo, para que não houvesse audiência e futuras especulações sobre a presença de pessoas não gratas pelo clero em uma de suas principais Igrejas da corte. A cerimônia foi rápida e quase que exclusiva, somente conseguida em função da grande influência da Rainha junto a pessoas importantes na corte.

A felicidade dos padrinhos foi a grande tônica do evento, sendo o pequeno João muito cortejado por eles, contudo, para Venâncio, além de completar uma etapa importante para ele e para a vida futura de seu filho, havia um outro propósito dessa sua estada no Rio de Janeiro, ir ao convento encontrar a sua filha.

Talvez essa fosse a tarefa mais difícil que teria que enfrentar, desde que iniciou todo o seu processo de mudança. Em seu coração já morava o perdão, porém tinha muitas dúvidas de como sua filha iria reagir a sua presença, até porque ele mesmo havia se arrependido de sua atitude, mas, naquele momento, foi o que lhe pareceu ser a melhor opção. Agora, o seu desejo era recuperar o amor de sua filha, para fechar mais essa lacuna.

No dia seguinte, durante o café da manhã no hotel, foi abordado por Beatriz:

– Pai, eu gostaria de lhe acompanhar ao convento.

— Não tem necessidade, aproveite e vá passear com seu marido pela cidade.

— Eu sei que pode precisar de mim e, além do mais, tenho saudades de Isaura e gostaria de estar com ela também. Depois nós passeamos, teremos tempo.

— Se é assim, então vamos. Não podemos nos atrasar, pois temos hora para audiência com Isaura.

Em seu coração, Venâncio sentia um enorme aperto, uma tristeza profunda o abatia antes mesmo de encontrar sua outra filha, que desejara que ele estivesse morto, no lugar de sua mãe. Mas trazia consigo a esperança de poder contornar a situação e buscar um recomeço.

— Pois não, Sr. Venâncio, fique à vontade que já iremos buscar a sua filha — falou a freira que os atendeu na chegada ao convento.

Alguns minutos depois, Isaura chegava na companhia da freira. Ao ver a irmã, Beatriz correu a seu encontro para abraçá-la, entretanto, esbarrou em uma frieza que a deixou desconfortável.

— Minha irmã, por que não respondeu às diversas cartas que lhe enviei durante todo esse tempo?

Sem responder à pergunta da irmã, falou elevando o tom e colocando muito rancor em sua voz:

— O que vocês vieram fazer aqui? Rir da minha cara? Ou se compadecer da coitadinha que foi jogada neste inferno?

— Não, minha filha, vim aqui para conversar com você e tentar recomeçar nosso relacionamento familiar. Foram momentos difíceis para todos nós, mas tenho fé de que podemos superar tudo juntos.

— Juntos? — Isaura deu uma gargalhada forçada e continuou.

— Você não imagina a felicidade que me trouxe a carta de Beatriz relatando o seu sumiço e como eu rezei para que nunca mais aparecesse. Achei que minhas preces haviam sido atendidas, mas, mais uma vez, me decepcionei com Deus. Depois de tudo que já passei, você vem falar de recomeço? Só se for recomeçar um novo plano, para te matar.

Aquelas palavras atingiram o coração de Venâncio de uma forma tão violenta que até mesmo o ar lhe faltava naquele momento.

— Isaura, você está sendo muito cruel com o nosso pai. Por que está fazendo isso?

— Nosso pai, não, seu pai. Ele, na verdade, nunca foi um pai para mim, só tinha olhos para você. Acabou com a minha vida, matou a minha mãe, arruinou o meu casamento e agora quer reconciliação? Sinto muito, mas a única coisa que quero é a minha parte da herança e sumir deste lugar. Como aqui só posso rezar, rezo para que ele morra o mais rápido possível.

O ódio de Isaura não permitia a Venâncio nenhuma reação, e lembrando de conselhos do Velho João, percebeu que seria impossível tentar um diálogo com sua filha e se permitiu ficar em silêncio, sem retrucar as agressões e nem ao menos tentar se defender. Apenas tocou no braço de Beatriz para irem embora. Deu as costas a Isaura, que ficou praguejando-o, até cair em um choro profundo.

O retorno ao hotel foi em silêncio profundo, cortado por algumas tentativas, em vão, de Beatriz de consolar seu pai. Ao chegarem, ele se recolheu aos seus aposentos e lá ficou o resto do dia, remoendo o acontecido. Certamente, depois da morte de Izabel, aquele era o pior momento de sua vida.

A noite já havia caído e, se sentindo extremamente sufocado, resolveu sair para tomar um ar e caminhar um pouco. Seus passos o levaram para a praia e a vontade de pisar na areia e olhar o mar de mais perto o fizeram se sentar diante das ondas serenas da baía. Acometido de um sentimento de tristeza profunda, não conseguiu conter as lágrimas, que passaram a verter de seus olhos lentamente.

Ficou ali no escuro, em silêncio, fazendo um balanço de sua vida, quando repentinamente começou a sentir uma presença próxima a ele, e antes que pudesse procurar identificar quem era, ouviu em sua mente uma voz, que lhe sou como familiar:

– Boa noite, moço! Estou satisfeito em vê-lo aqui novamente e agora em uma condição energética muito melhor.

– Boa noite, nós já nos conhecemos?

Depois de uma boa gargalhada, o Sr. Exu o respondeu:

– Há muito tempo, meu amigo. O fato de estar aqui no meu ponto de força significa que veio buscar a minha presença.

Nesse momento, o Sr. Exu abre a consciência de Venâncio, que instantaneamente começa a se lembrar do último encontro deles ali na praia.

– Talvez tenha razão, inconscientemente me dirigi para cá e, no fundo, eu achava que pudesse buscar resposta para a angústia que estou sentindo, tentar entender essa situação.

– Moço, existem coisas que não se consegue entender, apenas com o conhecimento da existência terrena. Trazemos muitas histórias de outras existências e que ao encarnado não é permitido ter acesso, até para preservar a sua história atual. Neste caso, o que posso lhe aconselhar é acionar o perdão em seu coração, para que quebre essa ligação que se estabeleceu e que foi alimentada, ainda mais nesse encontro com sua filha.

— Mas como fazer isso?

— Primeiro você precisa se perdoar, se livrar de toda e qualquer culpa, para, no segundo estágio, perdoá-la pelas agressões verbais e emocionais, que ela lhe impôs. Hoje já tem maturidade emocional suficiente para fazê-lo e isso será muito importante para fechar essa lacuna e seguir em sua caminhada. No futuro, entenderá melhor essa situação. Peço que aproveite essa energia deste ponto de força, para fazer esse exercício de perdão antes de retornar. Vou lhe deixar aqui agora e em breve nos encontraremos novamente. Tenha a confiança de que está fazendo a sua parte da melhor forma possível e tentando cumprir a sua missão.

Da mesma forma como se aproximou, aquela presença foi se afastando, até que ele se sentiu sozinho novamente. Procurou seguir o conselho recebido e ficou ali meditando sobre o que havia ouvido. Depois de um bom tempo, sincronizado com a ida e vinda das ondas, foi dissipando aquele sentimento ruim que estava em seu peito, como se o perdão realmente houvesse retirado de suas costas aquele enorme peso que carregava.

Estava finalmente pronto para seguir a sua jornada.

50

O INÍCIO DE UMA NOVA JORNADA

Os meses foram se sucedendo e a Fazenda Santa Maria, ao contrário da expectativa dos fazendeiros da região, se mantinha produzindo e dando perspectivas de que se solidificaria com o passar do tempo. Além disso, as ideias de Venâncio estavam atrapalhando o desempenho das outras fazendas, pois os negros tornaram-se mais rebeldes, sabendo que em outro lugar seus irmãos haviam sido libertos. No Rio de Janeiro, entre os políticos, deputados e senadores, a grande maioria comungava com os latifundiários e apoiava a escravatura. Assim, por mais que lutasse, Venâncio se isolava, pois mesmo aqueles que apoiavam suas ideias o faziam de uma forma velada e não se expunham publicamente.

Diante desse quadro e na tentativa de cortar esse "mal", alguns fazendeiros mais audaciosos planejaram eliminar seu antagonista. O plano ia além morte de Venâncio, mas sim acabar com sua fazenda e expulsar todos os negros libertos da região, de forma a apagar o episódio.

– Já perdemos tempo demais com esse tal, já deveríamos ter tomado essa providência há mais tempo, só espero que não seja tarde demais, portanto não podemos perder nem mais um minuto. Já tenho um plano detalhado e vou apresentar a vocês, para colocarmos em prática imediatamente – discursava um dos fazendeiros a seus partidários.

Na Fazenda Santa Maria, as dificuldades eram enormes. A mão de obra era insuficiente para dar conta da produção, que estava abaixo da expectativa, contudo se esforçavam para que essa informação não vazasse.

– Pai, esse mês ficaremos bem abaixo de nossa projeção, ou seja, teremos um grande prejuízo ao pagarmos todos os trabalhadores. Mais uma vez, terá que colocar recursos extras para fecharmos com as contas pagas. Além da produção baixa, os ingleses não estão cumprindo com o acordo feito – falou Beatriz, em um tom de muita preocupação.

– Então, meu sogro, em minha última ida ao Rio de Janeiro, parte de nossa produção ficou encalhada no armazém, pois não conseguimos embarcar nos navios ingleses. Acho que estão conseguindo algo melhor e nos deixando de lado – falou Paulo, completando o relato de sua esposa.

– Sei que não está fácil, mas vamos conseguir. Amanhã irei para o Rio de Janeiro para falar diretamente com os ingleses e ainda tentar vender esse excedente, para algum outro comerciante.

– Mas pai, não está perigoso ficar circulando por essas estradas?

– Não tenho alternativa, o que não posso fazer é ficar aqui de braços cruzados esperando algo cair do céu. De mais a mais, vou com a minha escolta, fique tranquila que nada irá me acontecer.

Naquele mesmo dia foi ao encontro do Velho João, como se proteção estivesse pedindo para sua viagem.

– Fiô, mais vale travar uma boa batalha a se omitir e esperar a guerra acabar, até porque a guerra não acaba nunca. Esse velho já está cansado, mas muito satisfeito de tudo que aconteceu até aqui. O silêncio do exemplo fala mais alto que qualquer discurso, e o seu exemplo ecoará sempre.

Na manhã do dia seguinte, bem cedinho, Venâncio partiu em comitiva para o Rio de Janeiro, sem saber que seu amigo não mais despertaria para a vida.

Maria, nesse dia, havia saído de casa bem mais cedo que o de costume, pois queria estar na casa grande antes da partida de Venâncio para o Rio de janeiro, para poder abençoá-lo em sua viagem, e deixou o Velho João dormindo, sem perceber que apenas seu corpo jazia sobre a cama.

Na saída de Venâncio, Maria deu-lhe um caloroso abraço e evocou proteção para a sua jornada.

Quando ele já estava partindo, ouviu a voz de Catarina o chamando e voltou para atendê-la.

– Fiô, preparei um farnelzinho especial para a sua jornada. Que Oxalá o abençoe, vem cá e dê um abraço nesta velha que tem um enorme carinho por você.

Entregou a bolsa a ele e o abraçou efusivamente, assim como fez Maria.

– Obrigado, Catarina, vocês duas são as avós que meus filhos tiveram a sorte de ter – falou isso e partiu em disparada.

Somente no final da manhã, quando foram levar a refeição para o Pai João, é que perceberam que algo tinha acontecido, pois ao longe já não avistaram o velho sentado em seu banquinho, com o seu cachimbo, como de costume. Finalmente, seu desencarne foi descoberto.

Beatriz, sabendo do apreço que seu pai tinha pelo Velho João, mandou imediatamente um mensageiro no rastro da comitiva, levando a notícia de sua morte. Mas o intervalo entre eles já era quase suficiente para que Venâncio chegasse a seu destino.

Ao chegar ao Rio de Janeiro, Venâncio foi diretamente encontrar com os comerciantes ingleses para tratar de seus negócios.

– Caro amigo, apoiamos muito suas ideias de liberdade aos negros e nosso governo até nos subsidia para que possamos comercializar o seu café, mas nos negócios não podemos perder algumas oportunidades – falou o inglês.

– Mas temos um acordo.

– Não rompemos nosso acordo, apenas estamos ajustando a situação, e assim não poderemos mais assumir a compra de toda a sua produção. Espero que entenda, mas, assim como você, temos que rentabilizar o nosso negócio, para sobrevivermos.

Venâncio não respondeu mais a seu interlocutor, apenas se levantou e saiu, com uma sensação de ter sido traído e sem saber que rumo daria a seus negócios doravante. Na tentativa de esfriar um pouco a cabeça, para depois buscar uma solução, resolveu procurar seus amigos.

Não demorou muito e encontrou Madrugada, que estava indo para o cabaré, levar uma encomenda para a Rainha e o acompanhou. No trajeto, já foi lhe colocando a par da situação que estava enfrentando.

Ao chegarem e se encontrarem com a Rainha, esta rapidamente percebeu que a energia de Venâncio estava desequilibrada. E, para tentar acalmá-lo, convidou os dois amigos para prosearem um pouco em seu mezanino.

– Meu querido amigo, creia que o universo está preparando algo muito melhor para você, pois, por sua jornada até aqui, és merecedor – falou a Rainha.

– De mais a mais, uma semente de uma árvore plantada com amor e em solo fértil certamente trará bons frutos. E para que veja que as coisas, na verdade, estão dando certo, muitos dos negros que vieram para cá libertos por você estão abrigados em nossa vila, e a maioria trabalhando aqui e alguns estudando também – falou Madrugada.

– Fico feliz por isso, o objetivo principal, na verdade, sempre foi esse.

Após mais um tempo, um dos seguranças do cabaré chega até eles, interrompendo a conversa.

– Desculpe, mas tem um homem, muito ofegante, aqui na porta querendo falar com o Sr. Venâncio, ele diz que é empregado da fazenda e tem uma notícia para ele.

Imediatamente, os três se levantaram e foram ao encontro do tal homem.

– Sr. Venâncio, a senhora sua filha me mandou aqui o mais rápido que pude, para lhe informar que o Pai João morreu hoje pela manhã.

A notícia foi como se um soco fosse dado em seu estômago, lhe tirando o ar e as forças para reagir. Seus amigos o sustentaram e, depois de alguns minutos, falou:

– O Nêgo Velho era como um pai para mim, me sinto como se um pedaço de meu corpo tivesse sido arrancado.

Respirou um pouco mais, tentando segurar as lágrimas e alinhar seus pensamentos, enquanto traziam um copo de água para ele e para o mensageiro, as lembranças passavam em sua mente, com os diversos momentos que passou ao lado do Velho João, desde sua infância.

– Meus amigos, me perdoem, mas tenho que partir imediatamente. Preciso me despedir de meu grande amigo.

Tentaram contê-lo, pois a noite chegaria em breve, mas todos os esforços foram em vão. Ele saiu em disparada para retornar, sem mesmo reunir a sua escolta, seguiu em seu alazão, sozinho, para a fazenda. Seu coração batia em disparada e a ansiedade de chegar à fazenda era enorme, aquela mesma estrada, que já percorreu por muitas vezes, parecia longa demais.

Na cidade, Madrugada, junto com o empregado, procuravam os homens da escolta de Venâncio, para que seguissem imediatamente atrás dele, rumo à fazenda, entretanto, já se passava mais ou menos uma hora de sua partida e seria difícil para eles tirarem essa diferença, visto que ele era um exímio cavaleiro.

Ainda não muito distante de seu ponto de partida e com o escuro da noite já se fazendo presente, ele avistou a sua frente uma pessoa caída na beira da estrada. Apesar de sua enorme pressa, não poderia deixar de dar socorro a quem quer que fosse. Brecou o cavalo e apeou, caminhando em direção à pessoa caída.

Em nenhum momento passou pela sua cabeça que estava sendo monitorado por seus algozes e corria sérios riscos por estar sozinho naquela estrada escura e ainda fora de seu cavalo. Ao se aproximar do homem, que parecia coberto com uma capa, este, em um sobressalto, levantou-se já com uma arma em punho apontando para Venâncio.

No mesmo instante, outros aparecem armados e cercam Venâncio, que não teve nenhuma reação. Tratava-se de um grupo de negros mercenários, liderados por um capitão do mato, que tinham o único objetivo de lhe tirar a sua vida.

— Sua hora chegou, seu desgraçado. Vou te mandar para o inferno, onde irá pagar por todo o mal que vez ao povo negro. Depois de abusar de meus irmãos, lhes tirou o sustento e os jogou ao relento. Agora morra!

Ao pronunciar essa frase, apertou o gatilho de sua espingarda, que mirava o peito de seu alvo. A bala saiu com destino a seu coração, mas parou no ar entre o atirador e Venâncio. Mais uma vez, o tempo parou para que Exu pudesse se manifestar diante de seu protegido.

Depois de uma boa gargalhada, Exu falou:

— Eu sou o Senhor dos caminhos e o seu termina aqui. Não tenha medo, você fez exatamente aquilo que precisava ser feito e vim aqui para buscá-lo. Saiba que foi nosso jardineiro e as sementes que plantou aqui nessa terra vão render bons frutos. Encerramos aqui a sua batalha com vitória, mas a guerra continuará. Ainda levará um bom tempo para que o preconceito racial, religioso e das minorias em geral seja superado, mas vamos lutar até o último dia, para que essa Terra volte a ser pura, como era o objetivo do Criador.

Olhando nos olhos de Venâncio, falou mais uma vez:

— Agora relaxe, confie em mim.

Estendendo a mão para Venâncio, completou:

— Segure a minha mão, que vamos desligá-lo de seu corpo físico.

Algum tempo depois, a escolta, que percorria a mesma estrada, se depara com o corpo de Venâncio caído, sem vida, sobre uma enorme poça de sangue. Não havia mais vestígios de seus assassinos, que àquela hora já deviam estar bem longe dali.

Por ainda estarem muito mais próximos do Rio de Janeiro que da fazenda, tomaram a decisão de levá-lo de volta à capital, e parte dos homens continuaram o trajeto para avisar a família.

O corpo, a princípio, foi velado na escola de Madrugada, que cuidou de cada detalhe do funeral do amigo, inclusive resolvendo o impasse de onde ele seria enterrado, pois, por não ter uma boa imagem junto à Igreja, e junto aos políticos, estavam dificultando, para que não fosse enterrado junto aos outros membros da corte. Contudo, pela boa relação que sempre teve com os ingleses, estes ofertaram a possibilidade de que o corpo fosse enterrado em seu cemitério na Gamboa, o British Burial Ground, também conhecido simplesmente como cemitério dos ingleses.

— Para nós, será uma honra ter junto aos nossos, esse homem que tanto lutou pela liberdade dos negros — falou o representante do governo inglês.

E assim se sucedeu, sendo o restante do velório e funeral realizado nesse cemitério, que abrigou inclusive a família, recém-chegada da fazenda. A comoção para aqueles mais próximos era enorme, e para os seus desafetos, uma sensação de alívio.

Divididos entre um sepultamento e outro, os negros ficaram na fazenda para a cerimônia de sepultamento do Pai João, enquanto a família e poucos amigos foram para o funeral no Rio de Janeiro. O pequeno João Brasil foi poupado de ir ao enterro do pai.

Os dias que se sucederam foram muito tristes para todos que conviviam com Venâncio. Pela primeira vez, o cabaré, por ordem da Rainha, fechou por três dias seguidos. Da mesma forma, a escola de Madrugada também decretou luto, contudo as instituições oficiais simplesmente ignoraram o ocorrido. As autoridades policiais ficaram de apurar o caso, mas não havia um suspeito sequer para ser investigado, e a justiça dos homens pouco faria para compensar a perda.

Sobre as costas de Beatriz e de seu marido, Paulo, recaiu toda a responsabilidade de gerir a fazenda e todos os negócios, e não demorou muito para que os barões da região começassem a assediá-los para que vendessem a fazenda.

Tentaram por algum tempo sustentar a situação, mas vendo o patrimônio da família ser dilapidado, com os pagamentos das crescentes dívidas, não tiveram alternativa e sucumbiram à pressão dos interessados, vendendo a fazenda.

Contrariando a opinião do marido, que considerava fazer um rateio da herança de forma mais equilibrada, Beatriz tomou a frente e abocanhou a maior parte do bolo. Em sua divisão, desconsiderou seus tios Martinho, que a essa altura era missionário na África, e Maria de Fátima, pois ambos, em momentos distintos, renunciaram a suas partes na herança em troca de manterem as suas duvidosas honras. Reservou uma parte para seu primo e "irmão" Domingos e deixou uma pequena parte para Isaura que, com pouco mais de um ano, completaria a maioridade e sairia do convento. Para seu irmão bastardo, João Brasil, por considerar que nem ao menos fazia parte da família, fez apenas uma doação ao seu tutor, Madrugada, o suficiente para alguns anos de seu sustento e de seus estudos, se assim ele quisesse.

O destino do casal foi sair do Brasil e ir morar em Portugal. De posse da fortuna que ficou em seu poder, Beatriz sabia que não precisaria mais se preocupar com seu sustento e de seu marido, e seguiria uma vida confortável, longe de seu passado.

Madrugada, que zelava por seu afilhado, conforme prometido ao seu grande amigo, trouxe João Brasil e Vó Maria para morarem com ele no Rio de Janeiro. Catarina, por sua vez, não quis ir para a capital e, junto com outros negros, que praticavam a religião africana, migrou para a província das Minas Gerais e lá, com as economias que tinham, se instalaram em uma pequena terra e deram continuidade ao terreiro que havia firmado na antiga senzala.

Na fazenda vendida, todos os negros forros foram expulsos da terra, e os que não acompanharam Catarina foram para o Rio de Janeiro em busca de trabalho para o seu sustento.

Aos poucos, os poderosos foram tentando apagar a história daquele homem que, a partir de um dado momento de sua vida, começou a ver os seres humanos como iguais, independentemente da cor de suas peles, contudo seu exemplo e suas ações ficaram plasmadas no universo e foram só crescendo daí para frente.

51

A LUTA CONTINUA COM JOÃO BRASIL

Durante os anos vindouros, os padrinhos cuidaram de João Brasil, como se seus pais fossem. Madrugada não mediu esforços para que ele tivesse a melhor educação possível, e o seu maior orgulho era ver a dedicação de seu afilhado, que rapidamente absorveu para si a questão racial, que era uma realidade ao seu redor.

Morando com Madrugada, os anos de convivência foram suficientes para além do estudo escolar, ensinar ao menino sobre a natureza humana e as vicissitudes da vida e lhe apresentar a cultura e a religiosidade de seus ancestrais. Ele tinha uma perfeita consciência de sua origem, conhecia a história de sua mãe, do amor de seu pai por ela e o que esse amor produziu de mudanças internas nele. Tudo isso despertava em seu interior uma enorme vontade de lutar e defender o povo negro, e a melhor maneira de fazê-lo era por meio do conhecimento.

Vinte anos depois de sua chegada ao Rio de Janeiro e com o desencarne de seu tutor e melhor amigo, tomou a decisão de ir para São Paulo estudar Direito, pois dessa forma poderia efetivamente defender e lutar pelo seu povo.

Antes de seus estudos se completarem, recebeu uma notícia que muito o afetou emocionalmente, por estar longe e não poder despedir-se de sua madrinha, quando de sua morte. A Rainha jazia com seu cabaré em chamas.

Mas essas adversidades o impulsionavam ainda mais em seus objetivos, e retornando ao Rio de Janeiro, já como advogado formado, se engajou no movimento de libertação dos escravos, tornando-se também jornalista, o que o favorecia a publicar alguns artigos, de forma a buscar apoio na sociedade pela causa.

Durante muitos anos, defendeu seus irmãos negros de diversas injustiças, e fomentou os ideais abolicionistas em seus periódicos. Vivenciou os anos imperiais e todas as turbulências enfrentadas pelo povo brasileiro, sempre lutando por igualdade para o seu povo.

Ao final da Guerra do Paraguai, morando e trabalhando na capital há muitos anos, já gozava de um certo prestígio, principalmente junto àqueles que abraçavam a causa dos negros, e como a Princesa Isabel, futura imperatriz do Brasil, começava a se mostrar simpática à causa, conseguiu uma audiência com ela no Palácio de São Cristóvão.

Para ele, era uma experiência ímpar estar em um lugar tão emblemático e ainda saber que seu avô e seu pai frequentaram aquele ambiente de rara beleza. Ao chegar, entendeu por que era conhecido como Quinta da Boa Vista, pois por estar no alto de uma colina, de lá se tinha uma linda vista da cidade e da Baía de Guanabara.

Logo após sua chegada, foi colocado em um grande salão, regiamente decorado, e lá ficou à espera da princesa, que logo adentrou pela grande porta, já o cumprimentando:

— Seja bem-vindo, Sr. João Brasil. Não posso deixar de iniciar nossa conversa sem observar que tem um nome bastante peculiar, pois carrega nele a nossa pátria.

João fez uma reverência para a princesa e sorriu pelo comentário.

— Se Vossa Alteza me permite, posso explicar a origem de meu nome, o qual tenho muito orgulho. João era o nome de um negro, o qual o meu pai tinha um grande respeito e amizade, e Brasil é justamente para homenagear o país que o recebeu quando criança e que ele abraçou como se fosse sua terra natal.

— Interessante.

— Já que Vossa Alteza iniciou nossa conversa em um tom tão cordial, gostaria de pontuar algumas coincidências que nos une. Fomos batizados na mesma Igreja, entretanto, o mais curioso é que o nome de minha mãe também era Izabel, contudo escrito com "z", e ela também seria uma princesa na África, se minha avó, rainha africana, não tivesse sido capturada e trazida para o Brasil em um navio negreiro. Para o meu pai, ela sempre foi uma princesa e eu a guardo na minha lembrança com essa realeza. Infelizmente não a conheci, pois ela morreu após o meu parto.

A princesa foi surpreendida pelas palavras de João e a questão da perda da mãe acabou por tocar seu coração.

— Sinto muito por você não ter convivido com a sua mãe. Mas em que posso ajudá-lo?

— Não sinta por mim, sinta pelo povo negro, que quase nunca em nosso país teve a oportunidade de conviver como uma família. Esse é o grande motivo de minha vinda aqui hoje, para tentar sensibilizá-la da causa negra. Meu avô, por inúmeras vezes, visitou este palácio no tempo em que seu bisavô aqui morou. Meu pai também frequentou, até conhecer minha mãe e, através de seu amor, descobrir que a pigmentação da pele não nos faz uma pessoa melhor ou pior, mas sim o seu caráter. A partir desse momento, e por suas atitudes em prol dos negros, passou a ser *persona non grata* na corte, até ceifarem a sua vida. Mas nada disso importa, princesa, sairei daqui com minha missão cumprida se conseguir tocar o seu coração, para que olhe com mais carinho a causa negra.

— Sr. João, o imperador já solicitou que fosse estudada uma forma de solucionar a abolição do trabalho escravo em nosso país, mas as coisas não são simples.

— Sem dúvida, alteza, eu entendo a pressão que sofrem pelos senhores de escravos, mas, por outro lado, a sociedade clama por justiça para esse povo. Tramita no congresso a proposta do Visconde de Rio Branco sobre a questão do ventre livre e seu apoio e do imperador será fundamental para darmos esse pequeno, mas importante, passo.

— Pode contar comigo. Eu lhe ajudo mais em alguma coisa?

— Vossa Alteza não imagina a satisfação com que saio daqui, ouvindo essas palavras. Sou muito grato por me ter concedido parte de seu precioso tempo. Tenha certeza de que lutaremos até o fim para que tenhamos um Brasil mais justo e equânime.

E assim se despediram, e João deixou a Quinta, sabendo que mesmo contra a vontade da realeza, a pressão da sociedade os obrigaria a concederem algumas benesses ao seu povo.

Passados alguns meses, a Lei do Ventre Livre foi promulgada e sancionada pela própria Princesa Isabel, e apesar de ainda beneficiar, e muito, os fazendeiros, que poderiam continuar explorando os nascidos até seus 21 anos, criou a obrigatoriedade de todos matricularem os seus escravos no prazo de até um ano. Caso seguissem a lei, a partir dessa data, todos os não matriculados seriam considerados livres.

Baseado nessa brecha da lei, João Brasil e outros advogados abolicionistas começaram a verificar os registros das fazendas, em busca daqueles escravos não registrados, para requererem na justiça a sua liberdade.

E, assim, durante os anos que se sucederam, a quantidade de escravos começou a ser reduzida paulatinamente, não só por meio dessa ação, como de muitas outras, como a Lei dos Sexagenários, da compra da própria alforria, principalmente pelos escravos de ganho, que trabalhavam para seus senhores, sobretudo no comércio de alimentos, nas áreas urbanas, dentre outras possibilidades.

O trabalho de João Brasil era incansável, e a cada escravo liberto, para ele era como se estivesse mais perto de alcançar a sua missão.

Depois de mais de 300 anos de escravização, com grandes lucros para os portugueses, em 13 de maio de 1888, a Lei Áurea, que extinguiria a escravidão no Brasil, foi assinada pela Princesa Isabel.

Mas a grande vitória, se é que podemos chamar assim, não foi dos negros, mas sim dos emancipacionistas, que seguraram a escravidão até quando puderam, e em um falso ato de generosidade, promulgaram uma lei que retratava apenas o culminar de um processo gradual e irreversível de abolição.

Diferentemente dos ideais abolicionistas, que propunham, além da liberdade, a concessão de direitos aos negros ex-escravizados, a Lei Áurea, sem nenhuma reparação aos escravos, promoveu, sim, a marginalização social da população negra no Brasil.

Quase ao final de sua vida, João Brasil pôde ver se concretizar aquilo que seu pai plantou há quase 60 anos, a luta de toda a sua vida. Contudo, tinha a perfeita noção de que aquele momento, apesar de ser um enorme passo para os negros, era apenas o início de uma longa jornada em busca de uma real liberdade, respeito e igualdade social.

FIM